바이런의
오리엔트
이야기

김현생

경기대학교 대학원에서 영문학 박사, 영남대학교 대학원에서 국문학 박사 학위를 받았다. 대학에서 시간강사, 연구교수, 교책교수 등을 역임했다. 논문으로 「판소리 『춘향가』와 셰익스피어의 『로미오와 줄리엣』의 비교연구」, 「『혼 왕』과 이슬람」, 「바흐친으로 바이런 읽기」 등 40여 편이 있다. 저서로는 『바이런의 돈 주안: 육체의 자매들』이 있다. 주요 관심 분야는 '용 퇴치자' Dragon Slayer 민담에 관련된 문명·문화 교류이다.

바이런의 오리엔트 이야기

지은이 김현생

발행일 2023년 7월 10일 초판 1쇄

발행인 최외출

발행처 영남대학교 출판부

경북 경산시 대학로 280

전화 053-810-1801~3

팩스 053-810-4722

book.yu.ac.kr

출판등록 1975년 9월 5일 경산 제16-1호

ISBN 978-89-7581-870-7 93840

바이런의 오리엔트 이야기

이슬람 여성의 사랑과 죽음 그리고 정치

김현생 지음

영남대학교출판부

평화,

Peace,

그리고 Salām

머리말

세계가 시끄럽고 세상은 불안하다. 세계 곳곳에서 세상의 불안한 욕망이 충돌하며 많은 문제를 일으키고 있다. 헌팅턴이 주장한 문명의 충돌은 이슬람과 그리스도교, 두 문명 간의 충돌을 예견한 듯하다. 두 문명의 충돌은 7세기 아랍 정복부터 11세기 십자군 전쟁, 15세기 오스만제국의 유럽 정복, 오늘날 이슬람의 반서구적 테러리즘에 이르기까지 그 역사의 뿌리가 깊다.

9·11테러는 두 문명 간의 21세기 충돌이다. 2001년 9월 11일 화요일 오전 8시 46분 미국의 심장부 뉴욕의 WTC가 세계인의 눈앞에서 무참히 무너지고 있었다. 이슬람의 공격이었다. WTC에 부딪히는 비행기, 부서지는 빌딩, 사방으로 흩어지는 파편, 솟구치는 시커먼 연기, 검은 재를 뒤집어쓴 채 갈팡질팡하는 사람들, 한마디로 그 장면은 아수라장이었다. 세계 최강국 미국이 테러당하는 어처구니없는 장면을 실시간으로 지켜본 전 세계인은 속수무책 숨을 죽여야만 했다. 동시에 이 테러는 이슬람에 대해 많은 질문을 하게 하였다. 이슬람이란! 도대체 무엇이지? 세계 최강국 미국에 테러를 감행하다니? 이슬람은 미국이 두렵지도 않단 말인가, 아니면 그렇게 강하단

말인가? 이슬람을 '오른손에는 코란, 왼손에는 칼'을 든 폭력의 종교로 정의하면 이 질문에 대한 간단한 답이 나온다. 하지만 실상은 그렇지 않다.

이슬람은 '순종'과 '평화'를 뜻하며 '무슬림'은 이슬람을 신봉하는 사람으로 알라에게 절대복종해야 한다는 의미를 지닌다. 테러 당시 이슬람은 세계 인구의 5분의 1에 해당하는 13억 명이 신봉하는 종교였다. 13억의 무슬림은 순종과 평화를 실천하면서 하루에 어김없이 다섯 번 메카를 향해 기도한다.* 그런데 이슬람에서 여성을 극단적으로 소외하고 차별하는 이유는 무엇 때문일까? 끔찍한 명예살인은 또 어떻게 설명할까? 가학적 여아 할례는? 이슬람 여성들의 머리를 가리는 히잡, 머리를 감싸는 차도르, 눈만 내놓고 온몸을 감싸는 니캅, 온몸을 덮다 못해 눈까지 가리는 부르카는 왜 하는 걸까? 그 속에 숨겨진 여성은 어떤 삶을 살고 있을까? 그 여성들은 절대적 타자, 숨겨진 인물로만 존재한다. 이렇게 이슬람은 얼핏 보면 모순의 종교로 보인다.

바이런의 '오리엔트 이야기'는 이슬람 여성의 사랑과 죽음을 다룬 다섯 편의 작품군이다. 19세기 초 바이런은 다른 낭만주의 시인들과 달리 드물게 오리엔트 깊숙이 레반트와 아나톨리아까지 여행

---

* 2022년 현재 무슬림 인구는 약 20억 명으로 세계 인구의 4분에 1에 해당한다. 1969년에 이슬람 57개의 국가가 결성한 'OIC'(the Organization of Islamic Cooperation)의 국가 수도 주목된다.

하였다. 레반트는 동부 지중해 연안 여러 나라를 가리키며, 아나톨리아는 터키다. 두 곳 모두 '해가 뜨는 곳', 곧 동양을 의미한다. 바이런은 이 여행 동안 그리스, 알바니아, 터키, 발칸 반도를 여행하면서 그곳의 유력인사를 만나기도 했다. '오리엔트 이야기'는 이 여행을 기반으로 탄생하였다. 이야기는 오스만제국을 무대로 동양 여성을 사이에 두고 이슬람 군주와 서양 남성의 욕망이 충돌하는 내용이 기본얼개다. 그것은 쉽게 삼각관계의 사랑 이야기를 만든다. 삼각관계 사랑 이야기는 오리엔트를 사이에 둔 지배와 저항, 식민과 피식민, 주체와 타자의 충돌처럼 구조화된다. 이 구조는 동시대 오스만제국의 그리스 식민지를 가운데 두고 유럽 열강들이 주도권과 패권을 차지하려는 각축전에 비유되는데, 이는 '오리엔트 이야기'를 정치적 알레고리로 보게 한다. 여기서 '오리엔트 이야기'는 사랑을 가장한 정치, 혹은 정치를 가장한 사랑을 이야기한다는 것을 알 수 있다. 이러한 사랑과 정치, 두 주제는 작품을 떠받치며 끝까지 균형을 유지한다.

'오리엔트 이야기' 다섯 편에는 다섯 명의 여주인공이 등장한다. 작품의 배경이 되는 오스만제국은 이슬람을 신봉하는 국가로 이 사회는 여성을 극단적으로 타자화한다. 이 세계의 여성들은 자루에 담겨 바다에 던져지고, 낯선 남자의 신붓감으로 거래 대상이 된다. 하렘의 오달리스크로 망령든 노인의 노리개가 되고, 남편이 떠나 있는 동안 탑에 갇혀 있어야 하며, 남장하고 사랑하는 남자에게 순애보의 사랑을 바친다. 혼령이 되어 연인과 아버지의 전투를 하늘에서 내려다보며 안타까워하는 여주인공도 있다. 이 책을 쓰는 동안 나는 이 여성들과 깊은 사랑에 빠졌다. 이들 여성의 삶과 연대하는 신비한 결속감을 느끼며 깊은 연민에 눈시울을 적시기도 했다. 그들에 대한 연민은 사랑, 희생, 우울, 좌절, 근심, 기쁨, 절망, 회의, 희망 등 인간의 모든 감정이 뒤섞인 것이었다. 그것은 뜨거운 자매애였다. 자매애는 이 책을 끝까지 밀고 나가며 글을 쓰게 한 힘이었다.

낭만주의 시인 중 바이런은 한국의 영문학 연구자들에게 외면당하는 경향이 있다. 시인에 대한 소논문은 여러 편 있으나 시인의 대표작인 『돈 주안』을 비롯하여 여타의 작품에 관한 포괄적인 연구는 드문 편이다. '오리엔트 이야기'는 저자가 '바이런과 이슬람'이란 주제로 한국학술재단의 지원을 받아 연구를 수행한 적이 있다. 이 책에서는 '이슬람 여성의 사랑과 죽음'이란 주제로 새로운 읽기를 시도 하였다. 그 결과 다섯 작품을 '오리엔트 이야기'로 범주화 된 당위성임을 깨달았다. 이 책은 '오리엔트 이야기'를 한곳에 모아 학계와 독자에게 선보이는 단행본으로서는 처음이다. 여기에는 처음이라는 자부심이 있을 수 있지만 동시에 개척자로서의 부담감도 함께 느낀다. 이 책을 쓰면서 해외 참고문헌을 많이 활용하였는데, 그것은 그 나름의 주관적 해석에서 벗어나지 못한 한계점이 분명히 보였다. 이 책도 저자의 주관적 해석이나 시각을 배제할 수 없다고 본다. 하지만 서양 문학의 타자로서 서양 작품을 읽고 해석하는 데는 분명 서구와 다른 문화적 관점이 있다고 본다. 이 책을 읽게 될 미래의 독자도 이 점에는 공감할 것이다. 아무쪼록 이 책이 바이런, 오리엔트, 이슬람 여성, 나아가 여성 일반에 대한 이해를 높이고 연구를 확장하는 데 이바지했으며 하는 작은 소망을 담아본다.

감사 인사를 전하고 싶은 분들이 있다. 먼저 책이 출간되기까지 길잡이가 되어 준 영남대학교 출판부 이종백 실장님께 감사의 마음을 전한다. 멀리 울산대학교 도서관까지 연락해 귀한 자료를 구해준 가평 설악 도서관 관계자 여러분께 감사한다. 박주옥 교수는 이 책의 초고를 두 번이나 읽으면서 예리한 비판과 많은 조언을 해주었다. 그것은 여성이기에 가능한 비판이었고 조언이었다. 박주옥 교수께 따뜻한 우정을 전한다. 이 책을 쓰는 동안 아름답고 깊은 숲을 전망으로 가진 서재를 서슴없이 내준 박정아 선생께도 감사의 인사를 빠트릴 수 없다. 친친親親은 서로 영혼으로 연결된 진토의 인연이다. 내 마음 한구석을 늘 사랑으로 채워주는 이 땅의 인연 친친에게 따뜻한 정을 전한다.

2023년 초여름

천마 광장을 가득 채웠던 함성을 생각하며,

김 현 생

차례

들어가며

'오리엔트 이야기'Oriental Tales[1]는 바이런Lord George Gordon Byron, 1788~1824의 '그랜드 투어'Grand Tour의 산물이다. 시인은 그랜드 투어 중 유럽을 가로지르며 오리엔트 깊숙이 여행하였다. 시인이 여행하였던 오리엔트는 레반트와 아나톨리아 지역을 포함하는데, 이곳은 오리엔트와 마찬가지로 해가 뜨는 곳, 동양이다.[2] 3여 년에 걸친 이 여행 동안 시인은 그리스, 알바니아, 터키 등 발칸 반도의 주요한 곳곳을 탐사하였다. 당시 시인은 콘스탄티노플에 거주하면서 오스만제국의 문화·정치·경제·역사를 살피고 그곳의 인물을 만나며 오스만제국의 풍물뿐 아니라 미래 세계정세를 관망하였다.[3] 그것은 중요한 문학적 탐구로[4] 그 결과물이 '오리엔트 이야기' 다섯 편이다. 다섯 편의 이야기는 무엇보다도 이슬람문화에 대한 직접성과 사실성이 그 장점으로 꼽힌다. 그 장점은 이야기의 읽기가 동시대 역사적 배경, 작품의 범위가 미치는 공간, 그리고 무엇보다도 이슬람에 대한 복합적인 이해를 하였을 때 잘 드러난다.

'오리엔트 이야기'는 『자우르, 터키 이야기 단편』, 『아비도스의 신부, 터키 이야기』, 『코세어, 이야기 한 편』, 『라라, 이야기 한 편』, 『코린트의 공성, 시 한 편』 등 다섯 편이다.[5] 이 중 『라라』를 제외하고 모두 오리엔트가 작품 무대다. 여기서 오리엔트는 부제가 말해주듯 터키 이슬람이다. 터키는 그 전신이 오스만제국이다. 오스만제국은 중세 유럽이 '암흑시대'Dark Age의 족쇄로 채워져 있을 때, 찬란한 이슬람문화를 받아들여 스스로 무슬림으로 여겼다. 오스만제국은 14세기 아나톨리아에서 패권을 장악한 후, 그곳에 제국을 건설하였다. 1453년 술탄 메흐메트 2세Mehmet Ⅱ가 천여 년의 역사를 가진 콘스탄티노플을 함락하고 그곳을 제국의 수도로 삼아 메카Mecca와 메디나Medina의 공식적 보호자를 자임하면서 유럽을 공포의 도가니로 몰아넣기도 하였다. 오스만제국에 이 사건은 인류사를 바꾼 '별이 빛나는 순간'이었다.[6] 당시 오스만제국은 세계사에서 가장 넓은 영토와 영향력을 가진 제국으로 1923년 터키 공화국 수립까지 정확하게 622년 동안 '팍스 오스마나'Pax Ottomana를 구가하였다.[7] 그동안 유럽은 오스만제국을 종교적, 정치적, 특히 군사적인 위협으로 여겼다.[8] 하지만 바이런이 여행할 당시 오스만제국은 그 영화의 황혼기에 있었다.[9] 반대로 영국은 막강한 해양력으로 국세를 확장하여 제국주의 선두주자로 발칸 반도에서 중추적 외교 역할을 담당하였다.[10]

'오리엔트 이야기'는 작품의 배경이 되는 터키 오리엔트 땅에 서양의 홀연한 등장이나 갑작스러운 서양의 회귀로 사건이 시작되는 공통점이 있다. 오리엔트에 등장한 서양은 동양 군주의 오달리스크나 딸을 사이에 두고 갈등을 일으키는데, 그 갈등은 삼각관계의 사랑 이야기를 만든다. 삼각관계 사랑은 아름다운 여성 '타자'를 가운데 두고 남성들의 욕망이 충돌하면서, 여성의 타자화, 소유권 쟁탈전, 성차별, 계급투쟁, 그리고 마침내 종교 전쟁으로 확대된다. 이야기는 각 작품에서 서로 다른 방법으로 사랑, 배신, 죄, 열정, 복수, 회한, 그리고 폭력적인 죽음을 그려냄으로써 비장감과 페이소스를 자아낸다.[11] 이러한 리듬은 이야기 전체에서 반복되는데, 그리하여 이야기는 배경을 조금씩 달리하면서 같은 주제의 다른 버전을 만든다. 바이런 학자들은 이야기의 이러한 특징에 주목하여 '오리엔트'로 범주화하였는데[12] 이로써 작품은 모두 이슬람문화의 타자성을 다룬 배타적 '오리엔트 이야기'가 된다.[13] 그리고 이야기는 옥시덴트와 오리엔트 사이에서 야기되는 지배와 저항의 담론장으로 변한다.[14]

'오리엔트 이야기' 다섯 편에는 다섯 명의 여주인공이 등장한다. 다섯 명의 여주인공은 이슬람 군주의 오달리스크나 홀아비의 딸로 그들 대부분은 여성을 타자화하는 이슬람 사회의 저당물 역할을 한다.[15] 여주인공들은 '나비'처럼 연약하고, 남성들이 소유하고픈 '매혹의 타자'다. 그런가 하면, 하렘 오달리스크는 자신이 '망령든 노인의 노리개'가 아니라는 것을 깨닫고 자기 '몸'의 주인을 죽일 만큼 강하게 변하기도 한다. 아름다운 여성이 '남장'을 한 채, 사랑하는 남자의 최후까지 함께하면서 지고지순의 순애보를 바치기도 한다. 아버지와 연인 사이의 전쟁을 하늘 위에서 '하얀 베일'을 쓰고 내려다보면서 가슴 찢어지게 아파하는 여주인공도 있다. 여주인공은 레일라—줄레이카—걸네어—칼레드—프란체스카로 이어지면서 사랑과 좌절, 원한과 복수, 모험과 죽음의 서사를 펼친다.

먼저 1장, 『자우르』에서 연약한 '나비'로 상징되는 레일라의 사랑과 죽음, 그리고 복수를 살펴본다. 내용은 하렘의 오달리스크 레일라, 이슬람 군주 하산, 그리고 이슬람 오리엔트 땅에 들어선 자우르, 이 세 인물이 빚어내는 삼각관계 사랑 이야기다. 레일라는 자우르와 사랑한 죄로 하산에게 잡혀 이슬람법에 따라 자루에 담겨 바다에 던져진다. 산 채 수장을 당한 것이다. 자우르는 이에 대한 복수로 하산을 죽인다. 레일라와 하산이 죽음으로써 삼각관계의 갈등은 유보되고 자우르는 평생을 회한과 가책 속에서 괴로워하다 생을 마감한다. 작품의 내용은 이렇게 아주 단순한 삼각관계의 사랑을 이야기하는 것처럼 보인다. 하지만 작품은 단일한 주제의 해석을 거부한다.

표제 인물 '자우르'란 이름에서 이미 그리스도교와 이슬람, 크리스천과 무슬림, 십자가와 초승달의 충돌이 암시되어 있어 작품은 사랑의 주제로 단일화할 수 없는 것이다. 이야기는 동서양의 양분된 가치의 충돌이며, 그 충돌은 하렘의 오달리스크 레일라를 사이에 두고 벌이는 이슬람 군주 하산과 무슬림 땅의 이교도인 자우르의 갈등으로 쉽게 치환된다. 레일라는 작품이 시작될 때 이미 죽어서 하늘에서만 존재한다. 죽음은 레일라를 목소리 없는 화자로 만든다. 하지만 그녀의 죽음은 이야기의 시작이자 클라이맥스로 작품 전체를 통어한다.[16] 레일라는 남성 화자들에 의해서 서술되면서 그 전모가 서서히 구축되는 특징이 있다. 그 전모에는 남성 주체의 시각이 개입됨으로써 레일라의 재현은 굴절되고 왜곡될 수밖에 없다. 그 재현에는 타자 담론의 문제가 발견될 수밖에 없을 것이다.

남성 화자들은 레일라를 연약한 '나비'로 재현한다. 나비는 신비한 아름다움으로 주체의 욕망을 자극한다. 나비는 잡으려는 자와 잡히는 않으려는 자 사이에 목숨을 건 욕망의 표상이다. 그 표상은 레일라를 가운데 둔 남성 주체의 욕망이 충돌한 것이며, 지배와 저항 담론의 충돌이다. '나비'로 재현된 레일라는 나비처럼 남성 주체들을 매혹케 하는데, 이때 나비는 레일라의 은유이고 상징이다. 남성 주체들의 욕망이 충돌하는 가운데 레일라는 수동적으로 일관한다. 그렇다면 남성 화자들의 관점에서 타자로 재현되는 데 대한 레일라의 저항은 없었을까? 여기에서 생전에 그녀가 하지 못했던 말, 남성 화자의 관점에서 서술되는 타자로서 그녀의 욕망을 작품의 문맥을 통해서 해석할 필요가 있는 것이다. 그것은 레일라가 가슴에 품고 있었던 주체적 삶에 대한 사랑, 소망, 꿈, 자유 등이 아니었을까.

2장, 『아비도스의 신부』에서는 한 번도 신부가 되지 못했던, 영원히 순결한 아비도스의 신부 줄레이카를 분석한다. 작품의 무대인 '아비도스'는 토포스적으로 사랑과 죽음의 신화를 간직한 공간이다.

줄레이카는 '아비도스'의 '신부'로 그 신화를 완성하는 여주인공이다. 줄레이카는 셀림과 사랑하는 사이지만 그들의 사랑은 아버지 파사 지아퍼로부터 인정받지 못한다. 셀림은 줄레이카에 대한 금지된 사랑을 욕망하고, 지아퍼는 줄레이카를 술탄 오스만에게 정략결혼의 제물로 바쳐 자신의 권력 강화를 욕망하며, 술탄 오스만은 정략결혼의 제물인 줄레이카의 순결을 욕망한다. 이렇게 줄레이카를 가운데 두고 어긋난 남성들의 욕망이 충돌하면서, 그녀를 '매혹의 타자'로 만든다.

줄레이카는 남성 인물들이 각각 욕망하는 바대로 대상화하는 특징이 있는데, 셀림의 욕망은 지아퍼로부터 줄레이카를 빼앗아 그녀의 사랑을 차지하는 데 있다면, 아버지 지아퍼의 욕망은 줄레이카를 술탄 오스만에게 정략결혼의 제물로 바침으로써 자신의 권력 확장과 강화의 수단으로 여기는 데 있다. 그리고 술탄 오스만의 욕망은 자신의 권력을 대여함으로써 줄레이카를 소유하는 데 있다. 여기서 줄레이카는 권력 강화의 도구로 전락하여 욕망의 교환대상이며, 남성 주체의 욕망을 자극하는 '매혹의 타자'가 된다.

줄레이카가 '매혹의 타자'로서 존재하는 데는 아버지 지아퍼의 가부장적 권력이 작동하며, 여성을 억압하고 타자화하는 이슬람법이 강제된다. 줄레이카는 자신의 의지로 셀림을 사랑하고 그 사랑을 지키려 하지만, 그 사랑에는 형제 살해와 근친상간이라는 자연법을 위반한 장애가 있다. 그 장애는 그들의 사랑을 완성하는 데 피할 수 없는 운명처럼 작용한다. 그들의 사랑은 권력을 추구하는 욕망 앞에 무력할 뿐 아니라, 이율배반적 의무와 정열의 문제가 줄타기하는 특징이 있다. 이 같은 갈등 양상을 '매혹의 타자' 줄레이카를 통해서 분석한 결과, 담론은 고정되지 않고 계속 역 담론을 재생산한다는 특징이 도출된다.

3장, 『코세어』는 이슬람 군주의 오달리스크 걸네어와 코세어 콘래드의 운명적 사랑 이야기다. 표제 인물 '코세어'는 북아프리카 바르바리 해안에 출몰하였던 이슬람 해적의 고유한 이름이다. 역사적으로 코세어는 백인 노예무역으로 유명했다. 코세어의 수장 콘래드는 파사 세이드의 궁을 약탈할 때, 불타는 하렘에서 오달리스크 걸네어를 구한다. 걸네어는 콘래드의 팔에 안겨 불 속에서 구조되는 순간 생애 처음으로 진정한 사랑을 느낀다. 그 순간은 걸네어가 주체성을 자각하는 순간이기도 하다. 그녀의 주체적 각성은 '나는 망령든 노인의 노리개가 아니에요'란 말에 집약되어 나타난다. 그 각성은 콘래드의 사랑을 통해서 이루어진 것이다. 걸네어는 그 각성을 가능하게 한 콘래드를 위해서 파사 세이드를 살해한다. 이 살해에서 콘래드에 대한 걸네어의 사랑은 절정에 이른다.

걸네어가 세이드를 살해하는 행위는 남성의 욕망을 거세하는 상징적 행위이며, 그것은 새로운 여성상의 재현이다. 하지만 걸네어의 주체적 행동 이면에는 또 다른 여성의 삶을 담보해야만 한다. 콘래드의 순종적이고 아름다운 아내 메도라가 그 담보의 희생자다. 메도라는 걸네어가 세이드를 죽이고 콘래드를 구출한 후, 그와 첫 키스를 나누는 바로 그 순간에 죽는다. 메도라의 죽음은 또 다른 타자의 생명을 담보한 결과로 콘래드와 걸네어의 사랑에서 치명적 결합이 된다. 그 결합은 저항을 초래하는 주체의 약점이 될 수 있는 것이다.

4장, 『라라』에서는 '남장한 여자' 칼레드의 순애보 사랑을 분석한다. 작품의 배경은 '오리엔트 이야기' 중에서 유일하게 옥시덴트다. 주인공 라라는 봉건사회의 귀족이며 여주인공 칼레드는 남장한 여자 시종이다. 사건은 오랫동안 떠나 있었던 라라가 어느 날 갑자기 자신의 영지로 돌아오는 데서 시작한다. 라라가 자신의 영지로 돌아올 때, 그에게는 오직 시종 하나만 뒤따른다. 그 시종이 남장한 여자 칼레드다. 칼레드는 기성질서와 관습을 전복하고 남장을 한 채, 연인 라라의 옆에서 그를 지켜보고 보호한다.

라라와 칼레드는 지금까지 '오리엔트 이야기'의 인물과 아주 다른 뜻밖의 인물이다. 두 인물의 등장은 『코세어』에서 사라졌던 콘래드와 걸네어의 재등장이다. 라라는 『코세어』에서 콘래드가 가졌던 혁명적 이상을 실행하고 칼레드는 『코세어』의 걸네어가 콘래드에게 생명으로 빚졌던 사랑을 완성한다. 라라는 봉건사회의 귀족으로 카리스마적 인물이다. 그는 혁명적 열정에 불타는, 일체의 불의에 저항하는 투사다. 그는 농민 반란의 선봉에 서서 그 반란을 선두 지휘하는데, 그것은 봉건사회를 뒤엎으려는 혁명적 거사다. 이 혁명에서 라라는 죽고, 칼레드는 그의 죽음을 지킨다. 라라에 대한 칼레드의 사랑은 짝사랑이다. 그 사랑은 성, 계급, 가족, 나라까지 포기하는 순애보의 여정이다. 칼레드는 라라 옆에서 저는 '남장한 여자'라고 속삭이지만, 라라는 그녀의 정체를 모르고 그녀의 사랑은 더더욱 느낄 줄 모르는 것처럼 보인다. 그러나 칼레드는 마지막까지 라라를 변함없이 사랑하고 순애보의 사랑을 완성한다.

칼레드가 순애보 사랑을 할 수 있었던 조건은 그녀의 남장에서 찾을 수 있다. 남장은 타자가 주체의 위치에서 주체를 사랑하는 장치이며, 남장 여자 칼레드의 순애보는 남성 주체를 이해했기에 가능했다고 볼 수 있다. 남장 여자 칼레드에 숨겨진 여성 주체는 여성성이 지닌 모성애와 아가페적 사랑의 구현이다. 그 사랑은 지상의 욕망을 초월하는 사랑이며 만물을 포용하는 자아 희생적 사랑이다. 이러한 이야기는 『라라』가 『코세어』의 속편이며, 두 작품은 교차 읽기가 필요한 상호텍스트임을 증명한다.

5장, '오리엔트 이야기'의 마지막 작품인 『코린트의 공성』을 다룬다. 여주인공 프란체스카는 작품에 직접 등장하지 않고, 『자우르』의 레일라처럼 작품이 시작될 때 죽어 혼령이 되어 앨프 앞에 나타난다. 프란체스카는 앨프와 사랑하는 사이였지만, 아버지 미노티의 반대로 연인 앨프와의 사랑을 완성하지 못한 채 죽는다. 앨프는 프란체스카의 아버지 미노티의 반대로 그녀와의 사랑이 실패하자 이슬람으로 개종하여, 무슬림 터키군과 함께 크리스천 미노티의 성곽을 포위한다. 미노티는 베니스 도시국가의 총사령관으로 코린트 성을 방어하고 있다. 코린트 성은 오랜 세월 동안 갖은 풍상을 견뎌낸 난공불락의 성으로 그리스도교를 상징한다. 그 성이 이제 곧 무슬림의 손에 함락될 운명이다. 프란체스카는 '하얀 베일'을 쓰고 하늘에서 크리스천 미노티 군과 무슬림 앨프 터키군의 전투, 바로 아버지와 연인 사이의 무력충돌을 지켜보면서 가슴 아파한다. 그녀는 '하얀 베일'을 쓰고 앨프에게 환영으로 나타나 그 싸움의 불길한 종말을 예언한다.

프란체스카는 남성 인물의 기억 속에서 살아있으면서 남성 의식을 지배하는데, 그 힘은 그녀의 연민에 찬 사랑에서 나온다. 그녀의 힘은 주체와 타자, 지배와 저항 모두를 멸망케 할 정도로 강력하다. 앨프와 미노티의 전투는 의무와 사랑, 충성과 배신, 기성과 혁명, 그리스도교와 이슬람, 크리스천과 무슬림의 갈등으로 진폭에 진폭을 거듭하면서 마침내 승자와 패자의 경계를 무너뜨리고 모든 것을 무로 만들어 버린다.

'오리엔트 이야기'는 표면적으로 이슬람문화를 배경으로 전개되는 삼각관계의 사랑 이야기처럼 보이지만 사실 그 이면에는 서양 지배 담론인 침탈과 약탈의 죄과에 대한 뼈아픈 죄의식이 은폐된 사실도 간과할 수 없다. 시인은 작품에서 정치 담론에 사랑의 주제를 덧입히는데, 그렇게 덧입혀진 사랑 이야기는 정치 주제를 위장하는데 좋은 가림막이 된다. 그럼으로써 이야기는 주체와 객체, 지배와 피지배, 그리스도교와 이슬람, 그리고 옥시덴트와 오리엔트 같은 담론의 비평적 지평을 넓히게 된다. 사랑과 정치의 이중적 읽기는 서로 길항작용을 하면서 이야기는 같은 주제를 다섯 번 다르게 변주한다. 그것은 교차 비평 읽기이며 궁극적으로 서구의 관점으로 오리엔트를 보고 타자화하도록 일방적으로 강조하는 가치를 지양하고 그 이면에 숨어있는 차별과 은폐를 드러내는 것이다. '오리엔트 이야기'의 교차 읽기는 그리스도교와 이슬람, 크리스천과 무슬림, 두 문명에 대한 이해를 구하고 동서를 아우르는 평화와 화합, 그리고 공존의 가능성을 기대할 수 있을 것이다.

1장 『자우르, 터키 이야기 단편』*

— 레일라, 나는 '나비', 잡지 마셔요

I

『자우르』는 '오리엔트 이야기' 중 첫 작품으로 전체 이야기를 해석하는 데 주제와 내용에 있어 리좀rhizome 역할을 한다.[1] 작품의 표제 인물인 '자우르'Giaour[2]는 이슬람 쪽에서 본 이교도, 즉 크리스천을 일컫는다. 그 단어 자체가 무슬림과 크리스천 사이를 가르는 알레고리allegory 역할을 하는 셈이다.[3] 작품의 배경은 부제가 말해주듯 터키다. 터키는 지정학적으로 동·서양을 아우르는 접점에 있으며, 한때 유럽을 6백여 년 동안이나 지배하고 호령했던 오스만제국이 그 전신이다. 이처럼 『자우르』의 작품 무대는 오스만제국 터키가 되고, 문화적 환경은 이슬람이 된다.[4] 작품의 제목과 배경에 이미 이슬람과 그리스도교가 내포되어 있어 두 문명 간의 갈등을 강하게 암시한다.

* Lord Byron, *The Complete Poetical Works*. Vol. III. Ed. Jerome J. McGann (Oxford: The Clarendon P, 1986) 39. 이하 『자우르』로 약칭하고 인용 뒤 괄호 안에 표기 G와 칸토와 시행 번호만 밝힌다.

이야기는 터키 오스만제국에 이교도인 자우르가 등장함으로써 시작된다. 그의 등장과 함께 레일라Leila를 가운데 둔 이슬람 군주 에미르 하산Emir Hassan과 사랑의 삼각관계가 이루어진다. 삼각관계 사랑은 불륜과 치정이 뒤엉킨 복수극으로 펼쳐진다. 이러한 삼각관계의 사랑 이야기는 작품의 주제를 쉽게 사랑으로 읽게 한다. 하지만 이 이야기를 사랑의 주제로만 읽는다면, 그것은 어디까지나 단층적이고 표피적인 해석이 된다. 그리고 그 해석은 상당히 정태적이고 단선적인 결과가 도출될 가능성이 농후하다. 작품을 사랑 이야기로만 읽을 수 없는 근거는 등장하는 세 인물이 정확하게 자우르 크리스천, 하산 무슬림, 그리고 레일라는 한때 크리스천이었으나 지금은 이슬람이 된 코카서스를 표상하기 때문이다. 하산의 오달리스크 레일라는 '라마단'Ramaḍān의 마지막 날인 '바이람 축제'Bairam feast가 시작되는 날, 자우르와 사랑의 도피를 감행한다. 그녀의 도피는 타자로부터의 도피이며 그녀 자신의 주체를 향한 도피다. 그러나 그녀는 그 도피의 어느 편에서도 성공하지 못한다. 레일라는 맹렬하게 추적하는 하산의 손에 잡혀 이슬람 성법聖法 '샤리아'Sharīah에 따라 자루에 담겨 바다에 던져진다. '샤리아'는 '성스러운 계명'과 '지침', 그리고 '샘에 이르는 길'이다. 샤리아에 따르면 그녀의 죽음은 성스러운 계명을 어긴 명예살인에 해당하며 하산은 샤리아를 충실하게 지킨 무슬림 군주가 된다. 크리스천 자우르는 레일라의 죽음에 대한 복수로 하산을 죽이는데, 그것은 레일라의 사랑에 대한 책임감일 수 있지만, 스스로 그리스도 교리를 파괴하는 행동으로 대죄에 해당한다.

그러므로 삼각관계의 사랑 이야기는 오히려 이슬람 대 그리스도교의 충돌, 오리엔트 대 옥시덴트 담론이 격돌하는 장의 이야기로 읽을 수 있다. 세 인물의 각각 다른 표상에서 동시대 유럽사의 정치적 담론을 읽을 수 있으므로, 작품은 주체와 타자, 지배와 피지배, 옥시덴트와 오리엔트가 정치적 알레고리로 작동하는 이야기가 된다. 그것이 바로 사랑의 주제에 감추어진 정치성으로 시인이 말하고자 하는 참 주제인 것이다.

이야기는 부제의 터키 이야기 '단편'Fragment처럼 파편화된 이야기를 네 명의 남성 화자가 네 번 서술함으로써 전체 이야기가 완결되는 구조다. 남성 화자는 자신의 주체적 입장을 견지하고 레일라는 수동적 침묵으로 일관한다. 남성 화자는 무슬림 발라드 가수와 무슬림 어부, 그리고 크리스천 신부와 자우르인데, 작품에서 동양과 서양의 화자를 각각 두 명씩 배치함으로써 서술은 정확한 균형을 이룬다. 각각의 화자는 각각의 기억 속에 있는 레일라를 하나씩 호출함으로써 그녀의 운명적 사랑과 죽음, 그리고 그녀의 모습이 서서히 윤곽이 잡히면서 그 전모가 드러난다.

작품에서 레일라는 남성들이 잡고 싶어 하는 아름답고 부서지기 쉬운 '나비'로 표상된다. 나비의 아름다움과 연약함은 쉽게 추적자를 유혹한다. 하지만 나비는 잡히면 그 아름다움은 사라지고 결국에는 죽음을 맞게 된다. 나비는 대초원을 자유롭게 날아다닐 때, 그 존재적 가치가 있는 것이다. 나비는 잡히는 순간 연약한 날개는 부서지고 다시는 살아날 수가 없다. 이 같은 나비는 정확하게 레일라의 운명과 같다. 그녀는 하산의 추적에 잡혀 그의 손에 죽는다. 레일라는 자루에 담겨 바닷물에 던져지는데, 산 채 수장당하는 그녀의 죽음은 매우 잔혹해 보인다.

레일라가 자루에 담길 때의 생각, 바다에 던져질 때의 두려움, 그리고 그녀가 죽기 전에 느꼈던 의식은 어느 남성 화자도 말하지 않는다. 남성화자 누구도 레일라의 생각과 두려움, 그리고 타자의 의식을 알 수 없다. 그렇다면 목소리 없는 레일라는 하고 싶은 말이 없었을까? 이슬람 땅에서 이교도인 자우르를 사랑했던 자신의 죄과에 대한 변명은 없었을까? 레일라는 나비처럼 아름답고 연약한 존재였지만 사랑을 위해 도피할 정도로 강한 여성이었다. 그녀의 욕망은 없었을까? 남성 화자들의 서술 속에 재현되는 레일라의 모습을 그 행간의 문맥 속에서 읽어내어 그녀의 목소리에 담긴 의미를 밝힌다.

II

『자우르』는 자우르와 하산의 오달리스크 레일라의 금지된 사랑 이야기다.[5] 무슬림 쪽에서 본 이교도인 크리스천 자우르와 무슬림 오달리스크의 목숨을 건 사랑만 본다면 작품의 주제를 사랑이라고 생각하기 쉽다. 그리고 그것은 일견 정당해 보인다. 하지만 레일라와 자우르의 금지된 사랑은 원한과 피의 복수로 이어지면서 크리스천과 무슬림의 대결로 확대되고 마지막에는 모두 멸망하기 때문에 주제를 사랑으로 보기에는 다소 도식적이다. 작품의 서두에 해석의 길잡이 역할 같은 범상치 않은 '공고'Advertisement도 작품의 주제를 사랑으로만 읽을 수 없게 한다. 공고는 이질적 두 부분으로 이루어져 있는데, 앞부분은 남녀 간의 사랑과 배신 이야기며, 뒷부분은 동시대의 정치적 사건이다.[6] 제사題詞 같은 이 공고의 함축적 의미는 작품의 주제를 사랑으로만 한정하기 어렵게 하는데 이는 앞으로 전개될 이야기가 정치적 맥락에서 이해될 가능성이 충분히 있기 때문이다.

> 이 파편적 단편들이 소개하는 이야기는 현재 오리엔트에서는 전보다 흔치 않은 일이다. 이는 여성들이 '구시대'보다 더 용의주도해졌거나, 아니면 크리스천들의 운이 더 좋아졌거나, 모험을 덜 하기 때문이다. 이 전체 이야기는 한 여자 노예의 모험담을 담고 있는데, 그녀는 부정不貞을 저질러 젊은 베니스 인 애인의 손에 잡혀 이슬람식으로 바다에 던져졌다. 당시는 알바니아 군the Arnauts이 모레아Morea에서 퇴각한 바로 다음 베니스 공화국이 일곱 섬을 점령하고 있었던 때다. 러시아 침공에 뒤이은 알바니아 군이 모레아에서 한동안 약탈을 자행하였다. 그들은 미시트라Misitra의 약탈이 거부되자 메이나 인Mainotes을 유기하고 공격을 포기하기에 이르렀다. 그것은 결국 모레아의 폐허로 이어졌다. 그동안 그들이 곳곳에서 자행했던 잔혹함이란 신앙인의 연대기에 그 유례가 없을 정도였다.

전체 14행의 이 공고는 두 부분으로 나누어져 있다. 전반부에는 젊은 베니스 인 애인의 손에 죽임을 당한 '한 여자 노예의 모험담'이 실려 있고, 후반부에는 동시대 역사적 사실인 러시아, 알바니아, 그리고 베니스 공화국의 일곱 섬의 침공이 차례로 기술되어 있다. 이 역사는 본문의 메아리 역할을 한다.[7] 공고의 전반부에 간략하게 기술된 '한 여자 노예의 모험담'은 본문에서 레일라의 불륜과 죽음으로 똑같이 재현된다. 후반부의 역사적 사실은 하산과 자우르, 이슬람과 그리스도교, 무슬림과 크리스천의 충돌로 재현된다. 공고의 핵심어는 '부정'을 의미하는 영어 'infidel'이다. 그것은 이교도인 자우르의 '인피델'이며 레일라의 부정인 '인피델'로 작품 전체를 해석하는 열쇳말이다. 즉, 오리엔트 땅에 들어선 이슬람을 불신하는 자우르의 인피델이며, 이교도인 자우르와 불륜의 사랑을 한 레일라의 인피델인 것이다. 전반부의 주제는 부정의 사랑이다.

공고의 후반부 전체는 바이런이 여행했던 시기의 발칸 반도의 역사·지리적 배경이 제시되는데 이로써 작품은 정치적 알레고리 역할을 한다.[8] 알레고리란 인물, 행위, 그리고 때로는 배경이 글자 그대로 1차적 의미 층에 있어서 논리 정연한 말이 될 뿐 아니라, 그것과 상관관계를 맺고 있는 2차적 인물, 개념, 사건의 층도 가리키도록 고안된 문학적 장치다. 알레고리란 간단히 말해서 지시하는 것과 '다른 것을 말한다'는 뜻이다. 작품에서 역사·지리적 알레고리는 이야기가 전개되면서 충분히 밝혀지지만, 자우르는 옥시덴트, 하산은 오리엔트, 레일라는 두 담론 사이에서 갈등 축으로 작용하는데, 이 같은 담론의 구조는 동시대 유럽정치의 알레고리로 볼 수 있다. 이렇게 시인은 자신의 정치성을 천명하기 위해 사랑이란 주제로 배수진을 친다.[9]

『자우르』는 사랑과 정치라는 두 개의 주제가 서로 얽혀서 전개되는데, 시인은 작품에서 역사적 사실을 주춧돌처럼 깔고 그 위에 사랑과 정치라는 전혀 이질적인 주제를 '공고'함으로써 이 작품이 사랑만을 이야기하지 않다는 사실을 공고한다. 사랑이라는 주제는 작품의 참 주제를 감추기 위한 가면이다.[10] 참 주제는 공고에서 암시된

바처럼 정치성이다. 작품의 부제에 나타난 터키는 가장 오랫동안 유럽 정치사에서 영향력을 과시했던 이슬람국 오스만제국이다.[11] 당시 오스만제국은 지중해 해상력을 장악하고 있었으며 그 지배력은 레판토 해전Battle of Lepanto, 1571에서 유럽연합 함대에 패배함으로써 흠집이 났지만 19세기까지 계속되었다.

시가 열리면 제일 먼저 무슬림 발라드 가수의 노래가 들려온다. 그는 오스만제국의 신민이지만 오히려 그리스의 사라진 영광에 대한 향수를 노래한다. 오스만제국은 한때 찬란한 문화를 가졌던 아름다운 나라, 유럽 문화의 요람이었던 그리스를 지배하고 있다. 그리스는 과거의 영광을 뒤로하고 오스만제국의 식민국으로 전락했다. 이제 식민국으로 전락한 그리스의 현재 모습에서 과거 영광에 대한 향수와 그 덧없음을 느끼게 한다.

> 아테네 묘지 저 아래 굽이치는
> 파도를 가르는 바람 한 점 없고,
> 절벽 위에서 미광을 발하는 무덤은,
> 그가 헛되이 구한 나라 위 높은 곳에서,
> 스키프 선의 귀항을 가장 먼저 맞이한다—
> 언제 다시 그 같은 영웅이 있을까? (G 1-6)

바람 한 점 없는 바다를 배경으로 절벽 위 높은 곳에서 아테네 묘지가 그리스를 내려다보고 있다. 미광을 발하는 무덤의 주인공은 그리스 불세출의 영웅 '테미스토클레스'Themistocles를 가리킨다. 그의 아테네 묘지는 높은 절벽 위에서 굽이치는 잔잔한 파도를 내려다보면서 귀항하는 스키프 선을 제일 먼저 맞이한다. 과거의 영웅이 묻혀 있는 아테네 묘지는 기억처럼 희미하게 빛을 발하고 있다. 그 영웅은 죽어 묘지에 누워있고, 그가 구했던 그리스는 헛되이도 식민국으로 전락하여 터키의 압제하에 신음하고 있다. 아테네 묘지는 과거 영광의 그리스가 영웅 테미스토클레스와 함께 묻혀버린 것을 상징한다.[12] 그것은 한때 자유의 발상지였고 서구 문명의 중심지였던 그리스의 몰락에 대한 애끓는 비가悲歌를 노래한다.[13]

묘지의 주인공 테미스토클레스는 테르모필레Thermopylae 협곡에서 페르시아 왕 크세르크세스 1세Xerxes I 의 대군에 맞서 '살라미스 해전'Battle of Salamis을 승리로 이끌었던 그리스 영웅이다(G 109-13). 그는 청년과 같은 열정, 탁월한 정치적 이해력, 강한 실행력과 공공심을 갖춘 정치가의 이상적인 인물, 곧 아테네 정신의 화신이었다. 테르모필레 협곡은 산과 바다 사이에 낀 폭이 15m밖에 안되는 좁은 협곡이다. 기원전 480년 테미스토클레스는 테르모필레 협곡의 지리적 특성을 이용하여 페르시아 함대에 맞서 수적으로 절대적인 열세에도 불구하고 살라미스 해전을 대승으로 이끌었다. 이 해전은 2천백 년이 지난 1588년 영국의 프랜시스 드레이크 경Sir Francis Drake, 1540~96이 스페인 무적함대Armada를 무찌른 대승리에서 재연된다.[14]

그런데 이제 그 찬란했던 그리스 영광의 불꽃은 꺼져버렸다. 그리스의 영광은 사라지고 한 무더기 흙으로 남았다. 테미스토클레스가 승전으로 이끌었던 살라미스 해전도, 그 전쟁터였던 모레아 언덕도, 그 승리의 영광도, 그리고 그 자신도 이제는 잊힌 인물이 되어 한 무더기 흙이 되었다. 무슬림 발라드 가수는 과거 영광의 그리스와 현재 치욕의 그리스를 대조함으로써 인간 역사의 덧없음을 노래한다. 과거 영광의 그리스는 아름다운 나라(G 48), 천국 같았는데, 이제 인간의 손에 멸망하여 그리스는 헛되이도 터키 식민국이 되었다. 과거 영광은 사라졌고 유적은 무덤뿐이다. 무덤은 사망한 그리스의 영광을 상징한다.

그리스의 과거는 영광스러웠지만, 그리스의 현재는 치욕스럽다. 자연은 그리스의 과거와 현재의 모습을 비춰준다. 그것은 그리스 과거 영광과 현재 몰락의 대비처럼 모순적이다.

> 이것이 그리스다—이제는 살아있는 그리스가 아니다!
> 너무나 차갑게 상냥하고, 너무나 치명적으로 아름답다.
> 우린 떠나련다—그곳에는 기백이 없기에. (G 91-3)

그리스의 자연이 아무리 아름다울지라도 과거의 영광이 아무리 빛날지라도 그것은 이미 죽어서 무덤 안에 묻혀있다. 그리스의 영광은 이제 볼 수 없다. 더는 살아있지 않다. 그렇지만 그리스는 여전히 차갑게 상냥하고 치명적으로 아름답다. 무슬림 가수는 그리스를 '차갑게 상냥'하고 '치명적으로 아름'다운이란 모순어법으로 노래한다. 이 극도의 균형 잡히고 절제된 모순어법의 대립쌍은 더욱 특별한 힘을 갖는다.[15] 그것은 양가적 가치의 극단적 역설을 의미하는 동시에 상대 대립쌍을 강조한다. 무슬림 발라드 가수는 다시 노래하는데, 그리스에는 뭔가 부족하기에 우린 떠난다고 한다. 그것은 기백이 없기 때문이며, 진취적 기상과 생명이 없기 때문이다.

그리스는 몰락했지만, 그 찬란했던 문명과 문화는 여전히 아름답다. 그곳에는 치열했던 전쟁터, 용맹했던 영웅들의 이름이 전설처럼 전해지면서 후손에게 희망과 명예를 남긴다.

살라미스 만이여, 바위여!
이 장면들아—그들의 이야기를 모르진 않으리—
일어나, 그리고 다시 네 것으로 만들어라.
네 조상의 재에서 그 선조의 타다 만
깜부기불을 잡아채라. (G 113-17)

무슬림 발라드 가수는 다시 노래한다. 가수는 격정적으로 '살라미스 만'이여 '바위여!'라고 외친다. 살라미스 만과 바위는 파란만장했던 그리스의 흥망을 오롯이 지켜보았기에 다시 일어나 과거 그리스의 영광에 찬 장면을 재연하라고 명령한다. 조상이 남겼던 영광의 재에서 깜부기불을 잡아채어 다시 불을 붙이라고 격려한다. 돈호법의 어조는 격정적이고 문장은 웅장한 울림을 준다.

계속해서 무슬림 발라드 가수는 마치 격문처럼 그리스의 영광을 노래한다.

자유를 위한 싸움이 시작되면
피 흘린 아비가 아들에게
종종 좌절은 있으나, 항상 승리의 유산을 남긴다.
증인이여, 그리스여, 그대 살아있는 역사여, 명심하라,
불멸의 시대로 그것을 증명하라! (G 123-27)

그리스의 아버지와 그 아버지의 선조들은 그 이름만으로도 적들을 벌벌 떨게 했을 뿐 아니라 후손들에게는 더욱 가치 있는 덕목, '희망'과 '명예'를 남겼다(G 121). 그러한 유산은 후손들에게 수치보다는 죽음을 택하게 한다. 자유를 위한 전투에서 종종 패하기도 하지만, '살라미스 해전'이 증명하듯 항상 승리를 유산으로 남긴다. 전쟁의 승리는 영원하며 전쟁을 승리로 이끈 영웅의 이름도 영원하다. 역사는 승리를 영원히 기억하며 불멸의 시대로 증명한다. 하지만 오늘의 살라미스는 그리스의 과거 영광을 지켜볼 수가 없다. 그 이름을 듣고 폭군조차 벌벌 떨었던 과거의 영광스러운 그리스는 더욱 아니다. 그리스는 터키의 지배하에 놓인 식민지가 된 것이다. 그리스의 과거 영광은 현재 오스만제국의 속국이 되는 치욕으로 변했다. 시인은 그리스를 '잊을 수 없는 용사의 나라!'(G 103)라고 노래했지만, 그 잊을 수 없는 용사의 나라는 이제 노예로 전락한 식민국이 되었다.

이제 요람에서 무덤까지 기어 다니는,
노예—아니, 노예 중의 농노,
　그리고 범죄 외에는, 무감각한,
짐승도 되지 못하는 데까지 인간을 타락시키는
모든 악으로 더럽혀졌으니,
심지어 야만의 미덕도 축복받지 못했고,
자유나 용맹심도 없었다. (G 150-56)

현재의 그리스는 더할 수 없이 비참하게 변했다. 나라는 터키의 속국이 되었고 그리스인들은 터키인의 노예가 되었다. 그리스인은 태어나서 죽을 때까지 무릎으로 기어 다녀야 하는 노예 중의 농노가 되었다. 노예 상태의 그리스인은 야만의 미덕도 자유도 용맹심도 없이 짐승에게도 못 미치는 수준까지 전락하였다. 과거 그리스의 영광이 너무나 빛났기에 현재 그리스의 몰락은 이보다 더 비참할 수 없다. 그리스인은 인간을 타락시키는 모든 악으로 더럽혀졌다. 그 모든 악은 억압과 굴종이며 비열이고 노예근성이다. 그러므로 그리스를 위해서, 노예의 굴레를 벗어던지지 않고 정신의 굴종을 깨지 않고는 자유를 간청하는 것은 헛된 일이다(G 161-63). 오늘의 그리스에는 굴종만 있을 뿐, 노예의 굴레에서 벗어나려는 저항정신과 자유를 추구하는 강한 기백이 절대적으로 부족하다. 강한 기백의 절대적 부재가 그리스 몰락의 최대 적이며 다시 자유를 쟁취할 수 없는 한계다.

무슬림 발라드 가수는 목소리를 바꾸어 바다를 배경으로 무슬림 어부의 귀항을 묘사한다. 조금 전까지 무슬림 발라드 가수의 어조가 격정적이었다면 이제는 담담하고 평화롭다. 과거 그리스의 영광을 노래했다면 현재 그리스의 자연을 서술한다. 조금 전의 무슬림 발라드 가수의 목소리가 향수에 젖었다면, 이제 그의 목소리는 현실적이며 직접적이다. 그의 목소리에는 고된 하루의 일과를 마치고 귀항하는 무슬림 어부의 만족감도 어느 정도 느껴지는 듯하다. 바다에 의지해 살아가는 무슬림 어부는 고기잡이를 마치고 이제 육지로 돌아온다.

멀고, 짙은, 반짝이는 푸른 바다를 따라,
돌출한 암석 그림자가,

섬 해적의 보트나 메이나 인 같아
어부의 시선을 놀라게 한다.
그는 자신의 경輕 카이크 배가 두려워
의심스러운 후미 가까이는 가지 않는다.
비록 하루 일로 지쳤고 힘들었지만,
그래서 비늘 전리품이 거추장스럽지만,
천천히, 그러나 힘차게, 노를 젓는다.
마침내 레오네 항구의 더 안전한 해안이
아름다운 불빛으로 동방의 밤을 최상으로 만들어
그를 맞아들인다. (G 168-79)

무슬림 어부는 하루의 고기잡이 일을 끝내고 항구로 돌아온다. 그는 힘든 노역으로 지쳤지만, 혹시나 나타날지 모르는 해적이나 메이나 인이 두려워 사방을 살피며 조심스럽게 배를 젓는다. 메이나 인은 그리스 서 라코니아Laconia와 동 메시니아Messenia, 그리고 모레아에 자리 잡은 마니Mani 반도에 살았던 사람이다. 메이나 인은 아주 사나운 종족으로 주로 해적약탈을 주업으로 삼았다. 어부의 눈에는 어둠을 배경으로 돌출한 바위가 마치 해적선이나 메이나 인 해적처럼 보이기도 한다. 그래서 그는 후미진 곳 가까이는 가지 않는다. 어부는 오늘 잡은 물고기가 귀항에 방해가 되지만 천천히 그러나 힘차게 자신의 카이크 배의 노를 저어 안전한 항구로 도피한다. 항구의 아름다운 불빛은 어부를 맞아들여, 동방의 밤을 최상으로 만든다.

무슬림 발라드 가수의 격정적인 목소리와 어부의 잔잔하고 고요해서 담담하기까지 한 목소리의 대비는 주제를 복수의 다양한 목소리로 이끌어 가는 다성성의 한 방편이다.[16] 이러한 두 목소리의 대비는 그 목소리가 서술하는 사건이나 풍경을 더욱 극적으로 대조하여 긴장과 이완의 효과를 동시에 가진다. 이제까지 서술되었던 잔잔하고 고요한 무슬림 어부를 맞이하는 풍경이 돌연한 천둥 치는 소리에 부서진다. 천둥처럼 울리는 말발굽 소리와 함께 난데없이 한 인물이 등장한다. 여기서 화자 목소리는 다시 격정적이다. 두 목소리의 대비는 이처럼 극적이다.

　흑마를 타고 천둥처럼 달려오는 자 누구인가?
늘어뜨린 재갈, 달리는 말발굽,
쩔걱거리는 쇳소리로
동굴의 메아리가 사방에 울린다.
채찍에 채찍, 도약에 도약하며
준마 옆구리를 가르는 거품은
바다 물결을 모은 듯하고
지친 파도는 가라앉아 쉴지라도,
말 탄 자의 가슴에는 안식이 없다.
그리고 내일의 폭풍이 낮아지더라도,
　젊은 자우르, 그대 심장보다 더 고요하리! (G 180-90)

누군가가 새까만 흑마를 타고 천둥처럼 말을 몰아 달린다. 그는 죽음에 쫓기듯 말을 달린다. 그의 기억은 겨울처럼 차가운 죄의식에 사로잡혀 있다. 이렇게 칠흑의 검은 말을 타고 천둥처럼 달려오는 자 누구인가? 그가 자우르다. 늘어뜨린 재갈, 달리는 말발굽, 쩔걱거리는 쇳소리에서 말의 질주 속도가 매우 빠르다는 것을 알 수 있다. 말 탄 자는 채찍에 채찍을 가하고 도약에 도약을 더하며 질주하는데, 그

소리는 동굴의 메아리처럼 깊게 울리면서 사방에 울려 퍼진다. 거친 파도는 가라앉아 고요하지만 말 탄 자의 가슴에서 안식이 없다. 내일의 폭풍이 낮아지더라도 말 탄 자의 마음보다 더 고요하리다. 말 탄 자 자우르의 마음은 평온하지 않다. 낮아지는 폭풍이 더 고요할 정도로 그의 마음에는 평화와 안식이 없다. 무엇이 그를 괴롭히는 걸까, 무엇 때문에 그는 천둥처럼 말에 박차를 가하는 걸까? 그가 어디서 무슨 죄를 지었는지 알 수 없지만, 시간의 방울 속에 모여드는 삶의 고통과 죄의식만이 그를 압도한다. 그가 과거에 저질렀던 범죄는 그 모두가 차가운 그 무엇, 어두운 그 무엇일 것이다. 그의 어두운 범죄는 이슬람 세계를 침공하여 200여 년 동안 이슬람 세계를 짓밟고 파괴했던 십자군 전쟁의 무의식적 반영일까? 그의 죄과는 분명하지 않는데, 그의 태도는 역력하게 오만하다(G 259-64).

이렇게 갑자기 이슬람 세계에 등장한 말 탄 자 자우르는 예상치 못한 침략자처럼 급작스럽다. 그는 북아프리카 사막의 건조한 모래 열풍 시뭄simoom처럼 등장했다가 사라진다(G 282). 돌연한 말발굽 소리와 함께 자우르가 등장하는 장면은 구조상 전환과 클라이맥스의 효과를 지니며, 이후 작품은 위기와 대단원으로 나아간다. 작품은 이렇게 급격한 장면의 전환과 클라이맥스로 시작하는, 구체적인 시작과 끝이 없는 특이한 구조다.[17]

자우르가 등장한 땅은 오스만제국 터키로 이 제국은 이슬람을 신봉하는 국가다. 이슬람은 그리스도교와 여러 면에서 다르다. 가장 먼저 이슬람에는 종교를 의미하는 '교'라는 접미사가 붙지 않는 점에 주목할 필요가 있다. 불교나 그리스도교는 창시자 이름, 힌두교는 소속지명, 유대교는 인종 이름에 '교'를 첨가함으로써 종교의 이름을 지었다.[18] 하지만 이슬람은 그렇지 않다. 이슬람은 이름이나 지명, 그리고 인종의 관계에서 벗어나 종교 교유의 이념인 '순종'과 '평화'의 뜻을 그대로 담은 '이슬람'으로 명명한다고 경전 '코란'Koran에 규정하고 있다. 이는 또 '평화'와 '구원'의 '살람'salām이란 단어에서 파생하였다.[19] 이슬람을 신봉하는 사람들은 알라에게 절대적으로 복종하는 '무슬림'이며 그들이 추구하는 궁극의 목적은 평화다.

이슬람에서 명심해야 할 가장 중요한 점은 그것이 단순한 신앙 체계만이 아니라 신앙과 사회생활 전반이 합일된 정교 합일체제임을 기억할 필요성이다.[20] 이러한 이슬람은 '샤리아'성법에 충실하다. 샤리아는 코란과 '순나'Sunnah를 바탕으로 한 이슬람법이다. 이슬람 세계에서 샤리아는 종교와 세속 전 분야에 미치는 이슬람 문명의 총체적 환경이다.[21] 이슬람은 종교와 일상생활을 구분하지 않기 때문에 종교적 법에서 배제되는 것이 아무것도 없다. 샤리아는 종교의례뿐 아니라 무슬림 삶의 모든 측면을 다룬다. 이슬람은 세속적 즐거움도 경건한 신앙심의 규정에서 벗어나지 않는 한 긍정하는 종교이며, 성과 속을 아우르면서도 내세만을 약속하는 구원의 종교가 아닌 점도 특징이다.[22]

자우르가 느닷없이 등장한 곳은 크리스천의 관점에서 보면 이교도의 땅인 이슬람 세계 터키다. 이제는 터키의 속국이 된 그리스에 자우르가 들어옴으로써 그 자신이 이슬람에서 배척하는 이교도가 된다. 여기서 다시 화자가 바뀌어 이제 무슬림 어부가 자우르를 묘사한다. 화자가 바뀜으로써 시의 서술 분위기도 바뀐다. 이는 바흐친의

'다성성'polyphony과 연관하여 설명할 수 있다.[23] 다성성은 화자나 개별적 인물이 서술 구조를 독점하는 독백적이고 단성적인 서술 방법이 아니라 등장인물들이 자신들의 시각으로 작품 공간에서 각축을 벌이며 의미를 생성하는 방법이다. 다성적 목소리는 작품을 포괄적이고 객관적으로 조망할 수 있게 한다. 이 작품에서 다성적 목소리는 같은 이야기를 네 명의 화자가 서술함으로써 이야기를 객관적일 뿐 아니라 포괄적으로 조망할 수 있게 한다.

> 나는 그대를 모르며, 그대 종족을 싫어한다.
> 그러나 그대의 인상에서
> 언제 지워지지 않고, 강해지는지 알 수 있다.
> 비록 젊고 창백하나, 그 병색 짙은 이마는
> 불타는 열정의 예봉에 상처 입었다. (G 191-95)

무슬림 어부의 목소리에는 자우르에 대한 혐오와 증오가 묻어난다. 그는 자우르를 젊고 창백하며 병색의 이마를 가진 자로 그려낸다. 무슬림 어부는 자우르의 정체를 모르면서도 그가 '자우르', 즉 이교도라는 이유만으로 싫어한다. 자우르는 자신을 이교도로 칭하는 오스만제국에 발을 들여놓음으로써 타자가 된다. 그는 무슬림 어부가 미워하는 대상일 뿐 아니라 오스만의 아들이면 누구나 죽이고 싶어 하고 기피 하는 인물, 즉 불구천지 대원수다(G 196-99).

무슬림 어부의 서술에서 크리스천에 대한 무슬림의 뿌리 깊은 증오심을 읽을 수 있으며 그의 묘사에서 자우르는 크리스천 일반으로 확대되어 그리스도교를 신봉하는 유럽 국가까지 확장된다. 이 같은 자우르에 대한 무슬림 어부의 증오심은 크리스천 일반에 대한 적대심이다.[24] 여기서 자우르는 서양 일반과 그리스도교의 은유 역할을 한다. 자우르에 대한 무슬림 어부의 묘사에서 이 작품이 사랑만 이야기하고 있지 않다는 사실을 알 수 있다. 공고를 참고하면 자우르의 출신은 베니스로 볼 수 있다. 하지만 무슬림 어부의 말처럼 그가 어디서 왔는지, 무슨 인종인지, 무슨 일을 하는지는 작품의 끝까지 밝혀지지 않은 채 그냥 '자우르'로 통칭된다.

자우르는 이슬람 최대의 축제인 라마단을 배경으로 '이국풍의 옷'을 입고 등장한다. 무슬림 어부의 눈에 그는 분명히 이 세계의 이방인이다. 자우르는 이국풍의 옷을 입고 이슬람 세계에 등장하여 라마단 한가운데 선다.

> 초승달이 언덕 위에서 아스라이 빛나고,
> 모스크에 높이 달린 등불은 잔잔히 흔들리고 있다.
> 메아리 속의 먼 총성은
> 세상을 깨우기는 너무 멀지만,
> 기쁨에 찬 울림의 섬광은
> 무슬림의 열렬한 신앙을 증명하는 듯하다.
> 오늘 밤—라마단의 해가 진다—
> 오늘 밤—바이람의 축제가 시작된다—
> 오늘 밤—하지만 이국풍 옷을 입고 매서운 눈매를 가진 그대는
> 누구며 무엇을 하는 자인가? (G 222-31)

모스크Mosque를 배경으로 초승달이 언덕 위에서 아스라이 빛난다. 모스크는 이슬람 사원으로 이곳에서 무슬림은 몸을 엎드려야 한

다.[25] 하늘의 초승달은 지상의 라마단 축제를 굽어보며 홀로 빛나고 있다. 초승달은 이슬람을 상징하는데, 그것은 1400년 전 무함마드Muḥamad가 알라로부터 처음 계시를 받았을 때 하늘에 초승달이 막 떴기 때문이다. 그 획기적인 사건의 의미를 살려 그 밤을 '라일라트 알 까드르'Laylat al-Qadr, 즉 '결정의 밤', '권능의 밤' 또는 '거룩한 밤'이라 한다.[26] 레일라의 이름이 의미하는 '밤'이 여기서 유래한 사실을 알 수 있다. 그리고 신월 초승달은 점점 둥근 보름달 만월로 나아가기에 이슬람은 언제나 풍요와 발전을 지향한다.

이슬람 성전 모스크에는 등불이 잔잔히 흔들리고 있다. 간간이 들리는 총성의 메아리 속에서 낭랑하게 들리는 '기쁨에 찬 울림의 섬광'은 무에진Muezzin의 기도 소리다. 그 소리는 무슬림의 열렬한 신앙을 나타낸다. 오늘 밤 이슬람 최고의 축제 '라마단'의 해가 진다. 라마단은 타는 지열과 건조함을 뜻하는 아랍어 '라미다'에서 유래하였다. 이는 '타는 갈증의 감각'을 이 기간에 '선행으로 죄를 태워 없앤다'는 뜻을 담고 있다. 라마단은 음력인 이슬람력에서 아홉 번째 달 '육안'으로 초승달이 보이기 시작하는 날 밤에 시작되어 다음 초승달이 뜬 날 밤에 끝난다.[27] 라마단은 금식일로 이 기간 무슬림은 일출부터 일몰 때까지 일체의 음식과 물을 입에 대지 않으며 성관계도 갖지 않는다. 라마단이 끝나고 초승달이 보이기 시작하는 날 밤, '바이람'이 시작된다. 바이람은 '이드 알 아드하'Īd al-Aḍḥā, 즉 희생제를 의미한다. 희생제는 아브라함Abraham이 하느님께 약속한 대로 자기 아들 이삭Issac을 제물을 바치려고 하는데, 하느님이 그 대신 숫양을 희생시킨 데 대한 기념축제일이다.[28] 바이람은 라마단의 오랜 금욕과 금식이 끝나는 것을 축하하면서 벌이는 이슬람 세계의 국가·종교적 축제다.

라마단의 마지막 해가 지는 날 금식이 끝나고, 바이람 축제가 시작되는 절정의 한가운데 등장한 자우르는 두려움과 증오로 대리석처럼 창백하다(G 234-39). 하지만 그는 오만한 자세로 '크리스천 문장'을 달고 있다(G 256). 그의 모습과 문장에서 무슬림 어부가 무엇을 두려워하고 누구를 증오하는지 알 수 있다.

그날 밤, 바이람 축제가 시작되는 밤에 자우르는 등장하고 레일라는 사라진다.

> 그날 밤 그녀가 도주하였다.
> 라마단의 마지막 해가 지던 날,
> 그리고 미나렛 첨탑마다 섬광이,
> 수백만의 등불이 가없는 동쪽을 비추며
> 바이람의 축제를 알릴 그때였다. (G 448-52)

라마단의 마지막 날, 오랜 금식과 금욕의 기간이 끝나면서 바이람이 시작되는 그날 밤, 그 결정의 밤에 레일라가 사라졌다. 수백만 개의 등불이 빛을 밝혀 동쪽을 비추며 바이람을 알릴 때, 그 축제의 분위기 속에서 그녀는 행방을 감추었다. 극적인 배경으로 극적으로 사라진 것이다. 레일라의 행방은 알 수 없다. 그녀와 자우르의 만남도 알 수 없다. 그들이 언제 어디서 만났는지, 그리고 어떻게 사랑에 빠졌는지 작품은 말하지 않는다. 사라진 퍼즐 한 조각처럼 라마단 축제일에 만났다고 가정해 볼 수 있을 뿐이다. 자우르와 레일라의 사랑은 크리스천과 무슬림 간의 사랑, 즉 이교도 간의 사랑이며 불륜의 사랑이다. 하지만 이러한 불륜의 사랑은 전통에 구애받지 않으면서도 가장 전통적인 사랑 방식으로 대개 불행으로 끝난다.

레일라 몸의 주인은 하산이다. 레일라의 도주는 하산에게 소유물이 사라진 것과 같다. 여성의 몸을 소유 대상으로 볼 때, 그것은 소유하기 위한 물건이다. 하산은 잃어버린 물건을 찾아 사방을 뒤지며 추적에 나선다. 레일라의 도주와 하산의 추적에서 쫓고 쫓기는 자의 분노와 공포가 동시에 느껴진다.

> 검은 하산은 하렘에서 뛰쳐나왔으나,
> 그의 눈에 여자 모습은 보이지 않았다.
> 이례적인 추적에 나섰으나,
> 하지만 그는 사냥꾼의 기쁨은 누리지 못했다.
> 레일라가 그의 세라이에 있을 때,
> 하산은 그렇게 서둘지 않았다. (G 439-44)

검은 하산에서 그의 피부가 유색 인종임을 알 수 있다. 레일라가 하렘에서 사라진 것을 안 하산이 내뱉은 첫 말은 '레일라가 그곳에 없단 말인가?'였다(G 445). 하산은 그 사실을 알고 추적에 나서 사방을 뒤지고 찾았지만 끝내 레일라를 찾지 못한다. 그녀가 자신의 대상隊商 숙소 세라이Serai에 있을 때, 그는 그렇게 미친 듯이 레일라를 찾지 않았다. 그것은 자신의 영지 내에 있었기에 자기 소유물로 안심했기 때문이다. 하지만 이제 사라진 레일라는 사냥감이며 하산은 사냥꾼이다. 사냥감과 사냥꾼 사이에는 목숨을 건 도주와 추적이 있을 뿐이다. 하산은 사냥꾼이 사냥감을 잡았을 때와 같은 포획의 쾌감은 아직 누리지 못했다. 아직 레일라가 잡히지 않았다는 뜻이다.

하산은 미친 듯 레일라를 찾아 사방을 뒤졌지만 찾을 수가 없다. 그는 신심 없는 자우르와 함께 도주한 레일라에 더욱 분노한다. 신심 없는 자우르는 이슬람 편에서 보았을 때이며, 그리스도교 관점에서 보면 자우르는 신심 있는 크리스천이다. 그것은 그리스도교 관점에서 보았던 신앙을 전복한다. 크리스천은 이슬람을 사이비종교, 사라센 이교도로 칭했던 전통이 있다.[29] 그런데 여기서 크리스천 자우르는 신심 없는 이교도가 되어 자신이 사이비종교가 된다.

레일라를 추적하여 잡으려는 하산의 욕망과 레일라와 함께 도주한 자우르의 욕망은 이 추적에서 충돌한다. 레일라와 함께 사랑의 도피를 한 자우르나 그 사실을 알고 레일라를 잡으려 혈안이 된 하산은 모두 절대적 압제자의 표상이다. 레일라는 하산에게는 '소중한 상품'precious freight(G 362)이며 자우르에게는 '사랑스러운 장난감'lovely toy(G 404)이다. 그녀는 대상으로만 존재한다.

두 추적자의 표적이 된 레일라는 연약하고 아름다운 '나비'로 묘사된다.

> 동양 봄의 곤충 여왕은
> 그 자줏빛 날개로 에메랄드빛
> 카슈미르 목축지 위를 날아오르며
> 젊은 추적자를 가까이 초대하여,
> 그리고 이 꽃에서 저 꽃으로 그를 이끌어
> 지친 추적과 낭비한 시간,

그리곤 숨찬 가슴과 눈물 그렁한 눈의
그를 남겨둔 채, 나비는 높이 솟아오른다.
눈부신 색깔, 그리고 열광적 날갯짓의
아름다움이 큰아이를 유혹한다.
헛된 소망과 두려움의 추적은,
우둔으로 시작하여, 눈물로 막을 내린다. (G 388-99)

동양 봄의 곤충 여왕은 '나비'다. 나비는 레일라를 은유한다. 나비는 자줏빛 날갯짓으로 이 꽃 저 꽃으로 날아다니며 추적자를 애타게 한다. 그러다가 나비는 마침내 추적자를 뒤에 두고 저 높이 공중으로 날아가 버린다. 그러면 나비를 잡으려는 자는 그 헛된 소망에 안타까움의 눈물을 흘린다. 무슬림 하산이건 크리스천 자우르건 그것이 누구이든 나비에게는 똑같이 잡으려는 손길이다. 누구에게 잡히든 나비 앞에 놓인 운명은 똑같다. 그것은 나비를 잡으려는 손길마다, 그리고 아름답다고 만질 때마다, 그 고운 모습이 사라져 버리기 때문이다(G 410-15). 나비의 고운 모습이 사라지면 추적자의 욕망 또한 사라진다. 레일라는 아름답지만 연약한 나비 같은 존재, 아름다운 나비의 날갯짓처럼 추적자를 유혹하고 안달하게 한다. 레일라를 차지하려는 하산과 자우르의 욕망은 바로 나비를 쫓는 자와 같다.[30] 여기서 나비는 연약하고 아름답고 부서지기 쉬운 레일라의 타자성을 암시한다.

하산은 마치 전쟁을 치르듯 레일라를 잡으려 맹렬한 추적에 나선다(G 519-25). 그의 추적은 '에메랄드빛 목축지' 위를 자유롭게 날고 있는 나비를 잡으려는 것과 다를 바가 없다. 쫓는 자는 그 아름다운 색깔과 하늘거리는 날갯짓에 매료되어 무의식적으로 잡으려 할지 모르나 나비에게 그것은 치명적이다. 그들의 추적은 아름다움을 좇는 욕망이다. 레일라를 소유하고 있었던 하산, 그녀를 사랑이라는 이름으로 소유하고자 했던 자우르, 둘 모두는 레일라에게는 자신의 생명을 담보하는 자들이다. 나비는 잡히는 순간 그 비단 같은 날개와 아름다운 빛깔은 매력을 잃어버리고 생명마저 조만간에 끝나기 때문이다(G 512-25).

> 그 사랑스러운 장난감은 맹렬한 추적을 당해
> 잡히면 그 매력을 잃어버린다.
> 그것에 구애했던 손길마다
> 그 빛나는 색깔을 털어버려
> 마침내 매력, 그리고 색깔, 그리고 아름다움이 사라지면,
> 날게 버려지든지 아니면 홀로 죽기 때문이다. (G 404-409)

나비를 좇는 자에게 나비는 '사랑스러운 장난감'에 불과하다. 그 사랑스러운 장난감을 좇아서 구애했던 손길은 하산과 자우르다. 그들은 연약한 나비와 대조된다. 하산은 '준엄하고'(G 517) 절대적인 '무슬림 권력'(G 457)이다. 자우르는 자신의 '크리스천 문장'과 '오만한 태도'(G 256)로 무장하고 있다. 이와 같은 그들의 삼각관계 사랑은 정치적 알레고리로 읽을 가능성이 농후하다. 그것은 나비의 추적에서 보듯이 레일라는 왕조 권력의 저당물이며 하나의 재산이기 때문이다.[31] 레일라는 의인화된 그리스이며 오스만제국의 식민국이 된 그리스의 상징이다. 그리고 동시대 그리스의 정치적 알레고리다.[32]

알레고리로 보면 레일라는 승자가 차지하게 될 전리품이다. 전리품으로서 레일라는 대상화되어 터키 압제의 그리스와 같은 의미를 지닌다. 자우르와 하산이 레일라를 두고 충돌하는 문제는 동시대 유럽 열강들이 그리스 독립을 놓고 충돌하는 문제와 동일하다. 그러한 상황에서 그리스는 터키로부터 독립한다고 해도 그것은 지배자만 다를 뿐이지 결국에는 똑같은 압제를 받게 된다. 같은 압제의 다른 지배일 뿐인 것이다. 그러므로 무슬림과 크리스천 모두 그리스의 해방과 자유를 보장하지 못하는 한계를 분명하게 드러낸다.[33]

레일라는 오스만 군주의 오달리스크다. 무슬림 어부의 묘사에서처럼 이슬람에서 여성은 거의 목소리를 낼 수 없는 지위에 있다. 무슬림 어부는 레일라를 '노예'로 묘사하는데, 그의 묘사에는 여성 주체와 여성 몸에 대한 심각한 불평등이 존재한다. 이슬람 세계의 남성은 여성을 타자화하여 소유하기 위해서지 주체적 인격체로 보지 않는다. 이러한 여성에 대한 시각은 오리엔탈리즘과 밀접한 관계가 있다. 오리엔탈리즘은 오리엔트의 신비와 전제군주의 잔혹함, 여성들을 관능적 대상으로 보는 관점이 지배적이다. 쾌락적 도구로서 여성 몸은 다름 아닌 하렘 여성의 몸이다. 이 여성 몸은 18·9세기 제국주의의 생산을 반영하며 도구로서의 전위적 역할을 맡았다.[34] 제국주의 생산으로서 여성 몸은 작품에서 자우르에 의해 하렘의 오달리스크로 한정되는 특징이 있다. 이는 레일라에서 재현된 여성의 몸을 제국주의에서 파생된 오리엔탈리즘의 환영으로 볼 수 있게 한다. 특히 레일라의 몸에 자우르가 개입됨으로써 그녀의 몸은 제국주의의 정복 대상이 되는 공간으로 변한다.

레일라는 옥시덴트를 대표하는 크리스천 자우르와 오리엔트를 대표하는 하산의 손에 부정, 강간, 살해, 복수, 전쟁 등의 희생자가 되는데, 이는 옥시덴트가 오리엔트를 군사적·성적으로 정복하는 행위다.[35] 군사적 정복은 어느 국가의 영토가 지배공간으로 변하는 것이라면, 성적 정복은 여성의 몸이 지배공간으로 변하는 것이다. 하지만 크리스천 자우르가 이슬람 세계에 침입한 것에서 타자의 의미가 이슬람 일반, 혹은 식민 일반으로 전유 되는 점에 주목해야 한다. 자우르는 레일라와 사랑에 빠져 그녀와 도주했다. 그들 사랑의 도피는 자우르가 하산에게서 레일라를 빼앗은 강탈이며, 하산은 레일라를 자우르에게 강탈당한 셈이다. 그들의 사랑 이야기를 이슬람과 그리스도교, 무슬림과 크리스천, 오스만제국과 유럽의 이분법 구도에서 보면 자우르의 레일라 납치는 하산의 영토를 침탈한 것과 동일 선상에서 해석할 수 있다.[36] 그렇게 해석하면 자우르는 크리스천으로 일반화되어 전체 크리스천을 대표하게 되며, 그의 크리스천 대표성이 오리엔트 땅을 침략하게 된다.

이러한 구도속에 레일라의 도피는 필연적이며, 그녀는 하산과 자우르의 추적에서 벗어나야 한다. 그들의 추적에서 레일라가 했음직한 상상의 말이 전해진다. 레일라는 여성 주체에 대해, 천국에 대해, 이슬람 신앙에 대해 자신의 믿음을 말한다. 그녀의 말은 도발적이고 전복적이며 여성 주체적이다.

> 네, **영혼**, 그리고 우리 예언자께서
> 육신은 숨 쉬는 흙덩일 뿐이라고 하셨죠.

알라를 두고 맹세컨대! 저는 아니라고 하겠어요.
비록 내가 알-시라의 아치에 서 있을망정,
내 눈으로 파라다이스를 보고,
그리고 알라의 후리들이 손짓하는 걸 보며
그 불타는 홍수 위를 조심조심 걸어야겠지만요.
오! 누가 젊은 레일라의 눈짓을 알고,
그리고 여자는 단지 먼지며,
폭군의 욕정을 위한 영혼 없는 장난감이라고 한
경전을 지킬 수 있겠어요? (G 480-90)

『코란』은 이슬람 경전으로 114장으로 이루어져 있다. 수라Sūrah는 코란의 각 장의 이름이다. 4장은 '여자'라는 수라인데,[37]이 장에서 인간은 모두 하나의 영혼에서 창조되었으며 그 영혼에서 여자를 창조하였다고 한다. 그리고 인간은 '영혼 없는 숨 쉬는 흙덩이'라고 한다. 레일라는 경전의 이 구절을 알라를 두고 거부한다. 그녀는 알-시라Al-Sirat의 아치에 서 있을지라도 그 말을 거부한다고 한다. 알-시라 아치는 이슬람에서 심판의 날 사람이 건너야 할 다리다. 그것은 머리카락보다 더 가는 다리로 그 밑에는 지옥 불이 타고 있다. 레일라는 그렇게 두려운 다리 위에 서 있는 필멸의 존재지만 여자는 '숨 쉬는 흙덩일'수 없다고 한다. 그러면서 자신의 눈에는 이슬람의 천사 후리houri들이 자신을 보고 손짓하는 게 보인다고 한다. 여기서 그녀는 이렇게 그녀만의 천국을 만든다.

레일라는 결코 하산을 사랑한 적이 없다(G 518). 그렇기에 그녀는 '폭군의 욕정'을 위한 '영혼 없는 장난감'이 아니라고 항변하면서,

자신의 '눈짓'이 의미하는 것을 안다면 그럴 순 없다고 한다. 이렇게 자신의 역할을 의식한 레일라는 비록 연약하여 나비 같은 존재지만 자유롭게 공중을 날 수 있는 주체로 자신을 상상했기 때문이다. 그녀의 이 같은 서술은 작품 속의 남성화자, 즉 무슬림 발라드 가수나 어부, 그리고 하산이나 크리스천 자우르보다 훨씬 주체적이다. 그녀의 목소리는 여성을 타자화하는 남성 주체 권력 자체를 전복하기에 충분하다.

레일라는 '시르카시아Circassia 딸'이다. 레일라의 눈빛에는 불멸이 빛나며(G 492), 그녀의 가젤 산양 같은 순하고 크고 깊고 검은 눈동자는 보는 사람을 매혹케 한다(G 473-76). 그녀의 볼은 석류꽃처럼 붉고, 그녀의 머리 타래는 히아신스 꽃의 흐름처럼 아름답다(G 496). 그녀는 나비처럼 연약하고 꽃처럼 아름답다.

> 구름이 산을 가리기 전에
> 그 위를 덮고 있는 눈보다
> 더 새하얀 그녀의 발이 대리석을 스치듯
> 바닥에 닿으면, 땅 위에 한 점을 남긴다.
> 새끼백조가 우아하게 물 위를 구르듯
> 그렇게 시르카시아 딸은
> 프랑게스탄의 가장 어여쁜 새는 땅 위를 걸었다! (G 500-6)

'시르카시아'와 '프랑게스탄'Franguestan은 같은 곳이다. 시르카시아는 코카서스Caucasia를 의미하고 프랑게스탄은 페르시아어 'Faran'에서 유래한 'Franks' 혹은 'French'를 의미한다. 오리엔트에서 그것은 유럽인을 가리킨다.[38] 그곳은 러시아 남부 카프카스산맥 서북쪽에 있는 흑해와 접한 지방이다. '시르카시아 딸' 레일라의 새하얀 발은 산 위에 쌓여있는 만년설보다 더 하얗다. 그녀의 걸음걸이는 새끼백조의 걸음걸이처럼 가볍고 우아하다. 레일라는 하산의 오달리스크로 시르카시아 출신 백인이고 자우르는 크리스천 백인이다. 하산은 유색의 아랍인이거나 터키인 혹은 무어인으로도 볼 가능성이 있다. 세 인물은 인종이 다르다. 레일라와 하산의 관계를 지명으로 해석하면 레일라는 터키 압제에서 신음하는 그리스의 전형이 된다.[39] 이 해석의 암시는 레일라가 하산으로부터 반드시 도주해야만 하고 하산은 레일라를 반드시 사로잡아야 하는 일종의 딜레마가 된다.

레일라의 몸짓, 시선, 복장, 신체 등은 모두 보는 이에게 우아함과 아름다움, 매력 등, 한마디로 여성성의 아름다움을 느끼게 한다. 그런데도 레일라의 모습은 아름답기보다는 부서질 듯 연약하여 지상의 존재처럼 느껴지지 않는다. 그녀는 '아름다움으로 무장한'(G 512) '깃털로 덮인 백조'(G 507)다. 이러한 레일라의 모습은 도입부의 그리스를 상기시키면서 그리스와 동일시 된다.[40] 그리스와 흡사한 레일라의 모습은 그리스의 과거와 현재가 주는 해석의 알레고리를 통해 이 작품에 대한 상상과 지적인 체험을 한층 더 깊게 한다.

그리스의 영광에 찬 과거는 철저하게 잊힌 채 바람 한 점 없는 잔잔한 바다 위에 고요히 서 있었다. 테미스토클레스의 영웅적 행위도 잊힌 채, 아테네 묘지의 흙무더기로 남았다. 레일라도 이미 죽어 현세적 존재가 아니다. 그녀는 지상의 존재가 아니라 천상의 존재다. 레일라는 침묵의 인물이며 수동적 희생자다.[41] 그러나 그녀는 역설적으로 과거 영광의 그리스처럼 늘 현존하는 인물이다.

자우르는 무슬림 입장에서 이교도인데, 레일라는 무슬림 어부가 그토록 싫어하는 이교도, 바로 자우르와 도주한 것이다.

> 그 신심 없는 노예가 자신의 내실을 박차고,
> 그리고, 신심 없는 것보다 더 나쁘게, 자우르에게 갔다!— (G 535-36)

여기서 '그 신심 없는 노예'는 레일라다. 그녀가 내실을 박차고 자우르에게 달려갔던 것은 사실이다. 그녀의 도주는 이교도인 신심 없는 자우르와 함께였기 때문에, 신심 없는 것보다 더 나쁘다. 그렇기에 무슬림 어부는 그녀를 간단히 '신심 없는 노예'로 정의해 버린다. 여기서 레일라의 목소리는 들리지 않는다. 하지만 그녀는 결코 신심 없는 노예가 아니다. 그녀는 사랑을 위해서 도주한 것이지 알라를 믿지 않아서가 아니다. 앞서 보았듯이 그녀는 알라를 신봉했으며, 사랑을 믿었기 때문에 도주한 것이다.

무슬림 어부가 말하는 두 행의 짧은 시는 두 가지 차원의 해석을 유도한다. 하나는 종교적 해석이며, 다른 하나는 정치적 해석이다. 종교적 해석으로 볼 때, 무슬림과 자우르는 서로가 적대자이며 이단자다. 그렇게 보면 하산과 자우르, 둘 다 서로에게 상대적 이단자가 된다. 따라서 크리스천에게만 이단이 있는 것이 아니다. 같은 종교를 믿지 않는 자는 상대 종교에서 보면 모두 이단이 된다. 바이런은 이 같은 종교관을 신의 이름과 인간 정신의 남용으로 여겨 심하게 비난한다.[42] 이는 이단의 개념에 대해 한층 열려 있는 시각이다. 정치적 해석은 하산에 대한 무슬림 어부의 충성심을 들 수 있다.[43] 하산에 대한 무슬림 어부의 충성은 종교적 신념과 상관없는 정치적 이념이다. 그러한 충성은 매우 위험해 보인다. 맹목적인 충성으로 이루어진 권력은 쉽게 독재 권력으로 변질될 수 있으며, 그보다 위험한 권력은 없다. 그것은 절대적 압제에 대한 종속이기 때문에, 지배 권력보다 더욱 위험하다.

무슬림 어부의 시각에서 이슬람의 군주 하산은 영웅이며 레일라는 배신과 배교의 이중적 죄를 지은 죄인이다. 그에게 자우르는 '저주받을 자우르'(G 619)이고 '복수심에 사로잡힌 자우르'(G 680)다. 무슬림 어부가 자우르를 보는 방식에는 강한 종교적 편견이 담겨있다. 그는 레일라가 자우르에게 간 것을 두고 자우르가 이교도였기 때문에 더욱 나쁘다고 규정함으로써 레일라의 도주가 사랑의 문제에서 종교의 문제로 바뀌어 정교와 이교, 이슬람과 그리스도교의 대립이 된다.

하산은 화승총과 오스만 칼로 무장하고 부하를 대동하고 레일라의 추적에 나선다. 그의 추적은 그리스 위를 나는 독수리 떼의 은유로 재현된다.

> 저 높이, 우뚝 솟은 산,
> 그곳에 독수리 떼들이 갈증에 겨운 부리를 갈고 있다.
> 그리고 오늘 밤은 그들의 축제가 될 것이며,
> 아침빛이 밝기 전에 그들을 내려오도록 유혹할 것이다.
> 저 아래, 겨울 강 물결이
> 여름빛 앞에 줄어들었고,
> 그리고 그곳에 말라죽은 관목만이 남아

황량하고 메마른 강바닥을 드러낸다. (G 553-60)

저 높이 솟은 산정에는 독수리 떼가 갈증에 겨운 부리를 갈고 있다. 오늘 밤은 독수리 떼가 즐길 축제의 밤이다. 오늘 밤에 죽은 누군가의 시체는 독수리의 먹잇감이 되어 그 축제의 제물이 될 것이다. 저 아래의 강은 여름 햇빛에 물이 말라 황량한 바닥이 드러나 있다. 그나마 남은 관목들은 말라서, 겨우 그 형태만 남아있다. 산 높이 유유히 날고 있는 독수리 떼는 뭔가 먹을 것을 찾는 낌새다. 그것은 호시탐탐 그리스를 노리는 유럽 열강들이다. 이는 다시 한번 레일라가 그리스의 상징이라는 것을 지배종속의 선상에서 이해할 수 있는 부분이다. 따라서 바이런의 정치관은 그가 여행했던 그 시점의 정서에 맞추어 읽는 것이 타당하다.[44] 이 주장은 작품을 동시대의 역사적 배경, 작품의 범위가 미치는 공간, 그리고 무엇보다도 이슬람 대한 복합적인 이해를 했을 때, 작품에 함축된 정치적 알레고리의 메아리가 들릴 수 있다는 뜻이다.

『자우르』가 출판된 해는 1813년인데, 당시 유럽정치는 배신과 배반으로 얼룩져 있었다. 특히 약소국가였던 그리스는 터키의 압제에서 벗어나 자유를 쟁취하기 위해 러시아에 기댔으나 배반을 당했고, 나폴레옹에게 희망을 걸었으나 그것도 좌절되었으며, 영국에게 도움을 청했으나 거절을 당했다. 바이런은 이러한 동시대 유럽 국가들의 행태를 신성 동맹the Holy Alliance보다 더 싫어했다.[45] 신성 동맹은 동맹을 가장한 유럽의 이익집단이었다. 그들은 나폴레옹과 같은 영웅주의적 허영심으로 가득 차 터키의 압제 아래 신음하는 노예 상태의 그리스는 안중에도 없었다. 동시대 유럽의 통치자들은 나폴레옹을 흉내 내는 원숭이에 불과했다.[46] 시인에게 그들은 나비를 쫓는 자와 먹잇감을 노리는 독수리 떼일 뿐이다. 그래서 시인이 '이것이 그리스다. 그러나 이제 살아있는 그리스가 아니다'라고 절규하며, 이미 과거가 된 그리스의 영광을 비통해한 것이다.

레일라의 운명은 그리스의 운명과 흡사하다. 레일라는 하산에게 잡혀 산 채로 자루에 담겨 바다에 던져진다(G 352-87). 도입부에서 그리스를 묘사했던 그 잔잔한 바다는 레일라의 몸을 삼켜버린 잔인한 바다가 된다. 이때 자루에 담긴 레일라는 '몸'으로 볼 수 없는 물건이었다는 사실이 중요하다. 그것은 생전에 그녀의 공간이었던 하렘harem에 자유가 거의 없었다는 것을 뜻한다.[47] 하산은 레일라가 노예였기 때문에 그녀를 믿었다고 하는데 그것은 하산이 그녀의 여성성을 인정하지 않고 객체로, 즉 절대복종하는 노예나 소유물로 여겼기 때문이다. 하산은 레일라를 부동의 물건처럼 여겼기에 그녀는 자루에 담겨 바다에 던져져도 하등의 죄의식도 느낄 필요가 없었다(G 461-62). 그런데도 레일라를 이슬람식으로 자루에 담아 바닷물에 던져 산 채로 수장하는 장면은 '타자'로서 이슬람의 재현과 의사소통의 문제에서 시작하고 있음을 보여준다.[48] 이러한 이슬람문화의 원용은 가볍게 볼 수 없는 문제다.

이슬람문화는 모든 문화와 마찬가지로 남성과 여성에 대한 이상적인 이미지를 갖고 있는데, 남성 무슬림의 행동규범을 제시하는 가장 큰 가치는 '샤라프'Sharaf라는 명예개념이라면[49] 여성 무슬림의 그것은 '이르드'ird라는 명예개념이다.[50] 명예개념이란 개인이 자신을 평가하는 스스로의 가치를 의미할 뿐 아니라 사회가 그를 판단하는 눈, 즉 사회 가치의 잣대에 의해 평가된 개인 가치를 의미한다. 샤라프는 남성이 남성의 의무를 지킬 때 완성되며 이르드는 여성이 여성의 가치를 보존했을 때 완성된다. 샤라프는 하산에게 두 가지 의무를 부여한다. 먼저 하산은 자신의 의무를 지키기 위해 자우르를 죽여야 하고, 그다음 자신의 명예를 회복하기 위해 레일라를 죽여야 한다. 여성 레일라의 명예는 자우르와 도피함으로써 심하게 실추된 데다, 이슬람 여성의 명예인 '이르드'도 지키지 못했다.

레일라는 무슬림 여성이다. 무슬림 여성은 이슬람 대표적인 관습인 히잡hijab 착용, 여성들의 격리제도인 하렘, 명예살인honor killing, 강제된 일부다처제 등 남성보다 열등한 제2성으로 인식되었다.[51] 이러한 이슬람 관습에 따르면 레일라는 하렘의 오달리스크로서 하산이 그녀를 죽인 것은 명예살인에 해당된다. 이슬람 사회에서 그것은 정당한 처벌이다.[52] 이슬람법은 그 접근방식이 상당히 이상적이고, 진리의 실천을 당연히 여기며 종교적 획일성에 맞춘 '성스러운 사회'가 실존한다고 보기 때문에 항상 국가가 관장하는 사법체계가 병존해 왔다.[53] 그러므로 자우르와 사랑의 도피를 하였던 레일라의 죄는 샤리아와 샤라프 양쪽에서 심판받아야 하는 치명적 범죄이며, 이슬람법의 판결에 따르면 그녀는 자루에 담겨 바다에 산 채 수장되어 마땅한 범죄자인 것이다. 그것은 이슬람법의 정언이다.[54]

이슬람 사회에서 여성의 명예는 '몸'과 직접적인 관련이 있다. 여성의 명예는 정숙과 순결을 지켰을 때 완성된다. 레일라는 자우르와 사랑함으로써 정숙과 순결을 지키지 못했기 때문에 여성으로서 명예를 잃었다. 정조를 여성의 최고 명예로 여기는 이슬람 세계에서 부정한 행위로 하산의 명예를 더럽혔으니 그녀에게 죽음은 당연하다. 따라서 하산이 그녀를 죽인 것은 자신의 명예 회복을 위한 명예 살인이며, 하산의 분노는 자신의 명예가 손상된 데 대한 분노인 것이다. 이때 하산의 분노는 진실의 돌파구로서 배신과 위선의 가면을 벗는 수단이 된다.[55] 하산이 위선의 가면을 벗어던졌을 때, 그의 행동은 바로 자우르의 내면적 의식을 반영하는 것이다. 그래서 하산의 판단과 역할은 사회 구조 속에서 이해되어야 한다. 즉, 도덕적 구조나 명분보다는 이슬람 사회의 엄격한 계급구조를 고려해야 한다는 뜻이다. 하산에게 정치적 권위의 유지는 국가의 존립과 관계되는 것이다. 그가 레일라를 심판한 것은 사랑을 버리고 정치적 목적으로 판결을 했다고 볼 수 있다. 그러므로 이 작품을 단순한 사랑 이야기로 읽거나 이슬람과 그리스도교를 종교적 맥락에 따라 서로 적대적 관계로 이해할 가능성은 철저하게 배제해야 한다.

레일라를 처벌한 후 하산과 그의 부하들은 자우르를 추격하는데, 그것은 오스만제국의 군주로서 정치적·종교적 자존심이 걸린 문제다.

'이 자가 그다—이 자가 그다—이제 그를 알겠다.
그 창백한 이마를 보고 그인 줄 알았다.
그 시기 어린 배신을 도운
그 사악한 눈을 보고 그인 줄 알았다.
비록 지금은 알바니아 오스만 군복을 입고 있지만,
새까만 바르바리 말을 보고 그인 줄 알았다.

자신의 비열한 신앙을 배교한,
그 신앙은 죽음에서 그를 구하지 못할 것이다.
이 자가 그다, 어느 때든 잘 만났다.
사라진 레일라의 사랑—저주받을 자우르!' (G 610-19)

하산은 자우르를 찾아서 맹렬한 추격을 하는데, 생각지도 못하게 자우르는 하산보다 먼저 와서 매복하고 있다. 상처 입은 자존심과 분노에 눈이 먼 하산은 미처 자우르의 매복과 그의 복수를 생각하지 못한다. 그와 반대로 자우르는 치밀하게 전략을 세워 하산이 지나갈 만한 길목에서 매복하여 그를 기다리고 있다. 마침 하산의 일행 중 한 명이 그를 발견하고 소리친다. 그의 '창백한 이마'와 '사악한 눈', 그리고 그가 탔던 '새까만 바르바리 말'에서 그의 정체가 드러난다. 그는 사라진 '레일라의 사랑', 바로 '저주받을 자우르'다. 여기서 자우르는 사악한 인물로 자신의 신앙마저 저버린 배신과 배반의 전형으로 묘사된다. 자우르는 자신의 그리스도교 신앙마저 저버리고 이교도인 무슬림 하산의 오달리스크 레일라의 사랑을 얻고자 하였던 저주받을 작자다. 자우르는 이제 알바니아 오스만 군복Arnaut garb을 입고 오스만 군으로 위장까지 한다. 그것은 크리스천 신앙이 그의 구원이 되지 못함을 의미한다.

이슬람과 그리스도교는 끊임없이 적대적 관계였다. 특히 11세기에서 13세기 동안 약 2백여 년 동안 계속되었던 십자군 전쟁에서 그 적대적 관계는 극에 달했다. 이 전쟁에서 이슬람은 그리스도교의 '십자군'Crusade에 '지하드'Jihad로 맞섰다. 십자군과 지하드의 관계는 자우르와 하산의 관계에서 재현된다. 그들이 공격하고 방어하며 격투를 벌이는 장면은 밀려오고 밀려가는 파도와 같다. 그것은 무엇으로도 바꿀 수 없는 흐름이다. 그들의 격투가 밀고 밀리는 파도라면 그 관계는 영원히 분리할 수 없다. 승자와 패자는 밀물과 썰물처럼 서로를 물고 물리면서 영겁으로 회귀한다.

　강물이 검푸른 격류 속으로,
바다로 굽이쳐 흘러가듯,
　도도히 빛나는 푸른 기둥 속으로
맞받아치는 파도처럼,
물거품과 뒤섞이는 밀물 속에서,
수많은 물결 십자가를 격퇴한다. (G 620-25)

위 인용에서 그리스도교에 대한 묘사는 '십자가'rood뿐이다. 십자가보다 더 분명하게 그리스도교를 상징하는 것은 없다. 자우르와 그 일행은 매복해 있다가 하산을 덮치고 하산과 그 일행은 불시의 공격을 받는다. 자우르와 하산은 서로 적으로 만나 파도처럼 서로 엎치락뒤치락 싸우는데, 이는 밀물과 썰물과 같은 파도 이미지로 형상화된다. 그것은 이슬람과 그리스도교의 갈등, 무슬림과 크리스천의 갈등, 주체와 객체의 갈등, 그리고 동서양의 갈등이다.

자우르와 하산의 싸움은 서로의 꼬리를 물고 물결치는 파도처럼 사납고 맹렬하며 거침없어 분리 할 수 없다.

—시내와 바다가 만나,
파도를 더욱 사납게 하듯이 그들은 그렇게 만났다—

서로의 잘못을 탓하는 군대들이 그렇게 만나,
그리고 운명과 분노가 그들을 몰았다.
불꽃 튀는 사브르의 흔들리는 충격,
그리고 널리 울리는 굉음—혹은 가까운 울림은,
먹먹한 귀에 메아리 울리고,
멀리서 쉬-잇 죽음의 총격—
충격—고함—전쟁의 신음이—
목동의 이야기에 더 어울리는,
계곡을 따라 울려 퍼진다.
수는 적었지만—그들의 싸움은,
자비를 구하지도 목숨을 구걸하지도 않았다! (G 632-44)

파도 이미지의 하산과 자우르의 싸움은 직접적이고 물리적이며 치열하다. 그들은 그 싸움에 목숨을 걸어야 한다. 그들은 레일라를 사이에 두고 싸우지만 동시에 그들은 각각 이슬람과 그리스도교를 대표한다. 시내가 바다에 합쳐지기 전에는 그것은 시냇물과 바닷물이다. 하지만 시내와 바다가 만나면 파도를 더 사납게 만들고 그 둘의 분리는 불가능해진다. 자우르와 하산의 격돌이 그처럼 치열하다. 밀물과 썰물도 서로 엉켜 그 분리는 불가능하다. 밀고 밀리는 파도는 서로의 잘못을 밀어내지만 결국에는 뒤섞이는 파도 속에 휩싸여 서로를 구분 못 하게 된다. 하산과 자우르는 파도처럼 서로 엉켜 싸운다. 그들의 싸움은 갈등할 수밖에 없는 필연성과 연속성을 상징한다. 두 인물의 싸움에서 시인이 종교·지리적 관점에서 양분되던 세계관에서 벗어나고 있음을 보여준다.[56] 시인은 이슬람 무슬림도 비난하지 않으며, 그리스도교 크리스천도 비난하지 않는다. 어느 쪽이든지

레일라에게 안전하지 않다. 이 세상에서도 저세상에서도 그녀를 위한 공간은 없다.[57]

하산과 자우르의 싸움은 어느 쪽도 자비를 구하거나 목숨을 구걸하지 않는다. 그것은 목숨보다 더 중요한 싸움이다.

> 친구는 만나면 헤어져야 하고—사랑은 신앙을 비웃는다—
> 진정한 적은, 한번 만나면, 죽음까지 이어진다! (G 653-54)

친구는 만나면 헤어지고 배신한 레일라처럼 사랑은 신앙을 비웃는다. 그러나 적은 일단 만나게 되면 죽을 때까지 싸워야 하는 운명이다. 하산과 자우르의 만남이 그랬다. 마침내 자우르의 칼이 하산의 터번을 둘로 가른다(G 660-61). 그 싸움에 날씨마저 흉조를 더한다.

> 그리고 황혼의 붉은 빛으로 가르는
> 아침 구름 같은 주홍빛은
> 오늘이 폭풍으로 끝날 거라고 예보한다. (G 662-64)

하산은 자우르의 칼에 죽었다. 그의 터번은 두 쪽으로 갈라져 뒹굴고, 그의 관복은 언월도 옆에 흩날리고 있다. 터번은 이슬람식 두건이며 언월도는 이슬람식 칼이다. 아침 햇빛이 구름 전체를 붉게 물들인다. 그 같은 황혼의 붉은 빛은 오늘 날씨가 폭풍으로 끝날 것이라고 예고한다. 폭풍은 하산 파멸의 흉조가 아니라 자우르 승리의 흉조다. 시인은 가장 객관적인 자연, 파도, 날씨 등에 완전히 다른 주관적인 의미를 제시한다. 사실 이런 주관적인 세계가 워낙 강렬해서 이른바 객관적인 자연은 텅 비어 버리고 깨어진 껍데기가 되면서 주관적인 현실이 된다. 자연이 하산과 자우르에게 서로 다른 주관적인 의미를 부여함으로써 그들은 서로 다른 목적을 두고 싸웠던 셈이다. 날씨는 하산의 죽음을 시각화하는 동시에 이슬람 문명의 패배를 의미하는 한편 다가오는 자우르의 격정적인 고뇌를 의미한다.

레일라, 하산, 자우르가 구축했던 삼각관계의 사랑은 에로스다. 이 에로스는 사랑, 권력, 그리고 지혜로 이루어진 세 겹의 생명력으로 이슬람을 존재하게 하는 원동력이다.[58] 각각의 인물이 유럽/터키, 그리스도교/이슬람, 그리고 제3의 스펙트럼 안에서 재현된 원동력이다.[59] 이 분석은 1차적 의미가 있으며 작품에 나타나는 인물, 행위, 사건, 그리고 배경 등이 논리 정연한 의미를 띄게 된다. 그리고 2차적 의미는 더욱 확대되어 오스만제국은 몰락한 구 왕조 유럽, 하산은 그 왕조 체제, 자우르는 해방 주체, 그리고 레일라는 그 해방으로 희생되는 하위의 모든 구조로 확대된다. 나비의 은유에서 보았듯이 레일라가 죽자 정확하게 삼각형을 이루면서 균형을 유지하던 축이 무너졌다. 이제 하산이 죽음으로써 또 하나의 축이 무너질 차례다.

자우르는 하산을 벤 순간 그의 죽음에 기뻐한다.

'그렇지, 레일라는 바다 아래 잠들어 있지,
하지만 그의 것은 더 붉은 무덤이 되리,
그녀의 영혼은 중죄인의
심장을 느끼게 하는 강철을 잘 겨누었지.
그는 예언자를 불렀지만, 그러나 그의 힘은
복수심에 불탄 자우르에 당하지 못했다.
그는 알라에게 간청했지만—기도는

관심이나 응답도 받지 못했다.
그대 페이님의 바보!—레일라의 기도가
전해져, 그대의 기도에 합쳐지던가?
나는 나의 시간을 지켜보았고, 그것과 동맹하였으며,
배신자는 그의 차례를 잡았지,
내 원한은 갚았고, 복수는 끝났으니,
이제 나는 간다—그러나 혼자 간다.' (G 675-88)

레일라는 하산에게 수장당한 후 바다 아래 깊이 잠들어 있다. 하산은 자우르에게 죽어 지상의 흙무덤에 묻혔다. 자우르의 손에 피를 흘렸기 때문에 그의 흙무덤은 유독 더 붉은 무덤이다. 하산은 예언자를 부르며 간청했으나 그의 기도는 예언자의 응답을 받지 못하고 죽었다. 예언자는 이슬람의 개조 무함마드를 가리킨다. '페이님'Paynim은 그리스도교에서 본 이교도인 무슬림을 일컫는다. 자우르는 하산을 '페이님의 바보!'라며 그를 이슬람의 대표적 인물로 만들어 그의 신앙을 비웃는다. 자우르가 페이님을 호명하는 것은 절묘한 아이러니 역할을 한다. 자우르와 하산은 서로의 종교에서 이단자로 그들은 종교의 상대성과 이단의 상대성이 대치되는 아이러니를 연출한다. 자우르는 하산을 죽임으로써 그의 원한이 풀렸고 레일라의 복수는 끝났다. 하지만 자우르가 하산을 죽인 행위는 비도덕적이며 비신앙적이다.[60] 자우르는 오스만 군복으로 위장하고 매복하고 있다가 하산을 죽였다. 그것은 비열하고 비도덕적인 짓이다. 하산의 살해는 그리스도교 교리를 지키지 않은 대죄에 해당한다. 레일라의 영혼은 강철같은 냉정한 심장을 느끼게 하는 일종의 구원 역할을 하지만 비도덕적이고 비신앙적인 자우르의 하산 살해는 그를 영원히 구원받지 못하게 한다. 자우르는 자신의 운명을 기다려야 한다. 그는 떠나야 하는데, 그에게 동반자는 없다. 혼자서 가야 한다. 목적지도 없다.

하산은 거짓된 이교도 자우르의 손에 죽었기 때문에 그는 이슬람 천국에서 후리의 환영을 받는다(G 739-41). 그의 터번이 이교도의 사브르에 의해서 갈라진 후, 코란에 의해서 장례가 치러진다(G 726). 그의 죽음은 자신의 땅에서 이교도 자우르의 손에 죽는다는 묘한 아이러니 상태가 되는 것이다(G 734-35). 하산의 죽음 이후 그의 궁전은 무덤처럼 변하여 사람의 기척이라고는 들리지 않고 분수대의 물마저 말라버린다. 한때 나그네에게 이슬람의 덕목인 '예의'와 '자비'(G 346)를 베풀었던 하산의 궁전과 영토는 폐허로 변한다. 이 폐허를 차지하는 것은 거미, 박쥐, 올빼미, 들개, 잡초, 그리고 먼지뿐이다. 죽음이 모든 것을 덮어버린 것이다.

　마구간에서 말이 사라졌고,
하산의 궁전에 농노는 보이지 않는다.
거미는 외로이 가느다란 회색 관보棺褓를 짜면서
천천히 벽을 덮어가고 있다.
박쥐는 하렘의 침상에 집을 짓고,
그리고 권력의 성곽에는
올빼미가 봉화대 탑을 침략한다.
　들개는 참을 수 없는 갈증, 그리고 굶주림, 더러움으로,
　분수대 가에서 길게 울부짖는다.

그 대리석 판에는 물줄기마저 말라 버려,
잡초와 황량한 먼지만이 덮여있었다. (G 288-98)

시가 노래하듯 하산 궁전은 모든 것이 소멸하고 죽어 종말적 분위기가 압도한다. 이 폐허는 사랑, 미, 자유, 자연, 인간성, 영웅적 덕목 등, 인간의 모든 욕망이 죽음과 합쳐진 세계를 상징한다.[61] 죽음과 합쳐진 이곳에는 모든 것이 죽음을 상징할 뿐이다. 죽음을 상징하는 나무 '사이프러스'(G 285)가 늘어져 있으며, 들리는 소리는 '장례식곡'뿐이다(G 323). 모든 것이 '쇠락'한 종말이다(G 336). 이 같은 종말의 분위기는 하산의 권력이 이미 다했다는 것을 의미한다.[62] 폐허가 된 하산의 궁전묘사는 시에서 그와 자우르의 갈등 묘사에 앞선다. 이 같은 시의 전개 과정은 갈등의 결과를 먼저 제시함으로써 하산과 자우르의 부정적인 갈등 양상을 극대화하는 효과를 지니게 된다. 절대 '권력의 성곽'이었던 '하산의 궁전'은 폐허가 되었으며 그가 가졌음직한 생전의 모든 욕망 또한 무가 된다.

자우르는 오스만제국의 무슬림이 아니므로 당연히 이 땅에서 사라져야 하는 타자다.

그 시간이 지났고, 자우르는 사라졌다.
그러면 그는 하늘로 솟았는가, 땅으로 꺼졌는가?
고뇌의 그 시간에 그는 왔다 갔다.
하산의 죄에 저주가 내려
궁전이 무덤으로 변했다. (G 277-81)

자우르는 흔적 없이 사라졌고 하산이 살았던 궁전은 폐허가 되었다. 하산의 무덤은 테미스토클레스가 묻혀있던 아테네 묘지에서 이미 예고된 바 있다. 그것은 그리스에서 일어난 모든 일은 다시 일어날 수 있다는 비유다. 하산의 궁전이 철저하게 몰락했듯이 그리스에 군림하였던 오스만제국도 그같이 몰락할 것이다. 하산을 죽임으로써 레일라의 죽음에 대한 복수를 완성한 자우르는 혼자 남겨졌다. 사랑의 도주를 감행했던 레일라는 하산에 잡혀 이슬람식으로 자루에 담겨 바다에 수장되었다. 그녀의 죽음은 패망한 그리스를 상징한다.[63] 그녀의 죽음으로 삼각 축의 한 축이 무너진 것이다. 하산의 죽음은 패자 이슬람을 상징한다. 자우르가 하산을 죽임으로써 갈등의 또 한 축이 무너졌다. 자우르는 레일라의 복수를 완성하였고 이 복수에 만족할 수 있었을 것이다. 하지만 복수가 끝난 후 그는 혼자다. 하산의 죽음 후 자우르는 흔적 없이 사라져 그의 존재 여부는 여전히 알 수 없다. 무슬림 어부는 '거짓의 이교도!'(G 747)인 캘로어 Caloyer의 행적이 궁금하지만, 그의 행방은 묘연하다. 캘로어는 그리스정교의 수도사인데, 여기서 자우르가 그리스정교의 수도원에 은거해 있다고 추정할 뿐이다.

다음은 그리스정교의 수도원에 은거해 있는 자우르에 대한 수도원장의 묘사다.

> 그러나 그는 우리의 저녁 기도에 참석하지 않았고,
> 고백성사의 의자 앞에
> 무릎 꿇은 적 없었으며, 향을 피우거나

> 하늘에 찬송가를 올릴 때도 그는 관심이 없었소.
> 하지만 그의 방에서 혼자 생각에 잠겨있으니,
> 그의 신앙도 종족도 마찬가지로 모른다오.
> 그는 페이님 땅에서 바다를 건너,
> 그리고 해안에서 이곳으로 올라왔다오.
> 하지만 그는 오스만 종족이 아닌 것 같으며
> 그의 얼굴을 보면 크리스천이요. (G 802-11)

자우르는 누구이며, 어디서 왔고, 왜 오리엔트 땅에 들어섰는지 알 수 없다. 단지 그리스정교 수도원장의 서술에서 자우르의 행적을 조금 알 수 있을 뿐이다. 하산을 죽인 후 그는 페이님 땅을 지나 바다를 건너 이 수도원으로 왔다. 페이님 땅은 오스만제국을 의미한다. 그가 이곳에 온 지는 세 번의 여름 두 번이니 벌써 6년이 되었다. 그동안 그는 저녁 기도를 올린 적이 없었고, 고백성사도 한 적 없었으며 향을 피운 적도 없었다. 찬송가는 더더욱 부른 적이 없었다. 자신의 독방에서 늘 뭔가 골똘히 생각에 잠겨있다. 그는 그리스도교의 최대 의식인 성찬식에 참여한 적도 없다(G 815). 성찬식Eucharist에서 빵과 포도주가 예수의 몸으로 변하는 성육화Incarnation가 일어난다. 성찬식은 미사에서 가장 중요하고 핵심적 의식이다. 자우르는 그렇게 중요한 성찬식에도 참여한 적이 없다. 자우르는 자신이 어느 나라 사람인지 자신의 신앙이 무엇인지 말하지 않는다. 단지 그의 행동에서 어떤 어두운 행동, 즉 범죄의 행위를 했었다는 추측만 할 뿐이다. 수도원장은 그의 얼굴을 보아하니 오스만 종족이 아닌 것 같아 크리스천이라고 단정한다.

이러한 자우르에서 믿음의 가능성도 구원의 희망도 없어 보인다. 레일라가 하산의 희생자였을 뿐만 아니라 자우르 자신의 희생자였다는 사실에 그는 고통 받는다.[64] 자우르는 지울 수 없는 과거의 절망과 그것에 대한 슬픔을 동시에 느낀다. 살아있어도 더는 살아있는 존재로 보기 어려운 그저 죽기만을 기다리는 신세로 전락한 그도 패배한 것이다. 자우르를 죄에서 구원하기 위해서 수도사는 '성 프란시스코'에게 기도한다(G 909). 수도사가 묘사하는 자우르의 모습은 지상의 인간도 천상의 신도 아닌 악마 같다.

> '……
> 만약 악의 천사가
> 인간의 모습을 가졌다면, 그가 그런 모습이다—
> 내 죄의 모든 희망이 용서된다면
> 그 모습은 지상의 것도 천상의 것도 아니다!' (G 912-15)

자우르는 '악의 천사'가 인간의 형상을 가진 모습으로 변했다. 그의 모습은 지상의 것도 천상의 것도 아니다. 그는 악마와 같아서 지상에도 천상에도 속하지 못하는 영원한 추방자의 모습이다. 그렇게 변한 자우르의 모습에서 그 죄과의 크기를 알 수 있다. 그의 죄과는 무엇이며 그의 고통은 어디서 유래하는 것일까? 그것은 사랑이 그에게 가하는 고통이다. 죄의식에 시달리는 자우르의 마음을 그나마 따뜻하게 어루만져 주는 것은 레일라의 사랑이다. 하지만 그녀의 사랑은 그의 영혼에 깊은 상흔을 남겼다. 레일라를 사랑했던 죄, 그녀를 죽음으로부터 구해주지 못한 죄, 그리고 하산을 죽인 죄는 자우르의 씻을 수 없는 양심의 가책이 되어 그의 모습을 인간과 악마, 지상과 천상의 그 어느 곳에도 속하지 않는 존재로 만든 것이다.

자우르의 마음속은 레일라의 사랑으로 여전히 뜨겁지만 다른 한편 죄의식으로 두려움에 떠는 이율배반적 고통을 겪는다. 그는 수도사에게 레일라의 사랑과 그녀의 죽음에 대하여, 그리고 마지막으로 그녀 죽음에 대한 복수로 하산을 죽인 사실을 고백한다. 그 고백은 전통적인 그리스정교의 고백성사 형식으로 전개된다.

여기에서 사랑이 인간에게 주는 고통에 주목할 필요가 있다.

> 가장 상냥한 마음은 사랑에 약하오.
> 하지만 그것은 그 자신의 것만은 될 수 없다오.
> 그의 비통을 나누기에는 너무 소심하고,
> 직면하기에 너무 얌전하거나, 절망하기에는 너무 용감하다오.
> 그리고 더 단호한 마음만이 시간도
> 결코, 치유할 수 없는 상처를 느낄 것이오. (G 916-21)

자우르의 죄의식은 그 심연을 알 수 없어 누구와도 그 비통을 나눌 수 없다. 그의 죄의식은 그 자신 안에 있으며, 그것은 고백하기에는 너무 소심하거나 너무 얌전하거나, 아니면 너무 용감해야 할 수 있는 무서운 죄과에서 유래한다. 그 죄과의 상처는 시간도 결코 치유할 수 없는 더욱 엄한 마음속에 자리 잡고 있다. 고백성사나 그 어떤 것도 자우르를 죄에서 해방해 줄 방법은 없다(G 1029-38). 자우르는 레일라를 죽인 하산을 죽이고 나머지 생애를 그 죄과의 고통 속에서 보내고 있는데, 그의 고통은 레일라의 사랑과 하산의 살해에서 유래하기 때문에 벗어날 수 없다.

자우르의 사랑이 레일라를 죽게 했으며, 또 그 사랑이 자우르가 하산을 죽이게 했다. 두 사람을 죽게 한 그에게 구원의 가능성은 전혀 없어 보인다. 레일라는 하산에게 정조를 지키지 못했고 이슬람 성법 샤리아에도 충실하지 못했다. 특히 이슬람 여성의 명예인 이르드를 지키지 못했다. 하지만 하산에 대한 레일라의 배신은 자우르에게는 진실이 되고 정절을 바친 것이 된다.

'신부님! 묵주 알을 헤아리시고,
　많은 기도 안에서, 평안하게 지내시길,
모두가 범할 일시적 잘못 외에,
　당신 자신은 죄 걱정 없으면서
타인 죄의 용서를 기도하시는 것이,
당신의 몫이지요. 젊어서부터 나이 들 때까지
그리고 격렬하고 통제할 수 없는 열정의 분노로부터
당신은 축복 받을 거요.
당신의 고해자가 밝히듯이,
그들의 내밀한 죄와 슬픔은
당신의 순수하고 동정하는 마음속에서 안식을 취할 거요. (G 971-81)

자신의 신분을 감추고 그리스정교 수도원에서 켈로어로 알려진 자우르는 오랫동안 참회와 회한의 시간을 보낸 후 이제 죽음을 앞두고 있다. 그는 자신을 수도원에 받아주었던 수도원장 신부께 고별사를 한다. 자신의 죄에 대해서는 비밀이라면서 오히려 신부에게 축복한다. 이 고별사에서 그가 자우르임이 밝혀지고, 그와 레일라의 사랑, 하산의 죽음, 그리고 자신의 회한에 찬 과거 행적이 밝혀진다. 그는 하산을 죽임으로써 레일라의 죽음에 대해 복수를 하였으나 그의 영혼에는 안식이 없었다. 자우르에게 그의 종교는 구원이 되지 못하기에 종교적 신념에 있어 그는 크리스천이라 할 수도 없다. 그는 그리스도교 천국도 믿지 않는다. 오히려 그는 자신의 꿈에 자주 나타나는 죽은 연인 레일라의 영혼에서 안식을 구한다.

> '난 그녀를 사랑했소, 탁발승! 아니, 숭배하였소—
>   하지만 이건 말로 표현할 수 있는 전부요—
> 난 그걸 말보다 행동으로 증명했소—
> 저 칼의 오목한 혈조血漕에 혈흔이 있소—
>   그 강철의 얼룩은 절대로 사라지지 않을 거요.
> 그것은 나를 위해 죽은, 그녀를 위해 흘린 것이오.
>   그녀의 죽음은 혐오자의 마음을 따뜻하게 했다오.' (G 1029-35)

자우르의 고백은 계속 이어지는데, 그것은 변치 않는 레일라에 대한 사랑이다. 자우르는 레일라를 사랑했을 뿐 아니라 그녀를 숭배했다고 한다. 그것이 레일라의 사랑을 말로 표현할 수 있는 전부다. 레일라의 사랑은 그에게 고통을 가하는 동시에 구원의 역할을 하였다. 그는 말로 다 표현할 수 없는 레일라에 대한 사랑을 증명하기 위해서 하산을 죽였는데, 그 살해에서 사랑의 강도가 증명된다. 자우르의 현재가 어둡고 고통스러울수록 아름다운 레일라에 대한 사랑의 열망은 더욱 강해지고 삶의 비참함이 가슴을 무겁게 짓누를수록 사랑에 대한 환상은 더욱 커진다. 레일라의 사랑은 인간을 혐오하는 차가운 마음을 따뜻하게 한다. 하산과 레일라의 부재는 자우르의 서술에서 더욱 선명하게 드러나는데, 이를 통해 자우르가 레일라와 하산의 고통을 함께 짊어지고 살아왔다는 사실을 알 수 있다.

자우르의 고통스러운 기억 안에서 세 인물은 늘 함께였다.

> 아니, 놀라지 마시오—아니—무릎 꿇지 마시오.
> 내 죄는 그런 행동에 맞지 않소.
> 그 행동에서 나를 풀어 주시오.
> 그는 당신의 신앙에 적대적이었기 때문이오!
> 나사렛이란 바로 그 이름은
> 그의 페이님의 악의에는 쓰디쓴 고뇌였소.
> 감사할 줄 모르는 바보! 낙인만이
> 단단한 손에서 휘둘렀기에,
> 그리고 갈릴리 사람이 주었던 상처는,
> 터키 천국에 이르는 확실한 통행증이오.
> 그를 위해 후리들이 예언자의 문에서
> 조바심하며 기다릴 것이기 때문이오. (G 1036-47)

고해신부는 자우르의 최후의 고백을 듣고 놀란다. 이 고백에서 자우르는 레일라의 죽음에 대한 복수로 하산을 죽이기 전까지만 해도 그것이 자신의 의무라고 생각했다는 사실을 알 수 있다. 사실 하산을 죽일 때는 복수의 쾌감도 어느 정도 느꼈을 것이다. 이제 자우르는 서서히 모든 것이 헛된 꿈이라는 걸 고통스럽게 깨닫기 시작한다. 그의 통렬한 고백에서 드러난 격정은 그의 고통을 말한다. 자우르는 이미 그리스도교 신앙을 버린 지 오래다. 자우르는 하산이 비록 죽었지만, 크리스천의 손에 죽었기 때문에 '터키 천국'에 이르는 확실한 통행증을 확보했다고 말한다. 그것은 이슬람 천국이다. 그는 이슬람의 천사 후리들이 그를 맞이하러 예언자의 문에서 기다릴 것이라고 말한다. 이와 같은 자우르의 고백에서 레일라의 대한 무한한 사랑을 알 수 있다. 하지만 이어지는 크리스천과 무슬림의 묘사에서 그가 레일라에 대한 사랑만으로 하산을 죽였을까 하는 의구심이 든다. 하산은 레일라의 몸을 소유한 주인이었지만 그녀의 마음은 소유하지 못했다. 자우르는 압제자 하산이 결코 차지하지 못했던 레일라의 마음을 다 가졌다(G 1064-69). 자우르의 고백에서 알 수 있는 그 성격의 흥미로운 점은 자신의 잘못을 상대 관점에서 성찰할 수 있는 능력이다. 그는 솔직하게 자신의 잘못을 인정하면서 레일라를 죽인 하산의 사랑과 의무를 이해하게 된다.

자우르의 고백이 이어진다.

> 하지만 만약 그녀가 한 사람 이상에게 잘못했다면
> 그는 내가 했음 직한 일을 했었소. (G 1062-63)

레일라는 자우르와 목숨으르 건 사랑을 했다. 그 사랑은 아름다울 수 있으나 부정의 사랑으로 잘못된 사랑이다. 자우르는 레일라의 복수를 위해 하산을 죽였는데, 그것은 그에게 카인의 범죄와 저주 같은 고뇌를 안겨주었다(G 1058). 하산의 살해는 그에게 카인의 형제 살해처럼 영원한 낙인이 되었고 그는 남은 생을 고통 속에 산다. 하산의 관점에서 그 사랑은 불륜이다. 자우르는 하산의 입장을 자신에게 투사해 본 결과, 그도 부정한 레일라를 죽였을 거라고 한다. 이는 비록 자우르가 하산을 죽였지만, 하산이 사적인 사랑에 흔들리지 않고 법에 따라 레일라를 처벌한 사실을 인정하는 것이다. 그래서 자우르는 하산을 존경하는데, 그것은 두 인물이 같은 군인정신을 가졌기 때문에 가능한 일이다.[65] 그들은 같은 가치관을 가진 자들로 서로에게 메아리가 된다.[66] 메아리는 같은 소리의 되울림이다. 그러므로 자우르와 하산은 동일 인물이다.[67] 자우르와 하산을 동일 인물로 보게 되면, 결국 자우르가 하산을 죽인 것은 자신의 대역을 죽인 동시에 타자를 죽인 것이다. 동시에 그들은 서로의 타자로서 누가 누구를 죽이든 하나가 죽으면 나머지 하나도 죽는다는 결과에 이른다. 타자가 멸망하면 주체도 멸망하는 것이다. 하산과 자우르의 몰락에서 보듯이, 주체와 타자의 구분은 무의미하며 주체가 죽으면 타자도 죽고, 그 반대도 마찬가지다. 시인이 주장하는 적은 전쟁과 독재이지 어느 편파적인 담론이 아니다.[68] 그러므로 시인의 오리엔탈리즘은 지배하고 반목하기 위한 것이 아니라 공존하고 이해하기 위한 것이라는 결론에 이른다.[69]

레일라에게 있어 자우르의 역할은 이중적이다. 그는 레일라를 해방한 해방자이지만 결과적으로 그녀를 죽음으로 내몰았기 때문에 파괴자이기도 하다.[70] 자우르의 이중적 역할은 타자 재현의 담론을 새롭게 할 필요성을 제시한다. 이는 주체와 동등한 타자의 의식과 존재를 배제하는 주체의 배타적 우월주의로 볼 수 있다. 그렇기 때문에 자우르가 타자를 배제하고 침묵시킨 데 대해 죄의식을 느끼는 것은 당연한 일이다.

그녀는 굽이치는 파도 아래에 잠들어 있오—
아! 그녀가 지상의 무덤을 가졌더라면,
이 찢어지는 가슴과 지끈거리는 머리는
그녀의 좁은 무덤을 찾아 함께 했을 텐데.
그녀는 생명과 빛의 형상—
그것은 보면—하나의 광경이 되어,
그리고 떠오르오—내가 눈을 돌리는 곳 어디든지—
기억의 샛별로! (G 1123-30)

레일라는 남성들의 충돌하는 담론에서 목소리 없는 타자였다. 하지만 여기서 레일라는 빛나는 샛별 같은 존재로 그녀의 사랑은 세월이 갈수록 자우르의 마음속에 '기억의 샛별'로 더욱 깊이 파고들어 '생명'과 '빛의 형상'으로 그의 나머지 생애를 지배한다. 자우르는 자신의 상상 속에서 레일라와의 사랑을 재창조한다. 레일라는 자우르에게 '높은 희망'이며(G 1183), 자신의 죄의 근원이기도 하다.

자우르는 오리엔트 땅에 등장한 순간부터 언제나 타자이며 이방인이다. 목소리 없는 레일라는 오리엔트 땅에서 타자이며 객체로 존재했다. 하지만 그녀는 무언의 언어로 남성 주체들의 욕망을 무로 만들며 그들의 의식을 지배한다.

'그렇소, 사랑은 정말 천국의 빛이오—
　천사들과 공유하는
불멸의 불꽃이요—알라에 의해서,
　우리의 저열한 욕망이 지상에서 들어 올려지는 것이오.

헌신은 마음 위에서 감돌고,
그러나 천국 자체는 사랑 안으로 내려앉소—
신격으로부터 오는 느낌,
비열한 사고의 자아로부터 유리되는 것—
완전함을 만드는 신의 빛—
영혼 주위를 맴도는 영광이오!' (G 1131-40)

여기서 자우르는 자신의 삶에 영향을 끼쳤던 '사랑'에 대해서 말한다. 그가 말하는 사랑은 그지없이 아름답고 고귀하다. 그것은 천국에서 오는 빛이며, 알라에 의해서 인간의 저열한 욕망이 들어 올려지는 것이다. 이처럼 레일라는 죽었지만, 그녀의 사랑은 천국의 빛으로 지상을 비추며 불멸의 불꽃으로 자우르의 마음속에 살아있다. 레일라는 '하늘'이다.[71] 그녀는 지상의 욕망하는 모두를 초월한 천상의 존재다. 사랑은 천상에서 내려오는 빛, 비열한 인간의 생각에서 벗어나는 초월, 완전함을 만드는 신의 빛, 영혼 주위를 맴도는 영광! 그것이 사랑이다. 그 사랑은 레일라에서 나온다. 그 사랑은 자우르가 자아완성을 위한 내면의 탐색에서 획득할 수 없는 이상으로 존재한다.[72]

레일라는 자우르의 기억 속에 언제나 그렇게 이상적인 존재로 남는다.

레일라—모든 생각은 당신만을 위한 것이오!—
나의 선, 나의 죄, 나의 행복, 나의 비통,
나의 희망은 높은 곳에—나의 모든 것은 아래에 있다오. (G 1181-83)

자우르에게 레일라는 선, 죄, 행복, 비통이다. 레일라라는 희망이 높은 곳에 있다면 자우르의 모든 것은 지상에 있다. 이러한 깨달음을 얻은 자우르가 오리엔트 땅에 들어왔던 까닭과 역할은 무엇일까? 그것은 레일라와 사랑하기 위해서 또 그 사랑으로 자신을 구원하기 위한 것이 아니었을까.

자우르를 하산과 동일인으로 보면, 그는 하산이 죽을 때 이미 죽은 몸이다. 그러나 그는 자신의 마음속에 레일라를 살려놓으면서 그녀의 사랑에 자신의 구원을 기도한다. 그것은 레일라의 사랑과 가치가 계속 살아있는 것으로 볼 수 있기 때문이다.

> —그녀는 죽었을 리가 없소!
> 하지만 그는 죽었소—그가 쓰러진 곳
> 그 골짜기 속에 묻히는 걸 나는 보았소.
> 그는 대지를 뚫을 수 없으므로—그는
> 돌아올 수 없소— (G 1301-5)

하산은 자우르가 죽였던 그 자리, 그 골짜기에 묻혀있다. 그는 대지의 흙을 뚫을 수 없기에 다시는 지상으로 돌아올 수 없다. 그것은 철저한 멸망이다. 자우르는 하산의 추적을 알고 매복해 있다가 그를 급습할 정도로 전술 전략이 뛰어났다. 그는 도저히 크리스천 성직자로 볼 수 없을 정도로 무공이 상당했다. 이 같은 자우르의 역할을 다시 한번 되짚어 볼 필요가 있다. 자우르가 저지른 만행은 단순히 하산을 죽인 것으로 끝나지 않았다. 그의 만행은 자기 존재의 부정은 물론이고 모든 체제의 부정을 포함한다. 이를 뒷받침하듯이 작품에서 하산의 죽음을 터키의 멸망이 아닌, 유럽의 멸망으로 제시하면서 정치적 알레고리를 구체화한다.[73] 하산의 죽음을 유럽의 멸망으로 보면, 그것은 이미 세력이 다한 유럽 왕조일 것이다.

하지만 레일라는 그렇지 않다. 그녀는 죽었지만 죽지 않았다. 그녀의 육체적 죽음은 그녀의 정신적 죽음을 의미하지 않는다. 그녀는 더욱 선명하게 자우르의 마음속에서 그를 지배하며 생생하게 살아 있다. 그 같은 레일라의 정신은 무엇을 의미할까? 그것은 자유, 사랑, 평화 등 레일라가 소망했던 이상일 것이다. 자우르는 레일라를 자신의 자아 성취를 위한 내면화된 개인적 추구이자 획득 불가능한 이상으로 여긴다.[74] 레일라는 완벽한 이상에 대한 알레고리인 것이다.[75] 레일라는 이 사건의 중심축이고, 두 남성 사이의 사랑의 희생 제물이며, 파라다이스의 은유다.[76] 완벽한 이상에 대한 알레고리로서, 레일라는 하산과 자우르의 화해, 즉 동서의 화해를 위한 희생제의 제물이었다. 그녀는 화해와 공존을 위해 자신을 제물로 바친 셈이다.

작품에서 자우르는 마지막 서술자에 해당하는데, 그는 하산을 죽인 결과가 자기도 예상하지 못한 고통으로 변한 것을 알아차린다. 그는 사랑하는 레일라를 잃은 상실감과 하산을 죽인 죄책감에 사로잡혀 '자연 앞에 몸을 떨며 움츠리는 신세'가 된다(G 1197). 그것은 주체적 권력의 패배를 의미한다.

타자화는 주로 남성 중심의 가부장제 문화에서 여성을 대상화하고 객체화하는 경향을 의미한다. 여성의 타자화는 남성 중심의 가부장제 문화에서 남성/여성의 이원론적인 구분에 따라 여성적인 특성들을 통제하고 억압함으로써 남성 중심의 일원론적인 가치 체계를 이루게 되는 것이다.[77] 일원론적인 가치 체계에서 남성 인물 자우르의 위치는 특별하다. 그는 극단의 바이런 히어로의 계보를 잇는다.[78] 바이런 히어로는 우울하고 고독하다. 죄에 짓눌린 영혼에 대한 어떤 구원의 치유책도 갖지 못한 고독한 순례자다. 바이런 히어로의 가장 큰 특징은 인간을 극도로 싫어하는 인간혐오다. 자우르에서도 이런 특징들이 선명하게 나타난다. 그러면서도 그는 레일라의 사랑을 갈구하고 구원을 원하는 실존적 인간이다.

> 오! 이슬에 젖은 그대의 손길을
> 이 이마 위를 스쳐 더는 불타지 않게 해주오.
> 아니면 희망 없는 내 심장에 닿게 해주오—
> 그러나, 사람이든 그림자든!—그대가 무엇이든,
> 나를 긍휼히 여겨, 다시는 나를 떠나지 마오—
> 아니면 바람불거나 파도치는 곳보다
> 더 멀리 그대와 함께—내 영혼을 거두어 주시오!— (G 1312-18)

하산을 죽이고 난 뒤 자우르는 안식의 삶을 살지 못했다. 오직 죽은 레일라의 사랑만이 그를 지탱하여 살아있게 한 유일한 빛이었다. 그에게 레일라가 죽고 없는 이 지상의 삶은 지옥의 삶이었다. 계속되는 그의 고통은 말할 수 없는 죄에서 유래한다.[79] 자우르의 알 수 없는 죄는 어디서 비롯된 것일까? 그것은 이교도 오리엔트 땅에서 이교도 무슬림 여성과의 금지된 사랑에서 비롯된 것이다. 복수를 위해 사람을 죽인 죄였다. 그의 사랑은 자신의 종교적 신앙을 능가할 만큼 절대적이고 불가사의한 열정으로 볼 수 있다. 여기서 죄인으로서 자우르의 감정이 선한 자들보다 더욱 흥미롭게 조망되기 때문에 자우르의 복잡하고도 불가해한 감정은 무시할 수 없다.[80]

> '그러면 나의 가장 초라한 주검을 누이고,
> 그리고 내 머리 위에는 십자가 외에는,
> 낯선 이가 엿보거나,
> 지나가는 순례객이 발걸음을 멈출
> 어떤 이름이나 문장은 덮지 마시오.' (G 1324-28)

신부는 수도원에서 자우르의 마지막을 지켜보았다. 그러나 그의 이름이 무엇인지 인종이 무엇인지 모른다. 자우르는 아무런 흔적을 남기지 않았다. 그는 죽으면서 자신의 무덤 위에 십자가를 놓아달라고 부탁한다. 죽을 때만은 그가 자신의 종교인 그리스도교를 신봉하겠다는 뜻이다. 자우르는 자신의 무덤에 십자가를 세우기를 원함으로써 이슬람 땅에서 그리스도교는 다시 존경을 받는다. 크리스천은 이슬람 땅에서 잠듦으로써 두 종교는 영원한 평화에 든다.[81] 자우르는 크리스천의 측면에서 보면 이교도의 땅인 이슬람에서 자신의 종교에서 금하는 간음과 살해를 하였다. 사랑의 이름으로 아무리 미화하더라도 그것은 간음이었고 복수라는 이름으로 정당화하더라고 그것은 살인이었다. 그가 겪은 고통의 근원은 자신으로 인해 죽은 레일라의 참혹한 죽음이며 그 복수로 하산을 죽인 살해에서 유래한다. 그러므로 그는 복수를 위해서 자신의 종교법을 어긴 죄인이다.[82]

시인은 양가적 가치를 판단하는 데 조심스러웠다. 오리엔트 세계에 주체로서 발을 들여놓았던 자우르는 불행히도 무슬림이나 크리스천의 세계, 그 어디에서도 자신의 자리를 찾을 수 없었다. 자우르의 파국은 하산의 소유물을 빼앗은 데서 시작되었다. 비록 레일라의 아름다움을 찬양하고 그녀를 사랑했지만, 그것은 자신의 욕망을 위한 것이었다. 레일라의 죽음으로 그 욕망이 좌절되었기 때문에, 자우르는 하산을 죽였고 하산 또한 자신의 욕망이 거부되었기에 레일라를 죽였던 것이다. 이러한 사랑의 변증법에서 승자는 누구인가? 승자는 없다. 셋 모두 패자가 된 비극적 사랑의 종말이다. 그러므로 자우르의 파국은 정당하고 공정하다.[83] 파국의 정당성은 자우르가 최후에는 참회와 함께 그리스도교를 받아들임으로써 구원의 가능성을 열어둔 데 있다.

III

『자우르』는 레일라와 하산, 그리고 자우르가 빚어내는 삼각관계의 사랑 이야기처럼 보인다. 하지만 이 사랑을 동시대 정치 상황에 대입함으로써 작품은 정치적 알레고리로 읽을 수 있는 점도 분명해 보였다. 삼각관계의 사랑은 해석의 층위에서 당시 오스만제국의 지정학적 위치와 그 문화의 단면뿐 아니라, 많은 정치적 담론이 잠복해 있음이 드러난다. 오리엔트에 침입한 옥시덴트 자우르는 레일라와 불륜의 사랑을 하고 하산을 죽임으로써 타자들에게 폭력적이고 잔혹한 가치 체계를 강요하면서 정작 자신은 그 파괴적이고 비인간적인 제도 내에 감금된 현실을 인식 못 하는 모습을 보여준다. 그러한 그는 타자의 세계에서 지배 문화의 허상인 것이다. 지배 문화의 허상을 해체하기 위해 시인은 자우르의 시선에서 하산은 타자이며 그 역 또한 성립된다는 담론의 상대성을 제시하였다.

『자우르』에서 시인은 이슬람과 그리스도교에 균형 잡힌 가치를 부여하고자 하였다. 작품의 화자도 이슬람과 크리스천 편에 각각 둘을 배치하고 있다. 이슬람 쪽의 발라드 가수와 어부, 그리스도교 쪽의 신부와 자우르가 그들이다. 네 명의 화자를 통해서 이 작품은 무슬림과 크리스천 관점 둘 모두를 다루고 있으며, 이로써 평형을 이루게 된다.[84] 이들 화자의 서술에서 단편적인 이야기가 마치 조각 그림을 맞추듯 하나씩 덧붙여지면서 전체 이야기가 완성된다. 같은 사건을 네 명의 화자가 서술하는 작품구조는 마치 하나의 조각품을 여러 감상자가 보는 것과 같다.[85] 이로 인해 독자는 하나의 사건을 네 명의 서술자의 관점으로 읽는 효과를 얻는다. 그러한 서술의 묘미는 바로 작품에서 일어난 사건을 네 개의 각도로 관점을 병치시킬 수 있어서 독자로 하여금 더 객관적 읽기가 가능하도록 한다는 점이다. 이는 또 독자에게 작품을 보다 객관적으로 접근하도록 유도한다고 할 수 있다. 그렇게 함으로써 역사와 정치를 객관적으로 보라는 시인이 의도가 밝혀진다.

바이런의 정치성을 이해하기 위해서 이 작품이 하나의 답이 될 수 있다.[86] 작품에서 시인은 서양의 지배 담론이나 제국주의 담론을 합리화하거나 서양 우월주의를 일방적으로 주장하지 않는다. 시인은 주체/타자, 식민/피식민, 지배/저항의 이분법적 편 가르기에서 벗어나 객관적으로 오리엔트를 재현하고자 하였으며, 나아가 둘의 화합과 공존을 추구하였는데 이러한 점은 주목할 필요가 있다. 레일라를 가운데 둔 자우르와 하산의 입장은 같은 것으로 그들은 서로에 대한 타자였다. 왜냐하면, 레일라의 배신과 죽음이 그들의 서사를 가능하게 하고, 그녀의 몸과 여성성이 그들 사이에서 교환될 때 비로소 의미를 획득하기 때문이다.[87] 이때 레일라의 사랑은 하나의 정치 행위이지 방법론이 아니게 된다. 레일라가 '나는 '나비' 잡지 마셔요'라고 했을 때, 그녀가 잡히면 모두가 멸망하기 때문일 것이다. 시에서 레일라는 죽었지만, 그녀의 영혼은 마지막까지 서술적 힘을 쥐고 있는 존재로 지배/저항 담론의 궁극의 승자이며, 그것은 타자의 궁극적 승리이기도 하다.

표제 인물 '자우르'는 그 자신이 동서양을 양분하는 알레고리다. 알레고리는 이 작품을 해석하는 중요한 문학적 장치인데, 특히 당시 터키의 정치적 상황이 유럽으로 대치될 수 있다는 사실에서 그것이 확인된다. 이러한 알레고리가 만들어 낸 구도는 하산은 지배자, 레일라는 피지배자, 그리고 자우르는 레일라를 해방하려는 세력으로 전치된다. 그리고 그것은 주도권의 각도에서 세기를 뛰어넘어 영원한 현재성을 느끼게 한다. 영원한 현재성의 갈등 구조는 '오리엔트 이야기' 다음 작품에서 이어질 새로운 지배/저항의 갈등으로 이어진다.[88]

2장 『아비도스의 신부, 터키 이야기』*

—줄레이카, 나는 '매혹의 타자'예요

I

『아비도스의 신부』는 '오리엔트 이야기'의 두 번째 작품이다. '아비도스'는 고대의 두 도시, 즉 이집트 나일강의 오시리스Osiris 신전이 있었던 도시와 소아시아의 헬레스폰토스Hellespont 해협을 끼고 있었던 도시가 그것이다.[1] 헬레스폰토스는 다르다넬스Dardanelles 해협의 옛 이름이다. 이집트와 소아시아에 자리하였던 고대의 두 도시는 모두 예사롭지 않은 신화를 간직하고 있다. 이집트의 오시리스 신전은 삶과 죽음, 그리고 부활을 관장하는 신 오시리스를 위한 곳이다. 오시리스는 여동생 이시스Isis와 결혼하여 행복한 삶을 사는데, 이를 시기한 동생 세트Set의 손에 열네 조각으로 찢긴 채 죽는다. 이시스는 오시리스의 갈가리 찢긴 시체를 찾아 그의 조각 난 몸을 붙여 부활하게 한다. 그래서 오시리스는 삶과 죽음, 그리고 부활을 관장하는 신이 되었다.[2]

* Lord Byron, *The Complete Poetical Works*. Vol. III. Ed. Jerome J. McGann (Oxford: The Clarendon P, 1986) 107. 이하 작품은 『아비도스의 신부』로 약칭하고 인용 뒤에는 괄호 안에 BA로 표기하고 칸토와 시행 번호만 밝힌다.

소아시아 쪽의 아비도스는 그리스 신화의 레안드로Leander의 고향이다. 레안드로는 밤마다 헬레스폰토스 해협을 헤엄쳐 건너 연인 헤로Hero를 찾아간다. 헤로는 아프로디테Aphrodite의 여사제로 유럽 쪽 세스토스Sestos의 탑에 살고 있다. 어느 겨울밤 레안드로가 해협을 헤엄쳐 건너고 있을 때, 헤로 탑의 등불이 꺼지면서 레안드로는 그만 익사하고 만다. 헤로는 그의 죽음을 보고 자신도 몸을 던져 레안드로와 죽음을 함께한다. 두 연인은 꼭 껴안은 채 죽어 해안가에 같이 묻혔다는 신화가 전해진다.[3]

이집트와 그리스, 두 곳 모두의 '아비도스'에는 사랑과 죽음의 신화가 공통으로 담겨있으며, 두 곳 모두 이슬람을 신봉하는 곳이다. '아비도스의 신부'는 이슬람을 신봉하는 무슬림 신부라는 뜻으로 그 자체가 그리스도교와 이슬람 사이를 양분하는 알레고리가 된다. 그뿐 아니라 아비도스의 신부는 오시리스와 이시스의 사랑처럼 근친상간의 사랑이며 레안드로와 헤로의 사랑처럼 죽음으로 끝날 비극적인 사랑을 암시한다.

그러나 비극적 사랑 이면에는 동시대 치열했던 정치 이데올로기가 함축되어 있어 작품에 담긴 의미는 사랑의 주제를 넘어선다. 예를 들면 1806년 러시아와 오스만제국의 전쟁이 그것이다. 이 전쟁에서 영국은 러시아 편을 들어 함대를 보낸다. 하지만 러시아가 '틸지트 조약'Treaty of Tilsit을 위반하자 영국은 다시 터키 오스만 편을 든다.[4] 이러한 동시대 정치적 사안은 '아비도스'를 제3의 공간으로 상정하게 한다. 즉, 아비도스는 아비도스가 아닌 셈이다. 아비도스의 은유는 상상의 오리엔트로 상정되며 줄레이카는 신부로서 대상화된다.

또한, 아비도스는 영국의 식민지화에 대한 암호 해독을 요구하는 장소다.[5] 그렇다면 '아비도스'는 서양의 전략적이며 경제적인 공간이며 '신부'는 억압과 지배와 예속의 소유물이다. 이렇게 사랑과 정치라는 두 주제의 충돌은 작품 전체를 정치적 알레고리로 해석할 수 있는 실마리가 된다.[6] 정치적 알레고리의 의미망은 작품의 무대인 '아비도스'와 '신부'에 암시되어 있다. 특히 작품의 무대인 아비도스라는 공간은 토포스적으로 특별한 의미를 지니는데 그것은 종종 재현된 역사의 은유 역할을 한다.[7] 그것은 서양이 정복하고 싶은 매혹적인 오리엔트를 상징한다.[8]

『아비도스의 신부』의 등장인물은 파사 지아퍼Pasha Giaffir, 그의 외동딸 줄레이카Zuleika, 그녀의 연인 셀림Selim, 그리고 줄레이카의 정략결혼 상대인 술탄 오스만Sultan Osman이다. 줄레이카와 셀림은 서로 사랑하는 사이이다. 나중에 그들의 관계가 친남매가 아니라 부계쪽 사촌으로 밝혀지지만 그들의 사랑은 근친상간이다. 파사 지아퍼는 줄레이카를 터키 술탄 오스만과 정략 결혼하게 하여 자신의 정치권력을 강화하려는 야심에 차 있다. 이때 줄레이카의 몸은 결혼이라는 제단 위에 올려지면서 제물로 변한다. 술탄 오스만은 자신의 남성적 욕망을 위해 순결한 처녀 줄레이카를 소유하고자 한다. 줄레이카를 사이에 둔 세 남성의 서로 뒤얽힌 욕망은 근친상간, 부녀간의 사랑, 정략결혼 등의 서로 다른 제재로 드러나면서 이율배반적 가치와 혼동을 초래한다. 이들은 각각 에로스 사랑, 가부장적 권위, 그리고 국가 권력을 걸고 줄레이카를 소유하고자 한다. 줄레이카는 세 명의 남성 인물이 구성하는 삼각 구도 안에 어쩔 수 없이 갇히게 되어 '매혹의 타자'로 부상한다. 남성 인물들의 충돌하는 욕망이 줄레이카를 철저히 대상화, 객체화, 타자화하여 그녀를 '매혹의 타자'로 만든것이다.

'매혹의 타자'를 가운데 둔 남성 인물들 간의 욕망에서 지배/종속, 제국/식민, 주체/타자 등의 대립 담론을 읽을 수 있는데, 이는 정치적 주제와 연결된다. '신부'는 또한 여성성, 모성, 지참금, 신부의 값, 일부다처제 등의 가부장 이데올로기와 연결된다. 아비도스의 신부 줄레이카는 여성의 모든 가치를 아우르는 남성 인물들이 욕망하는 '매혹의 타자'로서, 효의 의무와 에로스 사랑, 충성과 배반, 주체와 타자, 형제애와 형제 살해, 반란과 모험의 중심에 있다. 그리고 이 대극적 대립쌍은 작품에서 사랑의 주제를 정치적 담론으로 전용하는 그러나 간과할 수 없는 요인으로 작동한다.

II

『아비도스의 신부』는 두 개의 칸토로 이루어져 있다. 첫째 칸토에서 등장인물들의 서로 다른 욕망이 충돌하면서 일으키는 갈등의 성격이 서술된다. 먼저 시인은 이야기의 본격적인 시작에 앞서 작품의 배경이 되는 그리스를 소개한다. 그리스는 이름만 그리스일 뿐이지 터키 식민국이다.

당신들 사이프러스와 도금양이
  그 나라에서 일어났던 일의 상징인 줄을,

> 독수리의 분노—산비둘기의 사랑이—
> 슬픔 속으로 녹아내려—이제는 범죄를 분노케 하는 그 땅임을 아는가?— (BA 1-4)

시의 도입부는 간결하고 함축적이면서도 투명하다. 네 개의 시행에서 그리스의 과거와 현재, 그리고 미래를 노래하고 있다. 인용된 노래에서 '사이프러스'와 '도금양', 그리고 '독수리'와 '비둘기'라는 두 개의 대립적 이미지가 그려지는데, 그것은 곧 그리스의 지리·정치적 상황이다. 그리스는 오리엔트에 자리 잡고 있으면서 서양 문화를 대표한다는 점에서 지리적으로 매우 역설적인 공간이다. 정치적으로 그리스는 과거의 영광과 현재의 굴욕이 공존하는 모순적 상황이다. '사이프러스'는 죽음을 상징하는 나무이며, '도금양'은 비너스 여신에게 봉헌된 사랑을 상징하는 꽃이다. 도금양과 사이프러스는 그리스에서 일어났던 영웅의 사랑과 죽음을 상징한다. '독수리의 분노'는 지아퍼의 분노를 가리키며 '산비둘기의 사랑'은 줄레이카와 셀림의 사랑을 의미한다. 독수리는 맹금으로 조류의 왕이며, 비둘기는 평화를 상징하는 새다. 줄레이카와 셀림의 사랑은 산비둘기처럼 평화적이라면 지아퍼의 분노는 독수리처럼 파괴적이다. 독수리의 분노 같은 지아퍼의 강한 견제는 산비둘기 같은 어린 두 연인의 사랑이 순탄하지 않음을 예고한다.

시인은 계속해서 그리스의 자연을 노래하는데, 노래 속에는 많은 암시가 담겨있다.

그리고 대양의 자줏빛은 짙게 물들어 있고,
처녀들이 뒤엉킨 장미꽃처럼 부드러운 곳,
그리고 사람의 영혼 외에, 모두가, 신성하다—
이곳이 동양의 풍토—이곳이 태양의 땅—
그 땅은 그 후손들이 했던 일에 미소 짓겠는가?
오! 연인들의 이별처럼 격정적인 말은
그들이 간직한 마음이며, 그리고 그들이 해야 할 이야기다. (BA Ⅰ, 13-9)

위의 인용에서 보듯이 시인의 시적 상상의 세계는 오리엔트의 아름다움으로 가득 차 있다.[9] 그리스 바다의 자줏빛은 낙조와 어우러져 푸른 바다를 포도주 빛으로 만드는데, 이는 호머 시대부터 노래하였던 바다 빛으로, 그 빛은 말로 표현할 수 없는 신비감을 자아낸다. 그와 같은 동양 풍토, 태양의 땅에 사는 처녀들은 장미꽃처럼 아름답다. 하지만 시의 화자는 그 땅의 영혼은 신성하지 않다면서 과거의 영광을 잊지 못하는 후손을 비난한다. 그래서 화자는 그리스 땅에 '그 후손들이 했던 일에 미소 짓겠는가?'라며 수사적 질문을 던진다. 그것은 이별을 고하는 연인의 말처럼 격정적인 이야기를 담고 있기 때문일 것이다. 그리스에 대한 이러한 묘사는 앞으로 펼쳐질 이야기의 전조 역할을 한다.

사라진 그리스의 영광을 배경으로 노 지아퍼가 등장한다. 그는 디반Divan에 앉아있다. 디반은 오스만제국의 추밀원 혹은 의사실을 가리킨다. 디반에 앉아있는 그의 모습은 사라진 그리스의 영광 위에 앉아있는 듯한 느낌을 준다.

노 지아퍼는 디반에 앉아,
　그의 연로한 눈은 깊은 상념에 잠겨있었다.
그리고 무슬림의 얼굴은
　옆 사람에게 속마음을 자주 속이지는 않지만
내심은, 단지 억제할 수 없는 자부심으로
모든 것을 잘 감추고 있었다. (BA Ⅰ, 24-9)

노 지아퍼는 오스만제국의 파사로 디반의 수장이다. 그는 디반에 앉아 깊은 상념에 잠겨있다. 무슬림은 옆 사람에게 속마음을 잘 속이지는 않지만 지금 지아퍼는 팽배한 자부심으로 모든 것을 감추고 있다. 그것은 그의 딸 줄레이카 때문이다. 줄레이카는 천국의 빛으로 반짝이며 말할 수 없는 매력과 순수한 우아함으로 빛나는 매우 아름다운 여성이다(BA Ⅰ, 177-78). 그녀는 동양 땅의 가장 아름다운 꽃이다(BA Ⅰ, 280). 그녀의 아름다운 외모는 그녀를 진정 매혹의 타자로 만든다. 타자로서 줄레이카는 레일라와 달리 지상에 살고 있지만, 레일라처럼 목소리를 낼 수 없다.[10] 하지만 그녀의 목소리는 부재한 레일라의 것처럼 더욱 현존성을 갖는다.

'하룬—기다리던 모두가
바깥문으로 사라지면,
(내 아이 줄레이카의 베일 벗은 얼굴을
보는 자에게 재난 있어라!)
자, 내 딸을 탑에서 데려오라—
그 애 운명은 바로 이 시각에 정해졌다.
그 애에게 내 생각을 반복하게 하지 마라—

나에 의해서만 의무가 결정된다!' (BA I, 36-43)

하룬Haroun은 셀림 아버지의 신하였다. 작품에서 그의 이름은 네 번 호명되며, 이야기의 전환에 중심축이 된다. 그는 셀림 아버지의 죽음, 셀림 아버지와 지아퍼의 관계를 알고 있는 인물이다. 지아퍼는 그 하룬에게 줄레이카를 탑에서 데려오라고 한다.

지아퍼는 줄레이카를 물건을 다루듯, 아니면 죄수를 다루듯 탑 속에 가두어 두고 있다. 탑에 갇혀 있는 줄레이카는 매우 소중하게 다루어지는 듯하다. 하지만 탑에 갇힌 줄레이카는 극명하게 대상화된 물건이다.[11] 탑은 그녀를 철저한 대상처럼 다루며 소중한 물건처럼 보관하는 공간이다. 탑이라는 공간 안에서 여성은 남성 지배 사회의 관음 충동이란 관점에서 '매혹의 타자'가 된다. 지아퍼의 시선이 바로 관음적인 남성의 시선으로 그것은 스스로의 환상을 줄레이카에게 투사하여 그녀를 매혹의 타자로 만든다. 그녀가 갇혀 있는 탑이라는 공간은 여성의 타자화를 극대화한 공간이다. 그녀는 외부와 단절된 채 남성적 권력 안에서만 존재한다. 그것은 여성끼리 공유할 수 있는 여성 경험의 부재와 모성의 부재를 의미한다.

명령어로 이루어진 지아퍼의 대사는 매우 엄격하고 권위적이다. 그는 전제적·독점적 권력을 상징하는데,[12] 작품 곳곳에서 지아퍼는 '오만한'(BA I, 439; BA II, 268) '독재자'(BA I, 45; BA II, 326)와 '폭군'(BA II, 298)으로 묘사된다. 지아퍼는 바이런의 '그랜드 투어' 때 직접 만난 '알리 파샤'Ali Pasha를 실제 모델로 하였다고 하는데, 그는 점잖지만 엄했다고 한다.[13] 이러한 지아퍼는 오스만제국의 군사적·

정치적·종교적 위협의 상징처럼 보인다. 그리고 그것은 오리엔트 전제주의에 어느 정도 책임이 있다.[14]

지아퍼는 줄레이카의 베일 벗은 얼굴을 보는 자에게 재난 있어라고 말한다. 여기서 이슬람이 여성을 대하는 문화의 한 단면이 나타나는데, 그것은 여성의 얼굴을 가리는 베일과 여성을 가두는 공간 탑이다. 이슬람문화에서 여성이 내실이 아닌 곳에서 베일을 벗고 얼굴을 드러내는 것은 금기 중의 금기다. 베일은 여성과 몸과 머리, 얼굴을 가리는 정도에 따라 나뉜다.[15] 하지만 베일은 이슬람 도래 이전부터 있었던 여성 의상의 형태로 이슬람이 그 문화의 발원지는 아니다. 함무라비 법전에 따르면 일반여성이 노예나 매춘부로부터 자신의 신분을 구별하기 위해 베일을 썼다고 한다.[16] 이슬람 세계에서 여성의 베일은 8세기 후반에 처음 도입되었는데, 도입 초기에는 이슬람 군주의 아내나 딸은 반드시 베일을 착용하였으나, 매춘부나 여자 노예는 베일을 두르지 않았다. 노예나 매춘부에게 베일 착용을 금함으로써 베일은 여성의 정조를 일반에게 공표하는 매체로 사용되었다.[17] 베일에 관한 이러한 역사는 베일이 여성의 순결과 정조를 가르는 하나의 상징적 기표였음을 알 수 있다.

베일이 나타내는 매체, 즉 기표에 따르면 줄레이카는 순결이 보장된 이슬람 군주의 딸이다. 베일의 중요성 때문에 지아퍼는 '내 아이 줄레이카의 베일 벗은 얼굴을/ 보는 자에게 재난 있어라!'고 말하는 것이다. 지아퍼의 이 말은 아이러니하다. 베일을 벗은 여성의 얼굴을 보는 자에게 재난이 내린다면, 그것은 결과적으로 베일은 여성을 보호하기 위한 수단이라기보다 남성을 보호하기 위한 수단이 되

기 때문이다.[18]

지아퍼가 하는 말에서 이슬람 사회에서 여성의 위치가 어느 정도인지 알 수 있다. 여성 줄레이카의 운명은 아버지 지아퍼의 말 한마디에서 결정된다. 지아퍼가 줄레이카의 운명을 결정하는 주체라면 줄레이카는 그에게 절대복종해야 하는 객체다. 그의 명령은 곧 복종을 의미한다(BA I, 44). 지아퍼는 줄레이카에 대한 사랑보다는 그녀를 정략결혼으로 활용할 수 있다는 가치에 방점을 둔다. 그렇게 함으로써 지아퍼는 '연합된 힘'을 갖게 되고 그 힘은 더 강력한 권력을 행사할 수 있다(BA I, 209-10). 이때 정략결혼은 지아퍼의 가부장적 권위로 줄레이카에게 강제된 것이다. 그러므로 줄레이카는 권력 축적을 위한 하나의 도구에 불과하며 그 결혼은 정치적일 수밖에 없다(BA I, 192, 210-15). 줄레이카의 결혼에 정치가 개입됨으로써 그녀의 결혼은 사랑으로 맺어진 게 아닌 권력이 연합된 정치가 된다. 이처럼 줄레이카는 가부장제와 권력, 정치 담론의 중심에 있는 문제의 '신부'로 남성들 사이에 교환되는 지참금 또는 현금 역할을 한다.[19] 이러한 그녀는 분명한 타자화의 예로 볼 수 있다.

줄레이카는 열쇠로 잠근 탑에 갇혀 있으며, 탑에서 나올 때는 베일로 얼굴을 가려야 한다. 아버지의 말에 어떤 의사표시도 할 수 없어 침묵으로 복종한다.

> 줄레이카가 왔다—그리고 지아퍼는 자신 안에 있는
> 목적이 반쯤 녹아내리는 것을 느꼈다.
> 엄한 마음이지만 느낄 수 있는

생각은 그녀의 행복을 원치 않아서가 아니었다—
애정이 그녀를 그 마음에 묶어두었다면—
야심은 그 관계를 찢어놓았기 때문이다. (BA Ⅰ, 187-92)

줄레이카가 왔다. 그녀는 지아퍼가 사랑했던 여자 사이에서 낳은 자식으로 그의 귀에 줄레이카의 목소리는 후리의 찬송 같다. 지아퍼는 줄레이카를 페르시아 신화의 요정인 '나의 피리'Peri(BA Ⅰ, 144-51)라고 부르며 애지중지한다. 지아퍼는 그렇게 애지중지하는 딸을 보는 순간 자신의 목적이 마음속에서 반쯤은 녹아내리는 걸 느낀다. 아버지로서 지아퍼의 사랑은 딸의 행복을 바라지만 그의 야심은 부녀간의 사랑을 찢어놓는다. 권력욕이 아버지로서의 사랑보다 더 큰 것이다. 지아퍼는 줄레이카의 아버지이지만 사실 그는 딸에게 절대적 권위와 권력을 행사하는 전제군주다. 그에게 딸은 일종의 재산이자 자신의 명예와 권력 강화를 위한 수단에 불과하다. 그렇지만 그의 마음속에는 아비로서의 정이 약간 남아있어 줄레이카를 정략결혼의 대상으로 삼은 데 대한 일말의 아픔을 느낀다. 줄레이카가 아버지 지아퍼의 목을 부드러운 팔로 감싸 안으면 지아퍼는 마음이 약해진다. 아버지 지아퍼의 사랑은 줄레이카를 자식으로 사랑하는 것으로 그 사랑은 부성적 본능이다. 하지만 이제 지아퍼의 야심이 부녀간의 사랑을 찢어놓는다.

지아퍼의 눈에 줄레이카는 요정 '피리'로 보이지만 셀림은 사사건건 못마땅한 '종놈의 자식', '출신도 모르는 종년의 몸에서 태어난 자식놈'이다(BA I, 81, 109, 111). 셀림은 지아퍼에게 아랍인이면서 굴종하는 크리스천이다(BA I, 144-45). 무슬림 셀림에게 그보다 더한 모욕은 없을 것이다. 셀림은 일찍부터 지아퍼한테 남자답지 못하고 오히려 여자보다 더 여자 같다는 비난을 들으며 자랐다(BA Ⅰ, 99-100). 지아퍼는 '크리스천의 칼날보다 더 날카롭게' 셀림을 욕하고 심한 모욕감을 준다(BA I, 108). 지아퍼가 했던 모든 말은 셀림의 마음속에 비수처럼 꽂혀 그에게 모멸감을 느끼게 하고 분노하게 한다. 이런 모욕적인 말을 일상적으로 듣고 자란 셀림은 그렇다면 나의 부모는 누구인지 물으며 지아퍼에게 서서히 반감을 쌓아왔다(BA I, 118). 지아퍼는 셀림의 분노를 알고 있으며 임박할 반격을 기대하고 있다.

지아퍼가 딸을 사랑하면서도 딸을 도구 삼아 권력을 욕망하는 모습에서 또 그의 말과 행동에서 무슬림이나 크리스천과 같은 종교적 기호나 남성성이나 여성성 같은 젠더 기호는 하나의 사회 구조와, 문화적 기호 역할을 충실히 수행하는데, 이는 주목할 필요가 있다. 특히, 줄레이카는 주체적 여성성이 거부된 가혹한 이슬람의 가부장제 문맥 안에서 재현된 타자로서 당연시되는 점이 부각된다.

줄레이카를 대상화하는 지아퍼는 가부장제의 전형이 되는 인물이다. 가부장제란 가족 구성원에게 명령하고 일방적으로 지배하는 권위나 권력이다. 남성/여성의 위계질서가 분명한 이슬람에서 가부장의 권위는 절대적이다. 아버지로서 지아퍼의 가부장적 권위는 그가 구사하는 언어에서 더욱 두드러진다. 지아퍼는 크리스천의 대포소리가 멀리서 들리는(BA I, 94) 가운데 거침없이 '우리는 무슬림이다'(BA I, 114)라고 공언하는 동시에 크리스천은 '나사렛의 똥개'(BA I, 98)라 부른다. 예수는 나사렛 사람이다. '나사렛의 똥개'는 크리스천을 아주 비하하는 말이며 여기에는 무슬림 셀림도 포함된다.

지아퍼는 자신이 계획한 정략결혼의 실체를 줄레이카에게 알려주는데, 먼저 자신의 '상냥한 아이!'를 성숙하지 못한 '사내놈과 결혼'시키고 싶어 하지 않는다고 말함으로써 셀림을 또다시 비하한다.

> '나는 너를 사내놈과 결혼시키지 않겠다—
> 그러니 너는 귀족의 침상을 가질 게다.
> 그리고 그와 나의 연합된 힘은
> 사형칙령도 경멸하며 웃게 될 게야,
> 그건 사람들이 몸을 떨면서 볼 수밖에 없고—
> 그리고 칙사에게 어떤 운명이
> 기다리고 있는지 알려줄 게다.
> 그리고 이제 너는 아비의 뜻을 알아야 한다—
> 　　여자인 네가 알아야 할 필요가 있는 모든 것—
> 복종을 가르치는 건 여전히 나지만,
> 　　사랑하는 방법은, 네 주인이 가르쳐 줄 게다.' (BA Ⅰ, 208-18)

줄레이카는 홀아비 지아퍼의 딸로 매우 효성스럽다.[20] 하지만 지아퍼는 줄레이카를 정략결혼의 제물로 삼음으로써 딸의 효심을 이용한다. 지아퍼는 먼저 줄레이카에게 사내놈과 결혼시키지 않겠다고 말한 뒤, 그녀가 귀족의 침상을 가질 거라는 언질을 준다. 지아퍼는 딸을 술탄 오스만에게 결혼시킴으로써 그와 연합된 힘으로 한층 강화된 권력을 꿈꾼다. 오스만의 권력과 자신의 권력을 합치면 사형칙령도 무시할 정도로 막강해진다. 그리고 줄레이카에게 '여자인 네가 알아야 할 필요가 있는 모든 것'은 '복종'이며 그것을 가르치는 게 자신의 의무라고 말한다. 이를 통해 시인은 줄레이카의 여성성을 가부장적 사회 이슬람의 배경에 두고 사랑을 정치화한다.

지아퍼는 마지막으로 사랑하는 방법은 네 주인이 가르쳐 줄 것이라고 말한다. 이 말에서 줄레이카는 사랑하는 딸에서 성숙한 여자로 변한다. 여자인 줄레이카는 정략결혼의 제물이지 사랑하는 딸이 아니게 된다. 이슬람문화에서 미혼의 딸은 가장인 아버지의 소유물이며, 결혼에서 여성은 가문을 재생산하는 도구일 뿐이다. 따라서 개인의 의지보다 가족의 이권이 우선되는 특징이 있다. 줄레이카는 아버지의 이권과 가문의 권력 강화를 위한 잠재적 신부로 결혼 시장의 매물로 상장된 순결한 '신부'다.[21] 이슬람 문화권에서 아버지는 결혼하는 여성의 대리인으로서 신부 대신 결혼 계약을 맺는 자격을 가진다.[22] 이러한 이슬람 관습법은 무시할 수 없는 전통이며, 이 전통에 따르면 신부 대리인으로서 아버지 지아퍼의 권위는 당연하다.

무슬림 여성인 줄레이카는 계급이 없을 뿐만 아니라 그녀의 카스트는 아버지의 카스트에 맞게 이미 정해진 것이다.

> 처녀는 말없이 머리를 숙여 절하였다—
> 　만약 그녀의 눈이 눈물로 채워진다면
> 억누른 감정은 감히 눈물을 흘리게 하지 않으리.
> 　그리고 마치 화살처럼 날개 달린 말이 그녀의 귀를 지나갈 때,
> 그녀의 뺨이 새파래졌다가 새빨개졌고,
> 　새빨개졌다가 다시 새파랗게 질렸다—
> 그건 처녀의 두려움이 아니고 무엇이겠는가? (BA Ⅰ, 219-25)

아버지에게 온 줄레이카는 매우 순종적이고 공손한 자세로 절을 한다. 그녀는 아버지의 정략결혼의 실체를 듣고도 쏟아지는 눈물을 애써 감추며 자세는 흐트러트리지 않는다. 아버지의 말이 화살처럼 날라 와 그녀의 귀에 닿자 그녀는 새파랗게 질리다가 새빨개졌고 다시 새파랗게 질릴 뿐이다. 그것은 얼굴 한번 보지 않았던 낯선 남자와 결혼해야 하는 처녀의 두려움이다.

> 미녀 눈의 눈물은 너무 반짝거려
> 사랑이 그걸 입맞춤으로 말리더라도 반은 후회할 정도다— (BA Ⅰ, 226-27)

아버지의 말을 들은 줄레이카는 눈물을 쏟는데, 그녀의 눈에 고여 있는 눈물은 너무 반짝거려 입맞춤으로 그걸 말리더라도 아쉬울 정도다. 줄레이카는 아버지의 정략결혼의 말을 듣고도 눈물만 흘릴 뿐, 한마디 반대의 말도 하지 못한다. 이는 이슬람 관습이다. 이슬람 사회의 여성에게는 원래 자신의 고유한 지위 같은 것이 없다. 여성의 지위는 남성의 권위에 예속되는 것으로 미혼일 때는 아버지에게, 결혼하고 나면 남편에게 예속된다. 극단의 예로 이슬람 문화권에서 결혼은 남성이 여성을 구매하는 것이고[23] 여성은 자신의 일부를 파는 것이다. 시장에서 물건을 사듯 결혼은 남자가 여자의 생식기능을 노골적으로 사는 일종의 매매행위다. 어떤 매매든지 유용하고 깨끗한 것만이 당연히 제값을 받는다.[24] 남자는 결혼 계약을 통해 여성을 사고, 이는 재산에 대한 판매와 구매의 관계를 규정한다.[25]

이슬람 사회에서 신부가 구매 대상이 될 수밖에 없는 이유는 '마흐르'mahr라는 결혼 계약금 때문이다. 마흐르는 신부와 신부 집안의 가치를 반영하기 때문에 신부 쪽은 더 많이 받기 위해 노력한다.[26] 이슬람 결혼문화에 비춰보자면 지아퍼가 줄레이카를 결혼 시장에 거래 대상으로 내놓았을 때, 가장 비싼 값으로 거래하려는 욕심은 당연하다. 이슬람 문화권에서 무슬림 여성 줄레이카에게는 사회법이 적용되지 않고 자연법이 적용되어 그녀의 지위는 아버지와 남편의 보호를 받고 그들에 의해 지위가 결정된다. 이처럼 그녀는 여성이기 때문에 사회적으로 힘이 없을 뿐 아니라, 결혼이라는 매매 관계에서 움직일 수도 없고 말할 수도 없는 막다른 골목에 봉착한다(BA Ⅱ, 491). 그러한 그녀의 지위는 역설적이게도 그녀가 전적으로 자신의 정감 안에 살 수 있게 한다.

신부로서 줄레이카의 가치는 처녀성과 아름다움이다. 이슬람 결혼문화의 관점에서 줄레이카의 여성성을 분석하면 정략결혼의 제물로서 그녀는 아주 값진 매물이다. 그녀의 불행은 정략결혼 대상이 아닌 다른 남자를 사랑하는 데 있다. 줄레이카에 대한 셀림의 사랑은 자신의 마음속에서 우러난 것이며 그 사랑 때문에 두려움을 모른다(BA Ⅰ, 148-50). 하지만 그 사랑은 금지된 열정이다.[27] 금지된 열정은 줄레이카로 하여금 아버지의 탑에서 벗어나 자유로운 사랑을 더욱 간절히 원하게 한다.

> 내가 줄레이카의 잠을 깨워,
>   그리고, 당신이 알듯이 나를 위해
>   곧 하렘의 덜거덕거리는 열쇠를 돌렸소.

문지기 노예들이 깨어나기 전에
우린 사이프러스 숲으로 달려가,
그리고 땅, 바다, 그리고 하늘을 벗 삼았지 않았소! (BA I, 65-70)

위의 인용에서 나타나듯이 셀림과 줄레이카는 이미 서로 사랑하는 사이다. 그뿐 아니라 그들은 아버지 지아퍼 눈을 피해 몰래 하렘을 빠져나와 사이프러스 숲으로 달려가 땅, 바다, 그리고 하늘을 벗 삼은 적도 있었다. 셀림의 말에서 흥미를 끄는 것은 '덜걱거리는 열쇠'다. 줄레이카는 열쇠로 잠겨있는 방에 갇혀 있는 것이다. 열쇠와 '비밀의 침실'(BA I, 79)과 '여자의 탑'(BA I, 80)은 여성을 타자화하는 데 매우 유효한 장치다. 레일라 또한 탑과 연관되어 있었다(G 695-96). 탑에 갇혀 있는 여성은 주체 본래의 공간과 타자의 공간을 양분하는 상상의 장벽으로 역할한다. 탑은 분리의 공간이며 여기서 주체와 객체 사이의 조화와 일치는 찾아볼 수 없다. 주체와 객체 사이의 상호작용에 대한 논의는 여성을 배타적인 공간에 가둠으로써 그들은 감시받아야만 되는 타자로 전락시키고, 여성은 힘이나 권력에서 소외된 타자로 존재할 뿐인 상품이 된다. 줄레이카의 탑은 여성의 순결성을 추구하는 고객을 위한 신용 구매 품목으로 역할한다.

셀림은 자유를 사랑하기 때문에(BA Ⅱ, 387) 그에게 줄레이카는 방주를 약속하는 '평화의 비둘기'(BA Ⅱ, 454-59)며 '폭풍 같은 삶의 무지개'다(BA 399). 그러면서도 셀림은 줄레이카를 마치 소유물인 것처럼 '나의 것', '영원히 나의 것'으로 부른다. 셀림의 줄레이카에 대한 이러한 묘사는 여성을 타자의 부류에 넣고자 하는 남성의 욕망이 은연중에 투사된 것이다. 작품 전반에 걸쳐 줄레이카의 의지와는 상관없이 그녀는 '위안을 주는 사람' 혹은 '보물'로 묘사되는데, 그것은 그녀가 거대 담론 안에서 장치와 도구로 제시되기 때문이다.

> 그녀는 천천히 방을 가로질러 세 걸음을 걷고는,
> 그리고 그의 눈을 보았다—눈은 여전히 꼼짝하지 않았다.
> 그녀는 페르시아 아타르-굴
> 향수 단지를 들고,
> 그리고 그 향을 그림 그려진 천장과
> 대리석 바닥에 뿌렸다—
> 그 방울은, 그의 번쩍이는 조끼에
> 여자의 장난기를 호소하였는데,
> 그 가슴 역시 대리석인 듯—
> 그의 가슴에 날아드는 것을 알아차리지 못했다. (BA I , 267-76)

위 장면은 셀림과 줄레이카의 만남을 그린 것이다. 그들의 만남은 그 동작 하나하나가 세밀하게 묘사되면서 여성의 심리 상태뿐 아니라 사랑에 빠진 두 연인의 감정을 시각화한다. 먼저 줄레이카는 향수 단지를 들고 천장과 바닥에 뿌린다. 그리고 셀림의 조끼에 뿌리고 장난기를 호소하면서 처녀다운 애교로 그의 감정을 깨우려 하지만 셀림은 가슴이 대리석이 된 듯 거의 반응이 없다.

줄레이카는 사랑과 자신을 이끌고 보호해 줄 힘을 메카 사원에서 찾아보려 한다. 셀림과의 사랑을 메카에서 맹세함으로써 그 사랑을 증명하고자 한다. 메카에서 맹세한 사랑은 종교적 이데올로기의 지배를 받는다.

그렇다면—난 메카 사원을 두고 맹세해요.
만약 사원이, 여자의 발걸음은
허락하지 않으면서, 여자의 맹세는 받아들인다면—
당신의 자유로운 동의 없이, 명령하겠어요!—
술탄은 나의 손을 잡을 수 없다고요—
제가 당신과 헤어져서 살 수
있을 거라고—제 가슴을 반으로 가를 수 있다고 생각하시나요? (BA Ⅰ, 312-18)

줄레이카는 아버지 지아퍼에게 아주 순종적인 딸이었다. 반면 여기서 그녀는 셀림에게 열정적이고도 적극적으로 사랑을 맹세한다. 그녀는 거래 대상인 자신의 존재를 부정하고 정략결혼을 거부하겠다고 맹세한다. 줄레이카는 이슬람 사원이 여자의 발걸음은 받아주지 않으면서, 여자의 맹세는 받아준다면 셀림의 동의를 구하지 않고도 자신의 행위를 스스로 명령하겠다고 천명한다. 그녀의 어조는 제도적 타자 외에 어떤 타자 담론도 구사하지 않으면서 솔직 담백하다. 줄레이카의 말에서 그녀가 성적으로 열정적이면서도 순결하다는 사실이 드러난다. 열정과 순결을 동시에 보여주는 그녀는 마리아와 막달레나로 양분되는 19세기 여성 유형에 도전장을 던진다.[28] 그리스도교 문화에서 마리아는 성녀를 상징하고 막달레나는 창녀를 의미한다. 여기서 줄레이카는 그녀 안에서 성녀와 창녀를 일원화하고 사랑과 결혼을 일원화함으로써 사랑의 성스러움을 강조한다.

물리적 세계에서 줄레이카는 아버지와 탑과 연결되어 있지만, 의식의 세계에서 그녀 존재와 사랑을 필요로 하는 셀림과 강하게 연결된다. 그들은 자신들도 모르게 자신들의 운명을 예언하는 책을 읽는데, 그 책은 페르시아 시인 사디Sa'dī, 1213～91가 노래한 '마즈눈과 레일라'Majnoun and Layla(BA Ⅰ, 71-2)의 비극적 사랑 이야기다. 아라비아 기원을 가진 이 이야기는 마즈눈과 레일라의 뜨겁지만 금지된 근친상간의 사랑 이야기로 이슬람 세계의 '로미오와 줄리엣'으로 통한다. 까이즈Qays와 레일라는 사촌 사이로 서로 사랑하는데, 레일라의 아버지가 그들의 사랑을 허락하지 않는다. 까이즈는 그 금지된 사랑 때문에 레일라에게 더욱 광적인 집착을 보여 미쳤다는 뜻의 '마즈눈'이란 이름을 얻었다. 이 중세 페르시아 문학에 나타난 비극적 사랑 이야기는 곧 줄레이카와 셀림의 사랑이 비극적 종말을 맞게 될 운명을 암시한다.[29] 그들은 그 이야기를 읽음으로써 다가올 그들의 운명을 앞지른다.

줄레이카는 셀림과의 사랑이 이루어지기도 전에 이별의 아픔을 생각하는데, 그것은 그들 사랑의 비극적 종말을 예감했기 때문일 것이다. 줄레이카는 자신의 사랑에 일말의 불안감을 느끼면서도 셀림에게 영원한 사랑을 맹세한다.

> '세월이 흘러서—세월은 당신으로부터 내 영혼을
> 떼어낼 그 시간을 보지 못할 거예요—
> 애즈리얼조차도 그의 치명적 화살집에서
> 　화살이 날아서—또 날아서—
> 모든 것을 갈라놓을 때—우리의 심장은
> 　영원히 나뉘지 않는 먼지가 될 거에요!' (BA Ⅰ, 321-26)

줄레이카와 셀림의 사랑은 죽음의 사자 '애즈리얼'Azrael의 화살이 날아와 그들을 갈라놓아도 헤어질 수 없는 것이며, 죽어 먼지가 되어도 헤어질 수 없는 것이다. 애즈리얼은 유대교와 이슬람에서 사람이 죽으면 영혼을 육체에서 분리하는 죽음의 사자다. 그 사자도 하나가 된 그들의 심장을 나누지 못할 거라며 줄레이카는 셀림과의 사랑을 일심동체로 생각한다. 줄레이카의 뜨거운 사랑의 고백에 셀림의 사랑도 깨어난다. 셀림은 줄레이카의 사랑으로 인해서 숨 쉬고, 움직였고, 느끼며 지금까지 살았다고 고백한다(BA Ⅰ, 327-31). 그들은 서로를 목숨처럼 사랑하고 죽음도 갈라놓지 못할 만큼 사랑하지만 그들의 사랑에는 커다란 장애가 있다. 아버지와 오스만이라는 '장애'가 그것이다. 그 장애는 셀림과 줄레이카의 사랑에 운명으로 작용하여 그들 사랑의 비극이 여기서 시작된다.

줄레이카는 셀림과의 이별을 자신의 가슴을 반으로 가르는 것과 같다고 한다. 그것은 죽음과 같은 것이다. 줄레이카는 셀림에게 '당신과 함께 살고 당신과 함께 죽을거'라고 한다(BA I, 392). 두 연인은 이렇게 서로 자신들의 의지에 따라 사랑하고자 한다. 하지만 그들의 사랑에 피할 수 없는 운명이 개입됨으로써 그 사랑 안에 자유의지와 운명이 충돌하는 양상을 띤다. 또한, 그들의 사랑에는 권력 강화가 목적인 '파사의 계획'(BA Ⅰ, 312) 때문에 로미오와 줄리엣의 순수하지만, 맹목적인 사랑처럼 죽음으로 끝날 것을 예고한다.

> '이제 당신은 나의 것, 영원히 나의 것,
> 생명으로 지켜야 할, 생명을 다해도 부족할—

이제 당신은 나의 것이오, 그 신성한 맹세는,
하나의 맹세지만, 우리 둘을 묶어줄 거요.' (BA Ⅰ, 347-50)

두 연인이 서로에게 사랑을 고백하는 말은 한마디 한마디 절실하다. 줄레이카는 영원히 셀림의 것이며 그녀의 사랑을 위해 자신의 생명을 바쳐도 부족하다. 줄레이카의 사랑을 확인한 셀림은 그 사랑을 위해 용감해질 필요가 있었고 무시당한 '종놈의 아들'로서 지아퍼에게 반역을 꿈꿀 이유를 정당화한다(BA Ⅰ, 362-63). 게다가 셀림은 줄레이카의 정략결혼 상대를 알고 있다.

자아퍼에게서 그대의 망설이는 손을
감히 요구한 그 가련한 자를 나는 알고 있소.
악으로 쌓은 더 많은 부, 더욱 비열한 영혼은
무슬림의 통치력을 가질 수 없소.
그자는 이집트에서 성장하지 않았소?
더 사악한 종족을 이스라엘이 보게 하시오! (BA Ⅰ, 371-76)

지아퍼로부터 망설이는 신부의 손을 요구하는 자는 비열하다. 그 가련한 자는 악으로 부를 쌓았다. 더 비열한 그의 영혼은 무슬림의 통치권을 가질 수 없다고 셀림은 말한다. 이집트와 이스라엘은 이슬람과 유대교로 나뉘며 성서 시대부터 앙숙이었다. 이스라엘이 더 사악한 종족을 보게 된다면 그것은 곧 줄레이카의 순결한 손을 요구하는 술탄 오스만이다.

줄레이카는 셀림에게 열렬하게 사랑을 고백한다. 그녀는 언제나 셀림을 보고 싶어 하고, 그의 목소리를 들으며, 그의 가까이 있고 싶어 한다. 낮이나 밤이나 그와 함께 지내고 싶어 한다(BA Ⅰ, 389-91). 두 연인의 사랑은 늘 함께 하는 사랑이며, 죽음까지 함께하는 사랑이다. 그러나 그 사랑은 열정적인 만큼 불안하다.

당신과 함께 살고, 당신과 함께 죽겠어요.
나는 나의 소망을 부정하지 않겠어요.
당신의 뺨, 당신의 눈, 입맞춤할 당신의 입술,
이 같아요—그리고 이것이에요—오직 이것뿐이에요.
정말, 알라시여! 당신 입술이 불타요,
당신 혈관에 흐르는 이 열이 무엇이죠? (BA Ⅰ, 392-97)

줄레이카가 셀림에게 고백하는 사랑은 수줍거나 부끄러움 없이 솔직하고 적극적이며 뜨겁다. 여기서 줄레이카는 정략결혼의 말을 듣고 아버지 지아퍼 앞에서 눈물을 애써 감추었던 순종적인 딸의 모습이 아니다. 그녀는 셀림의 뺨, 눈, 그리고 입술만이 그녀가 원하는 모든 것이라고 말한다. 두 연인은 뜨거운 입맞춤을 하는데, 셀림의 입술이 불타듯 뜨겁다. 그들의 사랑은 금지된 것이기에 더욱 뜨겁고 열정적이며 절실하다. 셀림과 입맞춤을 하면서 줄레이카는 '이 같아요', '이것이에요', 오직 '이것뿐이에요'라며 황홀경에 빠져 감탄을 멈추지 않는다. 이 황홀한 감탄은 줄레이카가 느끼는 사랑의 절정은 표현한 것이다.

줄레이카는 셀림에 대한 사랑이 뜨거운 만큼 단 한 번도 본 적 없는 사람과의 결혼이 죄처럼 무겁게 느껴진다(BA Ⅰ, 435-36). 여기서 줄레이카는 사랑과 정치라는 양분된 가치에 잡혀 있는 저당물이며,[30] 그녀의 사랑은 이슬람법을 거절하는 것이다. 반면 셀림은 지금까지 줄레이카에 대한 사랑을 감췄는데, 그것은 근친상간이기 때문이다(BA Ⅰ, 437-45). 하지만 두 연인은 사랑으로 근친상간의 터부를 공격하고 도덕폐기론 까지 몰고 갈 의지가 있다.

줄레이카는 사랑의 감정이 무엇인지, 정략결혼의 실체가 무엇인지 알고 있다. 더욱이 정략결혼의 저당물로서 자신의 역할을 충분히 알고 있다. 줄레이카가 가진 저당물로서 논쟁적인 힘은 정략결혼의 대상물로서 결혼 담론 속에 있는 안정된 여성 정체성보다 훨씬 더 중요한 힘으로 작용한다. 정략결혼 대상으로서 줄레이카라는 저당물은 채무에 대한 담보물인데, 저당물에는 서로 얽혀있는 채권과 채무라는 양분된 가치가 함의되어 있으며 그것은 상호의존적이고 무엇보다도 중복되는 경험이다. 이는 성의 정치성인데 '오리엔트 이야기'에서 성의 정치는 항상 최고의 관심사로 떠 오르는 특징이 있다.[31]

줄레이카는 셀림을 온전히 사랑한다. 하지만 줄레이카에 대한 셀림의 사랑은 그렇지 않다. 그의 사랑을 자세히 분석하면 그것은 줄레이카에 대한 사랑만이 아닌 오히려 그의 정치성이 개입된 것으로 볼 수 있다. 셀림에게는 또한 유격대Partizan가 있으며 그것은 지아퍼에 대한 그의 공격과 복수를 준비했다는 뜻이다(BA I, 380-82). 사랑에 있어 여성과 남성이 보여주는 이 같은 대비는 남성의 사랑이 이성적이고 냉정한 반면 여성의 사랑은 감성적이고 따뜻하다. 남성의 사랑은 정치성 같은 권력욕처럼 보인다.

'줄레이카—그대 탑의 은신처로
돌아가시오—지아퍼에게 난 인사해야 하오.
그리고 이제 난 그와 함께 기꺼이
칙령, 관세, 징수세, 정세를 말하겠소.
우리의 와지르가 장려하게 대열을 줄였다는,
다뉴브강둑에서 두려운 소식이 왔소.
자우르는 그에게 감사해야 할거요!
우리의 술탄은 비싼 승리에
갚아야 할 더 간단한 방법을 갖고 있소.
하지만, 내 말 잘 들으시오, 황혼의 북이
  군대의 식사와 취침을 알릴 때,
당신 방으로 셀림이 갈 거요.
  그러면 하렘에서 살그머니 나와
  바다 옆 우리가 거닐 수 있는 곳으로 갑시다.' (BA Ⅰ, 453-66)

두 연인의 밀회는 현실적인 문제로 돌아가는데, 그것은 매우 정치적이다. 셀림은 줄레이카에게 그녀의 탑으로 돌아가라고 하고 자신은 지아퍼에게 들러 인사를 하겠다고 한다. 그리고 지아퍼에게 기꺼이 칙령, 관세, 징수세, 정세 등 정치적 문제를 말하려 하는데, 그의 말에서 가장 주의할 부분은 다뉴브강둑에서 들려오는 전쟁 소식이다. 그가 말하는 이 전쟁은 러시아-터키 전쟁Russo-Turkish War, 1768-74이다. 시의 문맥상 전황은 터키군이 러시아에 패하고 있는 모양새다. 와지르Vizier는 이슬람 대신이다. 그가 장려하게 대열을 줄였다는 말은 많은 터키군이 장려하게 전사했다는 뜻이다. 그러니까 전쟁에 진 술탄은 많은 전쟁 배상금을 지불해야 하므로 반어적으로 이교도인 자우르가 감사를 표하는 것이다. '자우르'가 다시 소환되는 것으로 보아 이 전쟁은 크리스천 대 무슬림의 전쟁임을 알 수 있다.

셀림은 군대의 식사와 취침을 알리는 북소리가 울릴 때 줄레이카의 방으로 갈 거라는 언질을 준다. 그리고 자신을 믿으라고 말하며 사랑의 도피를 구체화한다. 줄레이카와 셀림이 자신들의 사랑을 완성하는 방법은 도피가 유일한 길처럼 보인다.

> '당신이 두려워요, 나의 셀림! 이제까지
> 이런 말은 하지 않았잖아요—'
> 　　　　'지체하지 마시오.
> 난 열쇠를 갖고 있소—그리고 하룬의 보초도
> 몇 개 가지고 있소, 그리고 더 많은 보상을 기대하시오.
> 오늘 밤, 줄레이카, 당신은 내 이야기를
> 들을 거요, 나의 목적, 그리고 나의 두려움을—
> 내 사랑! 난 보기와 다르다오.' (BA Ⅰ, 476-82)

여기서도 하룬이 등장한다. 하룬은 지아퍼의 명령으로 줄레이카를 탑에서 데려온 인물이다. 셀림이 말하는 하룬은 같은 인물로 그는 작품에서 셀림 아버지 죽음의 진상을 아는 유일한 인물이다. 지금까지 그는 셀림의 성장을 충성스럽게 지켜보았다. 셀림은 줄레이카에게 오늘 밤 자신의 목적, 자신의 두려움을 들려줄 것을 약속한다. 그의 말에서 셀림이 많은 비밀을 가지고 있다는 암시를 준다. 칸토 I 은 여기서 끝난다.

둘째 칸토는 첫째 칸토처럼 그리스 헬레Helle의 자연을 노래하면서 시작된다.

> 헬레의 파도 위에 바람이 높이 분다.
> 　마치 폭풍우 치는 그 밤처럼
> 사랑이—누가 보냈는지—젊고, 아름다운,
> 용감한, 세스토스 딸의
> 　유일한 희망을 구하는 걸 잊어버렸을 때의 그 밤처럼.
> 오! 하늘을 따라 포탑의
> 횃불만이 높이 타고 있을 때,
> 높아지는 강풍, 그리고 부서지는 파도,
> 그리고 바닷새는 날카롭게 울며 그에게 집으로 돌아가라고
> 경고하였다. (BA Ⅱ, 1-9)

위 인용의 '젊고, 아름다운, 용감한' 자는 레안드로다. 세스토스는 헤로의 탑이 있던 곳으로 레안드로와 헤로의 비극적 사랑의 메아리가 울리는 곳이다. '세스토스 딸'은 헤로이며 그녀의 '유일한 희망'은 레안드로다. '사랑'이 레안드로를 구하는 것을 잊어버렸을 때, 그 운명의 밤처럼 오늘 밤도 바람이 불고 파도가 높다. 신화 상 '세스토스 딸'은 전쟁을 떠난 사랑하는 사람의 무사 귀환을 기다리는 트라키아Thrace의 여자들을 가리키는데, 작품에서 함의하는 인물은 줄레이카다. 그녀는 탑에 갇혀 연인 셀림의 도움을 기다리고 있다. 그들의 사랑은 헤로와 레안드로의 사랑처럼 비극으로 끝날 운명이다. 이 맥락에서 보면 줄레이카는 현대판 헤로다.[32] 줄레이카의 운명과 헤로의 운명은 상호텍스트 관계이며, 헤로와 레안드로의 신화는 줄레이카와 셀림의 사랑에 복선 역할을 한다.

세스토스는 트라키아에 있었던 옛 도시다. 트라키아는 고대 그리스 시대부터 역사적으로 경계선의 변화가 많았다. 로마 시대에 트라키아는 그 속주가 되었고, 로마 시대 이후 14세기에는 비잔틴 내전을 겪으면서 오스만제국에 잠식되다가 동로마의 수도인 콘스탄티노플이 멸망한 1453년부터 약 400년간 오스만제국의 철저한 속국으로 남았던 역사가 있다. 작품은 이렇게 역사·지리적 실제성과 문학적 허구성이라는 이질적 장치를 동시에 아우르고 있다. 두 개의 이질적 장치 안에서 사랑이라는 전통적 주제는 종종 신화 속에 매몰되면서 작품의 해석을 돕는다.

헬레의 파도 위에 바람이 높이 불 때, 세스토스의 딸은 자신의 탑에 등불을 거는 걸 잊어버린다. 포탑의 횃불만이 높이 타고 있는 가운데 강풍은 점점 더 거세지고, 파도는 사납게 부서진다. 바닷새는 날카로운 소리로 레안드로에게 집으로 돌아가라고 경고한다. 하지만 사랑에 빠진 레안드로에게는 어떤 위험도 보이지 않고 어떤 경고음도 들리지 않는다.

> 그의 눈은 오로지 사랑의 등불만 보았고,
> 저 위에서 환영하는 유일한 별만을,
> 그의 귀에는 헤로의 노래만이 울렸다.
> '바다는 연인을 오랫동안 헤어지게 하지 않으리!'
> 그 이야기는 오래되었지만, 그러나 새 사랑은
> 진실을 증명하고자 젊은 가슴을 애태우리. (BA Ⅱ, 14-9)

헬레의 파도가 높이 부는 밤, 레안드로는 여느 밤처럼 헬레스폰토스 해협을 헤엄쳐 헤로를 만나러 간다. 세스토스 만을 끼고 있는 밤바다 저편에 헤로가 켜놓은 등불만이 레안드로의 유일한 안내자다. 레안드로의 눈에는 '사랑의 등불'만 보일 뿐이다. 그것만이 그를 환영하는 별이다. 레안드로에게 위협적으로 울리는 바람 소리는 들리지 않고, 삼킬 듯 넘실대는 파도는 더더욱 보이지도 않는다. 그의 귀에는 오직 헤로의 노래만이 들린다. 사랑이 눈멀게 하고 귀먹게 한 것이다. 바다는 연인을 오랫동안 헤어져 있게 하지 않을 것이다. 시는 이렇게 연인의 비극적 사랑의 종말을 미리 노래한다. 사랑의 이야기는 오래되었지만 젊은 연인의 사랑은 언제나 새롭다. 그렇기에 젊은 연인은 새로운 사랑을 하고 여전히 사랑에 애탄다.

헤로는 사랑을 찾아 밤바다를 헤엄쳐 넘는 레안드로의 목숨을 건 위험을 모른다. 줄레이카는 권력이 충돌하는 남성 세계의 현실을 모른다. 전통적 사회에서 남성은 육체적 능력으로 평가받는다. 육체적 능력에서 성적 양극단이 가장 심하게 나타난다. 그런데 줄레이카의 사랑으로 인해서 셀림은 성숙한 남성으로 변하는데, 이는 남성적 공격성도 함께 발전하는 일종의 타락으로 볼 수 있다.[33] 줄레이카의 사랑은 셀림을 소년에서 남자로 변화시키는 동인이 된다. 그렇게 남자는 여성에 의해서, 특히 여성의 사랑에 의해서 남성으로 성장하게 되는 것이다. 하지만 지나친 남성성은 전쟁과 같은 공격성으로 연결되기 때문에, 나중에 드러나지만, 그들 사랑이 비극에 이르게 하는 치명적 요인이 된다.

무덤들—그 치세의 유일한 유적—
키오스 바위섬의 눈먼 노인을 현혹하는
꿈 외에 모든 것을 감추리! (BA Ⅱ, 24-7)

위의 노래처럼 그리스 신화에서 빌린 이야기는 계속된다. 그것은 멸망을 노래한다. 프리아모스Priam는 트로이의 마지막 왕으로 헤카베Hecabe의 남편이다. 그는 헥토르Hector, 파리스Paris, 카산드라Cassandra, 그리고 폴릭세네Polyxena의 아버지다. 프리아모스가 아킬레스Achilles의 아들 피로스Pyrrhus에게 살해당하면서 그의 가문은 멸족하였다. 한때 부와 영광을 누렸던 프리아모스의 자존심은 폐허가 되었다. 그 무덤들은 그의 치세가 남긴 유일한 유적으로 남아있을 뿐, 그의 생전에 누렸던 영광과 영화는 온데간데없다. 영광은 허망하고 영화는 허무하다. 키오스Scio의 눈먼 노인을 현혹게 한 불멸의 꿈 외에 모든 것이 사라졌다. 그것은 지아퍼에게 보내는 경고의 노래다. 하지만 지금 지아퍼는 그 경고를 모르고 그 결과는 더더욱 모른다.

민스트럴! 당신과 함께 즐거워하고 슬퍼하며—
저 너머 들판을 다시 한번 밟아본다—
모든 푸른 언덕이 신화가 된
영웅의 재를 담고 있다고 믿지 않으며
그러면서 의심의 여지 없이 그 장면 주위에
그대 '광대한 헬레스폰토스'는 여전히 몰려온다고 믿는다.— (BA Ⅱ, 31-6)

시인은 그리스 땅과 바다, 그리고 풍경을 실제로 답사한 경험과 감흥을 그대로 전달한다. 그것은 지리적·문화적 사실이 모두 포함된 진술이다. 먼 옛날의 그리스는 영웅의 이야기로 넘쳐났다면 오늘의 그리스는 영웅의 재를 담고 있어 그 차이가 크다. 민스트럴은 역시 키오스섬의 눈먼 노인과 마찬가지로 호머를 가리킨다.[34] 호머가 노래했던 트로이 전쟁은 사람들을 슬프게도 했고 기쁘게도 했다. 저 너머 트로이 전쟁 들판을 다시 한번 밟아보는 것은 신화 같은 이야기다. 푸른 언덕은 신화가 된 영웅의 유골을 담고 있으나 그것은 보이지 않는다. 그러나 영웅들이 활약했던 장관 주위로 '광대한 헬레스폰토스'는 변함없이 파도에 부서지고 있다. 영웅들의 재와 광대무변한 헬레스폰토스 파도는 영광과 허무, 무와 영원의 대비다. 그것이 그리스의 지정학적 실제다.[35]

> 늦은, 늦은 오늘 밤, 달의 여신 다이애나는
> 시골 젊은이를 격려하고, 뱃사공의 두려움을 쫓으리라.
> 그때까지—절벽의 한 등불은
> 고군분투하는 범선의 뱃길을 밝히지 않으리.
> 만을 비추며 흩어지는 모든 등불은,
> 모두, 하나씩 하나씩, 꺼져버렸다.
> 이 외로운 시간의 유일한 등불이
> 줄레이카의 탑에서 희미하게 빛나고 있었다. (BA Ⅱ, 55-62)

늦은 밤, 달의 여신 다이애나는 만물에 빛을 던지며 밤을 밝히고, 등불은 하나씩 하나씩 꺼져 사라지는데, 줄레이카의 탑에서 새어 나오는 불빛만이 외로이 빛나고 있다. 높이 있는 탑에서 새어 나오는 불빛은 고고하고 고적한 느낌을 준다. 줄레이카가 머무는 탑 안의 실내는 오리엔트 분위기가 물씬 풍긴다. 줄레이카의 내실 공간은 문명적·예술적 상징과 이슬람 여성으로서 그녀의 교양을 나타낸다. 그녀는 책을 읽고 음악을 한다. 오스만풍의 실크 의자 위에는 호박 염주가 던져져 있다. 방 안에는 쿠르시 텍스트Koorsee text, 99개 구슬의 이슬람 염주 콤보료comboloio, 코란, 류트, 중국산 항아리, 이란 베틀, 쉬라즈Sheeraz에서 공물로 바친 향수 등이 방을 가득 채우며 여성의 공간을 화려하게 장식하고 있다(BA Ⅱ, 64-81). 쿠르시는 코란을 얹는 독서대다. 줄레이카는 철저한 무슬림으로 늘 얼굴을 베일로 가리고 있으며(BA I, 38-9), '신! 당신 외에는 신이 없습니다'라는 수라 2장 255를 아랍어로 새긴 문장의[36] 쿠르시 텍스트를 호신부로 달고 다닌다(BA Ⅱ, 69).

줄레이카의 공간은 이국적 풍물과 향수 냄새가 풍기는 듯하다. 줄레이카의 호화롭고 사치스러운 공간은 남성 지배자의 권력을 기호화한 공간이다. 그것은 아버지 파사 지아퍼의 지위를 증명하는 기호들이다. 줄레이카의 방은 남성 주체와 부조화의 조화를 이룰 뿐 아니라 잠재적 배우자의 신분에 예속된 이미지로 존재하는 데 의의가 있다. 시인은 줄레이카의 탑이라는 공간과 여성에게 강요된 사회적 공간 사이의 관련성을 예리하게 살피면서 성차에 따른 운신의 차이가 문학에서 어떻게 반영되는지 심층적으로 분석하여 재현한다.

줄레이카는 여성의 배타적인 공간인 탑을 벗어나고자 한다. 그녀는 무의식중에 탑이라는 공간적 기의에 벗어나고자 하는 것이다.

그녀는 실제적 도피의 공간으로 의미심장하게 동굴을 도피처로 삼는다. 동굴은 유럽 문화권에서 중세부터 널리 알려진 문학적 모티프다. 동굴은 아늑하고 비바람을 막아주는 천혜의 피난처이며 안식처 같은 곳이다. 동굴이 지니는 상징성은 피난처와 안식처, 그보다 훨씬 중요한 생명을 잉태하는 어머니 자궁이다.[37] 동굴은 '역공간'liminal space으로 현실 밖의 세상을 상징한다. 이 세상 너머 있는 어둠의 공간, 모든 일이 일어날 수 있는 시공을 초월한 곳으로 들어서는 입구다. 동굴은 속세를 벗어난 공간, 실제하지 않는 존재를 만나기 위한 곳이다. 또 비옥한 자연과 연관되어 땅 밑을 통과하므로 죽음과 부활의 관계를 결정하는 곳이다.[38] 줄레이카와 셀림은 동굴에 들어섬으로써 동굴이 지닌 모든 상징성을 완성한다. 특히 동굴의 죽음과 부활의 상징은 셀림의 죽음과 '해적 베개 유령'에서 실현된다.

줄레이카의 동굴 또한 파라다이스를 꿈꾸는 공간, 여성만의 배타적인 공간으로 현세의 세상과 다른 역공간이다.

> 그들은 마침내 동굴에 이르렀다. 자연이
>   빚은, 그러나 손으로 크게 만든,
> 그곳에서 그녀는 종종 류트를 연주하였고,
>   그리고 코란 읽기는 제쳐놓곤 했었다.
> 그리고 그녀는 종종 설익은 몽상 속에서
> 파라다이스는 어떨까 하고 꿈꿨다— (BA Ⅱ, 100-5)

줄레이카와 셀림은 마침내 그들이 사랑의 도피처로 삼은 동굴에 다다랐다. 동굴은 처음에는 자연 그대로였으나 사람의 손으로 크게 만들어 보다 안락한 은신처가 되었다. 이곳에서 줄레이카는 종종 류트를 연주하거나 파라다이스를 꿈꾸곤 했다. 줄레이카가 탑에서 탈출하여 동굴로 들어선 일은 상징적으로 아버지의 영향력에서 벗어나는 일이다. 그것은 가부장 권위와 여성을 타자화하는 주체에서 벗어나는 일이기도 하다.

그런데 동굴 안에 뭔가 낯선 것이 보인다. 자세히 보니 그것은 터키산이 아닌 외국산 칼과 검이다.

> 그곳에 무기가 쌓여있었는데, 전장에서
> 터번을 쓴 전사들이 전장에서 휘두르는 것이 아니었다.
> 하지만 외국산 칼날과 손잡이의 검들,
> 그리고 하나는 빨겠는데—아마도 죄로—
> 아! 그것 없이 어떻게 피를 흘릴 수 있겠는가? (BA Ⅱ, 122-26)

줄레이카가 동굴을 살펴보니 구석에 이상한 물건이 쌓여있었다. 전장에서 터번을 두른 전사들이 사용하는 무기가 아니다. 터키산이 아닌 외국산이다. 그리고 그 손잡이에는 핏자국 같은 낙인이 묻어있었는데, 그것은 피 묻은 칼이다. 그것이 없다면 피도 흘릴 수 없으니 이미 누군가를 베었다는 혈흔의 증거다. 무기고처럼 사용되고 있는 동굴은 줄레이카가 알지 못하는 셀림의 행적에 대해서 말해준다. 그는 오랫동안 이 동굴을 은신처로 삼아 자신의 계획을 착착 진행하고 있었는데, 그것은 유격대를 조직하여 지아퍼에게 반란을 꾀하는 것이다.

동굴의 내부뿐 아니라 셀림도 변했다. 그는 평소에 입었던 관복을 옆에 팽개쳐 놓고 화려한 해적 의상을 입고 있다. 해적으로 변장한 것이다.

그의 자긍심의 관복이 옆에 던져져 있었고,
　그의 이마에는 높은 왕관 터번이 얹혀있지 않았다.
그러나 그 대신 붉은 숄이,
　화관처럼 가볍게, 그의 관자놀이를 덮고 있었다.—
자루에 보석을 박은, 그 단도는
왕관에 더 어울렸는데, 이제 그것은
그의 허리 참에서 번쩍이지 않았다.
대신 그곳에는 장식 없는 피스톨이 버티고 있었다. (BA Ⅱ, 131-38)

지금 셀림은 이슬람 관복을 벗어 던지고 터번도 쓰지 않은 채 붉은 숄로 머리를 덮고 있다. 그의 자루에 보석을 박은 왕관 같은 단도는 보이지 않는다. 셀림은 이슬람을 모두 벗어던지고 허리에 장식 없는 외국산 피스톨을 차고 있다. 셀림의 새로운 모습은 그가 이슬람을 모두 벗어던진 상징적 행위로 보인다. 이어지는 묘사에서 그의 모습은 더욱 낯설다.

그리고 그의 벨트에는 사브르가 달려있었고,
그리고 그의 어깨에는 흰 망토가
갑판 위를 거니는—칸디오테의 얇은 두건이
느슨하게 매달려 있었다.
그 아래—금장을 단 조끼는

동체 갑옷처럼 그의 가슴막이에 매달려 있었다—
정강이 받이 아래 그의 무릎은
은 미늘에 둘러싸여 있었다.
하지만 그의 눈에서 상급자의
명령이 아니었다면—어조와 손에서—
그에게서 무심한 눈이 볼 수 있는 것은
젊은 갈리온지였다. (BA Ⅱ, 139-50)

셀림은 완벽한 해적 의상으로 갖춰 입고 있다. 그의 모습은 갑판 위를 거니는 '칸디오테'Candiote를 연상시킨다. '칸디오테'는 크레테 섬의 원주민을 일컫는다. 기마병의 검인 긴 사브르, 바닷바람에 휘날리는 두건 달린 흰 망토, 금장을 단 조끼, 동체 갑옷, 가슴막이, 무릎싸개, 은 미늘, 마지막으로 터키 선원을 일컫는 갈리온지Galiongée까지 그 정확함에 있어 바이런이 자부심을 느낄 정도이다.[39] 해적 의상과 터키 선원 갈리온지는 다음 이야기, 『코세어』에 등장하는 진짜 해적을 예고한다.

18·9세기 바이런을 포함한 작가들이 이국적 오리엔트에 매료된 것은,[40] 오리엔트 타자에 대한 서구 유럽의 우월감과 그러한 우월감의 주장 이면에는 서구 문화와 다른 오리엔트 문화의 특수성이 있다는 인식에서 비롯된 것이다.[41] 이 시기 오리엔탈리즘을 반영한 작품은 거의 모두 동양여성과 서양남성의 인종, 계급, 종교적 차이를 벗어난 금지된 사랑을 다루고 있으며, 여기에는 진한 성적 환상이 개입되는 특징이 있다. 윌리엄 벡퍼드William Beckford, 1760~1844의 경우 오리엔트 환상이 지나쳐 그것은 이국적이고 관능적이며 심지어

괴기스럽기까지 하다. 그의 작품 『바섹, 칼리프 바섹의 역사』*Vathek, The History of the Caliph Vathek*, 1786의 이야기 전체는 『아라비안나이트』의 영향을 받은 것으로 환상성과 관능성이 농후하다.[42] 벡퍼드 자신은 바이런과 달리 스페인 이상을 벗어난 적이 없었기 때문에,[43] 『바섹』은 전적으로 작가의 상상으로 태어난 것으로[44] 오리엔탈리즘에 편승한 판타지로 채워진 작품이다.[45] 특히 『바섹』은 바이런에게 큰 영향을 미쳤다. 벡퍼드의 『바섹』에 등장했던 '자우르'는 바이런의 『자우르』에도 등장했다. 두 작품 모두에서 '자우르'는 오리엔트에서 부정적인 역할을 한다. 그렇다 하더라도 바이런의 오리엔트는 체험에 바탕한 오리엔트라는 점에서 다른 작가들이 작품에서 다룬 오리엔트와는 다르다.

바이런의 '오리엔트 이야기'는 사실성에 있어 다른 작가들과는 현격한 차이가 있다. 특히 『아비도스의 신부』에서 차용된 다양한 이슬람문화, 예를 들면, 작품의 배경이 된 터키 오스만제국, 이슬람의 로미오와 줄리엣인 '마즈눈과 레일라' 이야기, 선명한 색상의 튀르크식 부푼 바지, 끝이 뾰족하게 위로 치켜든 튀르크식 실내화, 튀르크식 파이프, 튀르크식 단 것 등 다양한 오스만식 문화는 주목할 만하다. 튀르크는 터키를 말하는데, 그것은 돌궐로 음차 되어 오랫동안 유라시아와 중앙아시아를 주름잡았던 종족을 가리킨다.[46] 오스만제국이 쇠망하기 전까지 유럽에서의 오리엔트 유행은 바로 터키식 유행이었다. 하지만 유럽 제국주의 부상과 확장으로 오리엔트 유행이 퇴조하면서 오리엔탈리즘에서 잔인성, 음모, 시기, 야만성 등의 부정적인 모티프들이 계속 영향력을 발휘하게 된 사실은 주의를

요한다.[47]

『아비도스의 신부』에 나타난 이슬람 모티프는 일견 사랑을 이야기하는 것 같지만, 작품의 곳곳에 등장하는 동시대 정치적 쟁점이 되는 지명과 종족, 이를테면 소피아 평원Sophia's plain, 보스니아Bosnia, 파스완 반역Paswan's Rebel, 무어인Moors, 프랑크 족Franks, 이탈리아 마지막 해적 람브로Lambro, 오스만제국의 비무슬림 라야Rayahs, 타타르 등의 언급은 작품을 사랑 이야기로만 읽을 수 없다는 사실을 방증한다(BA Ⅱ, 194-269). 소피아 평원과 보스니아는 발칸 반도에 있는 곳이다. 파스완은 인도 최하위 카스트인 달리트Dalit를 가리키는 인도 무슬림이다. 무어는 스페인의 무슬림이다.[48] 이 지명과 종족이 등장하는 동시대 발칸 반도의 정치적 판도가 작품에서는 셀림의 아버지와 지아퍼의 충돌과 지아퍼의 셀림 아버지 살해, 그리고 하룬의 관계에서 드러난다.

하룬은 인종이 무어가 아닌 누비아인Nubian이다(BA Ⅱ, 213). 누비아인은 북아프리카 지역, 즉 고대의 에티오피아에서 살았던 흑인이다. 작품에서 다양한 인종의 등장은 세 대륙을 점령하였던 오스만제국의 동시대 판도를 증명하는 하나의 장치다.[49] 하룬은 적소 적시에 핵심으로 등장하면서 작품에서 쐐기 같은 역할을 한다. 셀림이 줄레이카에 밝히는 모든 비밀은 하룬에게서 나온 것이다.

마침내 셀림은 줄레이카에게 자신의 출생 비밀을 밝히는데, 그 비밀은 지아퍼와 셀림의 아버지 압달라Abdallah가 형제였는데, 지아퍼가 압달라를 죽였다는 사실이다. 그것은 놀라운 비밀이다. 셀림은 이 비밀을 압달라의 충직한 하인 하룬이 자신에게 전해주었다고 한다. 하룬이 밝힌 비밀을 통해 알 수 있는 것은 셀림이 지아퍼의 조카가 된다는 사실이다. 지아퍼는 자신의 형이자 셀림의 아버지를 죽였던 카인의 후예로 셀림을 카인의 조카처럼 길렀다. 셀림은 지아퍼 손에 자라나면서 그에게 말할 수 없는 천시와 멸시를 받았다. 그러는 동안 셀림은 참다 못해 해적이 되어 유격대를 모집해서 지아퍼에게 복수를 꿈꿨다고 한다. 줄레이카는 셀림의 비밀을 듣고 놀라는데, 그의 비밀 중에서 그녀를 가장 놀라게 하고 가장 중요한 것은 셀림이 줄레이카의 친오빠가 아니라는 사실이다.

> '오! 내 오빠가 아니라니!—하지만 취소하세요—
> 　맙소사! 난 이 땅에서 혼자인가요?—
> 감히 저주는 할 수 없지만—나의 외동 출생을 안—
> 　오늘을—슬퍼할 거예요!' (BA Ⅱ, 165-68)

줄레이카는 셀림이 친오빠가 아니라는 사실에 심한 충격을 받는다. 이 순간은 작품에서 가장 중요한 전환점이다. 줄레이카는 셀림을 오빠로 믿었기에 그를 의지하고 아버지의 정략결혼을 거부할 용기를 낼 수 있었다. 그녀는 오빠 셀림에 대한 사랑이 없었다면 아버지 지아퍼가 제안한 정략결혼을 그대로 받아들였을 것이다. 이러한 줄레이카의 반응을 볼 때, 그녀의 셀림에 대한 사랑은 결코 이성 간의 사랑이 아니었다. 그 사랑은 남매간의 사랑이었다.

셀림의 모든 비밀이 밝혀진 지금 줄레이카는 충격을 받고 다음과 같이 반문한다.

'당신의 누이가 아니라면—내 생명을
구해주세요—오! 당신의 노예가 되겠어요!' (BA Ⅱ, 182-83)

줄레이카의 말에서 그녀가 얼마나 당황해하는지 알 수 있다. 친남매가 아니라는 사실을 안 지금 줄레이카는 일순간 두려움에서 셀림에게 자신의 생명을 구해달라고 애걸한다. 이것은 일견 줄레이카가 셀림이 아버지의 복수를 위해서 자신을 죽이려고 이곳에 데려오지 않았나 하는 의심에서 나온 것처럼 보인다. 그러면서 그녀는 셀림의 노예가 되겠다고 한다. 줄레이카와 달리 셀림은 지아퍼가 자기 아버지를 죽인 사실을 이미 알고 있었기 때문에 줄레이카를 한 여성으로 사랑하고 있었다고 볼 수 있다. 이 지점에서 이야기의 전개는 퇴행적으로 흘러 갑작스러운 장면의 전환이 그들의 사랑을 다소 작위적으로 보이게까지 한다. 이는 칸토 Ⅰ에서 줄레이카와 셀림이 나누었던 뜨거운 입맞춤의 의미에 강한 의혹의 눈길을 던지지 않을 수 없게 한다. 그렇다면 그것은 이야기의 전개상 필요한 일종의 '데우스 엑스 마키나'Deus Ex Machina 같은 기법이 아닐까. 셀림이 줄레이카를 사랑하고 지아퍼에게 반란을 일으킬 수밖에 없는 무리수를 시인은 이런 식으로 둔 듯하다. 셀림이 줄레이카의 친오빠가 아님이 밝혀지면서 그들의 관계는 부계 쪽 사촌이 된다. 사촌 간의 결혼이 문제시되지 않은 이슬람의 관점에서 보면 여기서 그녀의 사랑에 근친상간이라는 죄의식이 개입될 여지는 없다. 그러나 그들이 친남매간이 아니라는 사실이 밝혀졌더라도 그들의 사랑은 원수지간의 사랑이라는 또 다른 문제에 부딪힌다. 그 사랑 역시 자연법이 금하는 사랑이기 때문이다.

한편으로는 모든 비밀이 밝혀진 이제 그들은 서로에게 느끼는 사랑의 감정을 정의하고 자신들의 의지대로 사랑할 수 있을 것이다. 그들은 서로 사랑하며 서로에게 완전히 소속되는 노예가 되기를 원한다. 그들의 사랑에서 사랑하게 되면 맹목이 되기도 하지만 자신을 보는 눈이 솔직하고 겸허해진다는 것을 잘 알 수 있다. 정말로 사랑할 때 연인은 이렇게 말할 수 있다.

> '나의 노예, 줄레이카!—아니, 내가 당신의 노예요.
>   하지만, 다정한 사랑, 이 무아의 고요함,
> 그대의 운명은 나에게 연결되어 있소.
> 나는 그것을 우리 예언자의 사원에서,
>   그리고 그 생각이 당신의 슬픔에 향유香油가 되게 해주시라고 기도하겠소.' (BA Ⅱ, 184-88)

두 연인은 서로를 향해 뜨거운 사랑을 고백하는데, 이 고백에서 주목할 점은 두 연인이 서로 '노예'라는 단어를 반복적으로 사용한다는 사실이다. 물론 여기서 '노예'는 사랑으로 연결된 절대적인 종속을 의미하지만, 그럼에도 두 연인의 사랑은 격정적인 감정으로 느껴진다. 여자를 '노예'의 카테고리에 넣게 되면 여성과 여성의 삶, 여성성에 대해 생각하게 되고, 특히 사랑에 있어서 심각한 문제가 생긴다. 비극적이게도 그들은 서로에게 노예 같은 운명에 연결된다.

메카의 성벽에서 낭랑하게 울리는 무에진의 기도 소리는 순례객을 부르고 엎드리게 한다(BA II, 401-403). 이 분위기 속에서 두 연인은 슬픔은 서로 위로하고 기쁨은 함께 하고자 한다(BA Ⅱ, 424-25). 그들은 사랑에 대해서 강렬한 자유의지를 보여준다. 그리고 강력한 자유의지로 자신들의 사랑을 통제하려 한다.[50] 그러나 자유의지는 그렇게 단순한 문제가 아니다. 자유의지와 운명의 구분은 모호하며 그 시작과 끝이 어디인지 알 수 없다.[51] 인간 자유의지와 운명의 대립을 가장 잘 보여준 소포클레스Sophocles의 『오이디푸스 왕』*Oedipus Rex* 이후 문학에서 그 둘의 길항작용을 수없이 다루어 왔지만, 인간의 자유의지가 이긴 적은 없다. 아버지를 죽이고 어머니와 결혼한다는 신탁을 피하려고 했던 오이디푸스의 처절한 노력은 그 신탁의 그물 안에 스스로 말려 들어가는 결과에 이른다. 오이디푸스가 신탁을 피하려고 노력하면 할수록 점점 그 신탁으로 말려 들어가는 모습에서 인간의 자유의지란 한갓 운명의 노리개에 불과한 것임이 증명된다. 오이디푸스는 그 신탁이 자신의 운명 안에서 완성된 것을 알고 자신의 눈을 찌름으로써 운명에 저항하는 듯하였다. 하지만 사실은 오이디푸스 그 자신이 충실하게 운명을 완성하고 눈을 찌름으로써 운명을 보지 못하는 인간 자유의지의 엄연한 한계를 보여주지 않던가. 인간의 자유의지와 운명의 대립은 여전히 문학에서 다루어질 문제이며 앞으로도 계속 쟁점이 될 문제다.

줄레이카와 셀림의 사랑에서 오이디푸스의 신탁처럼 작용하는 것은 페르시아 시인 사디의 노래 '마즈눈과 레일라'다. 그 사랑의 노래는 신탁처럼 그들의 사랑이 비극적 종말에 이를 것임을 예언한다. 하지만 두 연인은 오이디푸스처럼 그 비극적 운명의 결과를 볼 수 없다.

그대를 위해 이 햇살 좋은 섬에 내실을 세워
가장 이른 시간에 그 침상이 아덴처럼 만발하게 할 거요.— (BA II, 408-9)

셀림은 줄레이카를 위해서 햇살 좋은 섬에 그들의 신혼 침상Bower을 만들어 그것이 아덴Aden처럼 만발하게 하리라는 꿈을 이야기한다. 이는 줄레이카가 꿈꾸었던 파라다이스와 중첩되는 이미지로 그것은 셀림이 줄레이카를 지아퍼의 권력으로부터 지키려는 파라다이스일 것이다. 아덴은 아라비아해의 아덴만에 자리하고 있는 예멘의 수도로 영국령 식민지였다. 1950년대에 겨우 독립한 나라인데, 시인이 이 작품을 쓰고 있을 당시, 아덴은 여전히 영국 식민지였다. 아덴은 구약의 '에스겔'에 등장하는 아주 오래된 도시다. 그곳은 막대한 이권이 개입된 향료 무역의 중심 항이었다. 16세기경 오스만 제국은 일찌감치 그곳의 통치자로 자리를 굳혔으며 영국은 나폴레옹 이집트 정복 후 전략적 기지로 관심을 가졌던 곳이다.

줄레이카를 위한 신혼 침상을 짓고 사랑을 맹세하는 걸 보면 그녀에 대한 셀림의 사랑은 일말의 의심도 없어 보인다. 하지만 줄레이카에 대한 셀림의 사랑이 진실이었을까? 그 사랑에는 지아퍼에 대한 복수심은 없었을까? 줄레이카의 사랑을 차지함으로써 그녀를 술탄 오스만에게 정략결혼 시키려는 지아퍼의 계획을 무력화시키려는 속셈이 아니었을까? 이러한 의구심은 셀림이 지아퍼를 자신의 가장 치명적인 적이라고 공언한(BA Ⅱ, 196) 데서 그 사랑의 진의가 의심되는 것은 사실이다.

셀림은 지아퍼를 상대로 싸우는 전쟁에서 자신의 의지대로 승리하고 또 사랑에서 자신의 의지대로 줄레이카를 위해 아덴에 신방을 차려주려 한다. 이러한 그들의 사랑은 맹목적으로 보인다. 사랑에 빠지면 둘 사이를 가로막는 장벽은 열정을 더욱 뜨겁게 하는 역할을 한다. 장애는 사랑을 더욱 강렬하게, 욕망은 더욱 뜨겁게, 용기와 결단력은 더욱 강하게 단련하는 특징이 있다. 하지만 그 사랑이 진정한 사랑일까? 금지에 대한 저항은 없었을까? 지배에 대한 저항의 표시는 아니었을까? 이 같은 물음을 던지는 이유는 그들의 사랑에 사랑만이 아닌 복수, 정략결혼, 그리고 정치성이 개입되었기 때문이다. 또한 그들의 사랑에는 눈멀지 않았고 눈멀 수도 없는 운명이 관여하기 때문이다.

> 수천의 칼이—셀림의 심장과 손과 함께—
> 기다리고—흔들리고—방어하고—파괴했다—그대의 명령에 따라!
> 내 부대로 포위하고—줄레이카를 내 옆에 두고—
> 전리품 나라로 나의 신부를 꾸며줄 테다—
> 하렘에서 보낸 세월의 나른한 안락은
> 이 같은 기쁨을 위해—근심을 위해 마땅히 사라져야 한다.
> 운명에 눈멀지 않고—내가 가는 곳 어디든지 헤아릴 수 없이
> 많은 모험을 만났다—하지만 단 하나 사랑만 보았다! (BA II, 410-17)

전쟁을 기다리는 수천 개의 칼이 셀림의 명령에 따라 흔들리고 방어하고 파괴했다. 자신의 부대로 지아퍼의 군대를 포위하고 줄레이카를 옆에 두고 싸우고자 하는 셀림! 그는 줄레이카를 위해서 싸우는 것처럼 보인다. 사실 그는 영웅적 인물로 '여성의 자유 운동이

금지된 세계'로부터 줄레이카를 구하고자 한다.[52] 하지만 그렇게 해석할 수 없는 이유가 있다. 셀림은 줄레이카를 옆에 두고 싸울 때, 그 목적은 그의 자존심을 드높이는 데 있기 때문이다. 그것은 소유욕이 개입된 욕망으로 볼 수 있다. 셀림이 지아퍼로부터 강탈하고자 하는 나라는 전리품이다. 줄레이카는 아버지 지아퍼로 빼앗아 이미 확보한 전리품이다. 이 전리품에서 셀림은 무의식중에 줄레이카를 타자화하고 있음을 알 수 있다. 셀림의 그 사랑은 굳건한 것 같지만 당분간이라는 한계를 분명히 지닌다.

오늘 밤 '사랑'이 셀림의 항해를 약속한다. 시인은 망망대해에서 무한한 자유와 사랑을 느끼는 셀림의 내면을 시각화한다.

> 땅—바다 모두—우리의 세상은 우리 팔 안에 있다!
> 그래—사나운 바람이 갑판 위로 불게 하라—
> 그래서 그 팔이 내 목을 더 꼭 껴안게 하라—
> 이 입술의 가장 깊숙이 있는 불평은
> 안전의 표시가 아니고, 그대를 위한 기도이거늘!
> 사랑에 치명적 맹독은 인간의 술책이니,
> 대자연의 전쟁은 사랑을 위해 두렵지 않다. (BA Ⅱ, 453-59)

땅, 바다, 세상, 이 모두가 우리 팔 안에 있다! 호방한 표현이다. 우리는 셀림과 그 부대다. 셀림은 해적 의상을 입고 상상의 갑판 위에 서서 바람을 상대로 독백한다. 바람이 더 세게 불어 줄레이카의 팔이 그의 목을 더 꼭 껴안게 하고 그의 입에서 나오는 말들은 줄레이카를 위한 기도가 되게 하고 싶다. 그 사랑은 지아퍼라는 장애를 좌절시키는 '자유의 진보'을 상징한다.[53] 그들 사랑의 도피는 자유를 위한 진보일 수 있다. 그러나 자유에는 책임과 의무가 반드시 따라야 하므로 그들 사랑은 완전한 자유가 될 수 없다. 또한 '사나운 바람'과 '대자연의 전쟁'도 그들의 불길한 운명을 예고한다. 그러나 자연의 요소가 아무리 사납다고 해도 인간의 술책에는 미치지 못한다. 인간의 술책이 사랑에는 가장 치명적인 맹독이다.

지아퍼가 자신의 딸 줄레이카를 정략결혼의 제물로 삼은 것도 인간의 치명적 술책 중 하나에 포함될 수 있다. 그 야심적인 술책 앞에 줄레이카와 셀림의 사랑은 무력하다. 아버지 지아퍼는 그들의 사랑에 치명적 공격을 가함으로써 셀림의 저항과 그의 사랑까지 실패로 몰아간다. 그들 사랑의 도피는 오래가지 못한다. 그들의 사랑은 미처 완성하기도 전에 지아퍼에 의해서 방해받는다. 두 연인이 도주한 후 지아퍼의 추격은 어이없을 정도로 신속하게 이루어져 지아퍼의 군대가 그들의 피난처 동굴 입구에 닿은 것이다. 셀림은 지아퍼에 맞서 싸우려고 동굴을 나서며 줄레이카에 마지막 입맞춤을 부탁한다.

> 불굴의 의지로 그는 서 있었다—'때가 왔군—곧 끝날 거야—
> 입맞춤 한 번만, 줄레이카—이건 나의 마지막,
> 　하지만 대원들이 해안에서 멀지 않으니
> 이 신호를 들을지도 모르지—불빛을 보고—
> 하지만 수가 너무 적어—시도는 성급하였고—
> 　어쨌든—한 번 더 시도해 봐야지.'
> 그가 동굴 입구를 향해 발걸음을 옮겨,

피스톨의 메아리를 공중 높이 울렸다.
줄레이카는 놀라지도, 울지도 않았다.
절망감이 그녀의 심장과 눈을 마비시켜버렸다! (BA Ⅱ, 513-22)

두 연인은 허둥지둥하는 가운데 마지막 이별의 대화를 나눈다. 그들은 도피에 성공하여 지아퍼의 손아귀에 벗어나 잠시 자유로운 사랑의 순간을 만끽하지만, 그 시간은 허무할 정도로 짧았다. 오직 순간이었다. 그들 사랑의 덧없음과 안타까움은 빛났다고 생각하는 순간에 사라져 버리는 불빛 같은 것이다. 그들은 그 순간이 마지막인 줄 몰랐을 것이다. 동굴을 나선 셀림은 피스톨을 쏘아 대원들에게 공격 신호를 울린다. 절망감이 줄레이카의 심장과 눈을 마비시켜 그녀는 놀라지도 울지도 않는다. 연인 셀림이 이기든 아버지 지아퍼가 이기든, 누가 이기든 간에 그녀에게는 그보다 더한 슬픔과 비극은 없을 것이다.

두 연인의 도피에서 줄레이카와 셀림의 사랑을 자유의지의 선택으로 볼 수 있지만, 그들의 자유의지는 운명의 군림에 무릎을 꿇지 않을 수 없었다. 운명은 셀림의 죽음에서 아이러니로 작동한다. 줄레이카에 대한 변함없는 사랑, 그 사랑을 지키기 위해 지아퍼에 맞서 싸우는 셀림은 사랑과 배신, 삶과 죽음의 딜레마에 빠져 있는 아이러니한 인물이다. 치명적 공격의 덫에 갇힌 셀림에게 죽음은 운명이다 (BA Ⅱ, 565-66). 그것은 인간의 의지로 어떻게 할 수 없다. 줄레이카와 셀림의 사랑은 지아퍼의 맹렬한 공격 앞에 아무런 힘을 발휘하지 못하고, 셀림이 죽음으로써 줄레이카의 사랑도 끝난다. 불행히도 그들의 흔들리지 않은 사랑이 무자비한 지아퍼 힘에 무력하게 무너지면서 종말을 맞은 것이다(BA Ⅱ, 531-18).

그의 심장에서 피가 빠르게 뿜어져 나왔고,
하얀 바다 물거품이 요동치고 있었다.
그의 입술에서 신음이 새어 나와도
밀려드는 파도는 그 소리를 멎게 하지 않던가!— (BA Ⅱ, 579-82)

셀림의 심장에서 빠르게 피가 뿜어져 나온다. 파도가 밀려와 바위에 부딪히며 일으키는 '하얀 바다 물거품'이 요동치고 있다. 그것은 무심하고 무자비한 운명 같기도 하고 냉엄한 죽음 같기도 하다. 자신들의 의지대로 사랑한 두 연인이 피하고자 했던 거대한 운명의 손이 그들을 덮쳤고, 인간의 의지로 어찌할 수 없는 죽음이 셀림의 생명을 앗아갔다. 죽음은 셀림의 사랑, 희망, 원한, 복수, 배신, 생명, 그 모든 것을 앗아갔다. 바다는 셀림의 죽음에 극히 무심하게 그 신음마저 파도 소리로 휩쓸어 묻어 버린다.

그곳에 하얀 두건이 누워있었다!
두 가닥으로 찢어진 곳에—검붉은 핏자국 한 가닥이 엉켜 있었다.
파도는 헛되이 밀려온다—
　하지만 그 옷을 입은 사람은 어디 있는가?
그대들! 그의 유해에 눈물 흘리는 자여
가라—파도가 그 무거운 짐을 시가에움 절벽으로 헹가래 쳐
그리고 렘노스 해안에 내던진
　그곳에서 그의 유해를 찾아라. (BA Ⅱ, 595-612)

파도는 셀림의 주검 위로 밀려왔다 밀려가면서 그의 핏자국을 씻어낸다. 파도는 죽음의 영원성과 사랑의 허무함을 노래한다. 여기서 파도는 운명의 힘을 상징한다. 운명의 힘 앞에서 누구든 무력하다.[54] 셀림의 손은 무력하다. 몰아치는 파도가 셀림의 주검을 삼켜버림으로써 그의 몸뚱이는 열정적인 사랑도, 용감했던 전투도, 아무것도 할 수 없다(BA Ⅱ, 606-8). 파도는 그의 무거운 유해를 시가에움Sigaeum 절벽에서 헹가래 쳐 렘노스Lemnos 해안에 내 던져버릴 것이다. 두 곳 모두 그리스 지명이다. 그곳에서 셀림의 유해를 찾아야 한다. 셀림의 주검은 배고픈 바닷새의 먹이가 된다. 파도가 셀림의 하얀 두건을 물들이고 있는 한 가닥 피마저 삼켜버리고 그는 대자연으로 돌아간다. 이러한 자연은 죽음의 허무를 비유적으로 표현하는 수단이다.[55]

시인은 자연을 이용하여 셀림의 마지막 순간을 비애감과 비장감이 혼합된 비유적인 시적 이미지로 그려내고 있다. 인간의 의지란 얼마나 허망한가! 운명의 일격에 인간 의지는 그야말로 한 올 지푸라기 같은 것이다. 운명 앞에 셀림과 줄레이카의 사랑은 아무런 힘을 쓰지 못했다. 운명은 길눈이 밝았다. 그들의 사랑은 자유롭게 선택했기 때문에 가치가 있었다. 그러나 모두 죽음으로써 자유의지로 선택했던 사랑의 한계, 절대적 운명이 드러난다. 줄레이카는 사랑을 잃고 심한 슬픔에 빠져 어찌할 바를 모른다. 그녀는 셀림과 헤어져 살 수 없다고 했다. 줄레이카에게 셀림의 죽음은 남성 주체의 부재이며 그 때문에 그녀는 독립하지 못하고 혼란에 빠진다.[56]

줄레이카와 셀림의 사랑은 절정에 이르지 못했다. 그들이 서로의 사랑을 확인한 시간은 애처로운 사랑만큼 짧았다. 그녀는 죽을 때까지 여전히 순결한 '신부'로 남았다. 줄레이카는 연인 셀림, 아버지 지아퍼, 술탄 오스만이 각축을 벌이며 차지하려는 전리품으로 남았다. 그녀는 세 남성의 욕망이 충돌하는 각축전에서 반드시 소유하고자 하는 '매혹의 타자'로만 존재한 것이다. 전투의 소용돌이 속에서도 셀림의 줄레이카에 대한 사랑은 계속되었다. 줄레이카는 마지막까지 셀림 옆에서 그를 지켰으며 그가 죽자 그녀 자신도 죽는다. 셀림이 죽음으로써 줄레이카도 죽을 수밖에 없었으며 그들의 사랑은 죽음 안에서 완결의 미를 거둔다. 셀림의 죽음은 남성성의 완전한 표출을 의미하며 그 순간에 죽은 줄레이카는 셀림의 여성적 자질의 극복을 의미한다.[57]

타자의 구분에는 상대적 타자와 절대적 타자가 있다. 가부장제 사회는 상대적 타자를 전제로 하는 일원론적인 가치를 지향하는 세계다.[58] 줄레이카는 여성성이 통제되어야 할 부정적인 요소로 여겨지는 일원론적인 이슬람문화에서 성장하며 깊게 그 문화에 연루된 여성으로서 그 문화에 대한 여성 이미지가 복합적으로 나타날 수밖에 없었다. 그러한 예는 이미 레일라의 죽음에서 보았으며 이제는 줄레이카의 죽음에서 본다.

> 헬레의 물결 옆에 비통한 울음이 들렸다!
> 여자의 눈은 젖었고—남자의 볼은 창백했다—
> 줄레이카! 지아퍼의 마지막 핏줄,
> 　그대 운명의 주인은 너무 늦게 왔다—

그는 다시—그대의 얼굴을 보지 못할 것이다!—
　　　큰 소리의 왈-왈라 경고가
그의 먼 귀에는 들리지 않았을까? (BA Ⅱ, 621-27)

그리스 해변에 단 한 번의 비통한 울음소리가 들렸다. 대기를 가르는 처참한 통곡, 간장을 도려내는 듯한 울음소리는 이내 파도에 묻혀버린다. 지아퍼는 무슬림의 곡소리, '왈-왈라'Wul-wulleh의 경고를 왜 듣지 못했을까? 그것은 그가 자신의 욕망에 눈멀었기 때문일 것이다. 줄레이카의 눈은 눈물로 젖었고 셀림의 볼은 죽음으로 창백하다. 줄레이카는 지아퍼의 유일한 핏줄, 지아퍼는 다시는 그녀를 볼 수 없을 것이다.

　압달라를 죽인 바로 그 손에—셀림의 피가 흘렀다—
이제 헛된 슬픔에 당신 수염을 쥐어뜯어라—
당신의 자존심—오스만 침상을 위한 그대의 신부—
당신의 술탄이 결혼하기 위해 보았던—그녀—
　　　당신의 딸은 죽었다!
　당신 나이의 희망—당신 황혼의 유일한 빛—
　헬레의 바다 위를 비추던 그 별은 졌다—
무엇이 그 빛을 껐는가?— 당신이 흘리게 한 피다!
귀 기울여라—절망의 성급한 질문에!
'내 아이는 어디 있나?'—메아리가 대답했다—'어디에?' (BA II, 654-63)

이 안타까운 장면에서 슬픈 사랑의 종말을 본다. 헛된 욕망의 종말을 본다. 이 장면에서 가부장제에 희생된 타자의 죽음을 본다. 형제 살인의 연쇄 희생자 셀림의 죽음을 본다. 압달라를 죽인 바로 그 손에 셀림이 죽었다. 지아퍼가 형 압달라를 죽였고 이제 그의 아들 셀림마저 죽였다. 셀림은 자신의 아버지를 죽였던 손에 죽은 것이다. 셀림은 피를 흘리며 죽었고 줄레이카는 셀림의 죽음에 충격을 받아 죽었다. 지아퍼의 자랑이었던 줄레이카가 죽었다. '오스만의 침상'을 위한 '신부'가 될 줄레이카, 지아퍼 '황혼의 유일한 빛'이 될 줄레이카는 이제 생명의 빛이 꺼졌다. 그녀는 순결한 '타자'로만 존재하였을 뿐, 한 번도 진정한 신부가 되지 못했다. 그녀의 죽음은 지아퍼에게 그의 미래를 보장해주고 그의 권력을 강화해 줄 교환 가치로서의 죽음을 뜻한다.[59] 줄레이카는 셀림과의 사랑도 완성하지 못한 채 죽었다. 줄레이카의 주검을 앞에 두고 딸을 부르는 지아퍼의 목소리에서 무력해진 권력이 메아리친다. 지아퍼는 모든 욕망이 사라진 자식 잃은 초라한 늙은이일 뿐이다.

줄레이카의 죽음으로 모든 빛이 꺼졌고 절망적인 분위기가 장막처럼 작품을 내리덮는다. 죽음은 꼬리에 꼬리를 물고 연이어 일어났다. 먼저 셀림이 죽고, 그의 죽음에 충격을 받은 줄레이카가 죽는다. 당연히 아버지 파사 지아퍼도 온전할 수가 없다. 작품은 두 연인의 죽음과 자식 잃은 아버지가 외치는 허망하고 공허한 울림으로 막을 내린다. 적막과 허무가 작품 전체를 압도하면서 신부 줄레이카를 사이에 두고 벌였던 남성 욕망의 투쟁은 그녀의 죽음으로 메아리처럼 공허한 것이 되어버렸다. 줄레이카의 죽음과 함께 그토록 찬란했던 모든 빛이 꺼져버렸다. 그녀는 '빛' '별' '희망'이었다. 그리고 그

'빛'과 '별'이 꺼짐으로써 '희망'도 함께 꺼져버렸다. 딸을 잃고 넋이 나간 지아퍼의 '내 아이는 어디 있나?'라는 물음만이 다시 '어디에?'라는 공허한 메아리가 되어 울려 퍼진다. 그 물음의 허망함은 눈보라 치는 광야에 울려 퍼진 리어왕의 울부짖음처럼 들린다.

『리어왕』*King Lear*의 리어왕은 자신의 어리석음으로 막내딸 코델리아Cordelia의 진실한 효심을 보지 못하고 그녀를 추방하는 잘못을 저지른다. 리어왕은 어리석은 판단에 값비싼 대가를 치르고서야 인간 내면의 진실과 사물의 실체를 볼 수 있었다. 그러나 그의 깨달음은 코델리아가 죽어 차가운 주검이 된 후라 때가 늦어도 너무 늦었다. 딸이 죽고 난 후 리어왕은 미쳐버린다. 죽은 코델리아를 안고 폭풍의 광야를 헤매며 '불어라, 불어라, 불어라'Howl! howl! howl!고 외친다. 죽은 코델리아를 보고 차마 그 죽음을 인정하지 못하여 '그 애를 봐! 그 애 입술을 봐!'Look on her? look her lips라고 외친다.[60] 지아퍼도 리어왕처럼 자신의 우둔함과 사려 깊지 못한 처사와 어리석은 욕망으로 딸의 죽음을 그 대가로 치르고서야 마음의 눈, 즉 심안心眼을 뜨는 역설에 빠진다.

가부장 이데올로기 상징인 지아퍼의 손아귀를 피해 줄레이카와 셀림이 빚어내는 사랑과 죽음은 『햄릿』*Hamlet*의 오필리아Ophelia의 그것 못지않은 비장감을 자아낸다.[61] 햄릿은 아버지를 죽인 숙부와 결혼한 어머니를 보면서 인간 조건에 회의를 느껴 '사느냐 죽느냐'는 문제에 매달린 인물이다. 햄릿을 사랑했던 오필리아는 그의 손에 자신의 아버지가 죽는 것을 보고 미쳐서 죽는다. 그들의 사랑에는 인간으로 어찌할 수 없는 우주적 어떤 힘이 작용한 것이다.

『아비도스의 신부』에서 두 연인의 비극적 사랑은 우주적이 아니라 인간의 조정이 가능한 비극으로 정의한다.[62] 인간의 조정이 가능한 비극이라면 줄레이카와 셀림의 사랑을, 그들의 운명적 죽음을 자신들의 손으로 조정할 수 있었을까? 그렇지 않다. 죽음은 그들의 손으로 어찌할 수 없는 절대적 명제다. 인간의 죽음은 무슬림들에게 불가피한 일이다.[63] 그들의 사랑을 비극적 사랑으로 한정하면 주제는 사랑으로 한정된다. 그렇게 되면 공간 '아비도스'가 함축하는 크리스천과 무슬림의 충돌은 소멸할 수밖에 없으며, 그것은 또한 줄레이카와 셀림의 사랑, 아버지의 반대, 정략결혼의 제물로서 줄레이카가 관계된 중첩된 의미를 가리게 된다.

줄레이카는 사랑, 지아퍼는 죽음, 그리고 셀림은 사랑과 죽음의 알레고리다. 특히 셀림은 사랑과 죽음의 반합적인 인물의 알레고리다.[64] 줄레이카의 죽음은 사랑의 죽음이다. 지아퍼의 죽음은 죽음의 죽음으로 볼 수 있다. 셀림의 죽음은 사랑과 죽음의 반합적인 죽음으로 그의 죽음은 '해적 유령 베개' 전설이 됨으로써 전설 안에서 사랑과 죽음이 새롭게 해석된다. 줄레이카가 의미하는 사랑의 알레고리는 죽어 슬픈 전설처럼 한 송이 흰장미에서 실현된다. 그녀를 상징하는 '흰장미'는 레일라의 '나비'처럼 연약하고 아름다운 여성성을 상징한다.[65] 살아생전 뜨겁고 격렬했던 그러나 너무 짧았던 줄레이카와 셀림의 사랑은 이제 죽어 차가운 침묵으로 남았다. 그러나 그들이 남긴 사랑의 흔적은 줄레이카가 수천 기의 무덤 위에 한 송이 흰장미로 피어나면서 영원성을 가진다.

한 송이 장미가 그곳에서
　그 외로운 빛과 연약하고 창백한 빛을 던지고 있었다.
그 꽃은 절망으로 심어진 듯
　너무 새하얀—너무 연약한—아주 작은 미풍도
잎사귀를 높이 휘몰아 올렸다.
　그러나 폭풍과 역병이 몰아쳐도,
겨울 하늘보다 더 잔인한 손이
　가지에서 꽃을 따 버려도—헛되다—
내일 그 꽃이 다시 피는 걸 보리라! (BA Ⅱ, 672-80)

수천 기의 무덤이 있는 곳, 그곳은 죽은 자의 세계다. 뜨겁고 격렬했던 셀림의 사랑도, 딸을 정략결혼의 제물로 삼아 권력 강화를 꾀했던 지아퍼의 권력욕도, 아름답고 순결한 신부를 갖고자 했던 술탄 오스만의 소유욕도 모두 무덤 안에 갇히고 닫혔다. 절대 단절의 죽음에서 그들이 탈출할 길은 없다. 무덤 위에 핀 한 송이 흰장미는 겨울 하늘보다 더 잔인한 손으로 폭풍과 역병을 몰아쳐 그 꽃잎을 떨어뜨려도 내일 다시 꽃피우리라. 셀림의 대한 줄레이카의 사랑이 그러하리라. 그들의 사랑만이 영원하리라. 그들의 사랑은 죽음처럼 그렇게 영원할 것이다.

셀림의 죽음은 헬레의 전설처럼 그가 쓰러진 곳을 알려주어, 그 죽음은 전설과 연결된다.

　……
　헬레의 전설이 전해지듯,
다음 날 아침에는 셀림이 쓰러진 곳이 알려지리—
철썩이는 파도에 씻겨, 파도는

더 신성한 묘지를 위해 그의 뼈를 받아들이지 않았다.
밤이 되면 그곳에는 유령처럼 터번을 두르고
몸을 기대고 있는 자가 보인다고 한다—
그리고 그것은 굽이치는 파도에 넓어졌기 때문에,
'해적 유령 베개'라 불린다! (BA Ⅱ, 721-28)

줄레이카는 죽어 '흰장미'로 변했다. 흰장미는 떨어지고 다시 피면서 그들 사랑의 영원성을 꽃피운다. 셀림은 죽어서 지상의 땅에 묻히지 못했다. 더 신성하게 바다에 잠겼다. 그가 묻힌 곳을 알려주는 무덤과 비석은 없다. 대신 그가 수장된 곳에는 밤이면 터번을 두른 유령이 출몰한다. 셀림의 바다 묘는 굽어 치는 파도의 파문만큼 넓어지기 때문에 '해적 유령 베개'라 불린다. 파도가 밀려오고 밀려가면서 해적의 영역은 더욱 넓어진다. 굽이치는 파도처럼 동심원을 그리며 이랑을 지우는 그의 묘는 '해적 유령 베개' 전설이 된다. 시가 연출하는 이 풍경은 셀림과 줄레이카의 이루지 못했던 사랑이 영원한 전설이 되어 헬레에 전해진다. 그들의 사랑은 레안드로와 헤로의 사랑처럼 다음 세대에 이야기로 전해질 것이다. 셀림이 남긴 '해적 유령 베개' 전설은 '오리엔트 이야기' 다음 편인 『코세어』에서 곧바로 재현된다.

III

『아비도스의 신부』는 두 연인의 금지된, 그래서 비극적인 사랑을 다룬 이야기다. 작품의 제목 '아비도스의 신부'는 이중 읽기가 가능하다. 작품의 무대인 '아비도스'와 순결한 '신부'가 그것이다. '아비도스'는 토포스적으로 그리스도교와 이슬람 두 문명의 충돌과 비극적 사랑의 신화를 간직한 곳이다. 두 문명의 충돌은 타자와 주체가 분리된 이분법 구도에서 보게 한다. 이분법 구도에서 타자는 착취와 병합의 대상으로, 즉 비서구를 경제적·지리적으로 서구로 통합하려는 기제로 작동할 수밖에 없다.

'신부' 줄레이카는 이슬람문화에서 철저한 '타자'로 존재하였다. 무슬림 여성 줄레이카는 '타자'로 존재하면서 가부장제의 통제하에 있었다. 시인은 이 작품에서 무슬림 여성 줄레이카를 통해서 가부장적 담론에서 억압되고 희생이 강제된 타자의 경험을 다루고 극화하였다. 여주인공 줄레이카는 아름답고 순결한 신부였다. 줄레이카는 아버지에 의해서 탑에 갇혀 있다. 탑에 갇힌 그녀는 세상의 손길로부터 보호받고 잘 지켜져야 하는 값비싼 물건으로 쉽게 전치되어 거래 대상이자 흥정 대상이 된다. 대상이었던 줄레이카는 단 한 번도 주체적 여성이 되지 못했으며, 될 수 없었던 운명이었다. 줄레이카는 세 남성 사이에서 소유하고자 하는 계약 대상인 '매혹의 타자'였으며, 작품의 끝까지 순결한 신부로 남았다. 이슬람 사회에서 여성의 순결과 미는 지참금처럼 여성의 몸값을 높이는 역할을 한다. 줄레이카는 아버지와 정략결혼 상대 사이에서 거래되는 몸값이 높은 계약된 신부로만 존재하였다.

줄레이카는 연인과 아버지 사이에서 사랑과 효심의 줄타기를 해야 했다. 하지만 줄레이카의 효심은 바로 그 아버지에 의해서 배반을 당한다. 아버지 지아퍼가 그녀를 정략결혼의 제물로 삼았기 때문이다. 그녀의 정략결혼 대상인 술탄 오스만은 이름만 호명될 뿐 작품에서 등장하지 않는다. 셀림과 지아퍼 간의 오래된 원한은 셀림의 아버지 대부터 유래하는 해묵은 것이다. 지아퍼는 자신의 형 압둘라의 자리를 차지하려 형을 죽인 인물이다. 압둘라의 부하 하룬이 지아퍼의 비밀을 알고 있었기 때문에 그의 형제 살인은 완전범죄가 되지 못했다. 셀림은 카인의 조카처럼 지아퍼에게 비극의 싹으로 작용한다. 그가 줄레이카를 사랑하게 됨으로써 지아퍼가 형의 아들 셀림을 거둔 모순적 선행은 역설적으로 갈등의 씨앗이 된다. 셀림은 아버지의 원수의 딸을 사랑하게 된 어긋난 운명의 손아귀에 든 셈이다. 운명의 손아귀에 든 것은 줄레이카도 마찬가지다. 그녀는 오빠 셀림을 의지하고 있었기에 한 번도 보지 못했던 남자에게 결혼해야 하는 운명을 뿌리칠 수 있었다. 하지만 셀림을 사랑하게 되면서 그녀는 다시 헤어날 수 없는 운명의 손아귀에 빠졌다.

운명의 손아귀에 잡힌 두 연인은 사랑을 완성하지 못하고 죽는다. 셀림은 자기 아버지를 죽였던 지아퍼의 손에 죽고 그의 죽음에 줄레이카도 죽는다. 그들의 비극적 사랑은 줄레이카가 무덤 위의 한 송이 흰장미로 다시 피어나고, 셀림은 '해적 유령 베개' 전설이 되는 것으로 끝난다. 이때 우리는 슬픈 사랑 이야기가 계속해서 후대에 전해지리라는 암시를 받는다. 이와 함께 작품은 다시 시작으로 돌아간다. 시작과 끝이 서로 결합하고 삶의 끝에서 삶의 이야기가 다시 시작된다. 속편이 시작되는 것이다. 이제 두 연인이 살아있는 동안 끊임없이 이루려고 애썼던 사랑이 회복되며 죽음 안에서 비로소 삶의 의미가 채워진다는 성찰을 확인할 수 있다. 두 연인이 보여주었던 죽음은 닫혀버린 삶에 대한 성찰이며 실패한 사랑에 대한 성찰이다. 그리고 그들의 사랑은 전설 속에서 비로소 완성된다.

작품은 레안드로와 헤로의 비극적 사랑의 신화에 줄레이카와 셀림의 비극적 사랑을 대입함으로써 성차별과 가부장 이데올로기의 노예가 되는 사회를 묘사하는 듯했다. 하지만 시인은 그러한 사회의 해체를 시도하였고 작품의 결론에서 시인의 오리엔탈리즘은 동시대 다른 작가들의 그것과 달리 묘하게 헬레니즘과 연결되는 혼종적 특성을 보였다. 시인의 오리엔탈리즘을 혼종성으로 정의한 뒤, 이러한 혼종성이 기존의 서구와 비서구, 그리스도교와 이슬람의 명확한 구분을 거부하고 그 준거를 교란한다는 점에서 시인의 오리엔탈리즘을 당대 주류의 그것과 다른 시각으로 본 진단은 정확하다 하겠다.[66] 시인이 사랑의 주제를 빌려 동시대 정치·사회적·문화적 담론을 자유롭게 구사하기 때문에,[67] '오리엔트 이야기'는 서구보다 제3국에서 더욱 정확하게 이해할 수 있겠다는 조심스러운 전망을 해 볼 수 있다. 이와 같은 전망은 터키의 지정학적 위치를 배경으로 남성의 욕망이 충돌하는 가운데 '매혹의 타자'인 줄레이카의 역할에서 더욱 선명하게 드러난다. 시인은 동시대 정치·문화적 쟁점들을 용의주도하게 설계하여 그 쟁점들을 줄레이카와 셀림의 비극적 사랑으로 포장하여 담론의 깊이를 더한 것이다.

3장 『코세어, 이야기 한 편』*
—걸네어, 나는 '망령든 노인의 노리개'가 아니에요

I

'오리엔트 이야기' 전체는 작품에서 다음 작품으로, 여성 인물에서 다음 여성 인물로, 남성 인물에서 다음 남성 인물에게 역할을 넘겨주는 릴레이식으로 진행된다. 따라서 이야기 전체 작품은 독립적이면서도 서로 밀접하게 연결되어 각 작품의 해석에 서로가 주석 역할을 한다. '오리엔트 이야기'의 각 작품이 독립적인 동시에 서로 관련이 있는 이유가 여기에 있다.

『코세어』는 '오리엔트 이야기'의 세 번째 작품인데, 두 번째 작품이었던 『아비도스의 신부』와 연속성을 가진다. 이 작품의 마지막에서 셀림은 죽어서 '해적 유령 베개'로 출몰하는 묘지의 전설이 되었다. 그 전설은 『코세어』에서 실제 해적의 등장을 예고하는 하나의 장치로 '코세어'는 바로 그 전설이 된 셀림의 부활이다.

* Lord Byron, *The Complete Poetical Works*. Vol. III. Ed. Jerome J. McGann (Oxford: The Clarendon P, 1986) 148. 이후 『코세어』로 약칭하고 인용 뒤에 괄호 안에 CO로 표기하고 칸토와 시행 번호만 밝힌다.

『코세어』의 표제 인물 '코세어'Corsair는 15·6세기 바르바리Barbary 해안에 출몰하였던 무슬림 해적을 일컫는 고유한 이름이다.[1] 코세어는 고대부터 그리스·로마에서 북아프리카 해안까지 휩쓸며 한때 바르바리 국Barbary States을 세웠던 적이 있었다. 바르바리 국은 명목상 오스만 술탄의 지배 아래에 있었지만, 크리스천 백인 노예무역으로 국가 운영 재원을 충당함으로써 어느 정도 정치적·상업적 자치권을 보장받았다.[2] 백인 노예무역은 당시 상당한 이윤을 주는 '하얀 금'으로 통했다.[3] 백인 노예무역은 노예에 관한 일반적 상식을 뒤엎으며 노예제 역사 전반에 대해서 다시 생각하게 한다.

『코세어』의 등장인물은 코세어 콘래드Conrad, 그의 아내 메도라Medora, 하렘의 오달리스크 걸네어Gulnare, 이슬람국 파사 세이드Seyd이다. 콘래드는 바다를 주름잡으며 약탈과 노략질을 일삼는 바다의 무법자 코세어 수장이다. 파사 세이드는 코세어로부터 나라를 지켜야 하는 이슬람국의 합법적 국가수장이다. 콘래드는 백인 해적인데 그에게 무슬림 해적 이름이 부여됨으로써 그의 역할은 이중적이다. 코세어는 자신 안에 백인/유색인, 크리스천/무슬림, 지배/종속, 제국/식민 등의 대립적 담론을 담고 있으며, 콘래드와 세이드는 지배/저항, 식민/피식민, 주체/타자의 담론을 형성한다.

메도라는 작품에서 거의 보이지 않는다. 그녀는 순종적 여성으로 가정의 수호신 역할만 하는 상징적 인물이다. 걸네어는 파사 세이드의 하렘 오달리스크다. 그녀는 주체적 여성의식을 자각하는 인물로 남성 인물의 의식을 조종하고 지배한다. 이 인물들이 펼치는 이야기는 작품의 주제인 '사랑'을 또 다른 주제인 정치로 번안한 변주곡이다.[4] 작품은 삼각관계의 사랑 이야기를 무대와 등장인물을 바꾸어 반복해서 서술하면서도 전편에서 다루었던 이국적이고 미스터리 한 초자연적인 요소는 상당 부분 제거하고 실제 배경 바다를 무대로, 해적과 모험, 사랑과 죽음의 로망스를 펼쳐 보인다.

표제가 말해주듯 이 작품은 이야기 중 유일하게 '해적'을 다루고 있다. 바이런이 작품에서 모국어인 영어의 '해적'pirates이 아닌 무슬림 해적인 '코세어'를 작품의 제목으로 선택한 이면에는 이 용어가 지닌 역사적 맥락을 간과하지 않았을 것이다. 그것은 바르바리 해안의 해적인 코세어에 대한 직접적이고 구체적인 묘사를 통하여 영국 제국주의 발판이 된 영국 해적과 그 부작용을 함께 암시한다고 볼 수 있다. 콘래드가 파사 세이드 궁을 약탈하는데, 이는 제국주의 침략으로 해석할 수 있는 빌미가 된다. 그뿐 아니라 그 지방 고유의 이름으로 불렸던 '코세어'는 그 역사까지 속속들이 알고 있었던 사람으로서 고백하는 이름이다.

『코세어』는 등장인물들이 펼치는 사랑과 배신을 기본 줄기로 하여 옥시덴트와 오리엔트, 지배와 저항, 주체와 객체 등의 담론이 서로 엉켜서 전개된다. 작품은 낭만주의와 행동적인 혁명을 결합한 최초의 세계를 배경으로 삼각관계의 로망스와 지배, 저항, 다시 대항이 충돌하면서 담론을 구축하는 특징이 있다. 코세어 콘래드는 제국주의를 대표하는 지배 담론, 걸네어는 지배 담론의 시혜자인 동시에 오리엔트 내부의 지배 담론에 저항하는 담론, 그리고 마지막으로 파사 세이드는 지배 담론의 대항 담론으로 정의할 수 있다. 등장인물이 펼치는 삼각의 갈등 구조에 함축된 내적 층위를 벗겨내면 옥시덴트로 대표되는 지배 담론의 신화와 그 딜레마의 고찰이 역 담론의 전형으로 부각된다. 이러한 담론의 전개에서 작품의 이중적 독해가 필요하다.

작품에서 이슬람 군주 세이드와 그리스도교 코세어는 각각 하나의 전제적·억압적 기제로 작용해 타자와의 관계에서 주체와 타자라는 대립적 관계를 초래하는데, 이는 특히 여성 인물에게 전이되어 나타난다. 그것은 여성 인물의 주체적 변모로 부상하는데, 여주인공 걸네어가 바로 그런 인물이다. 걸네어는 비주체적인 타자에서 주체적인 자아를 찾기 시작하는 여성이다. 그녀의 주체적 자아의 변모는 획기적으로 남성 주체를 압도한다. 걸네어의 변모에서 지배 담론의 해체와 재구축, 그리고 그 의미도 함께 살펴볼 수 있다.

II

『코세어』는 고전 희곡처럼 정확하게 시작, 중간, 끝을 가진 작품이다. 시작은 코세어 섬의 콘래드, 중간은 콘래드의 세이드 궁의 약탈과 실패, 그리고 투옥, 끝은 섬으로 돌아온 콘래드와 메도라의 죽음으로 나뉜다.[5] 작품의 주인공 코세어의 이름은 콘래드다. 그는 그리스 에게해 어느 섬을 소굴로 삼고 활약하는 코세어 우두머리다. 콘래드는 치외법권의 코세어지만, 그의 섬은 하나의 국가 체제를 갖추고 있으며, 그 섬에서 그는 절대 권력자다. 코세어의 섬은 파도로 넘실대는 에게해에 둘러싸여 있고, 그 너머로 제국을 전망하고 고향을 바라볼 수 있다.

검푸른 바다의 넘실대는 파도 위로,
미풍이 나를 수 있는 만큼,
가없는 우리의 생각, 그리고 자유로운 우리의 영혼은
우리 제국을 전망하고 우리 고향을 바라본다!
이곳이 우리의 영역, 그 영향력은 한계가 없다.
우리의 깃발은 만나는 모두가 복종해야 하는 홀笏이다. (CO Ⅰ, 1-6)

시인은 '오리엔트 이야기'에서 그리스의 자연묘사를 전매특허처럼 사용하고 있다.[6] 여기서도 변함없다. '검푸른 바다' 위로 넘실대는 파도, 우리의 생각은 대양처럼 가없이 무한하고 우리의 영혼은 미풍처럼 자유롭다. 가없는 생각과 자유로운 영혼으로 제국을 전망하고 고향을 바라본다. 이 바다 이미지는 콘래드 내면의 생각과 외부 행동 사이의 심한 불균형의 딜레마를 상징한다.[7] 그 안팎의 딜레마는 폭력적 약탈이 난무하고 방화로 불타는 하렘에서 오달리스크를 구조하는 데서 더욱 심화된다.

여기서 '우리'는 코세어들이다. 바다 위에서 그들의 '영역'과 '영향력'은 끝없이 무한하다. 코세어는 비록 거친 삶을 살지언정 무자비하거나 안락한 군주의 삶은 살지 않는 데 대한 강한 자부심을 느낀다. 해적의 깃발이라면 해골이 그려진 '깃발'을 의미한다. 이 '깃발'이 모두가 복종해야 하는 왕 '홀'이 됨으로써, 그것은 제국주의를 쉽게 상상할 수 있는 리듬과 울림을 준다. 이 리듬과 울림에서 '코세어'가 바르바리 해안을 지배하는 해적인 점과 그의 야심에서 제국주의 선봉의 해양국 영국이 쉽게 상상된다. 코세어의 '우리 제국'을 전망하는 행위는 제국주의 확장력과 비교되고 그들의 약탈과 노략질은

유사 제국주의의 침탈행위와 다름없다.

영국은 바다를 제패함으로써 세계를 식민지화하여 한때 해가 지지 않는 제국주의 전형이 된 국가다. 그리고 그 결과 세계는 '제국/피식민', '지배/저항', '선진국/저개발국가'로 양분되어 오늘날까지 그 영향이 미치고 있다. 제국주의 시선으로 오리엔트, 특히 이슬람 세계를 재단한 결과가 오리엔탈리즘의 탄생 배경이다. 오리엔탈리즘의 탄생 배경이 된 이슬람 세계는 특히 유럽에서 복합적인 사회심리 드라마를 연출했다. 그 원인을 꼽자면 첫째는 유럽인과 무슬림은 이미 십자군 전쟁으로 서로 얽힌 역사가 있다는 것이며, 둘째는 유럽인들이 이슬람 세계에 들어온 시기가 마침 오스만제국이 동유럽, 아프리카, 그리고 중동 세 곳에서 그 권력과 지적 성취의 전성기를 맞이했던 시기와 맞물렸기 때문이다.[8]

제국주의는 1500년대에 시작하여 1800년대에 정점을 찍었다. 당시 유럽은 세계 전역을 항해하며 거의 전 세계를 식민지로 삼았다. 제국주의가 맹위를 떨치기 전인 1500년경 유럽은 교역을 목적으로 이슬람 세계에 왔다. 교역은 사실 위협적인 교류가 아니다. 교역은 사람들이 전쟁을 벌이는 대신 물건을 서로 사고파는 행위로 사실상 평화와 동의어다.[9] 유럽과 이슬람 두 문명의 교류에 대해서 이러한 해석이 가능할 수 있지만, 교역이 노예무역과 맞물리면 그 해석이 달라지는 점도 간과할 수 없다. 노예무역에는 간단히 설명할 수 없는 제국적 식민담론이 포함되기 때문이다. 그리고 시인 바이런이 본 유럽, 특히 영국 제국주의에 대한 비판은 『코세어』에서 노예무역을 평화와 동의어로 볼 수 없다는 데 문제의 핵심이 있다.

코세어를 폭력이 동반된 교역의 주체로 보았을 때, 오히려 그것은 제국주의 영국의 동시대 상황에 대한 솔직한 묘사로 제국/식민, 지배/종속, 옥시덴트/오리엔트의 마찰과 충돌 가운데 중간 단계로 볼 수 있다. 그러므로 코세어에게 항해는 범박하게 말해서 제국건설의 전초전이다.

> 죽음의 두려움은 없다—우리의 적들과 죽든—
> 그것이 휴식보다 더 지루한 게 아니라면.
> 올 테면 오라—우리 인생에서 삶을 낚아채자—
> 불안이나 투쟁으로—패배든—괘념할 게 무어냐? (CO Ⅰ, 23-26)

코세어는 해적으로 약탈, 방화, 인질, 납치 등을 주업으로 하는 바다 도적이다. 코세어는 도적이면서도 사뭇 자신감에 차 있어서 어떤 두려움이나 죄책감, 심지어 범법자로서 범죄에 대한 가책을 전혀 느끼지 않는 것처럼 보인다. 노략질을 일삼는 그들은 죽음을 두려워하지 않는다. 코세어에게 휴식이 죽음보다 훨씬 지루한 것이기 때문에 '적들'과 함께 죽을지라도 죽음은 두려운 것이 아니다. 여기서 '적들'은 누구일까? 해적의 적은 누구일까? 해적이 약탈할 상대를 적으로 규정하는 건 초 범법적 행위로, 그것은 제국주의 담론을 구사하기 때문일 것이다. 작품이 진행되면서 드러나지만, 코세어에게 적은 오스만제국이다.

코세어가 해적임에도 불구하고 혁명을 꿈꾼다면 그것은 일종의 정치적 행동이다. 그들의 의식은 강력한 혁명의 힘을 상징하는데,[10] 이때 혁명은 물론 1789년 프랑스 혁명을 말한다. 프랑스 혁명은 산

업혁명과 더불어 이중 혁명의 하나로 세계사의 물줄기를 바꾼 혁명이다.[11] 낭만주의 시인들은 19세기 유럽을 휩쓸었던 프랑스 혁명으로부터 많은 영감을 받았는데, 그것은 바이런도 마찬가지다. 혁명은 가장 급진적이고 혁신적인 정치적 행동으로 그 안에는 폭력성이 잠복해 있다. 또한, 혁명은 초기의 개혁적 의지와 이념이 변질하여 부패함과 동시에 또 다른 혁명을 초래하는 경우가 허다하다. 혁명의 이 같은 전개 과정은 '오리엔트 이야기'의 다음 작품인 『라라』에서 고스란히 실현된다.

'대담한 모험'을 갈망하는(CO I, 56) 코세어에게 죽음의 두려움은 없다. 모험의 과정은 혁명의 과정으로, 이기면 삶을 낚아채고 져도 상관없다. 콘래드는 어떤 고난과 위기의 순간이 닥쳐도 혁명 같은 모험의 열정으로 자신감과 생명력으로 넘친다. 코세어의 수장 콘래드는 금욕주의자처럼 모든 역겨운 쾌락을 멀리하고, 약탈한 많은 물건 속에 파묻혀 만족한다(CO I, 75-6). 그리고 모든 애정과 경멸에서 벗어나 있어(CO I, 271-72), 사랑하는 자보다 복종하는 자를 더 가치 있게 여긴다(CO I, 554). 이러한 콘래드의 의식과 행동은 모순적이다. 콘래드의 모순적 성향은 해적 기질보다 혁명가 기질이 더 많은 데 있다. 그러므로 해적의 약탈은 콘래드에게 재물의 약탈이기보다는 정복욕을 채우는 자신의 이상을 추구하는 혁명적 모험이 된다. 그의 모순적 성향에서 해적의 노략질과 제국주의 침탈의 경계가 무너지고 복종이 사랑에 우선한다면 그것은 피지배에 대한 지배 담론이 된다.

영국 제국주의 침탈행위는 '코세어'에서 암시될 뿐 아니라, 그것이 제국주의의 급진적 전통의 일부인 점도 사실이다. 그래서 코세어의 시선이 새로운 식민지를 꿈꾸는 희망의 항해가 되는 것이다.

> '배다!—배!'—희망이 약속된 상!
> 나라—깃발—망원경에 뭐가 보이는가?
> 뭐 상이 없다고, 안됐군!—하지만 환영받는 항해가 아닌가.
> 강풍 속에 핏빛의 신호가 번쩍인다.
> 그래—그 배는 우리 것이다—귀선하는 바크선—
> 불어라, 미풍아!—어둡기 전에 닻을 내리게. (CO I, 83-8)

도입부에서 묘사되었던 '깃발'과 '홀', 그리고 위 인용에 나타난 '망원경' '항해' '바크선' 등은 영국의 제국주의 발판이 된 막강한 해양력의 한 단면을 보여준다. 그것은 '환영받는 항해'이며 많은 전리품이 보장되는 항해다. 앞에서 보았던 '제국'을 바라보는 시선 역시 간과할 수 없는 제국주의 기표이며, 그것에 암시된 식민, 착취, 수탈, 억압, 점령, 타자화는 그 기표에 대한 기의로 볼 수 있다.

엘리자베스 여왕 조에 들어 영국은 스페인 무적함대를 격파함으로써 제국주의 발판을 마련한 후, 그 해양력을 바탕으로 전 세계를 식민지로 만듦으로써 유럽 전역을 매료시켰다. 영국은 유럽 국가들과 비록 서로 자잘한 충돌을 일으키면서도 그 충돌에 저항할 만큼 강력했다. 영국 해적이 침략과 약탈과 파괴를 거듭하는 동안 세계는 속수무책으로 당할 수밖에 없었다. 이러한 영국의 제국주의 역사를 상기하면 코세어는 영국 해적의 가면이며, 그 항해는 강풍 속에 '핏빛의 신호'로 번쩍이면서 해적 행위에 잠재된 폭력성을 암시한다.

출항 통지가 코세어들에게 전달된다. 파도가 부서지는 가운데 회합 무리는 늘어난다. 둘도 없는 항해에 나설 채비가 한창이다. 그것은 흥겨운 축제 분위기다. 코세어 무리 속에서 콘래드는 귀족 칭호로 불린다. 코세어 한 명이 '콘래드 경? 아, 오늘 밤 저물녘에 이 사업을 나눌 거요'(CO I, 157-58)라고 묻는다. 오늘 밤 그들이 나눌 사업은 무엇일까? 그들이 코세어임을 고려하면 약탈품을 나눈다는 뜻일 것이다. 코세어 무리의 회합이 떠들썩한 가운데 여자들은 항해를 떠나는 연인이나 남편의 안전을 가장 염려한다(CO I, 107-16). 한편에는 귀선하는 배의 선원이 대장 콘래드를 찾는다.

> '우리 대장은 어디 있소? 보고할 게 있소.
> ……
> 주안! 즉각 우리를 대장에게 안내하시오.
> 우리는 인사하고, 우리의 귀환을 축하할 거요.
> 그리고 모두는 알고 싶은 것을 들을 거요.' (CO I, 117-22)

위의 인용에서 보듯이 코세어의 세계는 비록 치외법권에 있지만, 질서와 규율이 잡혀 있는 정치체처럼 보인다. '대장' '보고' '귀환' '축하' 등의 말은 이합집산의 바다 도둑 무리로만 볼 수 없는 그들 나름의 질서 정연한 법질서를 보여준다. 지금 콘래드에게 보고할 게 있다고 말하는 자는 분명 코세어 중의 한 명일 것이다. 그리고 주안에게 자신들의 귀환을 보고하기 위해 대장에게 안내하라고 요구한다. 그가 대수롭지 않게 내뱉은 '주안!'은 아무 까닭 없이 나온 게 아니다. '주안'이라는 이름을 통해 동시대 유럽 독자는 레판토 해전의 주역이었던 오스트리아의 '돈 주안' 제독을 떠올리지 않을 수 없었을 것이다. 시인은 이렇게 오스만제국과 유럽 국가 사이의 힘의 각축전을 곳곳에 삽입함으로써 작품이 사랑 이야기만 하지 않는다는 점을 암시한다.

레판토 해전은 가톨릭 교황청을 중심으로 스페인, 프랑스, 몰타군 등으로 결성된 유럽연합 함대와 오스만 함대 간의 해전이다. 이 해전은 당시 지중해 해상권을 장악하고 있었던 오스만제국과 새롭게 부상하는 유럽 해상세력이 그 해상권을 두고 벌인 해전으로 그리스 코린트 해협의 북부 레반토에서 벌어졌다. 레판토 해전은 유럽연합이 오스만 함대를 격파함으로써 유럽인의 사기에 엄청난 영향을 끼쳤던 역사적 사건이다.[12] 오스만 함대의 사령관은 당시 알렉산드리아 총독이었던 알리 파샤였다. 바이런은 '그랜드 투어' 중에 터키와 그리스를 여행하며 그곳의 유력인사를 만나기도 했는데, 특히 동명의 알리 파샤의 궁에 머물면서 그곳의 풍습과 관습을 주의 깊게 관찰하기도 하였다.[13] 시인이 레반트 여행에서 정치·사회적 문제에 대한 새로운 관점과 오리엔트 문제를 가져와 이 이야기를 창작했던 것은 주지의 사실이다.[14] 그러므로 '오리엔트 이야기' 전편은 시인의 간접적 경험이나 상상력의 산물이 아니라 오스만제국과 이슬람문화를 직접 보고 느낀 점을 형상화했다는 데 중요성이 있다. 그 때문에, 작품에 재현된 정치·사회적 문제, 특히 터키 압제하에 있는 식민지 그리스에 대한 알레고리 해석이 가능하다.

범법자 코세어의 우두머리 콘래드는 미스터리에 싸여 있는 인물이다.

고독과 미스터리의 사나이,
거의 웃지 않고 한숨도 거의 쉬지 않는,
그의 이름은 가장 사나운 선원들도 몸서리치게 한다. (CO Ⅰ, 173-75)

고독과 미스터리의 사나이, 콘래드는 바이런 히어로의 전형이다.[15] 바이런 히어로는 법 테두리 밖에 있는 범법자 아니면 변절자다. 콘래드의 반사회적이고 반항적이며 고독한 모습에서 바이런 히어로의 이미지를 충분히 감지할 수 있다. 그의 모습은 묘하게도 무법자 코세어 무리를 매료시켜 모두 그에게 복종하고 충성한다.

무법자 무리에게 인정받고
선망하지만 맞서지는 못하게 하는 그 마법은 무엇일까?
그렇게 해적들의 신임을 묶어두는 그것은 무엇일까? (CO Ⅰ, 179-81)

콘래드는 고독하고 외로운 인물로 늘 홀로다. 그는 고독하고 미스터리 한 인물이다. 그는 사랑과 경멸에 똑같이 무관심한 인물이다. 웃은 적도 한숨 쉬는 법도 거의 없어서 무감정한 인물로 보이고 이상한 인물로 비친다. 그런데도 그의 마음은 늘 안절부절못하는 불안정한 상태에 있다. 그런 그의 모습 자체가 '마법'이 되어 모든 코세어 선원은 그의 명령에 복종한다. 그렇게 선원들의 절대적 신임을 받는 마법은 무엇인가? 그것은 콘래드가 '멋진 사슬의 무게'에 힘겨워하면서도 그것을 내색하지 않는 것이다. 그것이 그가 지닌 미스터리의 실체이며 마법이다(CO Ⅰ, 191). 이러한 콘래드의 이미지는 바르바리 해안의 전설적인 코세어를 상기시킨다.[16]

콘래드의 미스터리는 그의 양면성에서 더욱 두드러지게 나타난다.

> 분노와 공포, 둘 모두의 감정을 불러일으키는
> 그의 냉소에는 웃음 짓는 악마가 있었다.
> 그리고 그의 증오가 어둡게 내려앉은 인상에서,
> 희망은 시들어 달아나고—그리고 자비는 한숨 쉬며 떠난다! (CO Ⅰ, 223-26)

콘래드가 분노와 공포의 감정을 불러일으키는 냉소에는 웃음 짓는 악마가 숨어있다. 그의 증오에 희망은 시들어 달아나고 자비는 한숨 쉬며 떠난다. 그것은 한마디로 그가 사람을 혐오하는 데서 비롯된다(CO Ⅰ, 262). 콘래드의 이러한 성격은 역설적으로 미지의 곳에서 휘두르는 손, 가장 강한 행동이 모두 그의 성격에 수렴되는 특징이 있다. 미지의 손은 나중에 밝혀지지만, 그것은 운명처럼 작용하는 힘이다. 그리고 운명처럼 작용하는 힘 앞에 그의 성격이 무릎을 꿇게 된다. 콘래드는 그런 식으로 해왔고, 그렇게 할 것이다. 하늘 아래서 많은 사람은 하나를 위해서 노역해야 하기 때문이다. 여기서 그 하나가 무엇을 의미하는 걸까? 이어지는 시행에서 묘사된 '자연의 숙명'(CO I, 189)을 참조하면 문맥상 그것은 약육강식의 원리로 볼 수 있지 않을까. 또한, 그것은 철학적으로 사랑과 운명, 죽음일 수도 있다. 콘래드는 외모뿐 아니라 내면에서도 강함과 약함, 죄와 선, 전쟁과 평화, 구속과 자유 등 이중적 가치의 갈등과 마찰과 충동이 간단없이 교차한다.

콘래드는 천성적으로 범법자를
이끌 수 없었다—죄악 중 최악의 도구—
부하들과 그의 행동이 전쟁으로 내몰고,
천국을 박탈당하기 전에 그의 영혼이 변했다. (CO I, 249-52)

콘래드는 코세어에게 어울리지 않는 모순적 모습을 보인다. 그는 코세어라는 직업에 어울리지 않게 자유를 사랑하기 때문에 천성적으로 범법자의 우두머리가 될 수 없는 인물이다. 그러면서 바로 이어 콘래드는 천국을 박탈당하기 전에 영혼의 변화를 경험하는 모순적 모습을 보인다. 하지만 콘래드의 이러한 모습에서 잊지 말아야 할 것은 그가 코세어, 즉 해적이라는 사실이다.

그는 악한이었다—그렇다—비난이
그에게 쏟아진다—하지만 열정도 그 힘도 아니었다.
그것은 단지 증명될 뿐이었고, 모든 미덕은 사라졌다.
죄 자체가 이 가장 사랑스러운 것을 억누를 수 없지 않겠는가! (CO I, 305-8)

천성이 범법자의 우두머리가 될 수 없다고 하지만 콘래드는 범법자다. 그를 영원히 평화를 누리지 못하게 하는 까닭은 바로 범법행위인 죄 때문이다. 그 때문에 콘래드의 삶은 평화와 안식이 없다. 그의 삶은 행복과 거리가 멀다. 콘래드에게는 사랑하는 아내 메도라가 있는데, 그녀의 행복은 자신의 주체적 삶에 있지 않고 코세어에게 종속된 삶에 있다. 콘래드는 출항에 앞서 그녀를 탑에 가둔다. 메도라는 탑에 갇힌 채 새장에 갇혀 있는 새처럼 살고 있다(CO I, 346). 새장은 콘래드의 모순성과 이중성을 내세워 그의 도덕성을 비난하는 시적 장치다.[17] 콘래드의 이 같은 행동은 메도라를 자신의 절대적인 소유물로 생각하는 데 대해, 또 자신의 해적약탈에 대한 어떤 불안감을 은연중에 나타내는 것이다. 그것은 콘래드 자신의 해적질에 대한 자아 부정인 셈이다.

콘래드와 메도라는 서로 사랑하는 듯하지만, 그들은 행복하지 않고 불행하다. 그 불행의 원인은 이국적 배경의 가정생활과 부르주아 이데올로기에서 찾을 수 있다.[18] 폐쇄된 탑과 활짝 트인 바다라는 두 개의 대립적 공간은 남성과 여성의 공간으로 나뉜다. 콘래드의 행동 공간은 거침없는 바다라면 메도라의 공간은 닫힌 탑이다. 메도라는 콘래드에게 영원한 사랑을 상징하는 여성이지만 그녀의 공간인 탑은 소외, 고립, 객체, 타자의 삶을 이미지화한다. 반대로 콘래드의 공간인 바다는 자유, 혁명, 주체의 삶을 이미지화한다. 탑에 갇힘으로써 메도라는 순종적으로 가정의 천사 역할을 담당해야만 한다. 이러한 메도라는 탑에 갇힌 아름다운 페넬로페Penelope다.[19] 페넬로페는 오디세우스의 아내로 남편이 떠나 있는 동안 수많은 구혼자를 물리치면서 정절을 지켰기 때문에 결혼 생활의 정절을 상징한다.

메도라는 콘래드를 사랑하는 마음을 노래로 표현하는데, 그것은 절절한 사랑을 고백하는 한 편의 서정시다.

1.
'제 영혼 깊은 곳에 부드러운 비밀이 있어요.
　외롭고 언제나 빛 잃은

그대에게 응답하는 내 마음이 벅찰 때 외에는
　예전처럼 침묵 속에 잦아들죠.

2.
'그곳, 그 한가운데에는, 무덤의 등불 하나가
　천천히 불꽃을 내며 타고 있어요, 영원히—하지만 보이지는 않죠.
비록 그 빛이 그럴 수 없이 헛되지만,
　그것은 절망의 어둠도 끌 수 없어요.

3.
'저를 기억해주세요—그곳에 쉬고 있는 그 유적을 생각지 않고는
　오! 나의 무덤을 지나치지 마세요.
내 가슴의 유일한 아픔은 감히 용기는 없지만,
　그대 가슴에서 망각을 발견하는 거예요.

4.
'내가 가장 좋아하는—가장 미약한—가장 최근의—시를 들어보세요.
　미덕이 책망하지 않는 죽음을 위해 슬퍼하세요.
그리고는 내가 부탁했던—한 방울 눈물을 흘려주세요.
　그건 처음이자—마지막인—깊은 사랑의 유일한 보상이죠!'[20]

메도라는 콘래드에게 노래로 사랑을 고백한다. 그 사랑은 자신의 마음속 깊은 곳에 자리한 어떤 절망의 어둠도 끄지 못하는 영원한 등불이다. 메도라가 콘래드를 위해 켜놓은 등불은 '무덤의 등불'로 역설적으로 그것은 콘래드 삶의 등대 같은 역할을 한다. 그러면서 메도라는 자신이 죽어 무덤 안에 누워있으면 그 유적을 생각지 않고서

는 자신의 무덤을 지나지 말라고 부탁한다. 그리고 너무나 사랑했던 그 사랑에 대한 보답으로 눈물 한 방울을 흘려달라고 노래한다. 콘래드의 새인 메도라는 그를 위해 아름답게 노래하는데, 그것은 그녀의 순애보 사랑과 죽음을 예고하는 불안감을 감추고 있다.

메도라는 코세어에게 다시는 약탈하지 말 것을 애원하는데, 그런 그녀가 원하는 것은 해적의 약탈이 아니라 안락한 가정생활이다. 메도라에게는 콘래드가 있는 가정이 사회조직의 기본이 된다. 그녀는 여성으로서 공공활동에 참여할 기회를 박탈당한 동시에 그녀에게 강요된 여성성에는 가정, 의존성, 수동성, 모성 등이 어우러지게 된다. 그래서 그녀의 심리적 불안은 상대적으로 취약한 위치에 있는 여성에게 투영되고 여성은 수동적인 모습의 피해자로 형상화된다.

『아비도스의 신부』의 줄레이카는 가부장제 사회에서 자신의 자리가 없었다. 그녀는 주체적 여성이 되지 못한 채 피해자나 희생자의 이미지로 타자의 위치에 있었다. 그녀는 셀림의 사랑을 절박하게 필요로 하였으며 그것은 『코세어』의 메도라가 간절히 원하는 것이기도 하다. 두 여성은 남성을 위해서 사는 존재로 콘래드와 메도라의 관계는 바로 셀림과 줄레이카의 관계 속편이다.[21]

메도라는 철저하게 복종적이고 순종적인 여성으로 형상화되었는데 그런 그녀에게서 오리엔탈리즘의 환영이 보인다. 그것은 메도라가 서양 백인 여성이면서 동양 이미지를 가진 젠더 불균형을 표상하기 때문이다. 젠더 불균형은 콘래드와 메도라의 관계에서 분명하게 나타난다. 메도라는 콘래드와 상반된 정서를 보여주는데, 그것은 그녀를 백인 남성의 성적 판타지를 충족하는 역할에 오히려 더 충실한 여성으로 보이게 한다. 메도라의 아름다움은 절대적 순종에 있으며, 그녀의 얼굴은 늘 가려있고 눈길은 언제나 아래로 향해 있다. 그녀는 행복한 가정의 노예로 그 역할에 만족한다.[22] 메도라는 콘래드의 행복한 노예, 관능적 환상의 오달리스크, 행복한 가정주부, 가정의 천사 등 다양한 오리엔트 여성 버전이다.[23] 그것은 그녀에게서 오리엔탈리즘이 낯설기 때문이 아니라, 그 유용한 해석 때문이다. 그 유용성은 그녀에게서 재현된 절대적 순종과 타자로서 여성 이미지일 것이다. 이와 같은 관점에서 보면 오리엔탈리즘은 여성 담론과 분리될 수 없다. 여성 담론이 오리엔탈리즘에 미친 영향은 지대한 것이며, 앞으로도 여성과 오리엔탈리즘은 씨실과 날줄처럼 서로 엮이면서 담론을 형성할 것이다. 메도라는 주체적 젠더 담론에 전혀 비판적 의식을 보여주지 않음으로써 앞으로 보게 될 걸네어의 역할과 극적으로 대비된다.

> 저와 함께 춤을 추시거나, 당신이 아직도 좋아하는
> 제 노래나 기타 소리에 잠을 깨우세요.
> 위로를 받거나 잠이 들든지—혹여 그게 당신의 귀에 거슬리면,
> 우리는 아리오스토가 이야기한
> 아름다운 올림피아의 옛이야기를 해요. (CO I, 436-40)

메도라가 원하는 것은 '춤'과 '노래'와 '아름다운 올림피아의 옛이야기'다. 올림피아의 옛이야기는 이탈리아 시인 아리오스토 Ariosto, 1474~1533의 서사시 『광란의 올랜도』*Orlando Furioso*, 1532를 말한다. 그것은 샤를마뉴 대제Charlemagne the Great, 768~814의

치세기를 배경으로 크리스천 기사 올랜도와 무슬림 공주 안젤리카Angelica의 사랑을 노래한 것이다. 연인 간의 국적을 초월한 사랑은 새롭지 않은 이야기지만, 『광란의 올랜도』는 크리스천 기사와 무슬림 공주의 사랑을 그리스도교와 이슬람의 갈등으로 표현한 새로운 이야기다. 베르디Giuseppe Verdi, 1813~1910도 오페라 <아이다>Aida에서 이집트 장군과 에티오피아 공주의 사랑을 노래했지만, 그것은 사랑만 노래한 것이 아니다. 이집트의 에티오피아 정복과 지배세력과 피지배 세력 사이의 갈등을 노래한 것이다.

메도라는 오직 사랑하는 여자의 마음을 노래한다. 그 노래는 테세우스Theseus에게 버림받은 아리아드네Ariadne의 사랑처럼 모험을 떠나는 남성에게 늘 버림받는 여성의 운명에 대한 것이다(CO Ⅰ, 448). 아리아드네는 크레타Crete 미노스Minos 왕의 공주였다. 크레타 왕 미노스에게는 미노타우로스Minotaur라는 반인반수의 괴물이 있었다. 이 괴물에게 아테네인들은 해마다 각각 일곱 명의 소년과 소녀를 바쳐야 했다. 이들은 소의 몸뚱이와 사람의 머리를 가진 미노타우로스의 밥이 되기 위해 매년 바쳐야 하는 인신 공희였다. 테세우스는 이 재난으로부터 아테네인들을 구하려 자진해서 희생자 중의 한 사람이 되어 다이달로스Daedalus 미궁 안으로 들어간다. 미노스 왕의 공주 아리아드네는 테세우스의 모습을 보는 순간 열렬한 사랑에 빠지고, 테세우스는 그녀의 사랑에 기꺼이 화답한다. 아리아드네는 테세우스에게 괴물을 찌를 칼과 실 한 타래를 주었는데, 테세우스는 그 칼로 괴물을 성공적으로 처치하고 그 실타래를 가지고 미궁에서 빠져나올 수 있었다. 그는 미궁을 탈출하여 아리아드네와 함께 아테네를 향해 출발했다. 도중에 일행은 낙소스 섬Naxos에 머물렀는데, 테세우스는 잠든 아리아드네를 그곳에 버리고 떠난다. 테세우스는 참으로 무정한 연인이었다.

콘래드는 테세우스처럼 메도라의 사랑에 보답하지 못하고 무정하게 그녀를 두고 출항한다. 메도라는 테세우스처럼 콘래드가 자신을 버릴 거라고 한다. 콘래드를 떠나보내는 메도라는 다시 한번 애절한 이별의 인사를 한다.

> '다시—다시는—그리고 다시는—내 사랑이여!
> 생명이 지상에 있고, 그리고 희망이 천상에 있다면,
> 그는 돌아올 거에요—그러나 이제, 이 순간
> 이별의 시간이 두 배의 날개를 달고 왔어요.
> 그 이유—그 장소—지금 말해야 무슨 소용이 있나요?
> 모든 것이 그 격렬한 말—안녕에서 끝나기 때문이죠! (CO I, 450-55)

메도라는 콘래드를 보내면서 지상에 생명이 있고, 천상에 희망이 있는 한 그가 돌아올 거라고 믿는다. 이별의 시간은 날개가 배가 달린 듯 그렇게 빠르게 다가온다. 이별의 아픔과 사랑의 열정, 그것이 무엇이든 간에 안녕이라는 말에서 모든 것이 끝난다. 메도라와 콘래드의 이별에 이어 코세어들이 장비를 갖추고 항해를 시작하는 데서 첫 칸토가 마무리된다.

칸토 II의 도입부는 이슬람 세계와 군주 파사 세이드의 묘사로 시작한다. 그들은 코세어의 침입과 약탈을 예상하고 방어 준비를 하고 있다. 게다가 그들은 승리를 예상하고 축제까지 준비한다.

코론 만에 많은 갤리선이 가볍게 흔들리며 떠 있었고,
코론 격자창으로 비치는 램프 불빛이 눈부시다.
오늘 밤에 파사 세이드를 위한 축제가 있다.
그가 사로잡은 해적을 끌어낼 때,
승리가 약속된 승리를 위한 축제,
이는 알라와 그의 칼을 두고 맹세한 것,
그의 칙령과 명령에 충실한
소집된 배는 해안을 따라 정박하고 있었고,
소집된 선원은 엄청났으며, 호언장담도 대단했다. (CO Ⅱ, 1-9)

코론 만을 배경으로 갤리선이 파도에 가볍게 흔들리며 바다위에 떠 있다. 격자창으로 흘러나오는 램프 불빛은 눈부시다. 오늘 밤 파사 세이드를 위한 축제가 있다. 축제 준비와 더불어 항해 준비도 한다. 내일의 태양이 뜨면 해적의 항로를 볼 수 있을 것이다. 그들의 항구를 점령하는 게 세이드의 목적이다. 앞서 보았던 코세어의 항해 준비와 비교하면 세이드의 항해력이 훨씬 우세하고 질서정연하다. 세이드의 항해력에서 한때 지중해는 유럽인들이 배 한 척 띄울 수 없었던 이슬람의 바다였음이 증명된다.[24] 코세어 해적은 치외법권의 무법자라면 파사 세이드는 법과 질서 안에 있는 법치주의자다. 무법적 해적 행위를 세이드의 적법적 방어 행위와 대조시킴으로써 발생하는 효과는 코세어가 암시하는 제국주의적 침탈일 것이다.

그런데 여기에 의외의 인물 데르비쉬Dervice가 있다.

'해적 소굴에서, 탈주한

포로 데르비쉬가 여기 있습니다—나머지는 그 자신이 말할 것입니다.'
시종은 세이드의 허락하는 눈짓을 받고는,
경건한 분을 조심스레 가까이 인도하였다.
그는 짙은 녹색 조끼 위에 팔짱을 긴 채,
걸음걸이는 후들거렸으며, 모양새는 풀이 죽어있었다.
수년 이상 고생으로 시달린 것 같았지만
두려움이 아닌 고행으로 그의 볼이 창백했다. (CO Ⅱ, 49-56)

데르비쉬는 금욕적 고행을 수행하는 이슬람 수피sūfi 수도승이다. 수도승은 이슬람 색깔인 녹색 조끼를 입고 있다. 그는 해적의 소굴에서 탈출하여 지금 파사 세이드 앞에 서 있다. 오랫동안 해적의 소굴에서 시달린 탓에 발걸음은 후들거렸고, 모양새는 풀이 죽었다.

'어디서 오셨소, 데르비쉬?'
　　　'치외법권 은둔처에서,
탈주하였소—'
　　　'어디서 언제 포로였소?'
'스칼라노바 항구에서 키오스까지요.' (CO Ⅱ, 65-7)

데르비쉬의 말에서 그가 치외법권 은둔처, 즉 해적 소굴 어느 곳에 사로잡혀 있었다는 사실을 알 수 있는데, 그곳은 스칼라노바Scalanova 항구에서 키오스까지 가는 어느 지점이다. 그들의 대화에서 해적 코세어의 약탈에 무슬림 쪽에서도 가만히 있지만은 않았다는 사실을 알 수 있다. 바다에서 해적이든 아니든 약탈은 늘 자행되고 있으며 약탈품은 승리자가 차지하는 것이 불문율이다. 데르비쉬는 무슬림 수도승인데 그는 무슬림 상인이 해적의 수익을 가졌다고 한다(CO Ⅱ, 69-70). 그렇기에 파사가 데르비쉬를 코세어의 첩자로 의심하는 것은 당연하다. 데르비쉬는 첩자라는 말에 그럴 수는 없다고 항변하지만, 그의 목소리는 자신감도 설득력도 없다. 그는 포로로 잡혀 있는 동안 사나운 파도 소리만 들었다면서 파사에게 풀려나 휴식을 취하고 싶다고 한다(CO Ⅱ, 95-9). 그는 치외법권자인 해적들에게 포로로 잡혀 있는 동안 굶주렸고 충분한 휴식을 취하지 못했다. 그러나 데르비쉬의 호소와 변명은 파사를 설득하지 못한다. 파사는 데르비쉬의 말을 조목조목 반박하면서 데르비쉬가 생각하지도 못했던 질문을 던진다. 파사는 만만치 않다. 그는 노련하고 그의 질문은 예리하다. 그는 데르비쉬가 무슬림 수도승인데 무슬림 해적 코세어의 소굴에 잡혀 있었다는 사실에 의혹의 눈길을 던진다. 파사 세이드는 데르비쉬를 계속 의심하면서 그의 진술을 더 듣고자 한다.

> '자—당신은—당신은 금욕적이겠지만—
> 질문 하나에 대답하시오. 그러면 무사히 떠날 거요.
> 얼마나?—하! 그건 낮일 수 없지 않소?
> 무슨 별—그 만에는 태양이 어디서 터졌소?
> 그건 불의 호수에 비출 거요!—물러서라—물러서!
> 흥! 배신이다! 호위병들! 내 신월도!
> 갤리선에 불을 지펴라—나는 멀리 있다!
> 저주받을 데르비쉬!—너의 정보는—저
> 나쁜 첩자 놈을—잡아라—찢어라—놈을 베라, 당장!' (CO Ⅱ, 133-41)

파사 세이드가 묻고 있는 데르비쉬의 행적 중에 그가 갇혀 있던 곳에서 별자리는 무엇이며 태양이 어느 쪽에서 뜨는가 하는 질문이 있다. 이 대목은 긴박하고 숨 가쁜 어조로 전개된다. 파사의 질문은 예리했다. 이 질문에 데르비쉬는 정확하게 대답하지 못한다. 파사는 영리했다. 바다에서 뱃길을 찾는 데는 별자리가 가장 안전하고 정확한 길잡이다. 이슬람문화에서 특히 밤에 별을 보고 움직이는 유목 생활과 새로운 오아시스를 찾고자 하는 열망이 천문학을 생존의 학문으로 발전시켰던 역사가 있다.[25] 파사 세이드는 그 지식을 당연히 알고 있었다. 오리엔트에서 태양은 동쪽에서 떠서 서쪽으로 진다. 세이드는 바로 데르비쉬가 보았던 별자리와 해 뜨는 방향을 물은 것이다. 이것은 데르비쉬도 예상치 못한 질문이다. 데르비쉬가 대답을 못 하자, 파사는 즉각 그의 정체를 알아챘다. 파사는 '배신'이라 외치며 호위병과 자신의 신월도를 찾는다. 신월도는 초승달 모양의 이슬람식 칼이다. 파사는 갤리선에 불을 지르고 데르비쉬를 잡아 죽이라고 명령한다.

놈을 잡아 죽이라는 파사의 명령과 옷을 벗어 던지는 데르비쉬의 행동이 거의 동시에 일어난다.

> 데르비쉬가 빛을 부수며 일어섰다.
> 그의 변신만큼 오싹하게 하는 광경은 없었다.
> 일어선 데르비쉬는—성자의 복장이 아니었다.
> 바르바리 말을 타고 약진하는 전사 같았다.
> 그는 높은 캡을 내동이 치고, 법복을 벗어 던졌다—
> 그의 미늘 갑옷이 빛났으며, 사브르는 번쩍였다. (CO Ⅱ, 142-47)

파사의 질문은 현명했고 그의 판단은 옳았다. 데르비쉬는 변장한 코세어 콘래드였다. '바르바리 말을 타고 약진하는 전사' 모습에서 자우르의 화신을 보는듯하다. 데르비쉬는 터키식 모자를 벗어 던진 후, 법복마저 벗어 던지면서 갑옷과 사브르로 무장한 전사로 우뚝 선다. 그의 모습을 통해 '오리엔트 이야기'는 주제뿐 아니라 인물의 연속성, 특히 남성 인물의 연속성은 더욱 분명하다.

콘래드의 나팔 신호와 함께 사방에서 코세어들이 몰려온다. 몰려든 코세어는 횃불을 들고 미나렛에서 현관까지 돔에 불을 지른다. 그들의 습격은 영국 국내 경제적 긴장을 이국적 토포스로 대치한 것처럼 보인다.[26] 파사 세이드는 예기지 못한 코세어의 공격에 후퇴한다.

> 명령이 떨어지자 재빨리—그들은 그를 둘러싸 횃불을 들고,
> 그리고 미나렛에서 현관까지 돔에 불을 질렀다.
> 콘래드의 눈에 근엄한 기쁨이 서렸는가 했는데,
> 갑자기 그가 무너졌다—그의 귀를 여자의
> 비명이 찔러, 전투의 고함에도 꿈쩍 않았던
> 그의 심장을 조종弔鐘처럼 때렸다. (CO II, 196-201)

'미나렛'에서 알 수 있듯이 콘래드가 침입한 곳은 분명히 이슬람 세계다. 여기서 오리엔트는 주로 아랍과 이슬람이란 것이 증명된다.[27] 파사 세이드의 궁전을 약탈하고 불을 지르면서 느끼는 그 짜릿한 쾌감은 콘래드의 눈에는 '근엄한 기쁨'으로 비칠 정도다. 하지만 그 순간 날카로운 '여자의 비명'이 조종처럼 콘래드의 귀를 때린다. 여자의 비명은 마치 조종처럼 전투의 고함에도 꿈쩍 않던 그의 심장

을 때려 그를 맥없이 무너뜨린다. 그는 소리친다. 우리에게 아내가 있다는 걸 명심하라고, 그리고 남자가 우리의 적이란 점을 잊지 말라고 외친다(CO II, 203). 콘래드의 외침은 남자의 적은 남자, 주체의 적은 주체, 지배의 적은 지배라는 의미로 들린다. 비명의 주인공은 하렘의 오달리스크 걸네어다.

걸네어의 극적인 등장으로 담론은 새로운 국면으로 접어든다. 메도라는 희생자로서 여성의 수동성을 구체화한다면 걸네어는 능동적이고 반역적인 주체성을 구체화한다. 그리스 출신의 하렘의 오달리스크 걸네어는 어두운 마녀 키르케Circe에 비교된다.[28] 키르케는 호머의 『오디세이』에 나오는 전설의 섬 아이아이에Aiaie에 사는 마녀였다. 그녀는 각종 마술이나 저주에 능해, 그 능력으로 섬을 찾는 이들을 늑대나 사자, 돼지 등의 짐승으로 만들어 버렸다. 트로이 전쟁이 끝나고 고향 이타카Ithaca로 돌아가던 오디세우스가 마침 아이아이에에 들렀다가 키르케의 마법에 부하들이 모두 멧돼지로 변했다. 오디세우스는 헤르메스Hermes의 도움을 받아 마법에 영향을 받지 않고, 키르케를 제압해 부하들을 모두 원래대로 돌아오게 하였다. 그 과정에서 키르케는 오디세우스를 사랑하게 되어 그와 그 일행들을 1여 년간 섬에 붙잡아 두었다. 키르케는 오디세우스를 보낼 때가 오자 그가 고향으로 무사히 돌아가는 방법을 일러주었다.[29] 걸네어의 역할은 키르케처럼 콘래드의 모험에 장애가 되는 동시에 구원이 된다.

콘래드는 불 속에서 하렘의 여왕, 그러나 여전히 세이드의 노예인 걸네어를 구한다.

짧은 순간 콘래드는 걸네어에게 인사했으나,
떨고 있는 미녀를 안심시킬 말은 거의 없었다. (CO Ⅱ, 225-26)

콘래드는 걸네어에게 짧게 인사하고 그녀를 안심시키려 한다. 그들의 만남은 구원자와 피해자의 만남이다. 약탈을 일삼으며, 바다의 제패를 꿈꾸는 콘래드에게도 약점이 있다. 그의 약점은 약자에게 더없이 약해진다는 것이다. 콘래드가 세이드의 하렘을 침탈한 목적은 약탈과 파괴, 그리고 전리품을 위해서였다. 침탈의 목적이 달성되려는 승리의 순간, 그의 사나이다움이 최고조에 달했을 때, 파사 세이드의 하렘에서 들려오는 여자의 비명에 그는 무장해제 된다. 그 비명은 마치 조종처럼 들려, 전투의 고함에도 꿈적 않던 마음에 충격을 줘, 그 목소리에 콘래드의 마음이 움직이고 패배한다. 그것은 전쟁에서 '낚아챈 동정심'(CO Ⅱ, 227)이 작용한 것이지만, 그것은 마치 '여성권리에 경의를 표하는 것' 같았다(CO Ⅱ, 268). 그러나 여성권리에 경의를 표하는 듯한 그의 행동도 전쟁터에서 낚아챈 동정심도 콘래드 자신은 구하지 못한다. 반면 걸네어는 코세어의 팔에 안겨 불 속에서 구출된 경험으로 인해 획기적인 의식의 변화를 겪는다. 그것은 걸네어가 코세어를 만난 후 진정한 사랑에 눈을 뜨면서 주체적 자아로 변한 계기가 된 것이다. 이는 걸네어가 진정한 주체에 눈을 떴다고 볼 수 있으며, 그 특별한 상황에서 걸네어와 콘래드는 주체와 객체의 전치를 경험한 것이다.

파사 세이드는 코세어 콘래드의 침탈을 되새겨보면서 분노에 휩싸인다. 그의 분노는 보상이냐 죽음이냐의 갈림길에 있다.

> 세이드는 알아차렸다. 그리고 그의 부대와 비교해서
> 코세어의 방랑하는 선원들의 수가 얼마나 적은지 제일 먼저 알아차리곤,
> 자신의 치욕에 얼굴이 붉어졌다.
> 그가 공포와 충격이 만든 폐허를 보았을 때,
> 알라 일 알라! 복수심이 고함을 지르게 하였다—
> 수치심이 보상이냐 죽음이냐 하는 지경까지 분노가 쌓였다! (CO Ⅱ, 231-36)

파사 세이드는 제멋대로 바다를 휘젓고 다니는 적은 수의 해적 무리가 자신의 궁전을 폐허로 만든 것을 알아차리고는 치욕에 얼굴이 붉어졌다. '알라 일 알라'Alla il Alla를 부르며 그는 이것에 대한 복수로 보상을 받든지 죽든지 둘 중 하나를 선택해야만 한다는 것을 알았다. 그는 분노에 사로잡혔다. 다행히 코세어의 두목 콘래드는 사로잡았다. '조종'이 암시하듯이 콘래드는 하렘의 오달리스크 걸네어를 구하려다 도리어 이슬람 파사 세이드의 탑에 갇히게 된다.

> 가장 높은 탑 그의 높은 방안에,
> 파사의 권력 안에 족쇄를 차고서, 콘래드는 앉아 있다. (CO II, 366-67)

콘래드는 족쇄를 차고 가장 높은 탑, 가장 높은 방에 갇혀 있다. 그는 파사의 권력 안에 갇힌 것이다. 그곳에서 도주할 수가 없다. 콘래드가 갇혀 있은 이 탑은 메도라가 갇혀 있는 탑과 겹치면서 그의 지배력이 가진 한계를 스스로 증명한다. 세이드도 콘래드와 유사한

지배력을 한계를 보여준다. 걸네어에 대한 세이드의 사랑에는 일말의 진실한 점이 없지는 않았을지도 모르지만 세이드는 콘래드와 달리 하렘이 공격을 당하였을 때 하렘, 즉 걸네어의 안전에 대해서는 조금도 생각하지 않았다. 그것은 세이드의 지배력 결핍의 또 다른 증거다.

세이드의 이러한 모습은 바로 콘래드의 다른 자아를 반영함으로써 콘래드의 상대역, 즉 서로를 비춰주는 거울이다.[30] 세이드와 콘래드는 남성 내면에 숨어있는 여성을 타자화하는 이중 자아의 어두운 그림자의 반영이다. 그들은 각각 오리엔트와 옥시덴트를 대변하면서 그들의 담론을 구사하는데, 둘 모두가 지배 담론의 전형으로 볼 수 있다. 그것은 콘래드가 메도라를 탑 속에 가둬둔 것에서 알 수 있다. 콘래드는 메도라를 탑 속에 가둬 둔 반면 파사 세이드의 하렘 오달리스크를 구하고 해방하려 한다. 이와 같은 상반된 행동에서 콘래드의 모순적인 이중성이 반영된다. 콘래드와 세이드는 지배 담론의 모순을 서로 재현하는 모순에 빠진다.

걸네어는 '오리엔트 이야기' 전체에서 여성 주체에 있어 가장 극적인 변화를 보여주는 인물이다. 그녀는 세이드의 오달리스크로서 그녀 스스로가 자신은 '노예'이며 '기껏해야 총애받는 노예', 나아가 '물건'이라 말한다. 그녀의 이 말은 하렘의 오달리스크의 입에서 나올 법한 말이 아니다. 그 말은 강한 주체성을 내포한 하나의 지배 담론을 형성한다. 걸네어는 하렘의 여왕이며 세이드의 노예다. 그녀는 세이드에게 육체적으로는 매여 있지만, 정신적으로는 그를 노예로 만들 만큼 강한 의지의 여성이기도 하다(CO Ⅱ, 265).

걸네어의 변모는 노예와 사랑의 평행선을 보여준다.[31] 노예는 자유를 희귀하며 사랑은 자유와 함께해야 진정한 사랑이기 때문이다.

> 전 느꼈어요—느껴요—사랑은 자유—자유와 함께한다고요.
> 저는 노예예요, 기껏해야 총애받는 노예죠.
> 그의 호사를 함께 하니, 그러니 아주 복 받은 것처럼 보이죠!
> 종종 제 영혼은 이렇게 묻는답니다,
> —'너 사랑하니?' 그리곤 강하게 대답하죠, '아니!'라고요. (CO II, 502-6)

걸네어의 이 대사는 여성 객체의 내밀한 감정을 드러내는 아주 중요한 고백이다. 걸네어는 이 고백을 콘래드 앞에서 하고 있다. 하지만 그녀는 자기 자신과 대화 하는 느낌을 준다. 그녀의 기억 속에서 자신과의 대화는 여성 주체로서 놀라운 설렘과 떨림, 자신이 찬란하게 환영받는 기분을 느끼게 한다. 긴장의 순간이 끝나고 숨겨진 하렘 여성의 모든 삶이 환하게 드러났을 때 자신의 연인에게 하는 진지하고 침착한 고백은 그녀의 특성을 가장 정확하게 보여주는 대목이다. 억압과 굴종의 삶을 살았던 여성이 자신의 내면에서 열정과 사랑을 자각하게 되는 순간은 진실로 감동적이다. 바로 이 순간, 한 여성이 처음으로 열정과 사랑이 자신의 존재에 있어서 얼마나 큰 가치인가를 느끼게 되고, 타자의 삶을 영위하는 것은 사랑이 아니며, 행복도 될 수 없다는 걸 알게 된다. 사랑은 쉽게 정의할 수 있거나 쉽게 보여줄 수 있는 것이 아니다. '자유'와 함께하지 않는 사랑은 노예의 사랑이다. 걸네어가 사랑은 자유와 함께한다고 고백하는 이 순간은 보기 드문 정신의 힘으로 그것은 혁명의 첫 순간에 찾아오는 자아 인식일 것이다.

걸네어는 하렘의 오달리스크다. 하렘과 오달리스크는 오리엔트에 대한 환상을 구체화 한다. 오달리스크는 하렘에서 술탄의 관능적 욕구를 충족시키기 위해 대기하고 있는 여성들이다. 오달리스크는 거의 나체차림으로 화려한 장신구로 장식하고 긴 소파에 누워 나른한 분위기를 자아내는 이미지가 지배적이며, 그것은 거의 정석화 된 하렘의 이미지다. 이들의 모습은 서양이 재현한 타자들이며, 그들은 새장에 갇힌 희생자들이다. 이러한 하렘의 오달리스크는 관능성과 타자성을 동시에 표상하는 존재로 볼 수 있다.[32] 하지만 걸네어에서 그러한 오달리스크의 이미지는 보이지 않는다. 그녀의 정신은 신분의 높낮이로 측량할 수 없을 만큼 높은 곳에 있으며, 그녀의 깊고 충만한 사랑에 비하면 그러한 외적인 조건은 무의미한 것에 지나지 않는다. 걸네어의 말은 이슬람 문화권의 여성으로서 전복적이며, 오달리스크로서 그녀는 여성 주체에 대한 전통적 이슬람 이해와 관습에 도전장을 던진다.

걸네어의 도전장은 그녀의 행동에서 지배 담론의 딜레마로 재현되는 특징이 있다. 그녀는 전반부의 콘래드처럼 핵심적 역할을 하면서 작품의 후반부를 이끌어 간다. 하렘은 '타자'로서의 성향이 두드러지는 공간이다. 이는 이슬람 특성과 연결되는데, 특히 무슬림의 호전적이고 배타적인 여성 비하적 타자성을 부각해 이슬람 고유의 성향으로 정의하게 된다. 그녀는 파사 세이드의 하렘에 있는 오달리스크로서 타자성이 두드러지는 여성이었다. 그런데 이제 주체적이며 독립적인 여성 주체로 극적인 변신을 경험한다. 그 변신은 코세어 콘래드의 팔에 안겨 불 속에서 구출될 때 일어났던 의식의 변화였다. 그녀는 그 극적인 순간에 자신의 정체성을 구현하는 인물로 변신한 것이다.

걸네어는 오리엔트 환상에서 벗어나는 인물이다. 그녀는 자신에게 이렇게 묻는다. '어떤 마력 때문에 이 남자를 이렇게 사랑하게 되었을까?'(CO Ⅱ, 1030)라고 자문하면서 콘래드에게 나는 '어둠을 헤치고 여기 왔어요—그러나 왠지 모르겠다'(CO Ⅱ, 1045)고 한다. 이렇게 말하는 걸네어의 심정은 콘래드가 그녀를 구해주었을 때의 동정심에서 우러난 휴머니즘이 아닐까, 생각해 볼 수 있다. 하지만 콘래드를 구하고자 하는 걸네어의 사랑은 콘래드에게는 패배를 의미한다. 주체로서 콘래드와 타자로서 걸네어의 사랑은 기존 사랑의 범주에 포함할 수 없는 새로운 유형의 사랑이다.

> '……
> 기억하세요—포로! 이는 그대의 사슬을 끊어버리는 거예요.
> 당신이 저를 구해 준 것에 대한 보답이에요.
> 내가 결코 알 수 없었던 그런 사랑을 알게 한 당신께
> 지상의 소중한 그 모두를 당신께 돌려드려요.
> 안녕—아침이 밝아오네요—그만 가야 해요.
> 그건 비싼 값을 치뤄야 할 거예요—하지만 이제 죽음은 두렵지 않아요!' (CO Ⅱ, 529-34)

걸네어는 콘래드의 사슬을 끊는 행위를 사랑으로 정의한다. 콘래드의 사슬을 끊으려는 걸네어의 사랑은 노예 같은 자신 삶의 사슬

을 끊는 것과 같은 공명을 준다. 걸네어는 콘래드가 자신을 구해 준 행동에서 새롭게 사랑의 가치와 덕목을 본 것이다. 그녀는 지상의 소중한 그 모든 것을 콘래드에게 돌려주고 싶다고 한다. 여기에는 생명이 포함된다. 하지만 현재로서 걸네어가 새롭게 깨달은 사랑은 자유와 함께하는 것, 즉 자유의지가 포함된 사랑으로 정의할 수 있다. 사랑에 눈뜬 걸네어는 자신의 사랑을 무기로 콘래드의 처형을 지체시키고자 한다.

> 그녀는 족쇄 찬 그의 손가락을 자신의 가슴에 대고 눌렀다.
> 그리고 머리 숙여 절하고 몸을 돌려,
> 그리고 아름다운 꿈처럼 소리 없이 사라졌다.
> 그리고 그녀가 여기 있었던가? 그런데 그는 지금 혼자가 아닌가?
> 그의 사슬 위에 무슨 보석이 떨어져 반짝이고 있는가?
> 눈물은 가장 신성한 것, 타인의 고통을 위해 흘린
> 그것은 동정의 광산에서—단번에 시작하여—반짝이고—순수하며
> 이미 신성한 손으로 빛을 내고 있었다. (CO Ⅱ, 535-42)

걸네어는 족쇄를 찬 콘래드의 손가락을 자신의 가슴에 꼭 눌러 본다. 그리고는 돌아가 버리는데, 콘래드는 아주 잠깐 그녀의 현존을 아름다운 꿈처럼 느낀다. 그녀는 사랑을 눈물로 표현하였다. 눈물 안에서 가장 신성한 것으로 변한 사랑은 그녀 사랑의 결정체다. 특히 타인의 고통을 위해 흘린 눈물은 가장 신성한 것이다. 그녀가 돌아간 후 콘래드는 옥에 갇힌 채 불안에 떨면서 날을 보낸다. 그나마 걸네어의 사랑이 있어서 위안이 된다. 해가 지고 밤이슬이 촉촉이 내려앉는다.

차고 축축한 안개는 그의 사지를 감싸며 뻣뻣하게 만들지만 대지를 새롭게 하고 되살아나게 하기도 한다. 칸토 II는 이렇게 끝난다.

셋째 칸토의 도입부는 다시 그리스의 풍경 묘사로 시작한다. 그리스의 자연은 변함없이 아름답다.

> 태양은 경주를 다 하기 전에 한층 아름답게
> 모레아 언덕을 따라 천천히 가라앉았다.
> 북쪽 나라처럼, 흐릿한 빛이 아닌,
> 그러나 구름 한 점 없는 살아있는 빛으로! (CO III, 1-4)

태양은 그리스의 모레아 언덕을 따라 빛살을 뿌리며 아름답게 천천히 지고 있다. 그것은 북쪽 어느 나라의 빛과는 달리 그 자체로 생생하게 살아있는 빛이다. 황혼 녘의 노을빛은 그 찬란함과 장엄함이 얼마나 황홀한지, 그것은 진정 '살아있는 빛'이다. 그리스는 몰락했지만, 태양은 여전히 아름답다. 오늘의 경주를 다 한 해는 졌다. 자연은 이렇게 제 할 일을 다 한다. 메도라의 탑에도 해가 진다.

> 해가 졌다—그리고, 밤보다 더 어둡게,
> 횃불 언덕 위에 그 빛과 함께 가라앉았다—
> 메도라의 가슴은—셋째 날이 밝았고 졌다—
> 날이 밝았지만, 그는 오지 않았다—소식도 없었다—신의 없는 사람!
> 바람은 가벼운 순풍이었고, 폭풍은 없었다.
> 지난밤 안셀모의 바크선은 돌아왔는데, 그러나
> 그의 소식만이 만나지 못했다! (CO III, 66-72)

횃불 언덕 위의 햇빛은 가라앉았다. 메도라의 가슴 속의 희망도 그 빛과 함께 가라앉았다. 바람은 가벼워 순풍이었고, 폭풍의 예고는 더구나 없었는데, 콘래드는 돌아오지 않았다. 메도라는 밤보다 더 어둡게 절망한다. 메도라는 콘래드를 '신의 없는 사람!'이라 되뇌면서도 그를 기다린다. 콘래드가 항해를 떠난 후, 메도라는 그를 기다렸다. 사흘이 지났다. 지난밤 안셀모의 배는 돌아왔지만, 콘래드의 배는 돌아오지 않았다. 아침이 되어 마침내 소식이 왔는데, 그 소식은 좋지 않다.

> 마침내 소식이 왔다—처참하게 부서진 보트가,
> 그 배에 탄 사람은 그들이 찾고 있던 사람을 제일 먼저 찾았다.
> 몇 사람은 피를 흘리고 있었고—모두가 처참했다—몇은—
> 어떻게 도주했는지 몰랐다—이게 그들이 아는 전부였다. (CO Ⅲ, 85-8)

마침내 콘래드가 탔던 배가 돌아왔다. 코세어의 이번 약탈은 실패였다. 코세어의 두목 콘래드는 이슬람 군주 파사 세이드에게 사로잡혀 탑에 감금되어 있고, 돌아온 나머지 코세어들은 부상당 한 채 처참한 몰골로 부서진 배에 타고 있다. 출항할 때의 의기양양하던 모습은 어디에서도 볼 수 없다. 아무도 콘래드의 운명을 모른다. 그 상황을 보는 순간 메도라는 모든 사태를 파악하였다. 그 순간 그녀는 강인한 정신력으로 자신을 지탱한다. 그녀는 아름다운 만큼 참으로 고상한 여성이다. 그녀가 콘래드를 위해 불러주었던 노래가 새삼스럽다. 그 노래에서 메도라는 자신의 비련과 죽음까지 노래하지 않았던가. 그 노래는 메도라—자신의 운명을 노래한 것이다.

파사 세이드는 코세어 콘래드와 매우 유사한 성격이다. 그는 구중궁궐 하렘에 앉아 생각에 잠겨있다.

> 높은 방 구중궁궐 하렘에 앉아서
> 엄한 세이드는, 여전히 포로의 운명을 생각하고 있었다.
> 그의 생각은 사랑과 증오 사이를 오락가락하면서,
> 걸네어를 생각하다가, 그리고 콘래드의 감방을 생각하였다. (CO III, 131-34)

콘래드는 세이드의 탑에 갇혀 있고, 세이드는 자신의 높은 구중궁궐에 앉아 있다. 세이드의 생각이 사랑과 증오 사이를 오락가락하면서 오달리스크 걸네어와 감방에 갇혀 있는 콘래드를 번갈아 생각한다. 세이드는 걸네어의 사랑이 자신에서 콘래드로 넘어간 것을 본능적으로 감지한다. 그래서 자신의 승리에 대해서 논리적이고 이성적인 판단을 거부하며 심지어 콘래드의 전리품 더미도 거절한다(CO III, 145-46). 그에게 문제가 되는 것은 자존심의 문제이지 전리품의 문제가 아니기 때문이다.

걸네어는 탑에 갇혀 있는 콘래드를 풀어주려고 세이드를 설득하려 하지만, 그는 단호하다.

> 허나 난 내 지배력 안에, 그놈이 묶여 있는지 알고 있다.
> 그리고, 난 복수에 목말라, 가장 긴 약탈, 그리고 최근 살해의 고통을 여전히 생각하고 있다. (CO Ⅲ, 160-62)

세이드는 콘래드를 사로잡아 자신의 탑에 가두어 두고 있으면서도 그것만으로 만족하지 못한다. 그는 여전히 복수에 목말라한다. 콘래드가 그만큼 증오스럽다는 뜻이다. 콘래드는 먼저 데르비쉬 복장으로 가장하고 파사 세이드를 속인 적이 있었다. 그리고 이번 약탈은 길었고 살해는 고통스러웠다. 더구나 걸네어가 콘래드의 팔에 안겼다는 사실에 세이드는 더욱 마음이 편치 않다. 그 여파에서 아직 벗어나지 못한 상태에 있는 세이드를 향해 콘래드의 목숨을 놓고 협상을 벌이는 걸네어의 용기는 사랑에서 나온다.

> '아니에요, 세이드!—전 당신의 분노를 진정시키려는 게 아니에요.
> 자비를 위해 누그러뜨리기에 너무 화가 나셨기에,
> 제 생각은 오직 당신의 안전뿐
> 그의 부—그렇게 풀어주면, 그는 자유롭지 않잖아요.
> 그의 힘과 무리에서 반은 빠졌으니, 불구가 되어,
> 그의 감금은 당신의 첫 명령을 기다릴 수밖에 없잖아요.' (CO Ⅲ, 163-68)

걸네어는 콘래드의 석방을 놓고 세이드와 한판 협상을 벌인다. 그것은 걸네어 자신의 목숨을 걸어야하는 협상이다. 걸네어는 세이드의 안전을 제일 우선으로 생각한다고 한다. 하지만 그녀가 협상에 임한 조건은 세이드를 설득할 정도의 힘을 발휘하지 못한다. 세이드와 데르비쉬의 만남을 기억한다면, 세이드는 결코 만만한 상대가 아니다. 그는 걸네어의 마음을 꿰뚫어 보고 있으며 그녀의 계획을 손바닥 보듯이 환히 알고 있다. 세이드가 데르비쉬로 가장한 콘래드를 심문할 때 해와 별자리에 대한 예리한 질문을 떠올리면, 걸네어가 세이드를 설득하려는 노력이 오히려 우둔해 보인다. 세이드는 이미 걸네어의 생각을 간파하고 그녀를 믿지 못한다.

> '여자여! 난 그대를 믿지 않소, 그리고 그대의
> 모든 말은 모든 의심에 진실로 각인을 찍소.
> 저기 세라이에서 불 속을 헤치며 그의 팔에 안겼던—
> 말해보라, 그와 함께 도주하려고 머뭇거리지 않았는가?
> 그대는 대답할 필요가 없다—그대의 고백이 말하고 있다.
> 그대 죄의식에 이미 뺨을 붉히니,
> 아름다운 귀부인이여, 자신을 생각하라! 그리고 조심하라.
> 그건 그 작자의 목숨만을 요구하지 않는다는 것을!' (CO Ⅲ, 178-85)

별자리와 해 뜨는 방향을 묻는 세이드의 질문에 대답하지 못해, 콘래드는 자신의 데르비쉬 위장이 실패하였다. 그 결과 그는 파사 세이드의 탑에 갇혀 있는 것이다. 걸네어도 세이드와의 협상에 실패한다. 세이드가 조목조목 따지듯이 걸네어의 현재 심정을 분석하는 데 그녀는 대답할 말을 잃는다. 세이드는 걸네어가 코세어의 팔에 안긴 것만으로도 이미 그녀의 정절을 의심한다. 그녀는 세이드를 '나의 파사' '나의 주인'(CO Ⅲ, 148)이라며 파사가 자신에게 어떤 의미를 지닌 사람인지 강조한다. 그녀 스스로 파사의 소유물이며 파사의 노예라고 고백한다. 하지만 그녀의 고백도 그녀의 아름다움도 세이드를 설득하지 못한다. 세이드는 걸네어가 코세어 콘래드의 팔에 안겨서 불 속을 통과했던 걸 기억하면서 이미 그녀의 사랑이 자신의 곁을 떠났다는 걸 느끼고 있다. 남자만이 감지할 수 있는 감정이다. 세이드가 요구하는 것은 콘래드의 목숨만이 아니다. 그는 '그대의 방자한 날개를 자를 수 있다는 것을 알라?'(CO Ⅲ, 191)면서 걸네어의 생명도 자를 수 있다는 걸 암시한다.

걸네어는 세이드의 소유물인 하렘의 오달리스크다. 하렘은 여성을 남성으로부터 격리하는 이슬람식 제도다. 여성을 공적인 생활에서 격리하는 이슬람 관습은 남들에게 남성의 지위를 과시하기 위함이다. 남성의 권위는 자신과 연관된 여성이면 누구든 다른 남성이 성적 환상의 대상으로 삼지 못하게 막는 능력에 달려있다고 생각한다.[33] 여성의 관능성은 19세기 제국의 시대를 맞이하여 식민지라는 타자가 추가되면서 식민지의 창녀 혹은 직접적인 외설을 지시하는 기호로 확장되는 특징이 있다.[34] 관능성의 대상으로 최적화된 하렘의 여성들은 백인 남성들의 시선 아래 불평등한 관계 구조 안에 존재할 수밖에 없는 타자들이다. 이는 오달리스크를 유럽의 백인 남성들의 성적 판타지 대상으로서 남성 심리를 투사하여 묘사된 점에 초점을 맞출 수 있다는 뜻이다. 서양이 칭하는 오리엔트 일반에 대한 이러한 정의는 왜곡과 굴절의 스펙트럼으로 바라본 것이다. 그것은 공포의 이슬람과 베일에 싸인 하렘의 여성들에 대한 '일종의 일반적인 선입견'으로 볼 수 있다. 특히 낭만주의 시대 유럽 대중은 문학작품을 통하여 유럽과 전혀 다른 오리엔트 문화에 눈을 뜨게 되었다. 작가들은 작품에 일관되게 오리엔트를 신비하고 정적이며, 이국적이고 에로틱하게 그려냄으로써 오리엔트를 거의 '성적인 해방과 환상'을 품게 하는 곳으로 설정한 것도 사실이다.[35]

파사 세이드는 비록 그것이 코세어의 약탈이라고 하나 걸네어를 다른 남자로부터 완전히 격리하는 데 실패하였다. 더구나 걸네어는 남자의 팔에 안겨 구출되었다. 여기서 세이드의 걸네어에 대한 불신은 두 가지 관점에서 살펴볼 수 있다. 먼저 걸네어는 다른 남성, 콘래드의 팔에 안김으로써 그에게 성적인 환상을 불러일으켰을 수도 있었다는 점이다. 다음은 세이드가 걸네어를 다른 남자로부터 완전하게 차단하지 못했기 때문에 그의 능력에 심한 도전을 받았다는 점이다. 그래서 파사 세이드는 걸네어를 믿지 못할 뿐 아니라 남성으로서 자신의 명예와 자존심에도 손상을 입었다고 생각하는 것이다.

한편, 콘래드는 세이드의 감옥에 갇혀 불안한 나날을 보내고 있다. 그는 바다를 누비며 약탈을 자행했던 코세어였다. 광대무변한 바다를 상대했던 그에게는 국경이 없었다. 그런데 지금 그는 좁은 탑 속에 갇혀 있다.

> 그동안—오랜 근심—지쳤고—여전히—똑같이
> 낮과 밤이 굴러갔다—그의 영혼은 공포를 길들일 수 있었다—
> 의심과 두려움 사이의 이 공포,
> 매시간이 죽음보다 더한 운명을 만들 때,
> 매 발자국이 문에서 메아리칠 때,
> 도끼와 말뚝이 기다리고 있는 곳으로 끌려가리라.
> 매 목소리가 그의 귀를 파고들 때
> 그것은 그가 마지막으로 듣는 것이리라. (CO Ⅲ, 207-14)

콘래드는 두려움이나 무서움을 모르는 코세어 우두머리였다. 그에게 죽음에 대한 두려움은 없었다. 그런데 탑의 좁은 감방에 갇혀 있으면서 시시각각 생각이 변하고 들려오는 작은 소리에도 몸을 떤다. 의심과 두려움 사이를 오락가락하며 공포에 떨며 도끼와 말뚝이 기다리는 곳으로 끌려가는 것을 상상한다. 그것은 망나니가 휘두른 칼에 목이 잘리는 형벌이다. 들려오는 소리마다 그것은 그에게 마지막 소리처럼 들린다. 두려움과 불안 속에서 그는 걸네어를 초조하게 기다린다. 그것은 메도라가 콘래드를 기다리는 것처럼 피 말리는 기다림이다.

코세어는 처절할 정도로 비참한 상태에 빠져 있다.

> 첫날이 지났다—그는 그녀를 보지 못했다—걸네어를—
> 둘째—셋째—그리고 여전히 그녀는 그곳에 오지 않았다—
> 하지만 그녀가 맹세한 말, 그녀가 했던 매혹이
> 없었다면 그는 또 다른 태양은 보지 못하리라.
> 넷째 날이 흘렀고, 그리고 밤과 함께
> 뒤섞인 힘으로 폭풍과 어둠이 왔다. (CO Ⅲ, 244-49)

넓은 바다와 좁은 감옥은 강한 대조를 이룬다. 그 대조는 콘래드를 자유와 구속의 두 공간에 둠으로써 그 역할의 이중성을 암시한다. 그 역할의 이중성은 과거는 바다를 누비며 마음껏 자유를 누렸던 제국주의 지배 담론이었다면 지금은 좁은 공간에 갇힌 피지배 담론이 된다. 콘래드가 좁은 공간을 벗어나 피지배 담론을 해체할 희망은 거의 없어 보인다. 걸네어가 유일한 희망이다. 그는 걸네어가 맹세한 말, 그녀의 매혹적인 행동을 생각해본다. 그녀가 약속했던 행동을 하지 않는다면 그는 두 번 다시 태양을 보지 못할 것이다. 목숨이 경각에 달린 콘래드는 걸네어를 간절히 기다린다. 걸네어만이 그의 생명을 구해줄 유일한 희망이기 때문이다.

한밤중 드디어 발걸음 소리가 들린다.

> 자정이 지났다—그러자 육중한 문에
> 가벼운 발걸음이 왔다—멈췄다—다시 한번 움직였다.
> 천천히 창살 빗장과 골난 열쇠를 돌렸다.
> 그의 가슴이 기대했던 대로였다—아름다운 그녀!
> 그녀의 죄가 무엇이든, 그녀는 그에게 수호성인이었다.
> 그리고 은둔자의 희망을 그릴 수 있을 만큼 그녀는 여전히 아름다웠다.
> 하지만 지난번 이후 그녀는 변해서 감방에 왔다.
> 그녀의 볼은 더 창백해졌고, 몸은 더 떨고 있었다. (CO Ⅲ, 270-77)

가벼운 발걸음 소리가 들리는 건 자정이 넘은 한밤중이다. 발걸음의 주인공은 걸네어였다. 콘래드의 기다림은 절박하였다. 그의 절박함에 대답하듯 그녀가 마침내 왔다. 걸네어의 죄가 무엇이든 그에게 그녀는 수호성인이다. 그녀 도움 외에 콘래드가 이곳을 빠져나갈 희망은 없다. 걸네어는 여전히 아름다웠지만, 지난번에 왔을 때와 달리 변해있었다. 그녀의 볼은 더 창백하였고 몸마저 떨고 있었다. 이런 그녀를 보고 콘래드는 걸네어가 자신을 구하려고 왜 죽음의 위험을 무릅쓰는지 알고 싶어 이렇게 묻는다. '왜 범법자의 생명을 구하려는지?'(CO Ⅲ, 284). 걸네어는 '당신이 노예보다 더 못한 운명에서 나를 구해주지 않았나요?'(CO Ⅲ, 289)라고 되묻는다. 콘래드가 불구덩이에서 자신을 안고 구해주었을 때, 걸네어는 콘래드의 범죄에도 불구하고 그의 팔 안에서 진정한 사랑을 깨달았다. 걸네어는 콘래드에게 메도라가 있으며 그녀를 사랑하고 있다는 사실을 알고 있다(CO Ⅲ, 297). 그래도 그녀는 콘래드를 사랑한다.

걸네어는 콘래드를 사랑하지 않을 수 없었을 것이다. 두려움에서 불 속에서 구해졌을 때는 고마움으로, 그리고 콘래드가 그녀 자신 때문에 사로잡혀 감옥에 있을 때는 연민으로, 그리고 마침내 사랑으로 발전한 것이다. 그래서 그녀는 이렇게 말하는데, 그것은 콘래드를 만난 후 이제까지의 심경의 변화를 요약해서 하는 말이다.

> '당신이 두려웠어요—당신이 고마웠어요—가여워요—미치도록—사랑했어요.' (CO Ⅲ, 295)

걸네어가 콘래드를 사랑하게 된 까닭은 단지 그의 손에 구출되어서가 아니다. 걸네어의 말에서 그녀의 사랑이 더욱 차원이 높은 곳에서 비롯된다는 사실을 알 수 있다. 그녀가 노예보다 못한 자신의 삶에서 구원받았을 때, 그것은 하나의 인격체로서 구원받았다. 코세어의 팔에 안겼을 때, 그녀는 사랑의 실체를 자각했으며, 그 사랑으로 인해 그녀는 여성 주체를 깨달았다. 그 사랑은 자유와 결합한 더 깊고 큰 사랑이다. 불타는 하렘에서 콘래드의 팔에 안겨 구출되었던 그 순간, 걸네어는 하렘 오달리스크라는 수동적인 자신의 조건을 받아들인 의식 없는 인물이 아니라, 자신의 조건에 강한 문제의식을 던지는 여성으로 변한 것이다.

걸네어가 콘래드를 구하는 용기는 진정한 사랑에서 나온다. 걸네어는 마음과 가슴, 사랑과 결합한 자신의 힘을 '파사가 가장 약할 때'를 기다려 그를 '위로해주는 힘'(CO II, 300-1)으로 바꾸어 세이드의 포로가 된 콘래드의 사슬을 끊기로 하였다. 그녀에게 세이드는 '증오하는 독재자'(CO Ⅲ, 319), '압제자 세이드!'(CO Ⅲ, 356)일 뿐이다. 그런 세이드를 걸네어는 사랑한 적이 없었다.

> '나는 절대 사랑하지 않았어요—그가 나를 샀죠—좀 비싼 값으로—
> 그가 살 수 없었던 마음은 나와 함께 따라왔죠.
> 난 불평할 수 없는 노예였어요.' (CO Ⅲ, 329-31)

여기서 걸네어는 성숙한 여성의 주체적 정감을 보여준다. 걸네어는 자신이 노예로 팔려온 몸임을 알고 있다. 그리고 그녀는 비록 자신의 몸이 팔려 왔지만, 그 몸과 함께 와야만 했던 마음은 팔려오지 않았다고 한다. 세이드는 자신의 마음을 사지 않았고 살 수도 없었다. 세이드는 걸네어의 몸만 구매한 셈이다. 걸네어는 세이드가 몸의 주인은 될지언정 그녀 마음의 주인은 될 수 없다고 말한다. 짧은 걸네어의 이 말에서 그녀가 지금 주체적 여성으로 변모하고 있다는 사실을 알 수 있다. 그뿐만 아니라 그녀는 진정한 사랑의 성격을 규명하고 있다.

이 지점에서 걸네어는 타자의 공간에서 주체적 공간으로 들어가 주체적 자아를 완성한 것이다. 그녀에게서 '주체/타자'의 경계뿐만 아니라 '남성/여성'의 경계도 무너진다. 이렇게 걸네어는 이분법적 경계 허물기에서 핵심적인 역할을 한다. 그녀의 경계 허물기와 격정적 자아 표현은 비록 그녀가 하렘의 노예지만 바이런 히어로를 무력화시키는 강렬한 힘을 지녔기에 가능했다.[36]

'그러면, 저는 망령든 노인의 유희,
짜증이 사라질 때까지 견뎌야 하는 노리개가 아니고 무엇인가요?'
(CO III, 342-44)

걸네어는 자신을 '망령든 노인의 유희'와 짜증이나 달래주는 '노리개'가 아니라면 무엇인지 묻는다. 걸네어의 이 말은 놀라움을 주기에 충분하다. 진보적이고 전복적이다. 걸네어 자신은 영혼 없는 '노리개'가 아니었다. 자신이 노예인 줄 자각한 걸네어는 의식상 노예로 볼 수 없는 전복적인 힘을 가지고 있다. 오달리스크의 삶은 타자성과 수동성으로 이루어진 것 같았다. 그러나 걸네어는 감정 없이 수동적으로 오달리스크의 삶을 수용한 여성이 아니었다. 그녀는 드디어 자신의 주체에 대해 자각하기 시작하였고 자신의 여성적 주체를 회복하기 위한 단계에 들어선 것이다. 여성 주체를 획득한 걸네어는 이제 다시는 타자로서의 삶을 살 수 없다.

타자와 주체 담론은 정체성의 문제다. 정체성의 문제는 모든 물음에 앞서는 본질적 문제다.[37] 걸네이는 타자로 살 수 없는 자아 주체를 정의한 인물이 되었다. 정체성에 대한 정의를 내리지 못하는 한, 주체적 사랑은 불가능하다. 여성 주체에 대한 걸네어의 모색은 자신에 대한 인식의 변화를 가져왔다. 걸네어의 인식 변화는 주체적 행위로 그것은 용기의 훈장이고 지도력의 상징이다.[38] 그녀에 대한 이러한 평가는 이슬람 사회에서 지니는 여성 주체의 극단적 아이러니의 일면이다.

이슬람 사회에서 여성권리는 거의 무시되다시피 하는 것이 사실이다. 사회에서 여성의 역할에 대한 견해는 이슬람과 서구 사이를 구별하는 가장 분명한 예이며, 지적인 해명과 해체가 가장 필요한 쟁점이다.[39] 무슬림 여성은 목소리 없는 그림자 같은 존재이며 남성보다 열등한 존재다. 그렇다면 과연 무슬림 여성은 무슬림 남성보다 열등한 존재인가? 이슬람 경전 코란은 남녀를 차별하는가? 이 물음에 대한 답으로 이슬람 페미니스트들은 남성과 동등한 권리를 부여하지 않는 이슬람문화의 근원을 이슬람의 종교 교리에서 찾기보다 남성중심적으로 해석된 교리와 가부장적 관습과 전통에서 찾는다.

코란에 대한 이러한 가부장적 해석은 비판받아야 마땅하다. 젠더 문제에서 남성/여성, 영혼/육체, 이성/감성, 문명/자연과 같은 이분법적 해석은 그리스 문명관에서 영향을 받은 것으로, 코란에는 이러한 이분법적 사상이 없다. 코란은 남성과 여성이 '한 몸'a single Self에서 나왔기 때문에 동등하다고 본다. 하느님이 창조한 최초의 인간은 아담이지만 아담은 히브리어로 '흙으로 된'of the soil 것이란 뜻으로, 남성만을 지칭하지 않는다. 그것은 모든 인간을 지칭한다.[40] 코란에서 정의한 인간에 비춰보면 걸네어는 남성과 동등한 인간의 삶을 살았던 게 아니었다. 그녀는 여성을 극단적으로 타자화하는 오스만제국의 하렘 오달리스크의 삶을 살아왔던 것이다.

그래서 걸네어가 세이드를 '그 미운 전제주의자'는 '피를 흘려야만 한다'고 했을 때(CO III, 319), 이 말은 일견 정당한 것처럼 보인다. 하지만 그녀 역시 딜레마에 빠져 있다. 그녀가 세이드를 죽여서 구하고자 하는 것이 '범법자의 생명'(CO III, 284), 바로 코세어의 생명이기 때문이다.

그들은 만났다—그녀의 눈썹 위에—알 수 없는—관두자—
그녀의 서두르는 손은—단 한 점뿐이었지만 —
그 색은 그가 보았던 모든 것이었다. 그리고 두려워 물러섰다—
오! 희미하지만 분명한 범죄의 증언—그것은 피였다! (CO III, 414-17)

오랜 기다림 끝에 마침내 걸네어가 왔다. 결국에 그들은 만났다. 걸네어가 파사 세이드를 죽이고 콘래드를 구하려고 온 것이다. 그녀의 손에는 한 점의 어떤 흔적이 묻어있는데, 콘래드는 그것을 보는 순간 그것은 '한 점'의 '범죄의 증거'인 줄 알아차린다. 그 범죄의 증거가 그녀의 뺨에서 모든 '아름다움을 사라지게 하였다!'(CO III 425-27). 걸네어는 사람을 죽인 '살인자!'(CO Ⅲ, 463)가 된 것이다. 여기서 걸네어의 세이드 살해는 그리스 노예가 터키 압제자를 암살한 것으로, 그것은 자유를 위한 실천이다.[41] 이 실천은 물론 터키의 지배를 받는 그리스의 해방과 맞물리는 것이다. 걸네어는 오리엔트의 가부장적 억압과 가정생활에서의 아내역이라는 옥시덴트 개념을 모두 거부하는 인물이다.[42] 걸네어는 여성과 관련한 동서양의 개념을 모두 거부함으로써 제3의 담론을 형성하는 힘으로 작동할 여지를 보여준다.

반면, 콘래드는 걸네어의 세이드 살해에서 자신의 범법 행위를 보았기 때문에 놀란다. 그녀의 살해에서 자신의 범죄 행위의 투영을 보고 콘래드는 자신도 모르게 두려움에 뒷걸음친 것이다. 걸네어는 파사 세이드의 노예였는데, 그녀의 사랑은 '자유'와 함께 하면서 그것은 콘래드를 유혹하는 '금단의 열매'가 된다.[43] 콘래드 역시 '자유'(CO II, 869)를 외쳤던 코세어였다. 그에게 '자유'란 말은 자아 정당화이며 심한 아이러니로 작용한다.[44] 이는 결국, 콘래드, 걸네어,

그리고 세이드를 같은 인물로 만듦으로써 걸네어의 세이드 살해로 가능했던 코세어의 자유는 죽음보다 못하게 된다.[45]

걸네어는 계속해서 콘래드를 '코세어'라고 부르면서 그가 해적임을 상기시킨다. 해적과 자유의 상반된 가치를 반영하는 코세어의 진정한 역할은 지배 담론에 대한 딜레마를 상징한다.[46] 그러므로 콘래드는 걸네어의 모습에서 자신의 딜레마를 보았으며, 그가 움츠린 것은 자신 범죄의 투영에 대한 반응이였다. 바이런의 시에서 여주인공들은 남자 주인공들의 정신을 반영하는데 걸네어는 콘래드의 또 다른 자아를 반영한다.[47] 걸네어와 콘래드 두 인물은 서로의 '대역'double으로,[48] 걸네어가 주체적으로 바뀌면 반대로 콘래드는 수동적으로 변해 두 인물은 시소게임처럼 서로에게 서로를 투영한다.

> '걸네어!'—하지만 그녀는 대답하지 않았다—'사랑하는 걸네어!'
> 그녀는 눈을 들었다—그녀의 유일한 대답이 그곳에 있었다—
> 순간 그녀는 그의 품 안에 무너졌다. (CO III, 541-43)

이 장면은 참으로 감동적이다. 두 사람의 포옹은 참으로 아름답다. 걸네어는 콘래드에게 눈으로 말한다. 그녀의 시선이 콘래드를 사로잡으며 그의 물음에 응답한다. 그리고 그의 품 안에 무너진다. 콘래드는 걸네어를 보내고 싶어 하지 않는다. 두 사람은 뜨겁게 포옹하며 키스한다. 이 장면은 의심할 바 없이 전체 이야기의 전환점, 즉 소위 말하는 '급전'peripeteia이다. 이 순간 담론이 구사하는 힘의 축은 콘래드에서 걸네어로 완전히 옮겨간다. 콘래드는 하렘의 불 속에서 걸네어의 목숨을 구해주었고, 걸네어는 세이드를 살해함으로써 콘래드를 목숨을 구해주었다. 그녀는 목숨에 목숨으로 보답한 것이다. 걸네어는 콘래드를 위해서 세이드를 죽였고, 콘래드는 그녀가 자신을 위해서 세이드를 살해한 것을 안다. 이제 두 사람은 연대해야 한다. 그 연대는 목숨을 희생으로 바친 사랑이기에 강력하다. 걸네어와 콘래드의 관계는 서로의 생명을 구해 준 생명을 담보한 관계다. 그들의 사랑에는 생명이 개입됨으로써 쉽게 변질하거나 저버릴 수 없는 무언의 맹세가 포함된다. 그 사랑은 강한 결속력을 가진다. 그 결속력은 다음 작품인 『라라』에서 더욱 강화되어 순애보 사랑이 된다.

걸네어의 살인에서 권력의 이동이 일어나는데, 그것은 푸코의 미시적 관점에서의 권력 이동으로 볼 수 있다. 푸코는 모더니즘의 거시적인 관점에서 이해되던 권력 개념을 미시적인 관점에서 분석했다.[49] 다시 말해, 푸코는 정책 결정자가 행사하는 공식적인 권력의 개념을 해체하여 비공식적인 일상생활에서 행사되는 일반인들의 권력 관계에 관심을 두었으며 권력을 이들 간의 영향력 행사로 정의했다. '권력'power은 '권위'authority와 다르다. 권위란 단순히 어떤 특정한 결정을 할 수 있는 권리나 위계에 따라 다른 사람에게 명령하거나 다른 사람의 의사를 제어할 수 있는 능력을 뜻한다.[50] 반면, 권력은 타인을 지배하고 강제하며 복종시키는 힘이다. 걸네어와 콘래드 사이에서 일어난 권력 이동은 푸코식의 권력 이동이다. 이 권력 이동에서 콘래드는 걸네어의 권력에 복종해야 하며, 그것은 곧 콘래드 권력의 패배를 의미한다.[51] 그리고 사랑 이야기는 다시 지배에 대한 대항 담론으로 바뀐다. 콘래드에서 걸네어에게 이동한 권력은 콘래드에게는 종속을 의미하지만 걸네어에게는 거의 절대 권력을 의미한다.

서로의 생명을 담보 했던 걸네어와 콘래드의 사랑은 둘이서 키스를 할 때 절정에 이른다. 그들의 키스는 죽음과 사랑의 동시성을 가진다. 키스와 함께 죽음은 에로틱한 사랑으로 바뀐다.

> 심지어 메도라도 이렇게 아름다운 모습이
> 원하는 키스를 용서해 주리라.
> 허약함이 믿음에서 훔친 처음이자 마지막인—
> 사랑이 그의 숨결에 아낌없이 준 그 입술에,
> 그 입술에—그가 자신의 날개로 신선하게 날려버릴 때,
> 그 단속적인 한숨이 향기를 뿜었다! (CO Ⅲ, 549-54)

걸네어는 콘래드의 키스를 원한다. 이에 화답하여 콘래드가 생명을 구해준 그 입술에 신선하게 날개를 날리자 걸네어의 입술은 단속적인 한숨이 향기를 내뿜는다. 콘래드는 걸네어와 키스를 하면서 메도라에게 일말의 죄책감을 느끼지만 메도라도 이 순간에 이 같은 키스는 용서해주리라 믿는다. 그 키스는 처음이자 마지막이며 사랑의 숨결을 아낌없이 준 키스이기 때문이다. 그러므로 그 같은 상황에 임하여 어떤 행동을 취하는가는 그 사랑을 판단하는 중요한 증거가 된다. 그리고 그 순간 걸네어와 콘래드의 사랑은 한 점의 불순한 동기가 없는 순수한 사랑의 일치를 의미한다.

일반적으로 페미니즘은 성sex과 젠더gender를 구분한다. 성은 생물학적 관점에서 선천적으로 남녀를 구분하는 개념이라면 젠더는 교육과 학습을 통한 후천적으로 습득한 문화적 성별 개념이다. 가부장제 틀 안에서 남성 중심적 사회화 과정은 남성 우월/여성 열등의

이분법으로 고정되었다. 하지만 젠더 맥락에서 걸네어는 콘래드와 똑같은 환경에서 남성성의 속성을 지니게 되고, 콘래드는 걸네어의 속성을 이어받아 여성성의 속성을 지니게 된다. 그러므로 젠더는 고유한 속성이 아니라 상황과 조건에 따라 변화하는 특징이 있는 것이다. 젠더적 속성의 변이는 『라라』의 '남장한 여자' 칼레드Kaled에서 변치 않고 살아나 보다 구체화된다.

걸네어는 이제 스스로의 주체성을 구축한 지배 담론의 한 형태로 성장했다고 볼 수 있다. 걸네어와 함께 콘래드가 돌아온 곳은 메도라의 품인데, 그가 돌아왔을 때 탑에서 그녀의 흔적은 보이지 않는다.

> 횃불 위와 내실에서 흘러나오는 등불은 높았고,
> 그리고 그 가운데 콘래드는 메도라의 탑을 찾았다.
> 그는 찾지 못했다—이상하다—그리고 모든 걸 알 수 있었는데,
> 많은 것들 가운데, 그녀 것만이 어두웠다.
> 이상하다—전에는 결코 환영을 안 한 적이 없었는데,
> 지금은 아니다, 아마도, 불을 끄고, 베일로 가렸겠지. (CO III, 567-72)

예전에 콘래드가 돌아왔을 때, 메도라는 한 번도 환영을 거른 적이 없었다. 그러나 지금은 사방에서 높게 줄줄이 늘어선 등불 한가운데 단 하나의 탑에만 등불이 없다. 메도라의 등불만이 꺼진 채 그녀의 탑만 어두웠다. 수많은 귀환 때, 그녀의 탑을 바라보는 콘래드의 눈에 멀리서부터 그 등불은 환영하는 메시지를 전해준 빛이었는데, 오늘 밤에는 그 빛이 보이지 않는다. 콘래드는 메도라가 불을 끄고 베일로 창을 가렸을 거라고 말하며 위안으로 삼는다. 조심스럽게 메

도라의 침실에 들어섰을 때, 콘래드는 믿을 수 없는 광경을 본다.

> 그의 걸음이 침실에 이르렀다—그의 눈이
> 그의 마음이 믿을 수 없는 모든 것을 보았다—그러나 예감했던 광경!
> (CO Ⅲ, 597-98)

콘래드는 망설이면서 반신반의하며 침실에 들어섰는데, 그의 눈 앞에 믿을 수 없는 광경이 펼쳐져 있다. 메도라가 죽어있었다. 콘래드의 눈은 생각하지도 못했던 것을 본 것이다. 그가 이제까지 바친 모든 노력이 헛수고가 된 것이다. 콘래드는 걸네어의 사랑을 얻었음에도, 끝내 메도라의 사랑 없이 살아가게 되리라는 사실을 깨달았고, 그것은 어쩌면 예감했던 것일 수 있다. 메도라의 죽음 앞에 콘래드의 행동은 담담하다. 오히려 초연하다. 그의 반응은 메도라가 콘래드의 부재에 보였던 반응과 똑같다.

> 그는 몸을 돌리지 않았다—말하지 않았다—무너지지 않았다—
> 시선은 고정한 채로. (CO III, 599)

콘래드는 메도라의 주검을 보고도 몸을 돌리지도 않았으며 아무 말도 하지 않았고 무너지지도 않았다. 시선만은 메도라의 주검에 고정한 채였다. 그것은 결연한 의지의 모습이다. 메도라의 죽음은 그의 반응에 맞춰 더욱 극적인 것이 되며, 삶과 죽음의 대립은 한층 더 첨예하게 부각 된다. 이 같은 죽음의 극화는 메도라의 죽음 이미지에 대한 강조로 이어진다. 메도라의 죽음에는 자아의 개별성과 사랑하는 환희에 대한 자의식이 표현되어 있다. 죽음의 이미지는 자신의 살아온 인생이며 각별하게 사랑하고 아낀 것들의 이미지와 강하게 대비된다. 메도라에게 죽음의 순간은 가장 강력한 자의식의 순간이며, 그것은 콘래드에 대한 사랑의 절정을 느낀 순간이었을 것이다.

> 생명 자체에서 그녀는 너무 조용했고 아름다웠으며,
> 상냥한 모양으로 죽음이 그곳에 시들고 있었다.
> 그리고 차가운 꽃이 그녀의 더 차가운 손에 쥐어져 있으며,
> 그 마지막을 부드럽게 잡고 있었는데
> 마치 그녀가 거의 느끼지 못했을, 하지만 잠을 가장한 듯,
> 그리고 우는 걸 조롱하는 듯하였다.
> 길고 검은 속눈썹이 눈雪 같은 눈까풀 테를 둘렀으며,
> 그리고 베일로 덮었다— (CO Ⅲ, 603-10)

생명이 사라진 메도라의 주검은 조용하고 아름답다. 그곳에 죽음이 상냥하게 시들고 있었다. 그녀가 쥐고 있는 차가운 꽃은 더 차가운 손에 쥐어져 있다. 그녀는 잠을 자는 듯하다. 메도라는 '오리엔트 이야기' 중에서 오리엔트 가부장 제도에 희생되지 않은 유일한 여주인공이다.[52] 메도라가 이국적 배경을 한 부르주아적 이데올로기의 표상인 점에 주목하게 되면,[53] 그녀는 오리엔트 가부장제의 희생물이 아니라 옥시덴트 지배 담론의 희생물이다. 메도라의 죽음은 사랑을 위해서 죽은 것으로 그것은 심리학적으로 코세어의 신화를 충족시킨다. 그의 신화는 사랑과 죽음의 화해다.[54] 사랑과 죽음의 화해는 메도라의 죽음 안에서 이루어진 것이다. 이러한 해석은 작품 전체

를 사랑의 담론으로 읽게 하는 동시에 이슬람 가부장제와 제국주의 이데올로기의 대립, 즉 공존할 수 없는 동서양의 대립이 메도라의 죽음 안에서 하나가 되는 것을 의미한다. 그것은 두 문명의 화해였다.

메도라의 죽음은 예상치 못한 운명으로 작동하여 콘래드와 걸네어는 그리스 비극의 주인공처럼 운명의 지배에 무릎을 꿇어야만 한다.[55] 메도라의 죽음으로 콘래드는 연인에서 살인자로 변한 걸네어에게서 도주할 수 없다. 여기서 젠더 문제는 더욱 심화 되어 여성의 남성, 남성의 여성으로 뒤바뀐다. 걸네어는 콘래드의 성격에 잠재되어 있던 억압된 여성성의 해방이라면 매도라는 억압된 여성성의 투영이다.[56] 이렇게 콘래드의 내면에 억압과 해방을 동시에 가짐으로써 여성은 남성 인물의 투영임을 확실시한다.

콘래드는 강함을 가장한 가장 여린 남성이다. 그는 자신을 지키려 안간힘을 쓴다.

> 이제는 너무 허약해서—그 거친 눈에 어머니의
> 부드러움이 스며들어, 마치 갓난아기의 울음 같은
> 그렇게 고통을 표현하지 않고 고백하는 게,
> 그게 바로 그의 정신의 약점이었다. (CO III, 648-51)

이제 콘래드는 갓난아기처럼 무력한 인간으로 변했다. 걸네어의 살해와 메도라의 죽음이라는 두 개의 대조는 변증법적으로 걸네어가 메도라를 죽였으며 메도라는 자신의 죽음으로 콘래드를 구한 것이 된다. 메도라의 죽음 앞에 코세어의 나약한 성격이 숨김없이 드러난다. 이제 그는 어머니 같은 부드러움, 갓난아기의 울음처럼 허약한 정신으로 변했다. 걸네어의 살해는 범법행위이며 메도라의 죽음은 그것을 책망하는 무언의 증언이다. 그것은 사랑의 변증법을 극화한 한 형태다.

『코세어』의 이 같은 결말에서 사랑의 비극을 논할 수도 있겠으나, 이 작품 전체에서 콘래드가 했던 해적 행위를 상기하면, 그의 부드러움과 아기 같은 울음은 바로 그의 치명적인 약점이며, 패배한 담론으로 볼 수 있다. 걸네어와 메도라 사이에서 보여주는 콘래드의 역할은 이율배반적이다. 걸네어는 자신을 구해 준 콘래드를 통해 자유와 사랑을 새롭게 체험하였고 그를 위해서 파사 세이드를 살해하였다. 그 결과 둘은 사랑에 빠졌고 메도라는 그들이 첫 키스를 하는 순간에 죽었다. 메도라의 죽음은 남성화된 걸네어와 함께 이야기의 다음 작품에 등장할 『라라』에서 남장한 여자 칼레드가 이어받는다. 걸네어와 칼레드는 '오리엔트 이야기'에서 자신들의 모험에서 생존하는 인물이며 감상적인 페이소스를 자아내지 않는 인물이다.[57]

역사상 '코세어'는 영국, 프랑스, 스페인 등 주로 그리스도교 국가를 공격하고 백인을 잡아 노예화한 전력이 있다.[58] 그러나 작품에서는 이를 바꾸어 코세어를 영국 해적, 제국주의, 옥시덴트로 이어지는 동시대 서구 열강들의 지배 담론에 대한 암호로 본다.[59] 이러한 해석은 의미심장하다. 암호는 해독해야 하는데, 해적 코세어에 함의되어 있는 암호는 쉽게 해독되지 않는다. 한 가지 분명한 사실은 시인이 노예제도에 대해서 극도의 혐오감과 반감을 나타냈다는 점이다.[60] 이러한 지적은 걸네어와 콘래드의 행동에서 '지배/피지배', '지배/저항'이 동전의 양면 같은 성질을 가졌다고 볼 수 있기 때문이다.

이 모든 것이 덧없다—달이 밀려오고 밀려간다.
그래도 콘래드는 오지 않는다—그날 이후로 오지 않았다.
흔적도 없이, 그의 운명의 소식도 없이
어디에서 그의 비탄이 사는지, 또는 그의 절망이 사라지는지!
그의 옆에서 슬퍼할 수 없었던 부하들은 오랫동안 그를 애도하였다.
그리고 그들은 그의 신부를 위해 아름다운 기념비를 세웠다.
그를 위해서는 기록한 돌은 세우지 않았다—
그의 죽음은 의심스러웠고, 너무 널리 알려진 행위들,
그는 코세어 이름을 다음 세대에 남겼고,
하나의 미덕, 그리고 수천의 범죄에 연루되었다. (CO Ⅲ, 687-96)

작품은 이제 결말에 이른다. 사랑과 증오, 질투와 자존심, 죽음과 살인 등 모든 욕망을 뒤로하고 남은 것이 하나도 없다. 인간 욕망의 덧없음만 남는다. 욕망의 허망함과 인간 존재의 허무함이 작품을 압도한다. 모두가 흔적 없이 사라진다. 코세어 콘래드와 오달리스크 걸네어의 짧고 아름다운 그러나 격정의 사랑을 뒤로하고 모든 이야기는 끝난다. 달이 달을 밀어내듯이 세월은 그렇게 흐른다. 콘래드가 사라진 흔적은 아무 곳에도 없다. 죽었다고 추측하지만 확실치는 않다. 코세어들은 아름다운 기념비를 세워 메도라를 애도하였다. 메도라는 콘래드의 영혼을 쉬게 하는 '행복한 가정의 노예'였다. 그녀가 '가정의 천사'로 해적 소굴을 지키고 있었기에 콘래드의 모험이 가능했다.

콘래드와 걸네어의 사랑도 메도라가 있었기에 가능했다. 메도라가 죽음으로써 콘래드와 걸네어의 짧았지만, 불꽃처럼 격렬했던 사랑은 일시에 차갑게 식어버리고, 그들은 작품의 무대에서 사라진다.

코세어 부하들은 사라진 콘래드를 위해 애도는 하였지만 어떤 비문이나 비석은 세우지 않았다. 코세어 콘래드의 이름은 다음 세대를 위해서 그냥 남겨두기로 하였다. 그 이름은 하나의 미덕과 수천의 범죄에 연루된 이름이기 때문이다. 하나의 미덕은 콘래드가 메도라를 사랑한 것이었다면, 수천의 범죄는 콘래드가 저질렀던 바이런 히어로에서 유래하는 알 수 없는 수수께끼 같은 범죄일 것이다.

III

『코세어』는 여성 주체가 승리한 것으로 볼 수 있는 작품이다. 하지만 여성 주체의 승리 이면에는 또 다른 여성의 생명이 희생되었기 때문에 그것은 완전한 승리로 볼 수 없는 한계가 있다. 코세어 콘래드는 세이드의 궁전 침탈과 약탈이 목적이었다. 그는 용케 하렘까지 쳐들어갔는데, 그곳에서 그는 여자의 비명을 듣게 된다. 약탈품 중에 우연히 걸네어가 있어서 그 우연이 필연적 사랑으로 이어진다. 콘래드의 팔에 안겨 불타는 하렘의 궁전을 헤쳐 나올 때, 걸네어는 참사랑에 눈을 뜨게 된다. 콘래드의 팔에 안겼던 그 순간 그녀는 생각하는 존재, 행동하는 존재로의 변신을 경험한다. 그것은 주체적 여성의 자의식일 것이다.

이를 계기로 걸네어는 콘래드와 사랑에 빠지는데, 이 사랑에는 자유가 포함되었다. 하지만 그 사랑은 순조롭지만은 않았다. 콘래드가 걸네어를 구하려다 오히려 높은 탑에 갇히게 된 것이다. 걸네어는 콘래드를 구출하기 위해 세이드를 죽인다. 그녀의 살해는 사랑을 위해 세이드를 죽이고 스스로 영혼 없는 노리개가 되기를 거부하려는 두렵지만, 주체적 행동의 실천이었다. 콘래드가 세이드를 죽이지 못했을 때, 걸네어는 맥베스 부인처럼 단호하게 파사 세이드를 죽인다. 그녀가 세이드를 죽이고 얼굴에 피를 묻힌 채 콘래드에게 돌아오자, 콘래드는 걸네어의 살인한 손, 피 묻어있는 그녀의 얼굴을 보고 오히려 두려움을 느낀다.

걸네어의 세이드 살해에서 사랑의 로망스는 다시 한번 반전한다. 콘래드가 걸네어와 함께 코세어 본거지로 돌아왔을 때, 순종적이고 사랑했던 아내 메도라가 싸늘한 주검으로 변해있었다. 절묘하게도 걸네어가 세이드를 죽이는 바로 그 순간에 메도라가 죽은 것이다. 메도라는 옥시덴트 여성임에도 불구하고 주어진 계층에 고정된 채 오리엔트 사회가 강요하는 성 이데올로기를 반영하는 인물이기 때문에, 그녀를 통해 그 문화가 열망하는 이상뿐 아니라 그것이 안고 있은 불안감 또한 통찰할 수 있다. 특히 그녀의 탑은 역사·문화적으로 생산된 범주로서 여성 공간이 여성성과 오리엔트에 대한 다양한 담론을 유도하는 특징이 있다.

바이런은 '코세어'를 통해서 서구 지배 담론을 비판하는 동시에 세이드를 통해서 가부장적 전권을 행사하는 오리엔트 내부의 지배 담론의 형성과 그 독재에 대해서도 매서운 비판을 가한다. 이는 지배 담론에 대한 지배 담론의 비판이 되는 것이다. 시인이 서양과 동양, 그 어느 담론에도 편향성을 드러내지 않는 해석자의 태도를 보인 것은 그의 엄정한 지배 담론에 대한 비판의식의 발로로 볼 수 있다.

이 비판의식은 걸네어와 콘래드 사이의 정치적 역학을 제시하는 것으로 대단히 편리한 알레고리면서도 젠더 정의를 지나치게 인위적으로 만드는 경향도 간과할 수 없다. 그것은 걸네어와 콘래드, 메도라와 콘래드의 관계에서도 마찬가지로 도식적으로 제시된다. 오히려 작품은 걸네어를 통해 독립적이고 주체적인 여성성을 드러내는 데에 의의를 찾을 수 있다. 표면적으로 작품은 코세어 콘래드와 이슬람 군주 세이드의 오달리스크 걸네어의 아주 짧은 그러나 격정적 사랑 이야기다. 하지만 그들의 사랑 뒤에는 세이드와 메도라의 죽음이 있었다. 두 죽음은 공교롭게도 절대 권력의 지배와 종속적 피지배의 죽음이 됨으로써 그 안에서 담론이 와해하여 또 다른 담론을 형성하게 된다. 또 다른 담론의 형성 주체는 걸네어의 여성 주체가 된다.

걸네어는 세이드의 하렘 오달리스크였지만 마음과 정신은 세이드에게 종속되지 않았다. 그녀는 오달리스크라는 운명을 숙명처럼 받아들이며 자신을 망령든 노인의 '노리개'라고 스스로 비하한다. 그렇다고 해서 그녀가 세이드의 수동적인 노리개라고 생각할 수 없다. 그녀는 자신의 신분이 의미하는 바를 충분히 알고 있었기에 세이드의 총애와 오달리스크의 호사를 누리면서도 세이드를 사랑할 수 있는지를 몇 번이나 자문자답하였다. 걸네어는 자신이 육체적으로 세이드의 노예임을 늘 의식하고 있으면서 정신적으로 자유를 추구했다. 걸네어가 '나는 망령든 노인의 노리개가 아니'라고 항변했을 때, 그녀는 이미 주체적인 여성이었으며, 동시에 저항 담론의 진정한 승리가 그녀에게서 이미 예견되었던 것이다.

4장 『라라, 이야기 한 편』*
—칼레드, 나는 '남장한 여자'예요

I

『라라』는 '오리엔트 이야기'의 네 번째 이야기로 전편인 『코세어』의 속편이다. 『라라』에서 이야기의 전개 속도가 급속히 빨라지고 장면의 전환이 급변한다. 사건은 표제 인물인 라라Lara의 돌연한 귀환을 비롯하여 농민해방을 내건 뜻밖의 '혁명'과 일련의 정치적 격변이 폭풍이 몰아치듯 전개된다. 혁명적 측면에 피할 수 없이 뒤따르는 도전, 응전, 살해, 죽음까지 정치적 상황은 격변에 격변을 거듭한다. 작품은 이야기 전체에서 반복적으로 다루는 주제인 사랑과 죽음 그리고 가부장적 질서의 전복을 충실히 다룬다.[1] 이 작품에서는 사랑과 정치라는 이중 주제를 약간 변형하여 남장한 여성의 순애보 사랑을 그려낸다. 라라를 향한 남장 여자 칼레드Kaled의 순애보 사랑은 독특한 장치다. 작품이 실제이든 가상이든 사랑은 혁명과 적당한 거리를 유지한다. 주인공 라라가 혁명가를 자처하고 그렇게 보일지라

* Lord Byron, *The Complete Poetical Works*. Vol. III. Ed. Jerome J. McGann (Oxford: The Clarendon P, 1986) 214. 이하 작품은 『라라』로 약칭하고 인용 뒤에 괄호 안에 표기 LA와 칸토와 시행 번호만 밝힌다.

도, 작품은 혁명에 열광하는 태도를 보이지 않는 다소 애매한 입장에 선다. 정치 담론이 그렇듯, 혁명과 직결되는 비판이나 손에 잡히는 교훈을 이 작품은 교묘하게 비껴가는 특징이 있다.

『라라』의 표제 인물의 이름은 매우 중립적으로 제목에서 어떤 암시도 없다. 지금까지 살펴보았던 『자우르』, 『아비도스의 신부』, 『코세어』는 제목이 작품의 해석에 영향을 미치는 일종의 파라 텍스트paratext 기능을 했다. 파라 텍스트는 제목이 작품의 해석에 일종의 길잡이 역할을 하는 것이다. 이런 관점에서 보자면 세 작품의 제목은 작품의 '문턱' 역할을 톡톡히 한 셈이었다.[2] '오리엔트 이야기' 다음 작품인 『코린트의 공성』도 파라 텍스트 성향이 보인다. 하지만 『라라』는 그렇지 않다. 작품 전체를 읽어야만 해석이 가능한 '오리엔트 이야기' 중에서 매우 이질적이고 모호한 느낌을 준다.

칼레드는 『코세어』의 여성 인물 걸네어가 작품의 후반부에서 이룩한 남성적 성격을 이어받아 작품에서 '남장한 여자'로 등장한다. 칼레드는 남장을 하고 연인 라라를 생명처럼 사랑하면서 혁명의 동지로 라라를 지지하고 혁명의 실패도 그와 함께한다. 칼레드는 이야기의 다른 여성 인물들과 달리 남성 인물과 똑같은 관심을 받는다.[3] 칼레드의 성격, 대범한 행동, 큰 사랑은 그녀를 수동적이고 타자로서의 여성 인물을 전복한다. 이것은 사랑의 정의와 혁명의 특성에 대한 질문을 던진다.

반면, 라라는 칼레드의 사랑을 전혀 느끼지 않는 것처럼 보인다. 그가 무엇을 생각하고 무엇을 원하는지 알 수 없다. 단지 그가 농민 반란의 선봉에 섰을 때, 그의 혁명적 이상이 무엇인지 드러날 뿐이다. 칼레드는 혁명적 이상에만 몰입되어있는 라라를 지켜보며 그에 대한 변함없는 사랑과 헌신을 바친다. 그것은 칼레드의 라라에 대한 사랑의 투쟁 기록이다. 그리고 그 사랑이 주는 고뇌의 깊이는 동시에 남성 세계의 어두움의 깊이기도 하다. 칼레드의 순애보와 라라의 혁명이 맹렬히 충돌하는 가운데 칼레드의 여성성이 더욱 선명해진다.

라라는 '오리엔트 이야기'의 어느 남성 인물보다 더 강하고 더 분석적인 인물이다. 인물의 색깔은 바뀌었지만, 『코세어』의 콘래드와 같은 종족으로 볼 수 있다. 라라와 콘래드의 상관관계는 일찍부터 평자들의 관심을 끌었으며 두 작품의 전체 연관성도 입증되었다.[4] 시인도 『라라』는 『코세어』의 연작에 해당하는 것으로 같은 주제가 반복된다고 했다.[5] 여기서 『코세어』의 콘래드가 했던 역할을 라라가 그대로 이어받으며 걸네어가 못다 했던 사랑을 칼레드가 이어받는다는 사실을 알 수 있다. 라라/콘래드는 서구의 이상화된 영웅을 비하한 인물이라면,[6] 남장한 칼레드는 남성적 힘을 획득한 걸네어의 분신이 된다. 그들은 '라라/코세어', '칼레드/걸네어'로 쌍을 이루어 미완의 『코세어』의 사랑과 혁명을 완성한다.

『코세어』의 결말에서 시인은 의미심장하게도 콘래드는 죽었지만, 그 죽음은 의심스럽다고 하였다. 그러면서 '코세어'란 이름이 너무 널리 알려졌기에 그 이름은 다음 세대를 위해 남긴다고 했다. 그 코세어가 『라라』에서 다시 등장한 것이다. 라라는 옷을 갈아입은 콘래드로 볼 수 있다.[7] 칼레드의 순애보 사랑은 『코세어』에서 걸네어가 콘래드에게 보여주었던 사랑의 메아리다.

시인은 '라라'를 내세워 같은 주제를 두 번 이야기하겠다는 것이다. 그렇다면 시인은 왜 같은 이야기를 두 번 하려는 것일까? 그것은 콘래드에 대한 걸네어의 사랑을 완성하고자 했을 뿐 아니라, 콘래드의 혁명을 완성하고자 했기 때문이다. 콘래드의 모든 행동은 라라가 그대로 이어받아서 실행하는데, 두 작품은 용의주도하게 연결되어 있어서 콘래드가 사라지면서 라라는 자신의 옛 영지로 돌아온다. 라라의 귀환은 남성적 자유, 전투, 파괴, 그리고 약탈과 무법의 세계에서 조직적이고 합법적인 사회로 돌아온 것이다.[8] 조직화 된 사회로의 라라의 귀환은 좀 더 체계적인 사회에서 혁명을 다루겠다는 시인의 시적 목적임이 드러난다.

『라라』에서 사랑은 예술적으로 중요한 문학적 주제가 된다. 사랑을 다룬 이야기는 칼레드의 슬프고 비극적인 사랑과는 아주 결이 다른 정치적 문제와 그것보다 더 가치 있는 혁명을 다룸으로써 정치성을 사랑으로 승화시킨다. 정치성에서 승화된 사랑은 정치와 사랑의 예술적 결합으로 그 매듭이 보이지 않는다. 예술적으로 승화된 사랑은 칼레드의 순애보 사랑에 대한 정의를 새롭게 하면서 혁명의 가치에 의문을 던지게 한다.

II

『라라』는 두 개의 칸토로 이루어져 있다. 첫째 칸토는 라라의 돌연한 등장으로 시작된다. 그의 돌연한 등장은 이야기가 중심*in medias res*에서 시작함으로써 사건의 응집력과 충격 효과를 극대화한다.[9] 어느 날 갑자기 그야말로 생각하지도 못했던 라라가 소식도 없이 자신의 영지로 돌아온다. 라라가 돌아온 세계는 바로 봉건사회다. 라라가 떠나 있었던 동안 농노들은 라라의 넓은 영지에 만족하였고 노예들은 자신들을 채우고 있던 사슬의 무게와 억압의 고통을 반쯤은 잊고 지냈다.

> 농노들은 라라의 넓은 영지에 만족하였고,
> 노예는 봉건의 사슬을 반쯤 잊었다.
> 그는, 바라지 않는, 그러나 잊지 않은 주인,
> 오랫동안 스스로 추방하였던 추장이 돌아왔다. (LA Ⅰ, 1-4)

라라는 젊었을 때 자신의 영지를 떠났다. 그가 떠난 영지에서 농노들은 주인 없는 넓은 영지에서 만족한 삶을 살고 있었다. 노예는 자신들이 봉건의 사슬에 메여있다는 사실을 반쯤은 잊고 있었으며, 그 사슬이 반쯤 풀린 채 영주가 떠난 영지에서 마음껏 자유를 누렸다. 그들은 주인이 돌아오기를 원치 않았지만, 그렇다고 완전히 주인의 존재를 잊은 것은 아니었다. 그런데 예기치 않게 오랫동안 떠나 있었던 라라가 자신의 영지로 돌아온 것이다.

> 족장 라라가 돌아왔다.
> 그런데 라라는 왜 경계를 넘어왔을까?
> 그의 조상이 남긴, 그 상실을 알기에는 너무 어렸던,
> 그 자신이 영주인,—그 비통의 유산으로. (LA Ⅰ, 11-4)

사람들은 생각한다. 왜 라라가 돌아왔을까? 왜 경계를 넘어 조상이 남긴 자신의 영지로 돌아왔을까? 라라, 그 자신이 영주이며 그것

은 어떤 점에서 비통의 유산이기도 한데, 왜 그가 영지로 돌아왔을까? 사람들은 라라의 귀환에 많은 의구심을 품는다. 그 의구심은 『코세어』에서 미스터리하게 사라졌던 코세어가 『라라』에서 스페인 귀족 백작으로 돌아온 것으로 보면 어느 정도 풀리는 문제다. 또 그렇게 보면 라라의 귀환은 당연하다.

작품의 배경은 이국적이면서 낯설고 초자연적 요소들이 대부분 사라지고 더 허구적이고 더 관습적으로 전개된다. 바이런 자신은 이 작품의 배경을 '스페인도 아니고, 그렇다고 달나라도 아닌' 공간으로 설정하였다.[10] 작품의 배경에 대한 이러한 시인의 의도는 어떤 허구의 공간을 배경으로 설정함으로써 작품의 내용 또한 강한 허구성을 강조 하려는 것으로 볼 수 있다. 그리고 스페인의 무슬림 지배를 상기한다면 이슬람과 그리스도교 문화가 충돌하는 공간의 암시는 분명해 보인다.[11] 또한, 봉건주의 시대 영주의 성을 배경으로 전개되는 지배와 피지배, 주체와 객체 간의 혁명적 투쟁인 점도 간과할 수 없는 작품의 해석 열쇠다.

라라의 돌연한 귀환으로 시작되는 이 작품은 '오리엔트 이야기' 중에서 가장 흥미롭다. 『라라』는 단순히 이국적 모험 이야기가 아닌 특성을 지니는데, 그것은 로마가 해체되고 이슬람의 등장으로 동서양의 문맥 안에서 동시대 유럽 이데올로기와 정치에 대한 역사·정치적 상징성을 가지기 때문이다.[12] 또한 농노, 노예, 영지, 영주 등의 단어에서 작품의 배경이 서구의 봉건사회임이 확인되기 때문에,[13] 라라의 봉건사회로의 귀환은 지금까지 다루었던 '오리엔트 이야기'의 주제와 다소 동떨어진 주제로 볼 수 있다. 따라서 그 귀환은 동시대 유럽의 정치적 맥락을 가진다. 작품이 전개되면서 그 전모가 서서히 드러나지만, 라라는 농노를 해방하고 자유와 민주 사회를 건설하려는 꿈을 가지고 이 구습의 세계로 돌아온다. 하지만, 라라는 다시 운명의 굴레에 갇히면서 죽음을 맞게 되는데, 그 점에서 라라는 조상이 물려준 '비통의 유산'을 그대로 답습한다.

라라는 자신의 영지를 떠난 지 오래되었다. 그동안 라라의 행적은 아무도 모른다. 라라의 성은 오랜 시간이 흐른 흔적을 보여주며 그의 오랜 부재를 증명한다.

> 그의 조상은 먼지가 되었고, 라라가 그곳에 없다는 것,
> 그것이 그들이 아는 전부였다는 걸, 가신들은 선언하였다.
> 소식은 없었고, 그도 오지 않았다. 마침내 난무한 추측에
> 다수는 냉담했고, 소수는 걱정하지 않았다.
> 그의 홀은 익숙했던 그의 이름으로 울리지 않았으며,
> 그의 초상화는 빛바랜 틀 안에서 퇴색하였다.
> 영주들은 불운한 그의 신부를 위로하였고,
> 젊은이는 그를 잊었으며, 늙은이는 죽었다.
> '그는 아직 살아있는가!' 조급한 상속자는 외쳤다,
> 그리고 그가 입지 못하는 담비 상복을 아쉬워했다. (LA Ⅰ, 29-38)

라라가 떠난 뒤, 그의 성은 시간의 흐름과 함께 점차 쇠락하여 거의 몰락하는 분위기다. 그가 떠난 뒤의 세월의 흐름은 먼지가 된 그의 조상에서 그 흔적을 알 수 있다. 라라에 대한 소문만 무성할 뿐, 그의 초상화도 액자 안에서 빛이 바래가고 있다. 영주들이 라라의 아내로 운명 지어진 불운한 신부를 위로하는 데서 라라가 영지를 떠나

면서 자신의 신부는 남기고 혼자 떠났다는 사실을 알 수 있다. 라라가 그렇게 떠난 후, 그에 대한 추측이 난무하는 가운데 젊은이는 그를 잊었으며 늙은이는 죽어 사라졌다. 쇠락해 가는 성의 모든 것에는 세월의 더께가 쌓이고 빛마저 바랬다. 오랜 세월 동안 농노와 노예들은 라라의 부재를 기정사실로 받아들였고 상속자는 라라의 죽음이 확실치 않아 그의 성을 상속받지 못했다. 그가 죽은 게 확실하여야만 검은담비, 즉 상복을 입고 라라의 유산을 물려받을 수 있기 때문이다. 이렇게 라라의 가신들과 성 주민들은 살아가고 있었다.

그런데 갑자기 라라가 자신의 영지로 돌아옴으로써 사건이 반전된다. 오랫동안 그의 부재를 즐겼던 농노와 노예들은 동요한다. 그가 어디에서, 무엇 때문에, 왜 돌아왔는지 아무도 모른다. 외국인 외모의 애송이 시종 하나만 그의 뒤를 따를 뿐이다.

> 시종 하나 외에, 외국인 모습의,
> 애송이 외에 그를 따르는 수행원은 없었다. (LA Ⅰ, 47-8)

라라는 예고 없이 자신의 영지로 돌아오는데, 그의 뒤에는 유일하게 시종 하나가 뒤따른다. 그 시종은 외국인 애송이로 보인다. 라라가 자신의 영지를 떠난 것은 자신이 선택하였던 자아 추방이다. 그가 떠난 후 그의 성은 쇠락과 퇴락을 거듭하고 있었으며 그의 영지는 거의 폐허가 되다시피 하였다. 이 같은 라라의 영지는 봉건사회의 몰락을 강하게 암시한다. 사람들은 라라의 귀환을 보고 그가 오래전에 돌아오지 않은 것을 오히려 이상하게 여긴다. 그런데도 라라의 영지에 살고 있었던 사람들이 그의 귀환을 환영한다면 그것은 봉건사회의 주종관계 질서에 따른 암묵적 약속 때문이다.

> 그의 죄과, 그것이 무엇이든, 만약 잊지 않았다면,
> 파란 많은 운명에서 그는 배우지 못한 듯하였다.
> 선이든 악이든 최근의 것은 알려지지 않았고, 그의 이름은
> 세습 전래의 명성을 드높였다.
> 젊은 시절 그의 정신은 오만했고, 그러나 그의 죄는
> 풋내기의 환심을 사는 즐거움 이상은 아니었다.
> 그리고 그 같은, 행로에서, 한층 더 단단해지지 않았다면,
> 구원을 받았을 것이며, 오랜 후회는 하지 않았을 것이다. (LA Ⅰ, 57-64)

라라는 세습 영주로 그 명성이 드높았다. 라라가 자신의 영지에 있었던 젊은 시절에 대한 사람들의 기억은 그가 오만했다는 것이다. 하지만 그것은 아주 사소하여 인생 경험이 거의 없었던 젊은 시절 풋내기의 환심을 사는 즐거움 이상은 아니었다. 그가 떠나 있었던 시간 동안 라라의 행적은 그것이 선이든 악이든 무엇이든 아무것도 알 수 없다. 그의 과거는 '파란 많은 운명'으로 정의되는데, 이는 그가 순탄치 않은 삶을 살았음을 의미한다. 그가 떠나 있었던 동안 그의 행적은 비밀에 싸여 있었다. 그의 파란 많은 과거 행적은 이마의 깊은 주름을 통해 추측해 볼 뿐이다(LA Ⅱ, 68). 그 주름은 시련과 운명의 역전, 인생의 쓴맛과 난관을 뚫으며 살았던 흔적이다. 그 흔적에서 라라가 그동안 순탄치 못한 세월을 보낸 것을 알 수 있다. 이마의 주름

은 라라의 뿌리 깊게 박힌 과거 죄과로, 그가 그 죄에서 벗어나기를 원한다고 추측해 볼 뿐이다.

> 야망, 영광, 사랑, 사람들이 정복해야 하고
> 모두가 요구하는 공통의 목표는,
> 이제는 그의 마음속에서 갈등하지 않았다.
> 하지만 그런데 최근에 그것들이 살아난 듯하였다.
> 그리고 흔적을 알 수 없는 어떤 깊은 느낌이
> 이 순간 그의 납빛 얼굴에서 빛났다. (LA Ⅰ, 79-84)

'야망' '영광' '사랑' 등은 누구나 정복하고자 하고 모두가 욕망하는 '공동의 목표'다. 하지만 모두가 욕망하는 이 공동의 목표에 라라의 마음은 이제 동요하지 않는다. 라라는 이러한 욕망을 모두 경험하였기 때문에 이제 그것은 갈등의 요인이 되지 못한다. 그런데 지금, 이 순간 라라의 깊은 곳에 있던 흔적을 알 수 없었던 그 감정들이 되살아나 라라의 납빛 얼굴에서 빛났다.

> 여자—싸움터—대양—그 모두는
> 기쁨의 약속, 무덤의 재앙이 되는 것,
> 그는 이것을 차례로 시도해보았다— (LA Ⅰ, 117-19)

'여자' '싸움터' '대양', 이 모두는 『코세어』의 콘래드가 경험했던 것으로 이중적 가치를 가진다. 그것은 기쁨을 주는 동시에 무덤의 재앙이 되는 것이다. 라라는 이 모두를 차례로 다 경험해 보았다. 그는 여자의 사랑, 전쟁의 싸움터, 해적의 대양, 모두를 경험했다. 이 모든 경험은 사람과 세상을 상대한 경험이다. 라라는 사람한테서 세상을 배웠으며 사람은 그에게 책 역할을 한다.

> 책, 지금까지 그의 장서는 사람이었는데,
> 더 호기심 어린 눈으로 살펴보는 것 같았다. (LA Ⅰ, 131-32)

사람은 라라에게 책 같은 역할을 하였는데, 그것은 그가 사람을 통해서 세상을 읽고 세상을 알았기 때문이다. 라라는 사람을 예사롭게 보지 않는다. 라라는 호기심을 가지고 사람들을 주의 깊게 바라보았다. 그의 분석적 성격은 사람을 관찰한 데서 나온 것이다. 그는 아무도 믿지 않는다. 그가 믿을 수 있는 유일한 사람은 칼레드뿐이다. 라라는 그 자신도 믿지 못하지만 칼레드만은 믿는다.

라라의 충격적 귀환과 달리 그는 여전히 과거와 변함없는 모습이다. 여전히 과거의 죄책감에 사로잡혀 있는 듯 불면의 밤을 보낸다.

> 모두가 편히 자고 있는데 그는 왜 잠들지 못할까?
> 왜 음악을 듣지 않고, 손님도 맞지 않는 걸까?
> 모든 것이 잘못되었다고 사람들은 생각했다—하지만 어디가 잘못되었는가?
> 아마 누군가는 알 것이다—하지만 그건 너무 긴 이야기일 것이다. (LA Ⅰ, 147-50)

라라는 어떤 죄과에 시달리는지 잠을 이루지 못한다. 음악도 듣지 않고, 손님도 맞이하지 않는다. 어디에 문제가 있는 걸까? 무엇이 잘못되었을까? 어떤 사람은 그의 죄과를 알고 있을지도 모른다. 하지만 그건 이야기하기에는 너무 길다. 사람들은 그 주인에 대해서 그냥 쑥덕거릴 뿐이다(LA I, 154). 그는 '엄한 표정'과 '기술'(LA I, 722)로 자신을 포장하고 자신을 방어하여 가신들에게조차도 이 세속에서 낯선 사람으로 보이게 한다.

라라가 돌아온 사회는 봉건사회로 이 사회에서 영주는 자신의 성안에서 군주이며 누구의 명령도 받지 않고 절대 권력과 자유를 누리는 특권을 가진다. 이것은 귀족 사회의 성격이 근본적으로 바뀌는 봉건사회에 새롭게 등장한 특징이다. 라라가 돌아온 사회는 봉건사회지만 무엇보다도 그 사회는 그리스도교에 익숙한 사회다(LA I, 427, 463). 그 사회는 지금까지 '오리엔트 이야기'의 작품 무대인 이슬람과 대립 되는 공간, 스페인이다. 하지만 그것은 옥시덴트 스페인이 아니고, 오리엔트로 치환된 스페인이다. 스페인은 8세기부터 15세기까지 이슬람의 지배를 받았던 뼈아픈 역사가 있으며 그리스처럼 동서의 갈등이 생생하게 기억되는 공간이다.[14]

라라는 오리엔트 배경을 벗어나 오리엔트 의상을 모두 벗어버리고 자신의 영지, 고딕 성의 음산한 분위기 속에 파묻혀 그 죄과를 더욱 무겁게 느끼고 있는 듯하다. 그는 한밤중에 회랑을 어슬렁거리며 해골을 옆에 두고 책을 읽고 있다(LA Ⅰ, 143-45). 고딕 성 배경과 해골은 라라의 알 수 없는 강박관념과 죄의식, 그리고 '죽음에 대한 경고'memento mori를 보여주는 좋은 모티프다. 그것은 사라진 과거를 애석해하는 '우비 순트'ubi sunt 모티프와 같다. 라라는 억압된 욕망과 감춰진 죄에 시달리며 유령처럼 회랑을 서성거린다. 고딕 성 같은 그 은밀한 장소에서 라라는 수수께끼 같은 인물이다.

> 곧추세운 그의 검은 머리카락, 우울한 이마,
> 그리고 그의 살랑대는 깃털 장식의 거친 흔들림은,
> 유령의 형상처럼 보였다. 그리고
> 그의 모습은 묘혈에 공포를 안겨주었다. (LA I, 197-200)

라라의 성은 음침하고 우울한 분위기를 자아내는데, 그 같은 분위기는 라라의 모습을 반영한다. 곧추세운 검은 머리카락, 우울한 이마는 그를 유령처럼 보이게 하는데, 그 모습은 죽은 자들에게도 공포를 안겨 줄 정도다.

> 한밤중이었다—모두가 잠들어 있었다. 외로운 등불 하나가
> 마치 밤을 깨우는 걸 싫어하듯이, 램프에서 희미하게 빛난다.
> 들어라! 라라의 홀에서 속삭임이 들린다—
> 소음—목소리—비명—소름 끼치는 외침!
> 길고, 큰 비명—그리고 적막—사람들은
> 잠자는 귀를 찢는 광란의 메아리를 들었을까? (LA Ⅰ, 201-6)

고요한 한밤중, 적막의 고요 속에서 등불 하나만 희미하게 빛난다. 한밤중에 소름 끼치는 외마디 비명이 적막을 가른다. 비명은 길게 한번 들리고는 이내 깊은 정적 속으로 잦아든다. 라라는 귀를 찢는 광란의 메아리를 들었는지 기절하여 사지를 쭉 뻗고 바닥에 누워버린다. 라라의 시종이 나타나 그를 깨운다(LA Ⅰ, 235-36). 라라가 정신을 차렸을 때는, 성은 다시 조금 전처럼 고딕 분위기로 돌아가 있다.

라라가 들었던 비명은 『코세어』의 콘래드가 불타는 하렘에서 걸네어의 비명을 들었던 것과 같다. 비명에서 라라의 음울한 모습을 묘사하는 시각적 이미지는 몸을 오싹하게 하는 청각 이미지로 바뀐다. 라라의 성을 묘사하는 아래의 시는 음울하고 음산한 청각 이미지가 압도하면서 분위기가 더욱 우울해진다. 이러한 분위기 가운데 라라는 예상치 못한 비명을 듣고 충격에 빠져 감각을 잃는다.

> 펄럭이는 깃발, 그리고 덜컥거리는 문,
> 살랑거리는 태피스트리, 그리고 삐걱거리는 마룻바닥,
> 나무를 둘러싼 긴 검은 그림자,
> 퍼덕거리는 박쥐, 미풍의 밤 노래,
> 밤이 짙은 회색 벽을 우울하게 할 즈음
> 무엇을 보거나 듣든, 사람들의 생각을 오싹하게 하였다. (LA Ⅰ, 261-66)

라라가 자신의 영지로 돌아와 거주하는 곳은 자신의 성인데, 성에 대한 묘사는 칸토 Ⅰ의 상당 부분을 차지한다. 계속해서 라라의 성이 묘사되는데, 그것은 변함없이 퇴락하고 음산하며 먼지가 가득히 쌓인 어두운 고딕 분위기로 사람을 오싹하게 한다. 깃발이 펄럭이고 문은 덜컥거린다. 벽에 걸려 있는 태피스트리는 살랑거리고 마룻바닥은 삐거덕거린다. 성을 둘러싸고 있는 나무는 길고 검은 그림자를 던지고 있다. 박쥐는 날갯짓하고 미풍은 밤 노래를 부른다. 이 분위기는 무엇을 보거나 듣든 간에 사람을 무서움에 떨게 한다. 밤이 깊어짐에 따라 검은 회색 벽은 더욱 우울하게 보인다. 시인은 라라의

성을 길게 묘사함으로써 이제 황혼기에 접어든 봉건주의 쇠락을 강조하는데, 그것은 생명을 다한 구습이다.

고딕 분위기의 성은 라라의 생각과 마음을 나타내는데, 그것은 라라를 바이런 히어로에 가까운 인물로 만든다.

> 그에게는 모두에 대한 생생한 경멸이 있었다.
> 닥칠 수 있는 것의 최악이 닥쳤듯이
> 그는 이 숨 쉬는 세상에 이방인으로,
> 또 다른 세상에 내던져진 죄의 영혼으로 서 있었다. (LA Ⅰ, 313-16)

시인은 라라의 성을 길게 묘사한뒤, 이어서 그의 성격도 길게 묘사한다. 라라는 모든 것을 경멸한다. 그는 이 숨 쉬는 세상인 현세의 이방인으로 사람을 혐오하고 세상을 싫어한다. 그는 염세적 국외자이며 고딕 악한Gothic villain의 후예다.[15] 이 같은 그의 성격은 바이런 히어로의 계보를 잇는 동시에 그 히어로를 더욱 강화한다. 라라의 바이런 히어로 성격은 '오리엔트 이야기' 전편에 등장하는 남성 주인공 인물의 연속성을 강조한다. 『자우르』의 자우르, 『아비도스의 신부』의 셀림, 『코세어』의 콘래드, 그리고 다음 장에서 다루게 될 『코린트의 공성』의 앨프Alp까지 남성 인물의 성격에 나타나는 연속성은 이야기 전체의 주제의 연속성과 같은 맥락이다. 남성 인물은 강한 만큼 약하며, 냉담한 만큼 따뜻한 역설적 성격이다. 그러나 더욱 적합한 해석은 바이런이 귀족이었다는 사실을 기억하며, 시인을 '라라', '자우르', 그리고 '코세어'와 같은 인물로 보는 시각이 있다.[16] 그러나 이러한 해석은 주의를 요하며 어느 작품에서든지 주인공과 작가의 동일화는 위험한 해석이 될 수 있다.

라라가 돌아온 구습의 조직화 된 세계에는 또 다른 파괴가 기다리고 있다. 농민들의 불만이 최고조에 다다른 가운데 오토Otho의 궁전에서 화려한 파티가 열린다. 그 사회는 기사와 귀부인, 부자와 높은 가문 출신이 모여들어 배타적인 귀족 사회를 만든다. 그곳은 사회적 불의와 불평등의 문제가 발견되는 사회다. 라라도 이 파티에 참석한다. 긴 회전목마가 빛나는 홀을 흔들며 돌고 있다. 연회와 무도회는 화려하고 멋지게 잘 진행된다. 아름다운 여자들과 흥겨운 춤이 홀을 채우며 행복과 즐거움이 꼬리에 꼬리를 물며 계속된다. 파티의 밝고 흥겨운 분위기는 어둡고 음침한 라라의 성 분위기와 대비된다. 이 즐겁고 흥겨운 파티에 갑자기 에즐린Ezzelin이 나타난다. 에즐린은 라라의 신분을 알고 있다. 그는 파티에 모인 사람들 앞에서 라라의 과거를 폭로하겠다는 위협을 가한다. 라라와 에즐린의 만남은 작품에서 사건이 새로운 국면으로 접어드는 전환점이다.

> '이 자가 그다!' 낯선 자가 소리쳤다. 그리고 이 말은
> 빨리 멀리까지 속삭임으로 메아리 쳐 들렸다.
> '이 자가 바로 그다!'— '이 자가 누구라고?' 멀리서 가까이서
> 사람들이 물었다.
> 마침내 더 큰 소리가 라라의 귀를 때렸다. (LA Ⅰ, 415-18)

'이 자가 그다!'란 말이 인용된 네 구절에서 두 번 반복된다. 낯선 자는 에즐린이다. 에즐린은 선동 기술이 뛰어나다. 일체의 수식 없이 '이 자가 그다!'란 말의 반복은 전후 맥락을 생략하고 사람들의 호

기심을 강하게 유발한다. 에즐린은 뛰어난 선동 기술로 모두의 주목을 받고 라라의 정체를 폭로하려 한다. 그는 '이 자가 그다!'라고 소리침으로써 사람들의 시선을 끌고 호기심을 자극한 것이다. 사람들은 '이 자가 그다!'를 메아리처럼 반복해서 듣고는 '누구라고?' 되묻는다. 에즐린은 라라에게 가까이 다가가 다시 한번 '이 자가 그다!'라고 외침으로써 라라의 정체에 대한 사람들의 호기심에 종지부를 찍는다(LA Ⅰ, 424-26). 에즐린은 라라의 정체를 알고 있었다. 그는 필요 이상으로 사람들의 호기심을 자극하고 라라의 정체를 강조했을 뿐 아니라 선동까지 하였다. 두 인물 사이에 흐르는 냉담한 기류를 통해 과거에 그들 사이에 심각한 문제가 있었다는 걸 눈치챌 수 있고 그 문제의 성질까지 알 수 있다. 결코, 좋은 문제가 아닐 것이다.

에즐린의 신분 폭로의 위협에 라라는 오히려 당당하게 '내 이름은 라라다'(LA Ⅰ, 432)라고 자신의 이름을 밝힌다. 그리고 '어떤 질문도 피하지 않고 가면도 쓰지 않겠다'(LA Ⅰ, 435-36)며 에즐린의 위협적인 선동에 맞선다. 라라와 에즐린 사이에 있었던 갈등의 정체가 무엇인지, 풋내기 시절 두 사람 사이가 어땠는지, 어떤 원한 관계가 있었는지 작품은 말하지 않는다. 다만 그 갈등이 밖으로 드러남으로써 이제 라라는 에즐린의 모욕에 대응하지 않을 수 없게 된다. 고귀한 출생의 라라가 그러한 모욕을 어떻게 참을 수 있는지 사람들은 궁금해한다(LA Ⅰ, 596). 라라의 오만하고 은밀한 자존심이 상냥한 에즐린의 비웃음과 충돌한 것이다. 이 충돌은 라라의 혁명을 예고하는 일종의 전초전이다. 그리고 그것은 라라의 혁명을 구체화하기 위한 선회축으로 작용한다. 라라의 과거 죄과에는 현재 농민봉기의 씨앗이 심어져 있으며, 그 씨앗의 발아가 라라 자신의 죄과에 대한 반역이 된다.

당연하게도 라라는 에즐린의 모욕에 결투를 신청한다. 그런 후 조용히 파티장을 떠나고 그의 뒤에는 시종이 그림자처럼 뒤따른다(LA I , 490-92). 라라가 에즐린에서 신청한 결투의 중심에는 명예문제가 놓여있다. 때문에 둘 다 결투를 피할 수 없다. 봉건사회 귀족 신분은 죽음에 직면해서도 절대 꺾이지 않는 자신감과 절제력, 여유를 통해서 지켜진다. 그리고 그런 고귀함은 여성에 대한 세련된 예절과 기사도적 행동으로 이어진다. 이 우아한 행동 양식에 담긴 문화적 매력은 오랫동안 봉건사회를 사로잡았다. 라라는 자신의 명예를 지키기 위해 에즐린에게 결투를 신청하는데, 이것은 봉건사회 남성문화의 규범에 맞추어 자신의 우월함과 고귀함을 기꺼이 과시하는 행동이다. 하지만 이들의 충돌은 더욱 큰 관점에서 보면 동시대 발칸 반도에서 벌어지고 있었던 열강들의 힘의 각축전이다. 라라는 스페인, 그의 시종 칼레드는 아랍, 에즐린은 이탈리아 등을 대표하면서 동시대 발칸 반도 충돌의 주역이 된다.[17]

오토와 에즐린은 연합된 힘으로 라라를 대적하는 반면 라라에게는 유일하게 그의 시종 칼레드만 있다.

> 그의 모습은 가벼웠고, 검고 섬세하며
> 이마에는 그의 고국의 태양이 앉아있었다.
> 그러나 비록 그 빛 속에서 성장하였지만,
> 가끔 스스로 부끄러움이 빛났어도 뺨에 상처는 없었다.

그러나 그 붉은 빛은 건강을 나타내는 기쁨으로 환해지고
심장 빛깔이 붉어지는 그런 홍조가 아니었다.
그러나 불타는 순간의 열이 그곳에 있으니
그것은 내밀한 근심의 격앙된 색깔이었다. (LA Ⅰ, 528-35)

라라와 마찬가지로 그의 시종도 비밀에 싸여 있는 수수께끼 같은 인물이다. 그의 모습은 가볍고 검고 섬세하다. 그 모습에서 라라의 시종이 유색 인종임을 알 수 있다. 그의 뺨이 가끔 자발적인 부끄러움으로 빛났으나 그것은 기쁨의 홍조가 아니었다. 그것은 그의 심장으로부터 붉어지는 격앙된 색깔, 곧 열정으로 볼 수 있다. 그에 대한 묘사는 마치 사랑에 빠진 여자 같다. 사실 그가 사랑해야 한다면 그 사람은 라라였을 것이다(LA Ⅰ, 554).

그는 더 고귀한 신분의 출신, 호시절을 보낸 듯하며,
손은 비천한 일을 한 흔적이 없었다.
너무나 여성스러운 하얀 손, 그것은
그 보드라운 뺨과 짝을 이뤄 여자 같았다.
하지만 그의 의상과, 그의 시선에서
여자의 눈보다 더 야성적이고 높은 뭔가가 여자가 아니게 하였다.
(LA Ⅰ, 574-79)

라라의 시종은 좋은 시절을 보낸 듯하다. 험한 일을 하지 않았을 너무나 여성스러운 하얀 손을 가지고 있다. 하얀 손과 보드라운 뺨은 짝을 이루어 그를 여자처럼 보이게 한다. 하지만 그가 입은 남자 의상과 더 거칠고 높은 무언가를 추구하는 시선은 그를 여자로 보이지

않게 한다. 그가 산 해안가를 떠나기 전의 이름은 칼레드가 아닌 다른 이름이었다는 소문이 돌았다. 때때로 가까운 곳에서 '칼레드'란 이름으로 불러도 대답을 하지 않고 다시 한번 크게 부르면 그때 비로소 그 소리에 놀라 대답하기 때문이다. 그것은 칼레드라는 이름이 가명이며 그 이름에 익숙하지 않다는 증거다(LA Ⅰ, 584-89). 이 증거에서 그녀의 이름이 걸네어가 아닐까 추측할 수 있다.

『라라』와 전편인 『코세어』, 이 두 작품은 서로를 비춰주는 거울이다. 거울 속을 들여다보면 되비치는 이미지는 '나' 자신이다. 칼레드와 걸네어는 거울 속에 비치는 동일 인물이며 라라와 콘래드도 같은 인물이다. 라라는 콘래드의 역할을 충실히 수행하는 그의 대역으로 이름만 다를 뿐이다.[18] 콘래드와 라라, 걸네어와 칼레드는 다른 이름의 같은 인물이다.[19] 그들은 서로의 도플갱어Doppelgänger로 라라와 칼레드는 콘래드와 걸네어의 대역 역할을 충실히 수행한다. 하지만 도플갱어는 내가 거울 속을 들여다보는 것인지, 아니면 거기에서 나오는 것인지 알 수가 없다. 도플갱어가 이중 이미지를 하나로 통합할 수 있을 때, 비로소 그 역설적 이미지는 문학적 장치로서 구실 한다.

두 작품과 인물의 거울 이미지 같은 관계는 매우 의미심장하다. 『코세어』의 콘래드는 바다의 무법자 해적이었다. 그는 해적 섬에서 절대적 권력을 가진 전제군주처럼 행세했지만, 하렘 오달리스크 걸네어의 힘 앞에 무력한 모습을 보여주었다. 걸네어가 파사 세이드를 죽였을 때, 그 둘의 권력 관계는 역전되면서 걸네어가 남성이 되고 콘래드가 여성이 되는 성 역할의 전도가 함께 일어났다. 걸네어의 성 역할의 전도는 고스란히 『라라』의 칼레드에게 전이되어 그녀는 아예 남성 복장으로 작품에 출현한 것이다.

칼레드는 미지의 여성 인물이다. 그녀는 아무것도 알 수 없는 베일에 싸여 있는 인물이다. 작품에서 라라에 대한 그녀의 지고지순한 사랑만 묘사될 뿐 그녀가 왜 라라를 사랑하는지 이유는 말하지 않는다. 라라에 대한 칼레드의 순애보를 생각하면 그녀를 걸네어로 생각할 가능성만 암시될 뿐이다. 『코세어』의 결말에서 시인은 콘래드와 걸네어의 행방에 대해 명확하게 서술하지 않았다. 메도라가 죽었기 때문에 콘래드와 걸네어의 결합 가능성을 추측할 수 있지만, 메도라의 죽음은 그에게 너무나 큰 충격이었다. 그래서 콘래드는 걸네어의 사랑에 관심을 가질 감정적 여유가 없었다. 그 상태로 콘래드는 작품의 무대에서 사라져 버린다. 라라의 오랜 부재와 갑작스러운 등장은 사라졌던 콘래드의 재등장으로 볼 수 있으며, 걸네어가 콘래드에게 다하지 못한 사랑을 '칼레드'란 가명으로 남장을 하면서까지 그 사랑에 보답하고자 했던 것이 아닐까, 생각해 볼 뿐이다. 사실, 칼레드의 순애보는 그러한 암시를 준다.

'오리엔트 이야기' 전 작품의 명시적 주제는 사랑이다. 그리고 그 사랑은 주로 타자와의 관계에서 시작되는 금지된 사랑인 점이 특징이다. 이야기 전체에 걸쳐 사랑 안에서 주체와 타자와의 관계와 그에 따른 심리적 갈등이 그려진다. 『라라』에서 칼레드는 남장함으로써 주체의 눈으로 주체를 냉정하게 분석하고 동시에 타자를 재현한다. 칼레드는 자신의 몸을 감싸고 있는 남성 복장으로 여성성을 숨기고, 그 숨겨진 여성성을 통해 주체로 이동하는 경우다. 칼레드에게 사랑은 운명까지도 바꾸는 힘으로 작용하는데, 그것은 그녀의 여성성이 위기에 봉착하는 요인이 된다.

칼레드의 남장은 주체의 시선으로 주체를 응시하고 성찰하는 계기, 남성의 시선으로 남성을 보게 되는 계기일 수 있다. 여기서 남성 복장은 칼레드의 내면을 반영하는 것으로, 그녀의 마음 상태가 남성 복장을 하게 한 것이다. 남성 복장은 칼레드에게 현재의 모습과 자아의 균열과 붕괴를 의미한다. 이러한 표면과 내면의 불일치는 라라와의 사랑에서 부자연스러움을 초래하여 칼레드의 삶을 구속하지만, 남성 복장이 이를 조정하는 매개체 역할을 하여 여성성을 객관적으로 조절하는 계기가 된다. 다시 말해, 남성 복장은 칼레드에게 라라와 소통할 수 있는 토대가 되고, 남성을 이해할 수 있는 장치가 된 것이다. 그러므로 순애보 사랑은 칼레드가 불행한 존재가 아니며 어쩔 수 없는 외적 요인에 의해서 버림받고, 소외된 존재가 아니라는 공감을 확신시킨다.

시간이 흘러 이제 밤이다. 라라와 칼레드는 성으로 돌아오고 모두는 각자의 보금자리로 돌아간다. 밤의 잠자리가 기다리고 있다. 밤은 인간에게 주어진 축복의 시간이다. 이 시간에 인간은 생존하기 위해 낮 동안 힘들었던 노역을 접고 달콤한 망각에 빠진다. 그래서 밤은 인간에게 주어진 축복의 시간이다.

> 밤의 무덤, 보편적 본향,
> 그곳에 약함, 강함, 악, 미덕이 반듯하게,
> 벌거숭이 무력자의 몸을 눕히는 곳과 마찬가지로 눕는다.
> 잠시 무의식의 호흡을 다행으로 여기지만,

> 그러나 일어나 죽음의 공포와 씨름해야 하거늘,
> 그리고 새벽이 되어 낮의 악이 쌓일지라도,
> 꿈을 가장 적게 꾸기에, 잠은 가장 사랑스럽다. (LA Ⅰ, 639-45)

여기서 밤의 무덤은 잠이다. 밤의 무덤인 잠은 죽음처럼 보편적인 본향本鄕이다. 밤은 또 고요와 적막으로 만물을 덮어버린다. 밤은 만물을 어둠으로 감싸 단일한 존재로 포용한다. 잠은 밤과 마찬가지로 잠 속에 약함과 강함, 악과 미덕이 모두 단일한 것이 된다. 시인은 선과 악 같은 대립쌍에서 언제나 유보적이었으며 영원히 일원론과 이원론 사이에서 진자의 추처럼 동요하였다.[20] 밤이 되어 인간이 잠들면 모든 욕망도 함께 잠든다. 그러나 잠에서 깨어나면 인간은 낮을 마주하고 다시 죽음의 공포와 씨름하고 악을 쌓는다. 잠은 꿈을 가장 적게 꾸기에 가장 사랑스러운 것이다. 그것은 잠에서 인간의 모든 욕망도 잠들기 때문일 것이다. 그렇기에 잠은 피할 수 없는 것이다. 잠과 죽음에 대한 이 같은 묘사는 인간 조건에 대한 깊은 철학적 울림을 준다.

토마스 그레이Thomas Gray, 1716~71는 「어느 시골 묘지에서 쓴 엘레지」'An Elegy Written in a Churchyard'에서 저물녘 묘지의 자연풍경을 배경으로 인간이 느끼는 인생무상을 노래했다. 죽은 자의 집 묘지에서 산 자를 바라보았을 때, 그들의 욕망이 얼마나 헛되게 보였을까. 죽음은 만인을 평등하게 대하는 평등주의자다. 죽음 앞에서 신분의 귀천을 따지는 것은 무의미하고 헛된 논쟁이다. 바이런의 죽음 철학도 이와 같다. 죽음은 생전의 모든 욕망의 헛됨을 가장 분명하게 보여주는 인간의 실존적 조건이다.

칸토 Ⅰ의 마지막은 이렇게 인간실존의 절대적이고 보편적인 조건인 죽음과 같은 잠을 제시하면서 마무리된다. 칸토 Ⅱ의 도입부는 칸토 Ⅰ의 밤에 이어서, 새날의 아침으로 시작한다. 첫째 칸토와 둘째 칸토 사이에서 밤이 연결 고리 역할을 하는데, 어두운 밤은 밝아오는 아침과 대비된다. 날이 밝아 아침이 되면 그것이 무엇이 되었든 인간은 다시 죽음의 공포와 싸워야 하지만 대자연은 그런 인간사에 무심하다.

> 밤이 이운다—굽이치는 산을 에워싼 연무는
> 아침으로 녹아들고, 빛은 세상을 깨운다.
> 인간이 가질 과거를 더할 또 하루는,
> 거의 하찮은 것으로, 그러나 마지막으로 이끈다.
> 하지만 위대한 대자연은 그 탄생에서처럼 약동하고
> 태양은 천국에, 그리고 생명은 지상에 있다.
> 꽃은 계곡에, 광휘는 빛 속에,
> 건강은 강풍에, 그리고 신선함은 강물에 있다.
> 불멸의 인간이여! 자연의 영광이 빛나는 걸 보라,
> 그리고 '인간은 자연의 것!'이라고, 마음껏 외쳐라. (LA Ⅱ, 1-10)

밤이 저물고 산을 에워싼 연무는 기뻐하며 아침으로 녹아들고 빛은 세상을 깨운다. 그것은 태곳적부터 그러하였던 불변의 자연이다. 새로운 날이 시작된다. 새날이 시작되지만, 인간에게 새날은 죽음에 더 가까워지는 하루를 보탤 뿐이다. 위대한 대자연은 탄생 때처럼 약동하고 태양은 천국에 있으며 생명은 지상에 있다. 계곡은 꽃으로 만발하며, 광휘가 대지를 휩쓴다. 건강한 강풍, 신선한 강물, 모두 약동하는 생명을 암시한다. 자연에서 인간은 불멸의 존재를 느낄 것이다. 대자연은 이렇게 아름답고 장려하다. 그러다가 시인은 갑자기 '불멸의 인간이여!'를 외친다. 이 돈호법의 외침은 독자의 정서적 환기를 불러일으킨다. 인간은 불멸이고자 하지만 사실 자연의 일부다. '불멸의 인간이여!'라고 할 때, 그것은 필멸의 인간이 자연 안에서 불멸을 노래할 수 있을 뿐이다.

대자연이 약동하고 새 아침은 광휘로 빛난다. 라라와 에즐린의 싸움이 시작된다. 그 싸움은 그들의 명예를 건 결투다. 그 결투는 죽음의 공포와 싸우는 씨름이다.

> 오늘 아침—정오에—사람들이 홀로 모여들었고,
> 오토의 소환에 족장들이 모였다.
> 이제 삶이든 죽음이든 라라의 미래 명성을
> 선언할 약속된 시간이다. (LA Ⅱ, 19-23)

오토 경의 소환을 받고 영주들이 모여들었다. 하지만 이곳에 문제의 인물 에즐린은 보이지 않는다. 라라와 에즐린의 약속은 사람과 하늘을 두고 맹세한 것이다. 라라는 이 결투에서 죽을 수 있지만, 자신의 명예를 지킬 것은 틀림없는 사실이다. 명예가 걸린 이 중요한 약속 장소에 에즐린이 나타나지 않는다. 에즐린은 오토의 파티에서 라라의 신분을 밝히면서 위협을 가했을 때처럼 여전히 비겁하다. 결투를 약속했던 장소에 나타나지 않음으로써 에즐린은 생명을 구할 수 있을지는 모르지만, 사람들 앞에서 사람들의 눈을 두고 맹세했던 약속을 지키지 않은 비겁한 인물임을 스스로 증명한다. 오토는 라라와 에즐린의 결투를 지연시키지만, 에즐린은 영영 나타나지 않는다. 오토는 비겁했고 에즐린은 더욱 비겁했다.

에즐린이 라라와의 결투 시간에 나타나지 않고 사라짐으로써 그들의 대립은 라라와 오토의 대립으로 변한다.

> 결투는 짧았다. 격노한, 맹목적으로 성급한,
> 오토는 가슴을 찔렸다.
> 그는 피 흘렸고, 그리고 쓰러졌다. 하지만 치명적 상처는 아니어서,
> 멋진 꼴로 바닥에 뻗어있었다.
> '당신 목숨을!' 그는 대답이 없었다. 그리고
> 그는 피 묻은 바닥에서 다시 일어나지 않았다. (LA Ⅱ, 67-72)

오토는 에즐린을 대신해서 라라에게 결투를 청했다. 결투의 시간은 짧았다. 오토는 분노에 차 맹목적이고 성급하게 라라에게 뛰어든다. 그는 성급한 결투에서 가슴에 상처를 입고 피를 흘리며 쓰러진다. 치명적 상처는 아닌데도, 오토는 바닥에 쓰러진 채 일어나지 않는다. 오토는 '당신 목숨을!' 요구한다는 라라의 말에 대답이 없다. 그는 '멋진 꼴'로 그냥 바닥에 누워있을 뿐이다. 라라와 오토의 결투에서 이 사회가 봉건사회이며 귀족 사회라는 것이 다시 확인된다. 결투는 귀족들의 전유물이다. 같은 신분의 두 남자 사이에 문제가 생겼을 때 벌어지는 결투는 대부분 선택된 장소에서 약속된 시간에 신속하고 직접적인 형태로 진행된다. 결투의 기본 공식은 상대방의 모욕으로 상처를 입은 사람이 결투를 신청하여 자신의 실추된 명예를 회

복하는 것이다.

봉건사회는 왜 명예를 지키는 결투가 중요했을까? 이런 예민함의 배후에는 어떤 사회적 경향이 감추어져 있었을까? 중세 유럽의 봉건사회에서 명예는 사회적 지위에 당연히 따라붙는 요소였다. 하지만 봉건사회는 점점 더 유동적으로 변하면서 신분만으로는 명예를 지키기에 충분치 못하게 된다. 귀족의 혈통 외에도 신사계급 사이에서 남성의 사회적 능력을 만드는 기준이 추가로 요구되었다. 그것은 남성 특유의 단호한 기개와 죽음을 초개처럼 여기는 용기였다. 이 명예 획득은 같은 신분층의 사람들이 보이는 존경심 또는 경멸을 통해서 판단이 났으며, 이에 따라 자기 스스로에 대한 자존과 긍지도 결정된다. 결투는 남성성의 전형적인 자기표현이자 귀족적 남성문화 일부였다. 귀족 사회에서는 이런 남성 다운 용기가 필요하였고 그런 담대함을 지닌 남자들이 존재하였다.

라라는 봉건사회 귀족으로 그 덕목을 지닌 인물이다. 귀족인 라라는 그 결투를 피할 이유가 없었고 생각도 하지 않았다. 그는 그 덕목을 지켜야 할 귀족이기 때문이다.

> 사람들이 피 흘리는 오토를 일으켰다. 그런데 그 거머리는
> 모든 질문, 표시, 말을 못하게 했다.
> 다른 사람들이 옆 홀에 모였고,
> 그리고 그는, 격분하여 누구도 개의치 않고,
> 이 갑작스러운 결투의 원인과 정복자는
> 오만한 침묵으로 천천히 사라졌다.
> 그는 자신의 말에게 돌아가, 집으로 가는 길을 갔다.

오토의 망루에는 눈길 한번 주지 않았다. (LA Ⅱ, 89-96)

짧은 순간 결투는 끝났다. 오토는 라라의 칼에 찔려 피를 흘리며 바닥에 쓰러졌다. 피 흘리는 그를 보면서 사람들은 오토를 '거머리' 라는 아주 적절한 이름으로 부른다. 그 이름에서 평소의 그의 행적이 사람들의 피를 빨아먹는 거머리 같았던 존재였음을 충분히 알 수 있다. 반면, 라라는 결투의 원인 제공자였고 정복자였다. 라라는 상처 입고 쓰러져 있는 오토를 뒤로 하고 유유히 사라진다. 그는 돌아가면서 오토의 망루에 눈길 한번 주지 않았다. 그의 사라지는 뒷모습은 라라를 타인으로부터 격리하여 강한 자아 충족을 위한 이상을 가진 자로 보이게 한다.[21] 그것은 자부심으로 무장한 오만으로 타인을 경멸하는 인간혐오에서 유래한다.

여러 날이 지난 후 오토의 상처는 치유되었지만, 그의 자존심은 치유되지 않았다.

여러 날이 지났고, 오토의 상처는 나았다.
그러나 그의 자존심은 낫지 않았고, 그리고 더는 증오를 감추지도 않았다.
그는 권력자였고, 라라의 적이었다.
그와 함께하려는 친구들은 모두 화를 입었고,
그리고 그 땅의 정의는 이제
에즐린의 해명이 라라의 손에 맡겨졌다. (LA Ⅱ, 127-32)

라라와의 결투에서 치명상을 입었던 오토의 상처는 아물었다.

하지만 그의 자존심은 아물지 않았다. 그는 권력을 가진 라라의 적이다. 라라와 오토의 결투는 그 땅의 정의가 약속된 시간에 약속된 장소에 나타나지 않은 에즐린의 해명을 라라에게 요구하는 것을 의미한다. 이제 라라가 에즐린이 밝히고자 했던 자신의 비밀을 밝혀야만 한다. 라라의 비밀이 무엇인지 알 수 없고 그들의 갈등은 일견 사적인 듯하지만 사실 복잡한 권력이 개입된 매우 복잡한 양상을 띤다.

> 그 땅에 불만에 찬 사람이 많았다.
> 사람들은 자신들의 허리를 굽혀야 하는 독재자를 저주했다.
> 그 땅은 방자함을 법의 형식으로 일했던,
> 쥐어짜는 독재자를 많이 보았다.
> 오랫동안 외부 전쟁은 없었고 이따금 내부 소란은
> 피와 큰 죄에 이르는 길을 만들었다.
> 그 길은 새로운 대파괴를
> 시작하는 신호를 기다렸을 뿐이다. 적이냐 아군이냐
> 그건 중립을 모르는, 시민 불일치가 뒤섞인 것 같았다.
> 말과 행동에는 복종하지만, 영혼에는 끔찍이 싫어하는
> 자신의 봉건 성채에 처박힌 각자는 모두 군주였다. (LA Ⅱ, 157-67)

인용된 시 전체는 혁명의 기운이 무르익는 분위기다. 혁명할 수밖에 없는 분위기로 충만하다. 그 땅에는 불만족한 사람이 많았다. 그 땅의 사람들은 겉으로 허리를 굽히며 복종의 자세를 취하지만 마음속으로는 사실 '독재자'를 '저주'하고 있었다. 땅은 농민이나 농노를 쥐어짜는 독재자를 많이 보아왔다. 봉건사회는 권력이 불균형한 사회다. 봉건사회의 작동원리는 철저한 주종관계로 지배와 복종의

원리로 작동되는 사회다. 이 사회의 가장 핵심적인 사회적 불균형은 계급이다. 사회적 불균형은 평형을 이루려는 자체적 경향이 있다. 하지만 사회적 불균형은 균형이 이루어지는 순간 다시 불균형을 생산하는 특징도 간과할 수 없다. 이 같은 봉건사회 묘사는 시인이 귀족으로서 라라의 역할을 조망하고 유럽사에 흐르고 있는 제국주의의 피를 의식하였기에 가능하다.[22]

주지하다시피 봉건사회는 서구를 규정하는 독특한 사회제도다. 하지만 봉건사회가 처음부터 제도적으로 완성된 채 등장한 게 아니었다. 인류사의 다른 모든 제도처럼 점진적으로 하나하나 만들어진 것이다. 봉건사회 성립 저편에는 귀족, 성직자, 평민, 농노, 노예 등, 그 사회 모든 구성원의 치열했던 힘의 역학관계가 자리 잡고 있었다. 노예계급 다음에 농노계급이 만들어지고 농노계급 다음에 프롤레타리아계급, 그다음에는 식민지, 그리고 신식민지 등으로 이어진다. 사회적 불균형은 더 큰 질서를 요구하게 되고, 따라서 끊임없이 새 질서를 만들어 낸다. 새 질서는 사회적 갈등이나 정치적 투쟁으로 이루어지는데, 그 가운데 항상 소수집단이 생기게 된다. 그러나 역사에서 소수집단은 무시되고 은폐된다. 소수집단의 목소리가 들리지 않는 게 역사의 진실이다. 이를 기억했을 때, 봉건사회를 상대로 농민봉기를 일으키려는 라라의 혁명을 이해할 수 있다.

라라가 돌아온 봉건사회도 이 같은 전철을 그대로 밟는다. 봉건사회의 질서와 평화는 와해하여, 그 사회는 전쟁, 반역, 살인, 학살, 광기, 그리고 죽음이 만연하는 공간으로 변할 조짐을 보인다. 그것은 봉건사회 내부의 취약성을 드러내면서 혁명이 불가피하게 보인다.

영주는 각기 고유한 영지 성안의 군주로 행세한다. 라라도 그러한 봉건사회의 영지와 세습 작위를 물려받았다(LA Ⅱ, 168). 라라의 영지에 있는 농노들은 그의 '세습된 명성'에 굴복하여 불만족스럽지만, 그 절대적 전제 군주에게 복종해야만 했다. 농노들은 말과 행동으로는 복종하지만, 영혼은 그렇지 않다.

혁명의 기운은 라라의 의식 변화에서 먼저 나타난다. 그는 먼저 가신과 농노에게 예의 바르고 관대한 주인 행세를 한다.

> 최근에 에즐린이 사라진 후
> 그는 예의 바른 군주와 관대한 주인 행세를 하였다.
> 아마 오토와의 갈등이 그를 두렵게 하여
> 그의 역겨운 머리에 덫 놓을 준비를 했을 것이다.
> 그의 관점이 무엇이든, 그는 이것으로
> 그의 동료 영주들보다, 사람들의 호의를 많이 얻었다. (LA Ⅱ, 190-95)

오토와 라라의 결투는 라라가 혁명을 일으킬 수밖에 없는 당위성의 문제를 던진다. 결투에서 해명할 수 없었던 문제를 라라는 어쨌든 풀어야만 한다. 라라는 봉기 전에 먼저 예의가 바르고 관대하게 행동하여 사람들의 호의를 얻었다. 혁명은 혁명 동지의 지원이 필수적이다. 라라의 경우 혁명은 사적인 복수 개념이 더 강했다고 볼 수 있다. 라라의 행동은 그를 이신론자, 19세기 자유주의적 정치적 혁명주의자, 그리고 회의론자를 만든다.[23]

이러한 라라에게 정치성이 있다면 그의 정치 철학은 시대를 훨씬 앞서는 느낌을 준다.

> 그날 아침 그는 땅에 매여 있는 자신들의 무덤 외에는
> 독재자를 위해서는 땅을 파지 않을 노예를 해방시켰다!
> 그것이 그들의 외침—싸움을 위한 강령은
> 잘못을 옹호하고, 옳음을 왜곡할 것이다.
> 종교—자유—복수—당신이 하려는 말은
> 사람을 선동하여 죽이게 할 충분한 것이다.
> 죄는 다스려야 하고, 그리고 늑대와 벌레는 먹여야 한다는
> 교활함으로 어떤 허울뿐인 말이 들렸고 퍼졌다! (LA Ⅱ, 218-25)

라라는 혁명의 날 아침에 자신의 땅에 매여 있던 노예를 해방했다. 라라의 혁명적 이상은 폭정과 압제에 저항하고 불공평한 사회를 공평하게 하려는 데 있다. 그러나 노예해방은 라라에게 치명적 부메랑이 되어 돌아온다. 라라가 자신의 농노를 해방하고 그들에게 자유를 주었을 때, 이는 사실 라라가 자신의 농노와 노예로부터 지지를 얻기 위한 정치적 조건이지, 농노와 가신의 자유에 관한 관심이 아니었다는 비판이 있다.[24] 이 비판은 지배 담론의 허구성을 냉철히 포착한 것으로 라라의 농노 해방은 지배 권력의 지배력 강화에 목적이 있다는 뜻이다. 그렇다 하더라도 라라의 노예해방은 혁명의 가치를 어디에 두었는지 알 수 있는 준거 틀이 된다. 그 가치는 독재의 손에서 벗어나는 해방이며 스스로 주체적 삶을 사는 자유일 것이다. '종교' '자유' '복수' 등은 사람을 선동하고 사람을 죽일 수도 있는 힘을 가진 말이다. 이 말 안에 함의된 정의가 사람을 선동하는 것이다. 그리

고 그것은 라라가 궁극적으로 추구하는 혁명 이상일 것이다.

해방된 노예는 이제 독재자를 위해서 땅을 파지 않아도 된다. 그것이 그들이 부르짖는 혁명 강령이다. 해방된 노예들은 자신들을 위해서 살겠다고 부르짖는다. 독재자에 맞선 반란은 그 성격을 정의하며 그 자체로는 바람직하다. 특히 자유는 주체성과 밀접한 관계가 있다. 하지만 그들의 강령이 잘못을 옹호하고 옳음을 왜곡함으로써 혁명의 정당성은 심히 훼손된다. 혁명에서 선동적인 말과 허울뿐인 말이 난무하고 치밀한 전략이나 고귀한 명분이 없을 때, 혁명은 공허한 말장난에 지나지 않는다. 그리고 그 혁명은 실패할 수밖에 없다. 더구나 라라의 혁명에 모인 해방된 노예들은 훈련된 정예군의 적수가 되지 못하는 오합지중이다.

농민 반란이 이어지고 모든 것이 공포로 변한다. 민심은 흉흉하다. 라라는 노예의 선봉에 서서 농민 반란을 이끌지만 애초에 '거머리' 같은 싸움 상대가 되지 못한다. 그것은 불 보듯 뻔한 일이다. 농노들은 영주의 땅에 매여 땅을 파고 생계를 이어가는 자들이다. 그들은 그 땅에서 생장한 민중의 뿌리다. 그들은 한 번도 정규적인 교육이나 군사훈련을 받은 적이 없다. 혁명적 의식은 더구나 갖지 못한 자들이다. 그들의 가치관이나 특히 정치관은 혁명이라는 거사를 일으키고 혁명에 목숨을 담보할 정도로 깨어 있지 못했으며 진보적이지도 않다. 그들은 혁명적 정의나 명분에 무지하며 한마디로 빵 한 덩이를 위해 모여든 무지렁이들이다. 사실 성의 영주, '주인'lord은 봉건사회에서 빵을 주는 사람이다.[25] 그들은 라라에게 빵을 원했지 그 이상의 이데올로기에는 관심이 없었고 이해할 수도 없었다. 그들의 의식은 라라의 혁명 이상을 도저히 이해할 수 없다. 그것은 라라도 마찬가지다. 라라는 자신의 혁명 이상을 주장하지만, 그것을 이해 못 하는 농노들을 이해할 수가 없다. 그것은 이데올로기와 가치관 차이에 따른 아주 심각한 문제를 제시한다.

문제에 대한 해결은 라라에게 있다. 그것은 피할 수 없는 운명이다.

> 그는 음산한 소굴에서 조용히 지내길 바랐는데,
> 하지만 사람과 운명이 그를 그곳에서 끌어냈다.
> 노련한 사냥꾼은 궁지에 몰린 그를 찾아서,
> 그리고 그를 죽일 것이다. 덫을 놓지도 않고 죽일 것이다.
> 엄중하고, 야심 없고, 과묵했던 그는
> 지금까지 인생의 무대에서 조용한 관객이었는데,
> 하지만 다시 한번 싸움터로 끌려 나와,
> 봉건 성주에 필적할 지도자가 되었다. (LA Ⅱ, 254-61)

라라는 막다른 골목에 이른 사냥감처럼 자신의 소굴에 틀어박혀 세상사를 지켜보는 관객의 입장으로 살고자 했다. 그러나 세상은 그를 생의 전투장으로 끌고 나왔다. 노련한 사냥꾼은 궁지에 몰린 그를 찾아서 덫을 놓을 필요도 없이 죽이면 된다. 세상은 소굴과 덫마저 필요 없는 궁지에 있는 그를 다시 생의 전투장에 세우지만, 그것은 그의 탓이 아니다. 인간과 운명 탓이다. 여기에는 라라의 치명적 잘못이 있다. 라라의 잘못은 운명을 의지의 행위로 착각한 데 있다(LA Ⅰ, 336). 운명은 그에게 피할 수 없는 임무일 수 있다. 라라는 자신의 신념을 위해서 도전에 응전해야만 한다. 그것이 혁명이 그에게 준 운명이다.

맹목적 혼란 속에 사람들은 적을 압박하였고,
그리고 잡아채려는 것이 성공을 보장한다고 생각했다.
약탈의 욕망, 그리고 증오의 갈증이
운명에 무너진 대원들을 유혹하였다.
우두머리는 갈팡질팡한 대원들의 분노를
가라앉히려 무엇을 한들 소용이 없었다.
그들의 고집 센 열기를 길들이지 못했고,
불붙은 손은 불길을 끄지 못했다. (LA Ⅱ, 286-93)

혁명의 성격은 위의 인용에서처럼 심하게 변질하고 있다. 그것은 '맹목적 혼란'이며 '약탈의 욕망'과 '증오의 갈증'으로 바로 대원들의 마음속에 잠복해 있었던 불만족의 표출이다. 라라의 혁명 이상은 약탈과 만행을 일삼은 농민들에 의해 훼손되고, 라라는 이상과 현실 사이의 괴리에서 번민에 빠지게 된다. 라라는 혁명의 거사를 일으키기 전에 먼저 농노의 신분부터 해방하여 그들을 자유민으로 만들었다. 그것은 관대하고 민주적인 처사였다. 라라의 손에서 해방된 농노는 이제는 노예가 아니라 당당한 주체의 입장이다. 하지만 자유, 사랑, 권리 등의 혁명 이상은 농노들에게 호소력을 갖지 못하고 설득력도 없다. 그들은 그 말이 의미하는 가치 자체를 모르는 무지몽매한 자들이다. 그러므로 반란에 가담했던 그들은 해방으로 획득한 자유를 누리기에는 혁명의식과 주체성이 절대적으로 부족하다. 하지만 농노들은 이미 폭력의 쾌감을 맛보았기에 그들의 '불붙은 손'의 불길을 끌 수 없다. 오합지졸 농노 반란에서 권력이 다르면 지식도 달라진다는 평범한 정의가 떠오른다.[26] 그들은 누구도 길들이지 못하는 고삐 풀린 짐승무리처럼 보인다. 그들의 거친 감정은 통제 불능에 빠졌다.

> 무절제한 승리는 불만으로 희석되었고,
> 라라의 영혼만이 여전히 꺾이지 않았다.
> 하지만 그의 명령과 도움을 주려는 자는 거의 남지 않았으며,
> 그리고 수천 명이 겨우 한 대대도 못 되게 줄었다. (LA Ⅱ, 308-11)

해방된 농노들은 잠시 승리를 맛보지만, 더 큰 불만이 그 승리를 희석한다. 라라만이 유일하게 혁명에 대한 변함없는 정신을 갖고 있지만, 그 정신에 동조하는 대원은 거의 없다. 대원들 수가 급격히 줄어들었다. 노예 신분에서 해방된 그들은 자유를 방종으로 착각한다. 독재자 '거머리' 오토에 맞선 라라의 농민군은 규율이나 질서도 없이 몰려 있는 지리멸렬한 무리일 뿐이다. 오토는 대열을 정비하고 다시 라라를 공격한다. 그들은 다시 한번 치열한 전투를 벌인다. 이 전투는 라라의 마지막 전투다. 이 전투에서 라라는 죽음을 맞이한다. 그의 죽음은 당연한 결과다. 라라의 높은 혁명적 이상을 이해할 수 있는 노예는 없었다. 그들에게는 배를 채울 빵이 필요했지 자유와 같은 고상한 혁명적 이상은 필요하지 않았다.

이 무리 속에서 라라는 혼자다. 그를 이해하고 그의 죽음 자리를 지켜 줄 사람은 시종 칼레드뿐이다.

> 그는 눈길을 칼레드에게 돌렸다, 더 가까이,
> 그리고 두려워하고 배신하기에는 여전히 너무 충직한,

아마도 달빛의 어스름한 박명이
그의 모습을 따라 슬픔의 창백한
특이한 빛을 던졌으리라, 그 깊은 색깔은
그의 마음의 공포가 아닌 진실을 표현하였다.
이것을 라라는 알아차렸고, 그리고 그의 손 위에 자신의 손을 놓았는데,
이 같은 시간에 그 손은 떨지 않았다.
그의 입술은 조용했다. 그의 가슴은 간신히 뛰고 있었으며,
그의 눈만이 말했다. 당신의 부대는 사라지거나,
당신의 친구들은 도주할지라도, '우린 헤어지지 않을 거야!
생명에 안녕을 고하겠지, 하지만 당신에게는 아듀라 하지 않을 거야!' (LA Ⅱ, 348-59)

혁명에 대한 라라의 꿈은 원대했다. 그 원대한 꿈을 위해 라라는 먼저 자신의 영지에 매여 있던 농노와 노예를 해방하였고 독재와 압제를 일삼은 '거머리' 같은 독재자에 맞서 싸웠다. 그러나 귀족 영주를 위해 땅을 파던 농노와 노예를 해방하고 '거머리' 같은 독재자를 몰아내어 새 가치를 세우려던 라라의 원대한 꿈은 실패했다. 그들은 라라의 혁명적 이상을 이해하지 못했다. 라라가 죽어가는 자리에는 오직 칼레드만이 그의 옆을 지키고 있다. 라라의 표정은 진실하다. 그의 손은 칼레드의 손을 잡고 시선은 칼레드에게 고정한 채 눈으로 많은 말을 한다. 그의 눈은 '우린 헤어지지 않을 거야'라고 말하고 있는 듯하다. 칼레드도 무언의 언어로 라라의 부대가 사라지고, 친구들이 떠나고, 생명에 마저 안녕을 고할지라도 라라와는 헤어지지 않을 거라고, '아듀'Adieu라고 하지 않을 거라고 한다.

라라의 죽음은 스스로가 서구 봉건귀족 통치체제 안에서 농민 반란의 선봉에 섰다는 데 문제의 원인을 찾을 수 있다.[27] 그는 혁명의 칼을 귀족에게 겨눔으로써 봉건사회 전체를 적으로 만들었다. 그것은 라라 자신에게 칼을 겨누는 행동이며, 그리고 그것은 혁명적 이상이더라도 자신을 구할 수 없는 것이 엄연한 사실이다.

> 그는 자신을 구하지 못했다—먼저 사람들이 도주하였다—
> 이제 시간이 되었다, 그는 손을 공중 높이 흔들고는,
> 그리고 떨어뜨렸다—왜 갑자기 깃털 문장이 떨어지지?
> 창이 날랐다—그의 가슴에 화살이 꽂혔다!
> 그 치명적 몸짓은 방어하지 못한 옆구리에 닿았고,
> 그리고 죽음이 자존심의 그 팔 아래로 파고들었다. (LA Ⅱ, 378-83)

라라의 꿈은 원대하였고 이상은 높았지만, 그러한 가치들이 라라를 구하지 못했다. 불운하게도 라라는 농민들의 혁명 동기를 오판했다. 그것은 무모하기까지 했다. 모두가 도주하였다. 가장 먼저 깃털로 장식한 문장이 떨어졌다. 그리고 그의 가슴에 화살이 꽂혔다. 적으로부터 날아온 창과 화살이 라라의 몸을 파고든 것이다. 창과 화살이 생전에 라라의 자존심을 간직했던 심장 안으로 깊이 파고들면서 그를 죽음으로 몰았다.

> 태양이 죽어가는 자와 죽은 자 위로 빛났으며,
> 갈라진 흉갑胸甲, 그리고 투구 없는 머리,
> 주인 없는 전투마는 땅 위에 있었고,

그리고 마지막 숨이 그의 피 띠를 뿜어냈으며,

그리고 가까이 그러나 생이 담긴 것으로 흔들렸다. (LA Ⅱ, 394-98)

전투가 끝난 뒤 파멸과 파괴의 분위기가 전투장을 압도한다. 태양이 죽어가는 자, 죽은 자 위로 빛난다. 태양은 공평하게 모두를 그렇게 비춘다. 태양은 밤처럼 만물을 평등하게 대한다. 창에 갈라진 흉갑, 투구가 날아가 버린 맨머리, 주인 없는 전투마가 헤매는 가운데서 라라는 마지막 들숨의 피를 내뱉는다.

바이런은 자신의 행동과 신념을 시로 형상화한 시인으로 시의 화신으로 볼 수 있다.[28] 이러한 시인에 대한 평가는 그가 그리스 독립 운동을 위해 싸운 데서 알 수 있다. 시인 자신은 정치적 자유주의와 동격이 된다.[29] '자유'란 말은 이 작품에서도 『코세어』의 걸네어가 내뱉은 '자유'라는 한 마디처럼 사람을 죽이기에 충분한 말이 됨으로써(LA II, 868) 자유가 지닌 가치는 결코 가벼운 것이 아니다. 그렇다고 해서 바이런이 자유를 획득하는 데 폭력적 방법을 옹호한 것은 아니다. 시인은 폭력으로 획득한 자유는 또 다른 형태의 노예제도로 보았기 때문이다.[30] 마찬가지로 라라의 자유는 무력에 의지하기 때문에 그것은 억압의 굴레에서 일시적 해방일 뿐이다. 자유를 얻기 위해 무력을 사용하는 동안 어떤 담론도 그 폭력성과 억압을 배제할 수 없으며, 인간성 또한 쉽게 망각하기 때문이다. 지배 담론과 역 담론, 혹은 저항 담론의 갈등은 결국은 서로 지배 담론을 행사하겠다는 뜻이다.[31] 이러한 철학은 시인 바이런의 영원한 숙제이기도 하다. 시인은 영원히 이원론과 일원론 사이에서 진자처럼 흔들렸다.[32]

라라가 오랫동안 떠났다가 돌아온 이곳이 환락과 무도회, 친절과 우정, 평화와 질서, 사랑이 가득한 곳 같았으나, 이곳도 무질서, 폭력, 증오와 파괴가 만연한 곳으로 밝혀진다(LA II, 209-14). 라라의 죽음은 그가 이상을 찾아서 돌아온 곳이 자신이 과거에 있었던 곳과 같은 곳이라는 사실을 알려준다.[33] 라라는 더 나은 세계, 사랑과 동정심으로 가득한 세계를 창조하려는 일념으로 자신을 다시 무장하는 덫에 빠져 죽음을 맞는다(LA II, 411). 그가 꿈꾸었던 이상적 세계는 그야말로 이상으로 남을 뿐이다.

라라는 마지막 숨을 몰아쉰다. 그는 죽어가고 있다.

> 라임 나무 아래, 현장에서 멀리 떨어진,
> 그를 위해서 절대 싸우지 않았던,
> 숨 쉬는, 그러나 헌신적인 전사가 누워있었다.
> 빠르게 피가 흐르면서 생명도 빠르게 떠났다.
> 한때 그의 추종자였고, 그리고 이제 유일한 그의 인도자,
> 칼레드는 무릎을 꿇고 피 흘리는 그를 지켜보았다.
> 그리고 경련마다 더 검게 분출하며
> 내뿜는 피를 자신의 스카프로 지혈했다. (LA Ⅱ, 414-21)

이 장면은 라라가 죽어가는 자리를 묘사한 것이다. 이 장면은 슬프고도 아름답다. 칼레드의 사랑이 라라의 죽음을 아름답게 만든다. 라라는 오토와의 전투에서 졌다. 라라는 농노를 해방하고 그들의 입장에 서서 봉기를 일으켰던 헌신적인 전사였다. 라라는 자신을 위해서 싸우지 않았다. 그런데 모두가 라라를 떠났다. 칼레드만이 라라

옆에서 그를 지키고 있다. 칼레드는 라라의 유일한 추종자였으며, 이제는 유일한 죽음에로의 인도자 역할을 한다. 칼레드는 죽어가는 라라가 흘리는 피를 지혈하려 애쓴다. 라라는 자신의 검은 시종에게 슬픈 감사의 미소를 지어 보인다(LA Ⅱ, 427). 칼레드가 아무리 남장을 하고 있더라고 그 옷차림에 걸맞게 사내다운 용기를 낼 수 있는 게 아니다. 그녀의 조건 없는 사랑과 무한한 신뢰는 남성적 용기에서 나온 것이 아니라 여성적 사랑에서 나온 것이다.

라라의 적들이 도착했다. 그들은 라라의 항복을 받기 전에는 완전한 승리를 보장하지 못한다.

> 적이 도착했다. 그들은 오랫동안 전쟁터를 수색하였다.
> 라라가 항복하기 전까지 그들은 승리하지 못한다.
> 그들은 그의 제거에서, 그러나 그건 헛된 일인 줄 알 것이다.
> 그리고 그는 그들을 조용히 경멸할 것이다.
> 그것은 자신의 운명과 협상하는 것이며,
> 그리고 생생한 증오에서 죽음으로 탈출하는 것이다. (LA Ⅱ, 432-37)

오랫동안 전투장을 수색하며 라라를 찾았던 적들이 도착했다. 그들은 라라의 항복을 받고 승리를 보장하려 하겠지만, 그것은 헛된 일이다. 라라는 자신의 운명과 협상하여 '생생한 증오'에서 '죽음'으로 탈출하여 그들을 비웃는다. 농민봉기를 이끈 라라는 봉건귀족에게는 죽여야 하는 사냥감이다. 라라는 그들에게 항복하기보다는 자신의 운명과 협상하여 죽음을 택한다. 라라는 그들을 아주 경멸하기 때문이다.

> 시종에게 그는 다정한 눈길을 던지고는
> 그리고 칼레드의 대답이 멈추었을 때,
> 라라는 손을 들어, 그리고 동쪽을 가리켰다. (LA Ⅱ, 465-67)

라라는 다정한 눈길을 시종에게 던진다. 그의 마지막 모습에 어떤 회한이나 미련은 보이지 않는다. 오히려 평화로워 보인다. 라라는 마지막 힘을 모아 손을 들어 '동쪽'을 가리킨다. 동쪽은 칼레드의 고향이 있는 곳이다. 태양이 사방에 빛을 뿌리며 구름을 굴렸다. 그 아침의 햇살이 라라의 눈길을 사로잡았다. 라라는 초라한 흙덩이를 벗어 던지고 불멸의 영혼으로 떠난다.

라라를 가슴에 안고 '남장한 여자' 시종 칼레드는 그를 사랑할 수밖에 없었던 자신의 운명에 냉소적 평을 내린다. 그리고 이렇게 속삭인다.

> 왜 그녀는 그를 사랑했던가? 이상한 바보!—여전히 그렇지—
> 인간의 사랑은 인간의 의지에서 성장하는가? (LA Ⅱ, 530-31)

이제 칼레드는 '그녀'가 되어 왜 그를 사랑했는지 묻는다. 그렇다면 지금까지 남장했던 그 의미는 무엇일까? 남장에 대한 가장 쉬운 해석은 성 역할의 전도이며, 시인의 심리학적 경향이다.[34] 그것은 칼레드의 남장이 단지 장식이거나 포장이 아니라는 점이다. 칼레드는 상대 남성 라라의 시종으로, 또 친구로 남성 역할을 충실히 수행하였다. 칼레드는 라라를 대신해서 그의 적수인 에즐린을 죽이고(LA Ⅱ, 590-97), 라라의 복수를 마무리한다.[35] 이 복수에서 가장 중요한 칼레드의 성격은 바이런 히어로처럼 자아 확신과 개인주의에 있어 칼레드가 그들과 동등한 인물이라는 점이다. 스스로 남장을 택한 칼레드는 권력 담론에서 주체적 역할을 하며, 스스로 지배 담론을 구사하는 인물로 조망할 수 있지 않을까. 그것이 칼레드가 남장한 진정한 의미가 아닐까, 라는 것이 칼레드의 남장에 대한 조심스러운 해석이다.

칼레드는 처음부터 끝까지 라라 옆에서 역사를 형성하는 남성 권력에 동참하는 인물이다. 여기서 칼레드는 '오리엔트 이야기'에 등장하는 다른 여주인공들과 다르다.[36] 칼레드의 사회 배경과 가족 배경의 부족, 여성성의 결핍, 가정 역할의 절대적 부족은 전통적 여성 역할을 해체한다.[37] 그녀는 『코세어』의 옥시덴트 여성 메도라와 비교해도 다르고 오리엔트 여성 오달리스크 걸네어와 비교해도 다르다. 칼레드는 의식의 변화를 겪은 스스로 주체적 담론을 완성하는 인물이다. 그녀는 이렇게 묻는다. 왜 그를 사랑했는가? 그에 대한 답으로 그것은 바보 같은 일일 수 있고 인간 의지의 산물일 수 있다.

라라를 사랑했던 칼레드는 '이상한 바보!'처럼 보인다. 그리고 그 사랑이 자신의 의지에서 성장한 것인지도 묻는다. 칼레드와 라라의 사랑은 특별한 것이었기에 칼레드는 그 사랑에 대해서 침묵한다. 칼레드의 사랑은 다시 한번 걸네어의 사랑과 연장선에서 이해할 수 있다. 칼레드는 코세어에 대한 걸네어의 다하지 못했던 사랑을 라라에서 완성했다고 볼 수 있다. 그렇게 보면 칼레드의 사랑은 콘래드가 불타는 하렘에서 걸네어를 구해주었던 바로 그 순간에 시작되었던 셈이다. 그 사랑은 열정적인 에로스 사랑에 비교할 수 없는 사랑, 즉 목숨을 바치는 아가페, 순애보 사랑이다.

라라와 콘래드, 그리고 칼레드와 걸네어는 도플갱어다. 걸네어는 자신의 목숨을 구해 준 콘래드에게 생명을 빚졌고 이제 그 생명을 칼레드가 라라에게 대신 갚았다. 그러므로 칼레드가 라라에게 느꼈던 사랑은 휴머니티를 포함한 순애보로 그 사랑은 걸네어가 콘래드에게 보내는 사랑이다. 칼레드는 라라 옆에서 마지막까지 그를 지키고 그에게 순애보를 바침으로써 궁극의 사랑을 완성한다. 그것은 걸네어가 추구했던 궁극의 여성 주체성을 칼레드가 완성한 것이다.

칼레드는 행동으로 자신의 운명을 바꿈으로써 『코세어』의 걸네어보다 훨씬 흥미로운 여성이 되었다. 칼레드는 남자로 변장한 여자인데, 라라는 칼레드가 남장한 여자인 줄 모르고 있었다.[38] 그렇다면 왜 라라는 칼레드의 복장 전도를 모르는 걸까? 알고도 관망하고 있었던 걸까? 왜 그녀를 죽음의 전장까지 데려가는 것일까? 이 물음에 대한 답은 칼레드와 라라가 상반된 모습을 보여주는 것처럼, 즉 사랑에 있어 남성과 여성이 인식의 차이를 보인다고 대답할 수밖에 없다.

바이런의 유작인 『돈 주안』에서 주인공 주안은 여장하고 하렘으로 들어간다. 주안의 복장 전도는 수동성과 페미니스트적 분석 사이에서 시인의 망설임을 의미한다. 그리고 남성 작가와 남성 중심적 전통의 신화를 통해 하렘에서 여장한 주안은 '남근 여성'phallic woman을 창조하여 강한 여성 앞에서 남성적 우월성을 주장하는 것이다.[39] 주안의 복장 전도에 대한 이러한 해석은 칼레드의 복장 전도를 같은 맥락의 반대로 해석할 여지를 준다. 칼레드의 복장 전도는 강한 남성 앞에서 여성의 우월성을 증명하려는 것으로 볼 수 있기 때문이다.

라라가 죽음으로써 칼레드의 순애보 사랑은 비극으로 끝나고 이야기는 종말에 이른다.

> 그리고 칼레드—라라—에즐린은 사라졌다,
> 모두 함께 기념비도 남기지 않은 채! (LA II, 598-99)

칼레드, 라라, 에즐린 모두가 사라졌다. 그들은 지상에 어떤 흔적도 남기지 않았다. 아무런 기념비도 남기지 않고 흔적 없이 사라졌다. 라라의 악몽과 황무지 같은 세상은 아직 완결을 보지 못했다. 라라는 조상들이 잠들어 있는 곳에 묻히지 못했다. 그가 죽었던 바로 그 자리에 땅을 깊이 파고 그의 무덤을 만들었다. 사제의 축복이나 무덤을 장식하는 대리석 묘비도 없었다. 하지만 그의 잠은 신성했다(LA Ⅱ, 521-24). 무슬림은 라라의 영혼이 어디로 갔는지 모른다. 라라의 죽음은 불멸의 삶을 보장하지 못하고 영혼의 구원도 알 수 없다. 이것은 라라가 그리스도교를 신봉하지 않고 죽었다는 것을 알 수 있는 대목이다. 라라는 이슬람식으로 묻혔다. 이슬람에서는 죽은 자는 죽은 곳에 매장하며, 특히 전쟁 중에 죽은 자는 순교자이기 때문에, 순교한 그 자리에 묻는 특징이 있다.[40] 라라가 죽은 그 자리에 묻힌 것을 두고 굳이 이슬람식의 장례로 볼 수는 없겠지만 '오리엔트 이야기'의 탄생 배경을 고려하면 이슬람식의 장례로 충분히 볼 수 있다.[41]

『라라』에서 라라와 더불어 등장인물들 모두가 죽거나 사라지는 것으로 끝난다. 지금까지의 '오리엔트 이야기'의 결말처럼 또다시 등장인물이 모두 사라지는 종말의 재연이다. 라라의 혁명은 모험치고는 감동적이고 그의 죽음은 종말치고는 애잔하다.

그녀는 보리수나무 뿌리 위에 앉아서,
야윈 손가락으로 자신의 모습을 가리거나,
모래를 따라 이상한 글자를 더듬었다—
이것은 오래가지 않았다—그녀는 사랑했던 그 옆에 누웠다.
그녀의 진실은 밝히기에 너무 소중하기에—그녀의 이야기는 말하지 않았다. (LA Ⅱ, 623-27)

칼레드는 라라의 죽음과 함께 생의 의지도 죽었다. 칼레 드의 라라에 대한 사랑은 표현할 수 없는 그 애절함이 담긴 깊은 사랑의 표현이었다. 라라에 대한 사랑은 칼레드의 생명이었다. 칼레드는 라라가 죽은 후 자신의 진짜 성sex을 밝힌다. 그녀는 여자였다. 칼레드는 조건 없는 사랑을 위해 자신의 성, 계급, 가족, 나라까지 포기한 여성이다(LA I, 524-25). 라라를 떠나보낸 그녀는 이제 보리수나무 뿌리 위에 앉아서 야윈 손가락으로 자신의 모습을 가리거나 모래 위에 이상한 글자를 써 본다. 그것은 뭔가 생각하면서 정리하는 모습이다. 그녀는 생전에 하지 못했던 사랑했던 그 옆에 누워본다. 칼레드는 자신의 신분에 대해서 말하고 싶어 하지 않고, 자신의 사랑에 대해서는 더구나 말하고 싶어 하지 않는다. 시인도 칼레드의 순애보 이야기는 차마 말할 수 없다고 하는데, 그 사랑은 말하기에는 너무나 소중하기 때문이다.

칼레드의 사랑은 그녀가 라라와 함께 농민 반란의 선봉에 서서 그 봉기를 선두 지휘하였을 때, 전우애로 나타난다.[42] 이러한 칼레드에서 이상적 여성성과 헬레니즘이 해체된다. 칼레드의 모습에서 '오리엔트 이야기'에 등장하는 여성 인물의 '이상적 미'beau ideal와 뮤즈

상은 완전히 사라진다. 칼레드는 여성의 아름다움을 수동성에 두는 여성의 전형을 조건 없는 사랑과 봉사, 나아가 금욕적 이상미로 대체한 여전사였다.[43] 칼레드는 라라의 변함없는 동지였으며 전투에서는 라라와 함께하고 그의 죽음을 지켰다. 칼레드는 감성과 감정, 이성을 조화롭게 갖춘 여성이었으며, 그것이 그녀를 특징짓는 검증 각인이다. 그것은 그녀의 사랑만큼 특별했다.

III

『라라』는 여성의 순애보 사랑을 혁명의 주제로 바꾼 이야기다. 사랑 이야기이자 혁명 이야기다. 사랑의 실패와 혁명의 실패를 다룬 이야기다. 사랑은 비극이었고 혁명은 실패였다. 시인은 전체 다섯 편의 '오리엔트 이야기' 중 『라라』에서 오리엔트에 대비되는 옥시덴트를 배경으로 삽입함으로써 동서양의 치열했던 암투를 상기시키는 동시에 상대적 담론의 가능성을 타진하고자 하였다. 이는 또한 작품의 주제가 정치성이며, 기존 권력에 대한 명백한 저항을 시인이 공공연하게 다루고 있다는 주장에 귀 기울이게 한다.[44] 기존 권력에 대한 저항은 대항 담론, 또는 대항 담론에 대한 역 담론으로 그 담론은 지배 담론에 맞설 수 있게 된다.

바이런은 의도적으로 이 작품의 시대와 공간을 모호하게 배치함으로써 다른 어떤 '오리엔트 이야기'보다 광범위하고 다양한 지리적 암시를 준다. 그러면서 비극적 사랑의 당위성은 단일한 정치 담론의 범위를 벗어나게 한다. 작품에서 시인은 칼레드의 사랑을 통해 유사

정신적 사랑은 포기하고, 구체적이고 실제적인 사랑을 그려내고 있다. 그 사랑은 '오리엔트 이야기'에서 칼레드를 여성 주체의 유일한 대안으로 떠오르는 인물로 만든다. 그녀는 궁정 사랑의 전형인 자아희생의 기사도적 사랑을 구현하는 인물이지만, 다만 성 역할이 전도되었을 뿐이다. 칼레드는 라라를 남성으로 사랑할 수 없는 사실을 당연시했다. 그녀는 금욕적 억제력으로 라라의 남성적 주체를 안전하게 지켰다. 이기심 없고 헌신적 여성 사랑을 제시할 때, 여성의 열정과 독립심은 걸네어에서 보았던 것과 달리 두려워할 필요가 없다 것이 밝혀진다.

라라에 대한 칼레드의 헌신은 지상의 차원에서 이루어졌다. 칼레드는 처음부터 끝까지 남장하고 자신의 신분과 성을 숨긴 채, 라라를 지킬 뿐이었다. 칼레드는 자신의 여성성을 금욕적으로 억제함으로써 남성적 독립성과 남성적 삶을 성공적으로 수행하였다. 칼레드는 여성적이지 않지만, 역설적으로 가장 여성적으로 자신의 연인에게 강한 애착을 둔다.[45] 칼레드는 라라의 시종이 아니라 동반자로서 성격이 더 강했다. 그들의 형제 같은 관계는 정치와 전투에서 성 역할의 전도를 보여주지만, 성 역할의 전도는 칼레드가 이성 간의 사랑이 배제된 아가페적 사랑을 할 수 있었고 또 남성 주체 관점에서 사랑할 수 있었다는 해석이 가능하다. 그것이 칼레드가 남장을 했던 가장 큰 이유이기도 하다.

칼레드가 사랑을 위해 살았다면 라라는 혁명을 위해 살았다. 칼레드는 그/그녀로서 사랑만을 위해 사는 여성의 전형을 보여준다. 하지만 그 사랑은 기존의 잣대로 잴 수 없는 보다 고차원적인 사랑이다. 칼레드는 라라를 한결같이 사랑하였다. 그리고 그 사랑을 표현하는 데 영웅적이었다. 그녀의 사랑과 행동은 감탄과 찬사를 불러일으키기에 모자람이 없다. 덕성과 영웅성이라는 고전적 정의에 따르자면 그녀는 그리스적 우아함과 통일성, 장엄함과 단순미를 지니고 있다. 칼레드가 '나는 남장한 여자예요'라고 했을 때, 그녀의 남성 복장은 표면이라는 형태에 갇혀 남성 세계에 무심했던 자신의 여성성을 강화하고 여성으로서의 정체성을 자각하는 동시에 라라의 남성 동반자로서 삶을 모색했던 장치였다. 그것은 남성 주체와 여성 객체가 동반자의 삶을 추구한 화해와 통합의 장치였다.

동서의 화해와 통합은 『코세어』에서 해적 콘래드는 동양의 마음에 불을 지피는 것을 두려워하지 않는 데에서(CO III, 353), 또 『라라』에서 임종의 자리에서 라라가 자신의 손을 동양으로 가리키는 데서 암시된다. 두 작품 모두 동양에 불을 지피고 동양을 가리키면서 막을 내린다. 이 같은 결말은 오리엔트에 대한 강력한 화해의 몸짓이 아니었을까? 시인이 해석자로서 오리엔트를 이야기한다면 그것은 화해의 오리엔트였을 것이다.[46] 그것은 오리엔트에 대한 어떤 비판이나 비평도 하지 않았다는 뜻이다. 시인의 오리엔트는 다시 오리엔트를 만드는 변증법적 오리엔트인 것이다.[47] 동어 반복된 말장난 같은 이러한 시인의 오리엔트는 오리엔트를 있는 그대로 해석하기를 요구하는 반증일 것이다.

5장 『코린트의 공성, 시 한 편』*
—프란체스카, 나는 '하얀 베일'을 쓰고 있어요

I

『코린트의 공성』은 '오리엔트 이야기'의 마지막 작품이다. 이 작품에서도 그동안 다루었던 사랑과 정치의 이중적 주제가 계속된다. 이야기 중 『라라』의 작품 배경은 유일하게 서양 스페인이었다. 시인은 이 작품의 무대를 스페인으로 설정함으로써 오리엔트에서 탈출한 것처럼 보였다. 하지만 주인공 라라는 동양에로의 회귀를 암시하듯 손으로 동양을 가리키면서 숨을 거둔다. 그의 손짓은 사실 동양의 회귀를 상징한다고 볼 수 있다. 그렇다면 작품의 무대였던 스페인은 결과적으로 오리엔트를 조망하기 위한 무대였던 셈이다. 이러한 무대 설정은 용의주도하게 설계된 것으로 시인의 정치성에 대한 하나의 답이 된다. 이 답을 뒷받침하듯 『코린트의 공성』에서 시인은 다시 이슬람 사회에 돌아옴으로써 작품의 무대는 오리엔트가 된다. 이렇게 '오리엔트 이야기'는 각 작품이 독립적이면서도 서로 유기적으로

* Lord Byron, *The Complete Poetical Works*. Vol. III. Ed. Jerome J. McGann (Oxford: The Clarendon P, 1986) 322. 이하 작품은 『코린트의 공성』으로 칭하고 시의 인용 뒤에 괄호 안에 SC 표기와 시행 번호만 밝힌다.

연결된 상호텍스트인 것이다.

『코린트의 공성』은 다른 이야기와 마찬가지로 '로미오와 줄리엣' 같은 두 주인공, 베니스 사령관 미노티Minotti의 딸 프란체스카Francesca와 그녀를 사랑하는 앨프Alp의 이루지 못한 비극적 사랑 이야기다. 하지만 시인은 비극적 사랑 이야기 바탕에 베니스와 오스만제국이 코린트를 사이에 두고 벌이는 전쟁을 가미함으로써 작품을 사랑의 주제로만 읽을 수 없게 한다. 시인은 앨프와 프란체스카의 이루지 못했던 사랑을 바탕으로 실제 전쟁을 다루면서도 그들의 사랑에 대해 만족할 만한 서술은 하지 않는다. 반면에 동시대 정치가 함의된 공고를 작품의 서두에 붙임으로써 앨프와 프란체스카의 이루지 못한 사랑은 베니스와 오스만제국과의 충돌을 가리기 위한 가면임을 독자가 쉽게 유추할 수 있게 한다.

작품의 배경인 '코린트' 자체는 서양 문화의 요람이었을 뿐 아니라, 역사적으로 고대부터 동서양이 첨예하게 갈등하던 곳이다. 작품의 시대적 배경은 베니스 공국과 오스만제국이 코린트를 사이에 두고 치열하게 전투를 벌였던 18세기 초다. 시인은 이러한 시공간적 배경을 중심으로 연인의 사랑 이야기를 한 편 곁들임으로써 작품은 얼핏 앨프와 프란체스카의 이룰 수 없는 사랑이 비극적 페이소스를 자아내게 하는 것으로 보이게 한다. 프란체스카는 그 이름, 하늘이 의미하듯[1] 죽어서 하늘에서만 존재한다. 앨프는 프란체스카를 사랑하지만, 그녀의 아버지 미노티의 반대에 부딪히자, 이에 반발하여 터키 부대에 들어가 이슬람으로 개종하여 무슬림이 된다. 그의 개종은 오스만제국과 베니스 공국의 전투가 앨프와 미노티의 사적인 대립으로 변질하는 요인이 된다. 이 같은 대립구조는 동시대 유럽의 정치 판도와 절묘하게 맞아떨어진다. 따라서 이 작품을 사랑의 주제가 아닌 정치적 담론으로 읽으면 바이런이 보았던 동시대 베니스와 터키와의 관계, 유럽 열강들의 그리스에 대한 이권 다툼 등과 관련된 유럽의 정치적 역학관계를 알 수 있다. 그리고 이를 통해서 시인이 표명했던 정치성이 드러난다. 그것은 지배와 저항 모두를 무로 만드는 이데올로기의 유보, 즉 중용의 정치로 볼 수 있다.

시인의 정치성은 프란체스카와 앨프의 이루지 못한 사랑, 아버지 미노티의 반대, 그리고 앨프의 무슬림 개종을 통해 '지배/저항' 담론의 딜레마를 반영한 알레고리가 된다. 그리스도교와 이슬람, 즉 동서양의 역학구조는 앨프의 개종으로 그 전복이 시도되는데, 이는 지배 담론에 대한 대항 담론으로서 적극적인 저항의 한 알레고리로 볼 수 있다. 그리고 그 결과, 지배 담론과 저항 담론의 이분법적인 구도가 아닌 상대적 관계 속에서 담론을 조망할 수 있는 것이다. 그리고 상대적 관계 속에서 담론은 또 다른 담론을 생성하는데, 그것은 대항 담론의 또 다른 형태가 된다. 『라라』에서 보았듯이 '오리엔트 이야기'에서 그리스도교/이슬람, 크리스천/무슬림, 그리고 제국주의/피식민을 대극 선상에 두었지만, 이야기가 전개됨에 따라 그 극단은 점점 완화되는 경향을 보여준다. 그리고 마지막에는 두 대극쌍의 분기선이 와해하면서 역설적으로 화해와 공존을 그려내고자 하였다. 그러나 『코린트의 공성』에서 작품은 두 문명의 공멸로 대미를 장식함으로써, 그 요원함을 증명한다.

II

『코린트의 공성』의 작품 앞에는 '오리엔트 이야기' 중에 『자우르』와 함께 '공고'가 게시되어 있다. 이 공고는 오스만제국이 코린트를 공격하였던 역사적 사실로 『터키 역사』*The History of Turkey*에서 발췌한 것이다. 공고에서 다루었던 역사 부분은 이 작품에 내포된 강한 정치성을 암시할 뿐 아니라, 동서양의 이분법과 그 구조적 갈등, 그리고 지배와 저항 담론의 갈등의 한 측면을 조망할 수 있는 역할을 한다.

> 1715년 대터키 군대는 수상의 지휘 아래 모레아의 심장부로 진격하였는데, 루마니아에서 가장 요충지인 나폴리를 포위하기 위한 최상의 방법은 코린트의 공격이라 생각했다. 그들은 선제공격이 최상이라 생각하고 몇 차례 공격을 감행하였다. 수비대가 약해지고 총통은 강력한 부대에 대항하는 것이 불가능하다는 것을 알고, 최선은 협상 제의라고 생각했다. 조항 사항을 다듬고 있는 동안, 터키 캠프의 화약고 한 곳에서 총신 600정의 화약이 폭발하는 사고가 있었다. 이 폭발로 6, 7백 명이 죽었다. 이 사건은 이단자를 매우 분노케 하여 어떤 조건부 항복도 허락하지 않았다. 그들은 분노에 차서 그곳[코린트]을 공격하여, 점령하고 총통 미노티Signior Minotti를 위시하여 그의 수비대를 살육하였다. 나머지는 용병감독관 안토니오 벰보Antonio Bembo와 함께 전쟁포로가 되었다.
> 『터키 역사』, 3권, 151.[2]

'공고'는 『터키 역사』에서 사건 일부를 발췌한 것으로 그 사건은 작품의 제목과 마찬가지로 '코린트의 공성'이라 일컫는다. 대체로 간과하기 일쑤인 공고의 역사 부분은 아무 까닭 없이 나온 게 아니다. 한마디로 말하면, 이 공고는 코린트에서 벌어지는 전쟁이 작품 해석의 열쇳말 역할을 한다. 대터키는 오스만제국이다. 오스만제국은 당시 카르파티아 산맥the Carpathian Mountains과 트란실바니아Transylvania, 그리고 비옥한 다뉴브 삼각지를 포함한 발칸 반도 전체를 장악하고 있었다.[3] 루마니아도 그 지역의 하나였다. 총통 미노티와 용병 감독 안토니오 벰보의 이름은 실명이다. 미노티는 『코린트의 공성』에서 실명으로 등장한다. 역사적 사건이나 널리 알려진 사건을 이용해 가상의 이야기를 만들면 그 이야기에 진실성이 부여되는데, 시인은 이 작품에서 그런 장치를 이용한 것이다.

공고에서 다루고 있는 역사는 동시대 '일곱 섬'의 역사다.[4] 이는 『자우르』 '공고'의 역사적 사실과도 관련이 있다. 모레아는 펠로폰네소스 반도의 옛 이름으로 이곳에는 뽕나무가 많아 그리스어로 뽕나무가 많은 땅이라는 의미의 '모레아'라는 이름을 얻었다. 일곱 섬은 비잔틴 제국의 행정구역이었다. 이 섬은 알바니아 해안에서 펠로폰네소스 남쪽 끝자락인 코린트 지협the Isthmus of Corinth까지 펼쳐져 있는데, 당시 아드리아해에 면한 이탈리아 동쪽 해안의 모든 주요 도시와 항구들은 베니스 공화국에 속해 있었다. 일곱 섬은 1473년에 시작하여 1571년 마침내 오스만제국에 항복할 때까지 베니스 공화국이 차지하고 있었다. 1797년에는 프랑스에 넘어갔다가 러시아-터키 군사력에 의해 다시 오스만제국으로 넘어갔던 역사가 있다.

공고의 '이단자'infidels는 그리스도교 쪽에서 본 이교도, 즉 무슬림을 가리킨다. 이슬람 편에서 본 이단자를 무슬림은 자우르라 하는

데,[5] 그것은 이미 『자우르』에서 살펴보았다. 자우르는 무슬림들이 크리스천을 지칭하는 배교자 혹은 이단자의 이슬람식 고유명사다. 이교도의 일반적 의미는 자신이 믿는 종교에 속하지 않는 다른 종교를 믿는 사람을 가리키는 말인데, 각 종교에서 서로를 이단자로 지칭하는 용어가 있다는 사실에서 우리는 그것이 상대적이라는 것을 알 수 있다. 서로를 이교도, 혹은 이단자라고 했을 때, 과연 누가 이단자일까? 그것은 서로가 상대에게 적대자이며 이단자가 되는 상대성이다. 이슬람과 그리스도교 모두 상대에 대한 고유한 이교도 호칭이 있다는 사실은 '오리엔트 이야기'에서 그려지는 오리엔트와 옥시덴트의 갈등구조 중 가장 중요한 요인이 종교임을 알 수 있게 한다.[6] 또한, 배제할 수 없는 갈등은 종교와 맞물린 이슬람과 그리스도교 간의 정치적 갈등이다.[7] 종교적 갈등은 『코린트의 공성』에서 가장 첨예하고 직접적인 정치적 갈등으로 변주된다.

역사적으로 코린트는 고대부터 동서양 갈등의 진원지였다.[8] 공고에 나타난 짧은 코린트의 지정학적 메시지는 작품의 정치적 함축성을 고려해야만 하는 이유가 된다. 특히 오스만제국이 1453년 콘스탄티노플을 함락한 5년 뒤 1458년 코린트를 정복하면서 그 갈등은 더욱 첨예화된다. 이때 코린트는 거의 소도시로 축소되면서 오스만제국의 행정 기관인 '산자크'Sansak의 중심지가 된다. '산자크'는 깃발이라는 뜻이다. 산자크는 오스만제국의 호칭인 지방관을 뜻하는 베이Bey들이 통치하였다. 모레아는 1731년부터 1821년까지 90년 동안 다시 산자크의 중심이 된다.[9] 모레아는 이처럼 그리스 근현대사에 있어 격동의 현장이었다. 공고에서 다루고 있는 전쟁은 오스만제국의 패권 확장이 주요 내용이다.

역사적 사실을 작품의 앞머리에 '공고'로 붙임으로써 종교·정치적 갈등구조는 이야기의 첫 작품 『자우르』에 이어 『코린트의 공성』에서 가장 사실적으로 그려진다. 이 작품에서 모든 '오리엔트 이야기'에서 다루었던 사랑과 배신, 살인과 죽음, 약탈과 공포, 불의와 정의, 억압과 혁명의 갈등이 혼재되어 완결을 이룬다. 이는 또다시 이국적인 오리엔트, 낯선 오리엔트, 배교자의 땅, 절대 군주, 미나렛 탑으로 표상되면서 갈등은 계속되고 종국에는 모든 대극적 요소가 해체되고 멸망하여 무가 된다.

공고의 역사적 사실을 참조하면 『코린트의 공성』에서 다룬 두 문명 간의 갈등은 오리엔트와 옥시덴트며, 더 정확하게 말하면 이슬람 오스만제국과 그리스도교 베니스 공국 간의 갈등이다. 『라라』에서 다루었던 작품의 무대인 스페인은 동양에 서양을 대비하여 오리엔트를 강조하기 위한 것이었다. 그리고 두 문명의 대조는 어느 담론에도 치우치지 않는 시인의 정치성에 대한 하나의 답으로 볼 수 있었다.[10] 다시 말해, 『라라』에서 다루었던 배경도 역사적으로 스페인과 이슬람제국이 빚었던 충돌을 고려한 두 문화 바로 그리스도교와 이슬람의 충돌과 뿌리 깊은 역사성을 암시하기 위한 것이다.[11] 하지만 작품에서 허구의 사랑과 실제 역사를 구분하기란 쉽지 않다. 오스만제국과 그리스 역사 전반에 대한 이해가 선행되어야만 작품의 올바른 읽기가 가능하다.

시의 첫 장면은 시인이 대부분 '오리엔트 이야기'의 배경으로 삼은 그리스 코린트에서 시작된다. '공고'에서 다루었던 폭력과 죽음이 난무하였던 전투와 달리 아래에서 묘사된 코린트는 수많은 세월과 시대, 폭풍, 전투를 견디면서 오늘까지 세상사에 무심한 듯, 그러나 당당하게 서 있다. 그것은 인고의 세월을 견딘 달관한 모습이다.

> 사라진 많은 세월과 시대가,
> 그리고 폭풍의 숨결이, 그리고 전투의 분노가
> 코린트 위를 휩쓸었다. 하지만 그 성은 자유의 손을 위해
> 세워진 성채 위에 서 있다.
> 선풍의 분노, 지진의 충격은,
> 그 눈雪 빛 바위를 손상하지 못한 채 남아있다.
> 땅의 주춧돌은, 무너졌지만 여전히,
> 언덕 위에 당당해 보인다. (SC 1-8)

'코린트'는 성서에도 등장하는 유서 깊은 도시다. 그 오랜 세월 동안 코린트는 수많은 풍상을 견뎌냈으며, 폭풍과 전투, 심지어 지진에도 무너지지 않았던 철옹성이었다. 코린트는 많은 풍상을 겪으면서 그렇게 여전히 굳건히 서 있다. 오히려 그러한 세월의 흔들림 속에서 코린트는 더욱 당당해 보인다. 코린트가 당당한 모습으로 지금까지 버틸 수 있었던 힘은 그것이 '자유의 손'Freedom's hands을 위해 세워졌기 때문이다.

'자유'는 시인 바이런을 정의하는 개념이다. 시인은 그리스 독립에 민감했으며 냉정한 정치적 본능을 타고났다. 시인은 스스로 세계인이라 천명하며 유럽대륙을 누볐고 레반트를 답사하였으며 동시대 정치적 쟁점에 반응하였다.[12] 코린트에 몰아쳤던 선풍의 분노, 지진

의 충격은 눈같이 흰 바위를 손상하지 못했다는 묘사는 시인이 사랑했던 개념인 자유에 대한 경의의 표시다. 코린트는 한때 세계에서 가장 번창했던 도시의 심장이자 영광의 상징이었다. 하지만 그 도시의 위용과 영광의 흔적은 이제 어디에서도 찾아볼 수 없다.

코린트는 유구한 세월 동안 그것을 지키기 위한 많은 전투를 지켜보았고, 그것을 침묵으로 간직하고 있다. 티몰레온Timoleon, 441~337 BC 형제는 카르타고 전투를 승리로 이끌면서 코린트를 반석 위에 올려놓았다(SC 14). 테미스토클레스는 테르모필레 협곡에서 페르시아의 크세르크세스 1세를 물리침으로써 그를 좌절한 독재자로 만들었다(SC 15). 그 전쟁은 『자우르』에서 이미 살펴보았듯이, 역사가 된 '살라미스 해전'이다.

태곳적부터 존재하였던 불멸의 대자연에 대비되는 필멸의 인간 조건은 시인이 유와 무, 영원과 순간, 영광과 실패에 이중적 색깔과 힘을 입히고자 할 때 사용하는 전형적인 문학적 장치다. 그리스는 서구 문명의 모태가 된 고전 문명의 발원지, 서구 문명의 요람이며 그 역사는 서구의 역사와 긴밀하게 연결된다.[13] 그리스는 오스만제국에 맞서 역사적으로 그리스도교의 기수임을 자임해왔다. 이는 결코 가볍게 볼 수 없는 그리스의 역할이다. 코린트는 유구한 역사와 영웅적 무훈을 지닌 도시로 그리스 남북교류의 중심지로 기원전부터 인류를 지성으로 이끈 지적 모험을 잉태하고 양육한 곳이다.

그러한 코린트의 모습은 자유롭고 거침없다.

파도는 푸르게 굽이치고, 푸른 하늘은

높이 걸려 있는 대양처럼 펼쳐져 있으며,
작은 섬의 불빛으로 거침없이,
숭고하게 환한 빛으로 반짝인다.
빛나는 그것들을 바라보고
그리고 푸념하지 않고 육지 쪽으로 고개를 돌렸던 자는
자유롭게 날 날개는 원치도 않으며,
영원한 불빛 속으로 잦아들지 않는가? (SG 199-206)

그리스에 관한 이 대서사적 장면은 인간과 역사의 영고성쇠를 노래한 것이다. 그것은 시인의 전매특허인 배경묘사로 치밀하고 생생한 묘사다. 그것은 또한 시인이 사건의 현장 구석구석을 직접 다녀 보고 쓴 것이기에 가능했다. 코린트 바다 위에 굽이치는 파도, 푸른 하늘, 높이 걸려 있는 대양 등과 같이 모든 묘사는 직유법으로 표현된다. 이런 직유법은 시인이 어떤 장면에 가능한 한 인간의 모든 흥망성쇠를 노래할 때 사용하는 고유한 수사법이다. 자연묘사 바로 다음에 대응되는 코린트 도시묘사가 전개되면서 전체 장면에는 장엄함과 허무함이 압도한다. 이렇게 대비되는 이미지는, 이를테면 승리와 패배, 불멸과 필멸, 영광과 치욕, 미와 추를 함께 다룰 때, 논리와 시적인 일면을 동시에 강조하는 효과를 가진다.

수많은 시간이 흘렀지만, 이슬람과 그리스도교의 전투 대치 장면이 과거의 그 시대와 똑같은 전쟁 상황으로 재연된다. 많은 시간과 시대가 지났지만, 역사는 반복되듯 그 어느 때, 그 어느 곳에서처럼 크리스천과 무슬림이 대치하고 있다. 크리스천 코린트는 지금 오스만제국의 무슬림 병사들에게 포위되어 있다.

텐트가 세워졌고, 무슬림의 연합전선을
따라 초승달이 빛난다.
거무스름한 스파히 부대는
수염 기른 파사의 눈길 아래서 진군한다.
그리고 눈길 닿는 끝까지 멀리 넓게
터번 쓴 보병대가 해변에 밀어닥친다. (SC 30-5)

인용된 시는 전쟁 준비 장면인데, 여기에는 이슬람문화가 전체를 덮고 있다. 텐트가 세워지고 무슬림의 연합전선을 따라 '초승달'이 빛나고 있다. 초승달은 마치 수호신처럼 앨프의 머리 위와 무슬림의 공격선을 따라 비추고 있다. 오스만군대는 타타르, 아랍, 투르코만Trucoman 등으로 이루어진 연합군이다. '스파히'Spahi는 오스만 정예군Ottoman cavalry을 일컫는다. 보병대는 터번을 두르고, 아랍의 낙타는 무릎을 꿇고, 종마는 타타르 마차를 몰고, 투르코만은 그 무리를 떠난다. 투르코만 군은 사브르를 허리에 졸라매고 있다. 사브르는 기병검騎兵劍이다. 이러한 무슬림 연합군은 역사가 증명하는 이슬람화Islamization의 한 부분이다. 이슬람화는 아라비아반도에 살던 아랍인이 이슬람 깃발을 들고 북아프리카, 이집트, 리비아, 알제리와 레반트 지역으로 나아가 이 지역을 모두 아랍화Arabization 한 역사적 사실을 의미한다.[14]

이 모두는 이슬람문화의 재현이다. 이슬람문화에 대한 시인의 애착은 이야기 곳곳에 이슬람 용어의 직접적 사용에서 확인할 수 있다. 대표적인 자우르를 위시하여 예배인도자인 물라, 이맘, 요정 지니, 악마 굴, 천사 후리, 관직 이름인 에미르, 술탄, 파사, 베이 등이 있다. 특히 코세어는 영어로 'pirate'으로, 스파히는 'Ottoman cavalry'로 번역 사용해도 의미 전달에 전혀 지장이 없지만, 시인은 이를 번역하지 않고 이슬람 용어를 영어로 음차하여 사용하고 있다. 이렇게 함으로써 영어권 독자에게 읽히는 작품은 의도적으로 낯설게 된다. 시인은 이슬람 용어를 영어로 번역 표기하는 걸 거부하고 이슬람 용어 표현의 흔적을 작품에 남김으로써 이야기 자체가 혼종적인 것임을 드러낸다. 그리고 이 낯섦과 혼종성은 시인의 모국을 향한 그리움과 오리엔트 문화에 대한 애착으로 보인다. 이는 언어 자체가 '문화의 앙상블이며 그 언어에 깃들어 있는 가치들, 기준들, 의미들'인 탓이다. 그래서 같은 언어를 말하는 것은 단순한 언어 수행만이 아니다.[15] 그것은 정신, 즉 에토스ethos의 문제이기도 하다.[16]

바이런은 어떤 의미에서 디아스포라 시인이다. 스스로 추방 형식으로 영국을 떠나 제3국에서 영국 독자를 위해 창작 하면서 작품에는 영국 제국주의를 암시하는 이야기를 풀어놓는 미묘한 위치에 있었다. 사실 바이런의 시선은 세계 지배적 식민 권력으로서 영국 문화를 반영하고 있으며, 또한 오리엔탈리즘 시인으로서 권력의 중요성을 의식하고 있었다.[17] 그리고 오리엔트는 유럽의 문화적·역사적 조상이며, 타자의 공간과 영역이기도 한 사실을 간과하지 않았다.[18] 작품에서 오리엔트의 이러한 이중적 위치는 그 자체로 시인이 제3국인으로 바라본 객관적 시선의 산물이다.

앨프는 오스만 연합군을 선두 지휘하고 있다. 그는 아드리아해 출신의 배교자로 조국을 배반하고 조국에 총부리를 겨눈다(SC 69). 무슬림으로 개종한 앨프는 이슬람 문화권에서 완벽한 무슬림으로서 존재하고자 한다. 앨프는 오스만 터키군이 되어 '코린트 공성'의 선봉에 있다. 그는 크리스천 문명을 없애버리고 오스만제국에 충성을 다하기 위해 능력 이상으로 싸운다. 그의 연인 프란체스카는 그 이름 '하늘'처럼 작품의 초반부터 죽어 하늘에서만 존재한다. 하지만 두 사람의 사랑에는 피할 수 없는 가부장 권력, 개종, 연인과 아버지의 대립, 그리고 종교와 정치가 개입됨으로써 작품을 사랑의 주제로만 읽을 수 없게 한다. 특히 앨프의 크리스천에서 무슬림으로의 개종은 많은 문제점을 시사하는데, 그것은 존재 자체의 변화를 의미한다. 그리고 핵심은 그것이 지배에 대한 극단의 저항 방식이라는 데 있다.

미노티는 크리스천으로 그리스 문명 위에 서 있다. 그는 '도지'Doge가 위임한 권력이다(SC 173-35). 도지는 옛 베니스 및 제노아 Genoa 공화국의 총독 관직으로 그 명칭은 '공작' 계급의 베니스 방언이다. 전쟁은 적군과 아군으로 나뉜, 상대를 필요로 하는 싸움이다. 미노티와 앨프는 서로의 적군으로 대치하고 있다. 앨프는 초승달이 빛나는 이슬람 편이고 미노티는 십자가를 앞세운 그리스도교 편으로 코린트 성채를 지키고 있다. 앨프와 미노티, 무슬림과 크리스천은 서로 대치 중이지만 코린트는 그 대치에 대해서 말이 없다. 코린트는 말없이 격동의 세월을 견뎌왔고 그들의 참혹한 격돌을 인고로 지켜보았을 뿐이다.

> 그리스를 비 크리스천의 굴레에서 해방하였던
> 신의 없는 휴전이 깨어지기 전에,
> 상냥한 그의 딸은 그와 함께 왔다.

메넬라오스의 귀부인이 그 땅과 주인을
버린 후, 그곳에는 불륜의 사랑에
어떤 비탄이 기다리고 있는지, 증명할 수 없었는데,
그녀가 가졌던 비길 데 없는 낯선 이보다
더 아름다운 미녀가 그 해안을 장식하였다. (SC 177-84).

신성 연합은 그리스를 무슬림 손에서 해방했지만, 그 해방은 잠시였다. 신성 연합은 결성한 후 곧 해체됨으로써 신성을 무색게 한 동맹이었다. 여기서 '신의 없는 휴전'은 바로 신성 연합을 가리키며 그리스가 누렸던 해방은 그 동맹이 '깨어지기 전'까지, 아주 짧은 기간이었다. 스파르타 왕 메넬라오스Menelaus는 헬렌Helen의 남편으로 아가멤논Aggamamnon의 동생이다. 메넬라오스의 귀부인은 트로이 전쟁의 원인 제공자 헬렌이다. 시인은 '오리엔트 이야기' 곳곳에서 적절하게 그리스 신화와 고전을 빌려서 사용하는데, 여기서 트로이 전쟁의 인물 차용은 메넬라오스의 멸망처럼 코린트의 멸망을 예고하는 역할이다. '더 아름다운 미녀'는 곧 등장할 프란체스카다.

무슬림이 된 앨프는 무슬림 병사를 선두 지휘하고 있다. 지휘자 모습의 그는 철저하게 무슬림으로 개종한 것처럼 보인다. 앨프는 조국 베니스를 버리고 터키식 터번을 두른 '젊고 열렬한 개종자', 바로 이슬람을 신봉하는 무슬림이 된 것이다. 크리스천에서 무슬림으로 개종하여 오스만 정규군이 된 앨프에서 오스만제국의 엘리트 군단 예니체리Janissary의 흔적을 볼 수 있다.[19] 예니체리는 발칸 반도의 그리스도교 소년의 징집제인 데브쉬르메Devshirme에서 선발된 오스만제국의 정예군이다. 오스만제국은 예니체리를 강제로 이슬람으로 개종시켜 그들의 충성심을 확실히 하였다. 예니체리는 1826년 해체될 때까지 오스만제국의 독특한 엘리트 군 조직이었다.[20] 앨프는 이러한 예니체리 정서를 고스란히 반영한다.

> 그는 대원 사이에 홀로 서 있었다.
> 그는 십자가 위에 초승달을 심기 위한
> 떠들썩한 광적인 자만이 아니었으며,
> 혹은 적은 손실로 생명의 위험을 무릅쓰기 위함도,
> 천국에서 후리들에게 영원토록
> 사랑받기 위해서도 아니었다. (SC 251-56)

앨프의 개종은 십자가 위에 초승달을 심기 위해서도 아니며, 이슬람 천사 '후리'들의 영원한 복락을 보장받는 이슬람 천국행을 위해서도 아니다. 앨프의 개종은 어떤 대가를 원해서가 아니다. 그렇다면 그의 개종은 무엇을 위한 것이며, 그의 그리스도교에 대한 증오심은 어디서 유래하는 것일까? 그것은 식민 통치자 흉내 내기를 거부하는, 복종에서 혁명으로 움직이는 창조를 고집하는 몸짓이다.[21] 하지만 그의 개종에 대한 이러한 평가는 실패한 것처럼 보인다. 왜냐하면, 앨프의 개종은 죄처럼 그를 따라다니기 때문이다(SC 269-72). 무슬림에게 그는 여전히 '비천한 예수쟁이'bitter Nazarene(SC 274)일 뿐이다.

작품에서 묘사되는 이슬람과 그리스도교는 사실적이고 직접적이다. 이러한 직접성과 사실성은 시인의 레반트 여행과 무관하지 않다. 터번 모양의 비석 머리는 죽음에서조차 종교의 지배를 받고 있는데, 그것은 십자가로 무덤을 장식하는 그리스도교도 마찬가지다. 이슬람은 비이슬람과의 전쟁을 영원한 종교 전쟁, 즉 '지하드'로 칭한다. 이에 맞서 그리스도교에는 '십자군'이 있다. 십자군 전쟁은 성스러운 전쟁이란 이름으로 그리스도교 국이 이슬람 세계를 침략한 전쟁이었다. 이 전쟁에서 이슬람문화의 영향과 실체는 왜곡되고 축소되고 과소평가된다.[22] 문학의 한 예를 보면, 중세 영국의 로망스 『혼왕』*King Horn*은 십자군 전쟁을 기술하면서 브리튼 섬에 침략하였던 바이킹을 사라센의 침략으로 전유하고 있다.[23] 사라센Saracen은 무슬림을 비하하는 말로 그것은 무어Moors, 그리고 튀르크Turk와 동의어처럼 사용된다.[24]

무슬림은 앨프의 개종을 믿지 않을뿐더러 그의 크리스천 출신을 여전히 죄로 여긴다(SC 278-79). 이러한 앨프의 개종은 자신의 조국에 총부리를 겨눔으로써 자아 정당성과 명예, 허영심을 추구하는 것으로 보이기도 하지만, 그것은 그의 분열된 자아를 반영한다.[25] 그의 분열된 자아는 그의 개종의 허위성과 흔들리는 정체성이다. 이러한 앨프의 개종을 지배에 대한 저항 담론의 한 전형으로 본 해석이 있다.[26] 엘프가 속해 있는 오스만제국은 20세기 초 터키 공화국 수립까지 약 6백여 년 동안 팍스 오스마나를 구가한 제국으로 유럽정치 질서의 일부를 작동시키는 역할을 했다.[27] 오스만제국이 세계 역사의 한 축을 담당하면서 막강한 영향력을 과시했던 역사적 사실은 가볍게 볼 수 없다. 이러한 오스만제국의 역사를 염두에 두고 앨프의 개종을 해석하게 되면, 그것은 저항 블록을 형성하여 지배 담론에 대한 저항 담론으로써 일반적 담론을 역전시키는 역할을 한다고 볼 수 있다. 그리고 여기서 지배 담론은 이중의 저항 담론에 직면함으로써 담론은 그 자체로 새로운 담론을 형성하는 데 의의가 있다.

앨프는 무리 중에 가장 사나워 마치 사자처럼 굶주려 있으며, 먹잇감을 본 자칼 같다(SC 328-29). 그는 자유와 성 마르크 성당, 그리고 십자가의 승리를 상징하는 베니스 출신이다(SC 493). 앨프는 과거 자신의 신앙이었던 그리스도교 크리스천에게 총부리를 겨눈다. 그리스와 베니스, 모두가 그에게는 적이다. 앨프는 코린트와 함께 겪었던 역사의 부침을 기억하면서도 그 둘을 똑같이 적으로 여긴다. 이제 그는 무슬림이 되어 알라의 보호를 받는 신분이다. 무슬림 대원 사이에 홀로 서 있는 앨프는 그들 사이에서 여전히 배타적인 존재다. 앨프는 승승장구하는 오스만제국 터키군에 가담하여 프란체스카의 아버지 미노티의 코린트 성을 포위하고 있다. 그는 코린트 전체를 멸망시키는 데 주역이 되는 인물이다. 이와 같은 그의 역할은 모순적이고 다층적이다. 따라서 작품은 사랑 이야기보다는 강한 정치성을 내포한다.[28] 앨프의 출신은 베니스 사령관 미노티와 같다. 그런데 이제 크리스천을 저주하는 이교도 무슬림이 된 것이다(SC 101). 여기서 '이교도의 호출'은 그리스도교의 호출이며 무슬림에게 크리스천은 '가축'으로까지 비하된다.[29] 반대로 미노티는 이교도 무슬림의 굴레에서 베니스를 해방했던 백전노장이다(SC 177-80).

과거 코린트의 시민들은 베니스의 '자유'를 자부심으로 자랑했다. 이때의 베니스는 평화와 문화의 도시를 상징한다.[30] 하지만 이제 그것은 어디까지나 과거의 유물로 존재하는 상징성에 그칠 뿐이다. 그것은 시간 앞에 코린트만 제외하고 모두 평등하기 때문이다(SC 369).

뒤편에, 캠프가—그의 앞에 놓여있었고,
수많은 굽이치는 시내와 만 사이
레판토의 만, 그리고 델피의
흔들리지 않는 눈雪이,
높이, 그리고 영원히, 수천 년의 여름이
만, 산, 계절과 함께
눈부시게 비추었듯이,
그것은, 사람처럼, 시간에 녹지 않을 것이다. (SC 317-24)

레반토의 만에는 굽이치는 많은 시내가 있으며 델피Delphi의 산 마루에는 흔들리지 않는 만년설이 마치 수의처럼, 하얀 베일로 덮여 있다. 레반토는 코린트 해협 북쪽에 있는 만으로 1571년 돈 주안 제독의 지휘 아래 알리 파사가 이끄는 오스만 함대를 격파한 곳이다. 이곳은 문호 세르반테스가 병졸로 참전하여 부상했던 일화가 전해지는 곳이기도 한데, 세르반테스는 이 해전을 '이전에 없었던 가장 위대한 순간'이라 했다.[31] 델피는 아폴로 신전이 있던 곳이다. 레판토는 바다에서 델피는 산에서 코린트 부침의 역사를 지켜보았던 무언의 증인이다.

산 위의 만년설은 시간에 녹지 않고 시간을 초월하여 존재한다.

독재자와 노예는 휩쓸려 가버려,
광채 앞에 거의 형체도 없다.
하지만 그 하얀 베일은, 가장 가벼운, 가장 연약한,
장엄한 산 위에서 그대를 환영한다.

탑과 나무는 부서지고 찢어졌어도,
돌무지 싸움터 위로 빛나고 있었다.
산꼭대기, 구름 높이에서,
공중에 나부끼는 수의壽衣같은 질감으로,
그렇게 높이 떠다니는 자유가 펼쳐져 있었다.
마치 그녀가 머물기 좋아하는 곳에서 도주하듯,
그리고 그곳에서 머뭇거리며, 그곳에서 오래된
그녀의 예언자 정신이 노래하였다. (SC 325-36)

시간은 독재자와 노예, 모두를 휩쓸고 가버려 델피산의 만년설 광채 앞에 형체 없이 사라졌다. 델피 산마루의 만년설은 부서질 듯 허약하지만, 여전히 '하얀 베일'을 쓰고 보는 사람을 환영한다. 그것은 공중에 나부끼는 수의 같은 질감으로 높이 떠서 자유롭게 장엄한 산 위에 펼쳐져 있다. 만년설 위를 덮고 있는 '하얀 베일'은 프란체스카를 은유하는데, 그것은 순백의 순결을 상징하는 동시에 찢어지기 쉬운 그녀의 처녀성을 상징한다.[32] 앨프의 공격행위는 군사적인 것과 성적인 것이 혼재되어 있으며, 이는 프란체스카의 '몸'을 정복하려는 행동의 은유다. 이 때문에 프란체스카의 '하얀 베일'은 상보적 상징성을 띠고, 전쟁에 참여한 앨프 행위는 프란체스카를 정복하려는 행위와 겹친다.

무슬림 병사들이 코린트를 둘러싸고 있고, 크리스천 병사들은 코린트 성채를 방어하고 있다. 프란체스카는 두 진영 간의 싸움을 하늘에서 내려다보면서 사랑하는 두 사람, 아버지와 연인이 서로에게 총부리를 겨누고 있는 모습에 가슴 아파한다. 앨프는 원래 프란체스카와 같은 크리스천이었는데, 이제 무슬림이 되었다. 그가 왜 무슬림으로 개종했는지, 게다가 지금 성 밖에서 무슬림 병사를 진두지휘하는 지휘자로 베니스에게, 그녀의 아버지에게 총부리를 겨누고 있는지 그 진정한 이유를 프란체스카는 모른다. 그 이유는 앨프의 프란체스카에 대한 거부된 사랑일 수 있으며 그녀 아버지에 대한 원망일 수 있다.

앨프 앞에 묘령의 여성이 나타난다.

> 그는 왼쪽으로 몸을 돌렸다—그가 뭔가 확실히 보았는가?
> 그곳에 젊고 빛나는, 한 여성이 앉아있었다! (SC 486-87)

초승달이 비치는 한밤중에 묘령의 여성이 군대 막사가 밀집된 곳에 나타났다. 앨프가 왼쪽으로 몸을 돌린 곳에 젊은 여성이 빛을 발하며 앉아있었다. 묘령의 여성은 하얀 베일을 쓴 프란체스카다. 하얀 베일은 그녀의 순수, 순결, 사랑을 드러내는 모티프다. 그런데 그녀의 베일은 '공중에 나부끼'며 코린트를 덮고 있어, 자유로워 보이지만, 역설적으로 죽음을 덮는 '수의'처럼 보인다.

앨프는 그 환영에 화들짝 놀라 펄쩍 뛰어오른다.

> 그는 무장 적병이 가까이 있는 것보다
> 더 무서워 펄썩 뛰었다.
> '하느님 아버지! 여기 뭐가 있지?
> 당신 누구요, 그리고 무엇 때문에
> 이 적진 가까이 왔소?'
> 그의 떨리는 손은 더는 신성하다고
> 생각지 않는 성호를 긋기 거부했다.

그러나 의식이 그 힘을 쥐어짜게 하여,
그 시간에 성호를 다시 그었다.
그는 뚫어지게 바라보았고, 또 보았다. 그는 미인의 얼굴을
그리고 우아한 모습을 알았다.
그의 옆의 그녀는 프란체스카였다.
그의 신부가 되었을 아가씨! (SC 488-500)

한밤중에 나타난 환영을 보고 앨프는 자신도 모르게 '하느님 아버지!'를 찾으며 그동안 거부했던 성호를 온 힘을 짜내 긋는다. 앨프는 자신이 거부했던 이제는 신성하게 여기지 않는 성호를 떨리는 손으로 긋는다. 성호를 긋는 행위는 그가 과거와 완전히 단절되지 않았음을 입증하는 행위이며 개종의 허위성을 보여주는 행위다. 성호를 긋고는 앨프는 용기를 내어 다시 그 환영을 바라본다. 그것은 프란체스카, 앨프의 신부가 될 아가씨였다. 프란체스카가 환영으로 앨프 앞에 나타난 것이다. 그녀의 모습은 알레고리적인 의미를 지니는데, 그것은 자유의 여신 이미지와[33] 앨프가 추구하는 자유와 사랑을 의미한다.[34] 하지만 앞 단락에서 보았듯이 델피산을 덮고 있는 만년설은 프란체스카를 은유하는 하얀 베일을 쓰고 있어, 그것은 수의처럼 죽음을 암시한다.

프란체스카는 이미 죽어 앨프 앞에 환영으로 나타난 것인데, 앨프는 그 사실을 모른다. 환영으로 나타난 프란체스카의 이미지는 상서롭지 않으며, 그것은 코린트의 죽음, 즉 멸망을 암시한다. 델피산을 만년설로 덮고 있는 '하얀 베일'의 이미지는 '수의'처럼 적군과 아군을 가리지 않고 모두를 덮을 것이다. 너와 나, 아군과 적군, 오리엔

트와 옥시덴트는 서로를 필요로 하며, 서로에게 상대적 존재로서 역할 할 때 존재한다.

앨프는 환영으로 나타난 프란체스카의 영혼에 압도당한다(SC 487-500). 프란체스카의 환영이 연인 배교자 앨프에게 호소하는 이 장면은 앨프 개종의 허위성, 사랑의 무위성, 인간 존재의 유한성까지 내포한다. 앨프의 개종을 비웃듯 또는 책망하듯 프란체스카의 환영이 그를 괴롭힌다. 프란체스카의 말이 이어진다.

> '나는 나의 휴식처에서 내가 가장 사랑했던 당신에게 왔어요.
> 그건 나를 행복하게 하고, 당신에게는 축복이 될 거예요.
> 나는 보초병을, 문을, 벽을 지나왔어요.
> 적과 모두를 뒤져서 안전하게 당신을 찾았어요.
> 사자는 순결한 자존심이 있는 아가씨에게서
> 몸을 돌려 도주한다는 말이 있죠.
> 그리고 하늘에 있는 권능은, 숲의 독재자를 그렇게 피해서
> 선한 자를 막아준다고 하죠.
> 그 자비가 연합한 이교도로부터
> 나를 보호하는 데까지 미쳤죠.' (SC 518-27)

인용된 프란체스카의 말을 가만히 들어보면 그녀는 이미 죽어 혼령이 되었다는 사실이 새삼 분명해진다. 혼령이 된 그녀는 조용히 앨프를 책망한다. 그녀는 자신의 휴식처에서 쉬지 않고 그녀가 가장 사랑했던 크리스천인 앨프를 찾아서 무슬림 적진에 왔다. 그녀는 죽음의 안식처에서 지상의 전쟁터로 온 것이다. 육체를 벗어버린 프란체스카는 보초병과 문과 벽을 통과하며 앨프를 찾아 이곳까지 왔다.

앨프를 찾아온 것은 그녀에게는 행복이고 앨프에게는 축복이다. 하늘의 권능은 숲의 독재자 사자로부터 선한 자를 보호하고, 사자는 순결한 자존심을 가진 아가씨를 피한다는 말을 하면서 프란체스카는 자신의 순결을 강조한다. 이 같은 프란체스카는 앨프에게는 어떤 방법으로든 성취해야 할 자유를 상징하며 그녀는 애국적, 종교적, 그리고 제국주의적 정통성을 보장하는 크리스천 힘을 상징한다.[35] 하늘의 자비는 프란체스카를 이교도로부터 지켜주었다. 이교도에는 무슬림이 된 앨프가 포함된다.

프란체스카는 『자우르』의 레일라처럼 시의 도입부에서 이미 죽어 부재한 상태다. 하지만 그녀의 죽음은 레일라의 것처럼 시 전체를 압도하고 앨프의 영혼까지 지배한다. 앨프 앞에 환영으로 나타난 프란체스카는 침묵, 부재, 수동적 몸짓, 그리고 무언의 서술을 하는데, 그녀의 부재한 목소리는 생명을 좌우할 수 있는 여성 원리를 극화한다. 프란체스카는 '오리엔트 이야기'의 여주인공 중 가장 감동적인 인물이다. 바이런은 이 작품에서 여주인공 프란체스카를 창조함으로써 시인의 감정 개입 없이 객관적으로 작품의 완성도를 높인다.[36]

프란체스카의 환영은 또 이렇게 말한다.

> 나는 왔어요—제가 온 것이 헛되다면,
> 절대로, 오 절대로, 우리는 다시 만나지 못해요!
> 당신은 당신의 아버지 신조로부터,
> 떨어져 나가는 무서운 일을 했어요.
> 하지만 그 터번을 땅에 던지고, 성호를
> 그으세요, 그리고 영원히 나의 것이 되세요.

당신의 심장에서 검은 방울을 짜내세요.
그리고 내일 우리가 만나면 다시는 헤어지지 않을 거예요. (SC 528-35)

프란체스카는 앨프를 만나기 위해 죽음의 안식처에서 전쟁터로 왔다. 프란체스카는 앨프에게 다시 크리스천이 되어 자신에게 돌아오라고 애원한다. 크리스천 프란체스카에게 앨프의 개종은 '무서운 일'이다. 프란체스카는 앨프의 개종을 책망하면서 이슬람 터번을 벗어 던지고 성호를 긋고 영원히 자신의 것이 되라고 한다. 그러면서 내일 앨프와 만나면 다시는 헤어지지 않을 거라고 말한다. 프란체스카는 죽었기 때문에 그녀와의 만남은 앨프의 죽음을 의미한다.

프란체스카의 말에서 연민과 관심을 끊임없이 일깨우는 숭고한 사랑을 느낀다. 그 사랑은 그녀가 보여주는 아름다움이 아니라, 그녀가 느끼고 생각하고 고통받는 그녀 자신의 모습에서 찾을 수 있다. 그것은 프란체스카의 더 부드럽고 수동적인 여성적 영웅성이며, 오히려 모성애를 느끼게 하는 영웅성이다. 하얀 베일에 가려진 사랑스러움과 드러내지 않은 미묘한 성격이 깊은 비장의 효과를 자아낸다. 『라라』의 칼레드에게 찬사와 존경을 보낸다면 프란체스카에게는 가슴에서 우러나오는 연민의 눈물을 보낸다. 칼레드가 궁정의 기사도 같은 준엄한 아름다움을 제시한다면, 프란체스카는 이콘 화폭 속에 표현된 마돈나의 모습을 상기시킨다. 마돈나가 모성적 부드러움과 애환과 연결되어 연민을 자극하듯이 프란체스카는 효심, 사랑, 고통 그리고 눈물 같은 지상의 감정들과 연관된 천상의 이미지로 감성을 자극한다.

앨프는 하얀 베일을 쓴 프란체스카의 환영을 마주하고 있으면서도 그녀의 혼령이 의미하는 죽음을 실감하지 못한다. 그렇기 때문에 프란체스카가 내일 우리가 만나면 다시는 헤어지지 않을 거라는 말의 진정한 의미 또한 이해하지 못한다.

'그럼 우리의 신혼 침상은 어디에 펼치지?
죽어가는 자와 죽은 자 가운데?
내일 우리는 크리스천 이름의 아들을 학살하고
성당에 불을 지를 건데.
아무것도, 당신과 당신의 것만 빼고는, 나는 맹세하건대
아침까지 남지 않을 거요.
그러나 당신을 위해 사랑스러운 장소를 가지고 있소.
그곳에서 우리는 손을 잡고, 그리고 우리의 슬픔을 잊을 거요.
그곳에서 당신은 나의 신부가 될 거고,
그때 다시 한번 베니스의
자존심을 끝장낼 거요.' (SC 536-46)

내일 다시 프란체스카와 결합했을 때, 앨프는 그들의 신혼 침상을 어디에 차릴지 묻는다. 그것은 죽어가고 있는 자 아니면 죽은 자 사이인지 묻는다. 그것은 산 자를 위한 사랑의 침상으로 볼 수 없다. 프란체스카에게 구혼하는 앨프의 이 같은 행위는 코린트를 공격하는 행위와 겹치는데, 그것은 프란체스카의 순결을 오염시키려는 행위와 같다. 그것은 에덴 같은 베니스의 밤을 비웃고 정복하는 행위다. 그것은 필연적이지만 이율배반적인 사랑과 증오, 정신과 육체, 전쟁과 평화를 혼동하는 것이다. 그러므로 앨프의 개종이 코린트의

공격으로 이어진다면, 그의 신념 이면에 있는 사랑과 용기는 존경할 수 없을뿐더러 진정성도 의심할 수밖에 없게 된다.

앨프는 내일이면 전쟁으로 크리스천 아들은 학살당하고 성당은 불탈 것을 예고한다. 그렇지만 프란체스카의 것만 남겨둘 것이다. 그녀를 위해 마련한 아름다운 신혼 침상에서 둘이서 슬픔을 잊고 프란체스카는 앨프의 신부가 될 것이다. 앨프는 혼령으로 나타난 프란체스카에게 자신이 꿈꾸고 있었던 그녀와 함께할 삶을 이야기한다. 그 이야기는 아름답고 행복하고 낭만적이다. 앨프의 이와 같은 소망에는 세 가지 문제점이 발견된다. 첫째, 앨프는 죽어 혼령이 된 프란체스카와 여전히 사랑을 꿈꾼다는 것이다. 둘째, 앨프가 의식적으로 성호를 긋듯이 자신은 여전히 크리스천에서 벗어나지 못했음에도 크리스천 아들을 학살하고 성당에 불을 지르겠다는 것이다. 마지막 셋째는 프란체스카를 신부를 맞이함으로써 베니스의 자존심, 즉 미노티의 자존심을 끝장내리라는 것이다. 이 문제점에서 프란체스카에 대한 앨프의 비현실적 사랑, 종교적 이단, 그리고 끝장난 미노티의 자존심 등이 발견되며 그것은 프란체스카의 순결한 사랑을 훼손하는 것이다.

앨프는 프란체스카와 행복한 신혼 침상을 꿈꾸면서 자신도 모르게 그녀의 손을 잡는다. 그 손결은 가벼웠지만, 그 감각은 뼛속까지 시려 앨프는 오싹함을 느낀다(SC 550-51). 반면 프란체스카는 앨프의 낭만적 사랑의 호소에 재차 터번을 벗고 크리스천으로 돌아오라고 간청한다. 그녀의 간청은 앨프에 대한 사랑을 넘어서 민족·국가·종교를 향한다. 무슬림이 된 앨프는 이제 크리스천이 아니지만 그렇다고 그가 크리스천과 아무 관련이 없는 것이 아니다. 앨프의 무슬림 개종은 역설적으로 그를 크리스천과 더욱 강하게 연결한다.

> '그렇게 많이 준 사랑이 나를 위한 것이
> 아니라면, 그러면, 천국의 사랑을 위해서—
> 다시 말할게요—당신의 믿음 없는 이마에서
> 그 터번을 찢어버리고 맹세해요.
> 당신의 상처받은 나라의 아들을 구하겠다고,
> 그렇지 않으면 당신은 질 거예요. 그리고 다시는
> 땅을 보지 못할 거에요—그건 과거죠—그러나 천국 아니면 나를 볼 거예요.' (SC 583-89)

앨프에 대한 프란체스카의 사랑에는 미묘한 문제가 담겨있다. 그 문제는 지상의 사랑을 능가하는 천상의 사랑으로 바로 종교적 사랑이다. 그녀의 말에서 프란체스카는 무슬림 앨프가 아닌, 크리스천 앨프를 사랑했던 것을 알 수 있다. 그녀는 '상처받은 나라의 아들'을 구하지 않는다면 앨프는 전쟁에서 질 거라고 예언한다. 그리고 앨프에게 다시는 땅을 보지 못할 거라 하는데, 이는 지상에서 앨프의 죽음을 재차 강조하는 말이다.

프란체스카의 말에서 그녀와 앨프의 사랑은 두 가지 측면에서 아주 불행한 사랑이다. 첫째는 종교적 차이에서 그들의 사랑은 불행하다. 프란체스카는 앨프의 개종을 탓하면서 그의 머리에 쓰고 있는 터번을 벗어 던지라고 한다. 하지만 종교적 차이는 이슬람과 그리스도교를 가르는 가장 분명하고 큰 차이로 그렇게 쉽게 동질화할 수 있는 이념이 아니다. 둘째는 프란체스카가 유령이라는 점이다. 죽음은 생사를 가르는 절대적 단절이다. 산 자는 죽은 자의 세계로 갈 수 없고 죽은 자는 산 자의 세계로 올 수 없다. 그런데도 산 자 앨프는 죽은 자 프란체스카에게 마치 산 자에게 하는 것처럼 자신의 사랑을 호소한다. 여기에는 서로를 이해할 수도 건널 수도 없는 깊은 심연이 있다.

미노티는 딸 프란체스카처럼 자신의 신앙에 대한 믿음이 확고하다. 그는 배교자 무슬림 앨프에 맞서 한 치의 흔들림이 없다. 그 자신이 코린트 성채처럼 난공불락이다.

> 그곳에 노익장이 서 있었다—그의 머리는 희었으나,
> 베테랑 그의 팔에는 힘이 가득했다.
> 전투의 선봉에서, 죽은 사람이,
> 반원형 안에 놓여있었던
> 그날에, 그는 용감하게 전투에 맞섰다.
> 그는 아직 부상당하지 않고 싸웠는데,
> 비록 후퇴할지라도, 항복하지는 않았다. (SC 736-42)

미노티는 전쟁의 베테랑이다. 그에게는 범접할 수 없는 위엄이 있다. 나이 들어 머리는 희었지만, 그의 팔은 여전히 힘이 있다. 그의 앞에 죽은 병사들이 반원형으로 놓여있었다. 그는 언제나 전투의 선봉에 서서 싸웠다. 그는 오랜 전란을 견디고도 여전히 당당하게 서 있다. 세월과 많은 풍상을 견딘 노익장은 코린트 성채와 같다. 미노티와 코린트에는 부정할 수 없는 위대함이 있다. 미노티와 코린트, 코린트와 미노티는 한 몸, 한 가족이다. 미노티는 항복은 생각도 하지 않았으며 자신의 몸과 같은 코린트 성채를 지키기 위해 죽음까지 각오한다.

그리스도교와 이슬람, 크리스천과 무슬림이 수백 년에 걸쳐 서로 반목하면서 싸우는 동안 수없이 많은 사람이 죽었다. 그러한 일은 미래에도 여전히 반복될 것이다. 오늘날 정치적 경계선이 문화적 경계선 곧, 민족적·종교적·문명적 경계선과 일치해 가는 추세에 있다. 냉전 시대의 블록을 대신하여 문화적 결속이 등장하였으며 문명과 문화의 단층선이 세계 정치에서 주요 분쟁 선으로 변모하고 있는 점은 간과할 수 없는 사실이다.[37] 그러나 먼 시각으로 볼 때, 가치와 이념의 양분은 무의미하다. 그것은 이미 사라진 사람들이 생전에 무엇을 남겼는지, 지상 어디에 묻혔는지, 알 수 없기 때문이다.

> 그들이 무엇을 남겼는지, 말하자면
> 어디에 누워있는가, 그리고 어떻게 스러졌는가?
> 그들의 뗏장에는 비석이 없고, 그들의 무덤에는 뼈가 없다.
> 그러나 그들은 시 속에 살아있어 불멸로 남는다. (SC 770-73)

전쟁 중에 병사들은 산화하여 흔적이 없다. 그들이 남긴 것은 무엇인가? 아무것도 없다. 그것은 크리스천 병사든 무슬림 병사든 똑같다. 그들의 뗏장에는 비석이 세워져 있지 않았고, 그들의 무덤에는 뼈가 없다. 그렇기에 전쟁은 무익하고 헛되며 명분 없다. 그것은 오리엔트와 옥시덴트의 반복되는 결과에 관한 알레고리다. 무지와 몰이해와 편견으로 점철된 주체와 타자의 관계에 대한 알레고리다. 그런데도 앨프와 미노티는 각각 오리엔트와 옥시덴트, 무슬림과 크리스천을 대표해서 싸워야 한다는 사실은 주목할 만하다. 이렇게 덧없고 애잔한 분위기가 감도는 가운데서 시인은 그들의 싸웠던 이야기가 시 속에서 불멸로 남으리라고 노래한다.

앨프에 맞선 미노티의 항전 의지는 매우 단호하여, 코린트 방어에 자신의 몸을 희생 제물로 바치려 한다. 미노티의 아들은 아시아와 코린트의 국경이 그어지는 전쟁에서 죽었다(SC 766-67). 그는 이미 아들을 조국에 바쳤다. 이제 미노티 자신을 조국에 바칠 차례다.

> 노익장은 여전히 우뚝 서 있었다,
> 그러자 앨프의 진격이 잠시 멈칫했다.
> '항복하시오, 미노티, 진영陣營은 함락되었소.
> 당신 딸을 위해서, 당신 것만 남았소.' (SC 802-5)

노익장 미노티는 그 자신이 성채처럼 꼼짝 않고 서 있다. 조금도 동요하지 않는 그의 자세에 오히려 앨프의 진격이 잠시 멈칫한다. 앨프와 터키군에 맞서 꼼짝 않고 서 있는 미노티의 모습은 그 자신이 성처럼 보인다. 앨프는 프란체스카를 위해서 그를 죽이고 싶어 하지 않는다. 앨프가 외친다. '항복하시오, 미노티.' 앨프의 이 말은 비록 그가 프란체스카를 사랑의 볼모로 잡고 적대적인 말을 늘어놓기는 하지만, 미노티가 항복한다면 얼마든지 그의 목숨은 살려주겠다는 언질이다. 하지만 앨프는 자신의 말이 미노티에게 그 말보다 더한 치욕이 없다는 사실을 알 만큼 섬세하지 못하다.

> '절대로, 배교자, 절대로!

너가 살려준 생명의 선물이 영원하더라도.' (SC 807-808)

미노티의 결심은 단호하다. 그의 대답에는 생생하게 살아있는 자존심과 펄펄 끓는 증오심이 함께 묻어난다. 미노티는 이슬람으로 개종하여 크리스천의 배교자가 된 앨프에게 생명 따위는 구걸하지 않는다. 비록 앨프가 살려준 생명이 영원하더라도 미노티는 배교자 앨프의 제안을 거절한다. 그것은 치욕이며 불명예다. 여기서 미노티와 앨프의 갈등은 종교 때문에 더욱 날카로워 보인다.

'프란체스카!—오 나의 약속한 신부여!
그녀마저도 당신의 자존심에 멸망해야만 하겠소?' (SC 809-10)

앨프는 '프란체스카!' '오 나의 약속한 신부여!'를 외치며 그녀가 미노티와 함께 죽을까 봐 두려워한다. 바로 이 순간, 앨프와 미노티의 대치가 극한으로 치닫는 이 순간에 반전이 일어난다.

'그 애는 안전해.'—'어디, 어디서요?'—'천국에,
네 영혼은 쫓겨났지 그곳에서—
너로부터 아주 멀리, 그리고 더럽혀지지 않았지.'
앨프가 마치 한 대 맞은 듯
그의 말에, 비틀거리며 허리를 굽혔을 때,
미노티는 소름 끼치는 미소를 지었다.
'오 하느님! 그녀가 언제 죽었소?'—'어젯밤—
나는 울지 않아 그 애의 영혼이 도피했기에.
나의 순수한 전투는 무함마드와 너의 노예는 되지 않을 거다—

> 자 와라!'—그 도전은 소용이 없었다—
> 앨프는 이미 칼에 찔렸다! (SC 811-21)

미노티는 프란체스카의 안전을 확신한다고 말하는데, 그것은 그녀의 안전이 천국에 있기 때문이다. 프란체스카는 깨끗한 몸으로 앨프에게서 멀리 떨어져 천국에 들었다. 반면 앨프의 영혼은 천국에서 쫓겨났다. 프란체스카는 죽어서 천국에 있으므로 이제는 지상의 죽음을 걱정할 필요가 없다. 미노티는 앨프에게 이 사실을 알려주면서 미소를 짓는데, 그것은 소름 끼치는 미소였다. 앨프는 그녀가 언제 죽었는지 묻는다. 그녀는 어젯밤, 프란체스카가 혼령으로 앨프에게 나타난 바로 그 순간에 죽었다. 앨프에게 이 사실을 알려줄 때 미노티는 일종의 복수심에 찬 통쾌감을 느꼈을 수도 있다. 마치 망치에 한 대 맞은 듯한 충격에 비틀거리는 앨프에 반해, 미노티는 프란체스카의 죽음을 오히려 다행으로 여긴다. 프란체스카는 물론 미노티 자신도 무함마드와 앨프의 노예가 되지 않을 것이기 때문이다. 미노티의 이 말은 비수가 되어 앨프의 가슴을 찌른다. 가슴을 찔린 앨프는 미노티의 도전에 대항할 수 없다. 그는 정신적으로 이미 미노티에게 패배한 것이다.

두 인물의 대립이 팽팽하다. 하지만 앨프의 패배가 분명하다. 그는 심리적이고 정신적으로 패배하였다. 이 대립의 최대 희생은 앨프의 사랑으로 볼 수 있으며, 이 서사적인 패배로부터 극적인 담론이 태동하기 시작한다. 미노티와 앨프의 감정적인 틈에서 사랑과 증오, 충성과 배신, 지배와 복종 등의 담론이 서로 맞물린다. 그중 가장 핵심적인 담론은 역시 종교적 갈등이다. 그것은 문화적 갈등으로 볼 수 있다. 문화적이고 종교적인 갈등 속에서 프란체스카와 앨프의 사랑은 완성될 수 없다.

『코린트의 공성』은 그리스도교 대 이슬람, 크리스천 대 무슬림의 갈등을 적나라하게 재현한 작품이다. 초승달이 다시 한번 강조되며(SC 214), 배경 속에서 한밤중의 무에진 기도 소리는 이상하게 낯설게 들린다(SC 221). 이슬람의 새벽은 무에진의 기도 소리로 시작된다. 그런데 그 소리는 마치 코린트의 함락을 예고하는 듯 조종처럼 들린다(SC 223). 새벽녘 오스만 터키군의 침략으로 이러한 평화로운 분위기는 반전되어 살육의 울부짖음이 정적을 깨운다. 그 소용돌이 속에서 미노티는 성당 안에 홀로 서 있다. 마돈나 상이 변함없이 그를 내려다보고 있다(SC 902-5). 미노티는 한숨과 함께 성호를 긋는다. 그의 성호와 앨프의 성호를 비교하면, 크리스천은 위기와 축복의 순간에 무의식적으로 성호를 긋는다는 것을 알 수 있다. 이런 관점에서 보면 앨프의 이슬람 개종은 그야말로 무슬림 흉내 내기에 불과하다. 미노티는 마침내 성전을 폭파한다. 성전이 적의 손에 파괴되기보다는 자신의 손으로 파괴하는 것이 자신의 자존심과 성전의 신성함을 지키는 최선책일 것이다.

노 미노티의 손이
횃불을 도화선에 붙였을 때—
불이 붙었다!
첨탑, 궁륭, 사원, 약탈, 살해,
터번을 쓴 승자, 크리스천 군대,

산 자든 죽은 자든 남아있는 모든 것이,
몸서리치는 성전과 함께 높이 치솟으며,
　한번 거친 굉음으로 폭발하였다! (SC 968-75)

미노티는 횃불로 도화선에 불을 붙인다. 불이 붙었다. 성전의 첨탑과 궁륭, 사원, 약탈, 살해, 터번을 쓴 무슬림 승자이건, 십자가를 든 크리스천 패자이건, 산 자든, 죽은 자든 모두가 그 불과 함께 한꺼번에 폭발해버린다. 그렇게 평화와 사랑의 안식처였던 성전은 화약 폭발에 사라져 버린다. 미노티는 앨프 앞에서 보란 듯이 그리스도교의 성전을 파괴하였다. 미노티는 성전을 파괴함으로써 앨프의 손에 죽기보다는, 더구나 무슬림의 손에 죽기보다는 스스로의 죽음을 택한 것이다. 미노티에게 성전은 사랑과 평화의 안식처였기 때문에[38] 그는 배교자의 손에 성전이 파괴되는 것은 차마 볼 수가 없었다. 코린트는 미노티 자존심의 최후의 보루였다. 그리스도교 성전이 파괴됨으로써 전쟁이 끝났다. 크리스천 대 무슬림의 전투가 끝났다. 여기서 최후의 승자는 이슬람처럼 보인다. 무슬림으로 개종한 앨프 쪽의 완승으로 끝나는 듯하다. 하지만 작품은 그리스도교도와 이슬람이 서로 교차하면서 전개되는 가운데 마지막으로 시인이 크리스천은 누구이며, 무슬림은 누구냐고 물으면서 지금까지 구사했던 서사의 전복을 시도한다.

크고 멋진 많은 남자들이,
덧없이 타서 오그라들어,

다시 땅에 떨어졌을 때
타다 만 재처럼 들판을 뒤덮었다.
재가 비처럼 쏟아져 내려
어떤 자는 만에 떨어졌으며, 만은 수천 개의 회전하는
주름처럼 그 물 뿌림을 받아들였다.
어떤 자는 해변에 떨어졌는데, 그러나, 저 멀리
지협에 흩뿌려져 누워있다.
크리스천이나 무슬림, 그들은 어느 쪽이냐?
그들의 어머니들이 보고 말하게 하라! (SC 987-97)

인용 대목의 전쟁터 묘사는 매우 사실적이고 박진감 있다. 화약 폭발과 함께 재가 되어 버린 생전의 '크고 멋진 많은 남자들'은 덧없이 타서 오그라들었다. 그것은 재가 되어 사방으로 비처럼 내려 들판을 뒤덮는다. 죽은 자는 물을 튕기며 만에 넘어지고, 만은 그 물 뿌림을 받아들인다. 재단의 횃불은 이렇게 모든 것을 재로 만들어 버린다. '재'는 철저한 무와 부정을 상징한다. 화약의 폭발로 모든 것이 재로 변했을 때, 크리스천인가 무슬림인가를 따지는 것은 무의미하다. 무와 부정의 재로 변한 시선에서 보면 적과 아군, 정교와 이교를 구분하는 것은 무의미하다.[39] 그리스도교와 이슬람이 충돌하는 원인은 문화의 차이에 있다. 하지만 보다 근본적 물음은 지배/피지배에 관한 문제다. '누가 지배하고 누가 지배당하는가?'[40]라는 물음에 대한 답변은 무너져내린 코린트의 잿더미에서 찾을 수 있다. 멸망의 폐허에는 암울한 고딕 색채가 두껍게 내리덮는다. 음산한 전쟁터를 배경으로 사체를 뜯어먹으려고 몰려드는 뼈 가죽이 앙상한 들개무리는 소름 끼치는 물리적 공포를 자아낸다.[41] 무슬림과 크리스천이 적대적으로 싸울 때 땅벌레와 공중의 새, 그리고 숲속의 짐승들은 먹이를 찾아 모여든다. 인간은 서로를 죽임으로써 스스로 멸망의 길을 걷고 있다. 누가 지배하고 누가 지배당하는가? 전쟁은 지배/종속, 모두가 멸망하는 지름길이다.

'오리엔트 이야기'는 오리엔트와 옥시덴트, 이슬람과 그리스도교, 무슬림과 크리스천으로 양분되는 문명의 충돌을 형상화한 작품이다. 문명의 충돌에서 가장 위험한 미래의 충돌은 서구의 오만함, 이슬람의 편협함, 중화의 자존심이 복합적으로 작용하여 발생할 것으로 보고 있다.[42] 이렇게 문명을 진단하게 되면 미래 세계에는 서로 다른 문명에 속하는 국가들과 집단들의 관계는 우호적이지 않으며 대체로 적대적인 경향을 띨 것이라는 결론에 이른다. 두 문명이 서로 적대적일 때, 상호 인정과 존중은 불가능하다. 작품에서 문명의 충돌은 서구의 오만함과 이슬람의 편협함이 충돌한 것이며, 그 충돌은 모두의 멸망으로 이어지는 그러나 피할 수 없는 결과처럼 보인다.

바이런은 누구보다도 자유와 독립에 민감했던 시인이었으며 냉정한 정치적 본능을 가졌던 세계시민이었다. 시인은 종교적 편 가르기를 혐오하였으며 오리엔트와 옥시덴트, 무슬림과 크리스천을 막론하고 독재와 압제에 분노하였다.[43] 코린트의 폐허에서 보듯이 작품은 지배 담론, 지배에 대한 저항의 역 담론 등으로 가득 차 있지만, 그 담론이 '아무도 소유하지 못하는 우주', 즉 '천국의 정치학'으로 변하는 데 주목할 필요가 있다.[44] '천국의 정치학'은 승자도 패자도 없는 정치적 중용을 의미한다. 이는 작품에서 그려진 담론이 바람직하다는 의미에서가 아니라 지배와 저항의 문제를 재조명하는 장치의 역할을 한다는 의미에서 상상의 유토피아라고 할 수 있다.

모두가 멸망했을 때, 세상의 종말은 인간 부재로 나타난다.

> 들새는 날았고, 들개는 달아났으며,
> 긴 울부짖음은 매장되지 않은 죽은 자를 떠났다.
> 낙타는 주인을 떠났고,
> 먼 곳에서 소들은 굴레를 벗어던졌다—
> 더 가까이 있는 말은 들판으로 뛰어들었고,
> 뱃대끈을 풀었으며 고삐를 찢었다.
> 습지에서 숫 개구리의 소리는
> 깊은 곳에서 울려 나와, 두 배나 거슬렸다.
> 늑대는 동굴 언덕에서 울부짖고,
> 메아리는 여전히 천둥처럼 울렸다.
> 자칼 무리는 힘을 모아
> 멀리서 불만스럽게
> 마치 우는 아기처럼, 두들겨 맞는 사냥개처럼
> 애조 띤 소리로 울부짖는다.
> 갑작스러운 날갯짓, 그리고 깃털 가슴으로
> 독수리는 바위 둥지를 떠나,
> 태양 더 가까이 날아갔다.
> 독수리 아래 구름은 갈색빛의,
> 그 연기는 놀란 독수리 부리를 공격하여,
> 더 높이 날게 하였고 비명을 지르게 하였다—
> 코린트의 승리와 패배는 이와 같았다! (SC 1014-34)

코린트를 포위하고 치열한 공방전을 벌였던 무슬림과 크리스천의 전쟁은 끝났다. 미노티에 대한 앨프의 복수는 완성되었다. 들새는 날아갔고 들개는 달아났다. 낙타는 주인을 떠났고, 소들은 굴레를 벗어던졌다. 인간 없는 세상은 자연에서도 동물에서도 생명력이 느껴지지 않는다. 분위기는 황량하고 종말적이다. 인기척이라곤 들리지 않는 이곳에는 정적과 비장감만이 감돈다. 지배와 저항 주체의 욕망을 뒤흔드는 힘들, 즉 종교, 인종, 계급, 성 등 다양한 담론들은 코린트와 마찬가지로 '승리와 패배'를 함께 했다. 승리와 패배는 동전의 양면이며 서로를 필요로 한다. 저항 담론은 지배 담론이 필요하다. 그 둘은 길항작용 하며 상호 보완적이고 상보적 존재로서 기능한다. 이러한 결론은 정치성을 초월하며 기본적 인간 조건을 포함하는 것이다.[45] 무슬림과 크리스천으로 갈렸던 죽고 죽이는 치열했던 전쟁에서 승자와 패자의 구분은 의미 없는 일이다. 사람의 목숨을 담보하는 전쟁은 이기든 지든 덧없는 일이다. 이러한 논쟁적 배경은 전쟁의 무익성을 강조하는 것이다. 전쟁의 무익성에 대한 강조는 시인의 정치적 성향과 무관하지 않다. 시인은 전쟁과 독재를 최대 적으로 여겼다.[46] 둘 모두는 인간성과 문명을 파괴하는 요인이기 때문이다.

『자우르』에서 인간의 주검에 야생동물들은 그나마 그것을 먹잇감으로 보고 모여들었다. 하지만 『코린트의 공성』에서 야생동물들은 매장되지 않은 죽은 자마저 외면해 버린다. 이제 인간 주검은 야생동물에게조차 외면당한다. 코린트의 승리와 패배가 이와 같다면 전쟁의 참혹함, 무익함, 황폐함을 말해서 무엇하랴. 그마저 덧없는 일이다. 지배와 저항 담론의 갈등, 주체와 타자의 긴장도 결국에는 코린트의 종말과 같을 것이다. 『자우르』에서 하산이 자우르에게 죽임을 당하자 그의 궁전은 먼지만 켜켜이 쌓이는 폐허가 되었다. 인간 없는 세상은 그가 가졌던 욕망이 무엇이었든 그 자체로 종말이다. 하산 궁전의 마구간에서 말은 사라졌고 분수대에서 물줄기는 말라버렸다. 『코린트의 공성』의 마지막 장면도 이처럼 종말적 분위기가 전체를 덮고 있다. 이러한 작품의 대단원은 '오리엔트 이야기'를 오리엔트에 가장 익숙한 바이런이 썼을지라도 시인이 영국적 정체성을 통해서 제국주의 서사를 구사할 수밖에 없었음을 보여 준다.[47] 그 서사는 지배와 종속의 멸망이다. 그리고 더 중요한 문제는 두 문명의 공멸을 통하여 지배/저항 담론의 문제를 넘어선 화해와 공존의 담론을 상상하는 데 있다.[48]

III

'오리엔트 이야기'는 사랑, 열정, 복수, 후회, 죄, 폭력, 죽음을 다루고 있다.[49] 이러한 제재는 『코린트의 공성』에서도 똑같이 재현된다. 그리고 이 제재의 충돌이 결국 인간 전체의 몰락으로 이어지고 있음은 눈여겨보아야 할 점이다. 전체의 몰락은 그 누구도 승자가 되지 못하며 패자도 되지 못한다는 것을 뜻한다. 아무도 소유하지 못하는 담론은 '천국의 정치학'이 된다. 이것은 가질 수 없는 이상향, 즉 유토피아를 상정하는 것이다. 유토피아는 그 어느 곳에도 없는 땅이다. 하지만 인간은 완벽한 조건의 이상향을 꿈꿔왔기 때문에 유토피아를 향해 진보할 수 있었다. 바이런의 유토피아는 옥시덴트 유럽과 오리엔트 오스만제국에 똑같이 공감하는 것이다. 이 때문에 그를 동시대의 진정한 세계시민 시인으로 평가한 것이다.[50]

'오리엔트 이야기'는 여성의 타자성을 다룬 이야기다.[51] 여주인공들은 모두 가부장제에 의해서 억압받거나, 남성 권력의 수동적인 피해자로 형상화된다.[52] 『코린트의 공성』의 프란체스카도 그러한 여성의 일원으로 보인다. 하지만 그녀는 남성 인물의 의식을 압도하면서 작품 전체를 지배한다. 작품에서 프란체스카는 죽어서 '하얀 베일'을 쓰고 환영으로 나타나지만, 그녀는 이야기 전체를 전개하는 힘이며, 담론의 원천이다. 그녀는 지상에서 죽은 바로 그 시간에 앨프 앞에 혼령으로 나타나 앨프의 의식을 지배한다. 프란체스카의 여성성은 권력의 원천으로 묘사되며,[53] 그녀는 죽어서 남성 인물의 기억 속에서 그 힘을 행사한다. 그 힘은 사랑과 연민에서 나온다. 앨프는 프란체스카의 사랑에 조종당하고 그 사랑에 매여 있다. 앨프와 미노티는 코린트 성채를 사이에 두고 서로 대치하는데, 그들은 각각 무슬림과 크리스천으로 대표된다. 앨프는 미노티의 코린트를 함락해야만 하고 미노티는 앨프의 공격에 맞서 코린트를 방어해야만 한다. 그들 사이에서 프란체스카는 경계선 역할을 한다. 그녀가 있었기에 앨프는 코린트를 마음대로 공략할 수 없었다. 반대로 미노티는 프란체스카가 죽었기에 앨프의 공격을 마음껏 비웃을 수 있었다.

미노티는 자신의 신념을 끝까지 지킨 코린트 성채와 같은 노익장이다. 그의 흔들림 없는 신념은 앨프의 개종을 상대적으로 허약하고 위악적으로 보이게 한다. 미노티는 앨프에게 코린트 함락의 기회를 주지 않았을뿐더러 그에게 승리의 기회는 더더욱 주지 않았다. 미노티는 스스로 성당에 화약을 설치하고 코린트 성채를 폭파함으로써 자신도 코린트와 함께 산화하는 영광을 누린다. 이러한 미노티의 전략은 저항 담론의 승리로 볼 수 있다. 프란체스카는 남성 권력의 중심에서 전쟁보다는 사랑, 이성 보다는 감성으로 수동적인 자기표현을 완성하고자 하는 서술방식을 반영한다. 이것은 여주인공의 심리 상태와 존재감을 드러내는 문학적 기제다.

『코린트의 공성』에서 승자도 패자도 없는 결말이 전달하는 메시지는 자명하다. 그것은 '오리엔트 이야기'의 전 작품의 대단원에 해당하며, 지금까지 '오리엔트 이야기'의 압축된 결론이다. 결론은 모든 판단을 잠정적으로 중지하는 '이데올로기의 유보'다.[54] 이데올로기의 유보는 작품에서 신화화된 과거 그리스를 철저하게 해체함으로써 자유, 영광, 문화의 지배 담론을 비웃는다. 서구의 지배 담론을 해체함으로써 진정한 지배와 저항 담론의 벽허물기를 시도한 것이다. 그리스의 과거 영광을 현재 새로운 맥락에서 해석할 때, 그것의 원래 의미는 퇴색되어 선택적으로 재현될 수밖에 없다. 바이런은 앨프의 개종을 통해서 과거 지배 담론의 해체성과 현재 저항 담론의 필요성, 즉 저항 담론의 전망이 가능한 미래를 열어주기를 원했다. 앨프의 개종행위에서 지배와 저항의 담론 행위는 물리적 실천 망 속에서 서로 연결되어 있음을 알 수 있다. 또한, 그 둘은 불가분의 관계로 서로 순환한다. 프란체스카의 '하얀 베일'은 그 순환을 가로막는 담론의 벽에게 바친 부고로 볼 수 있다.

나오며

'오리엔트 이야기'는 당시 오스만제국의 식민지였던 그리스를 중심으로 이슬람 군주의 오달리스크나 홀아비의 딸을 가운데 둔 오리엔트와 옥시덴트의 갈등과 충돌을 다룬 다섯 편의 작품이다. 다섯 편의 이야기는 비슷한 주제를 이야기하면서도 각 작품만의 특별한 사랑 이야기와 독특한 정치적 담론을 담고 있다. 이와 같은 이야기의 특징은 '오리엔트 이야기'의 각 작품이 서로를 비춰주는 거울 같은 역할을 하는 동시에 서로의 주석 역할을 한다. 작품은 그리스의 일곱 섬 중 하나인 『자우르』의 배경이 되는 모레아에서 시작하여 『코린트의 공성』의 무대인 코린트에서 끝난다. 이러한 작품의 지리적 공간은 쉽게 동서양의 갈등구조로 보게 한다. 그 갈등구조는 서양이 오리엔트를 바라보는 기호화된 전략을 이분법적 이미지들로 그려냄으로써 옥시덴트의 우월성에 의존하기보다는, 오리엔트의 타자성을 통치체제, 성 풍습, 종교와 문화 영역에서 '중층적'으로 규정하는 텍스트로 볼 수 있다.

1장, '오리엔트 이야기'의 첫 작품인 『자우르』를 분석하여 남성화자 중심의 서술이 어떻게 여성을 타자화했는지 살펴보았다. 자우르는 이슬람에서 본 이교도를 의미한다. 이교도 자우르는 이슬람 오리엔트 땅에서 이슬람 군주 하산의 오달리스크 레일라와 사랑을 하였다. 그 사랑은 이교도와 정교도의 사랑이며 욕망이 개입된 불륜의 사랑이었다. 작품의 초반부터 여주인공 레일라는 죽어서 목소리를 낼 수 없는 존재였다. 레일라는 네 명의 남성 화자의 서술을 통해 서서히 그 전모가 드러나는데, 그것은 연약하고 아름다운 '나비'를 은유한다. 레일라는 오리엔트 가부장제의 억압받는 여성으로서, 또 여성의 주체성에 대한 일말의 관심도 보이지 않은 오스만제국의 오달리스크로 살면서 사랑을 위해 자우르와 목숨을 건 도피를 감행했다. 그것은 남성 주체로부터의 도피이며 여성 주체로 향한 도피였다. 그녀의 도피는 초원 위를 날아다니는 '나비'를 은유하면서 그녀의 도피는 어느 편에서도 성공하지 못했다. 하산은 자신을 배신한 레일라를 추적하여 사로잡은 후 자루에 담아 산 채로 바다에 던져 수장해 버린다. 그것은 이슬람 성법 샤리아에 따르면 정당한 처벌이었다. 하지만 하산 자신은 다시 자우르에게 죽임을 당함으로써 오리엔트를 대표하는 인물들은 모두 죽는다. 이것은 오리엔트의 패배로 볼 수 있는 알레고리다.

하지만 하산과 레일라의 죽음을 오리엔트의 패배로 볼 수 없는 이유가 있다. 그것은 살아남은 자우르의 고통스러운 죄과에서 증명된다. 하산을 죽임으로써 레일라의 죽음에 대한 복수를 완성한 순간부터 자우르는 자신의 죄과로 인해 일평생 고통 속에 살면서 구원의 약속도 확신하지 못한 채 죽었다. 그 때문에 그가 소유하고자 했던 레일라의 죽음, 그에게 대항하고자 했던 이슬람 군주 하산의 죽음,

그리고 오리엔트의 세계에 들어선 자우르 죽음은 지배 담론의 실패로 해석할 수 있다. 이러한 지배 담론의 실패에서 '지배/저항' 담론에는 항상 그 역 담론이 존재하며 그것은 서로 상대적이라는 결론이 도출되었다.

2장, '오리엔트 이야기'의 두 번째 작품인 『아비도스의 신부』를 분석하여 줄레이카와 셀림의 비극적 사랑에 함의된 정치성을 밝히고자 했다. 여주인공 줄레이카는 셀림과 사랑하는 사이지만, 아버지 지아퍼는 그 사랑을 인정하지 않는다. 그들의 사랑은 근친상간의 금지된 사랑이다. 아버지 지아퍼는 딸 줄레이카를 술탄 오스만에게 정략결혼의 제물로 바쳐 자신의 권력을 강화하려는 권력욕에 사로잡혀 있다. 줄레이카는 한 번도 본 적 없는 남자와 결혼해야 하는 운명이었다. 여기서 줄레이카는 세 남성 인물의 서로 다른 욕망의 대상, 즉 '매혹의 타자'로 부상한다.

'매혹의 타자' 줄레이카를 중심으로 이루어진 삼각관계 사랑은 동시대 동서양의 힘의 각축, 즉 정치성으로 쉽게 치환된다. 줄레이카와 셀림은 지아퍼의 반대에 벗어나 자신들의 사랑을 완성하고자 하지만 그들의 사랑은 절정을 맛보지 못하고 비극적 죽음을 맞는다. 아버지 지아퍼의 손에 셀림이 죽은 것이다. 셀림의 죽음에 충격을 받은 줄레이카도 죽는다. 줄레이카는 욕망으로 대체되는 물건, 객체, 대상으로 존재하였으며, 순결한 '신부'로 죽는다. 줄레이카는 여성 타자로 그녀의 죽음은 남성 주체 모두의 실패로 이어지는데, 여기서 '매혹의 타자' 줄레이카의 중요성이 있다. 줄레이카의 주검 앞에서 지아퍼의 '내 아이는 어디 있지?'라는 외침은 실체 없이 공허한 메아리로 허공을 맴돌 뿐이다. 그녀의 죽음은 아버지 지아퍼에게는 권력욕의 실패를 의미한다. 남성 인물들의 욕망은 각각 사랑, 권력욕, 소유욕 등으로 포장되는데, 이는 이슬람문화를 통한 동시대 정치성을 재현하고자 한 시인의 시적 전략으로 볼 수 있다. 곧 타자를 통해 동시대 유럽사의 한 단면을 재현했다는 뜻이다. 이 같은 관점에서 작품에서 재현된 타자는 주체의 타자화로 되돌아가는 경향이 있다. 그것은 담론의 속성인 상대성이다. 그리고 담론의 상대성을 지향할 수 있을 때, 담론은 주체와 타자의 화해와 공존을 위한 터전이 된다.

3장, '오리엔트 이야기'의 세 번째 작품인 『코세어』를 분석하여 코세어 콘래드와 이슬람 군주 파사 세이드의 하렘 오달리스크 걸네어의 사랑을 살펴보았는데, 그 사랑에서 단순한 사랑 이상의 가치를 발견하였다. '코세어'는 북아프리카 바르바리 해안에 출몰하였던 무슬림 해적을 일컫는다. 작품에서 주인공 콘래드는 백인 무슬림 해적 '코세어'다. 그는 '자우르'처럼 자신 안에 백인/아랍, 주체/타자, 지배/종속 담론을 함의한 인물이다.

콘래드, 메도라, 그리고 걸네어의 관계는 삼각관계 사랑으로 충분히 볼 수 있다. 하지만 걸네어와 콘래드의 사랑에는 세이드와 메도라의 죽음이 있었다. 세이드의 죽음은 여성 주체의 희생물이었고 메도라 역시 여성 주체의 희생물이었다. 걸네어의 세이드 살해는 이중적 의미를 지닌다. 그것은 남성 주체의 죽음과 여성 타자의 죽음을 입증하는 이중성이다. 또한, 걸네어의 살해는 콘래드를 성적으로 매혹한 것이며, 여기에는 성적 절정이 포함된다. 남성과 여성 사이의 이런 뒤얽힌 사랑 패턴은 동시대 오스만제국과 그 식민지였던 그리스와의 관계를 극화한 알레고리인 것이다. 그렇기에 시인은 메도라의 주검 앞에 걸네어와 콘래드의 사랑을 미완으로 남김으로써 그 사랑의 성격을 비난한 것이다. 시인은 사랑에 정당성을 요구하면서 담론의 정당성 또한 요구한 것이다.

이 같은 시각에서 볼 때, 이 작품의 가치는 걸네어라는 새로운 여성상의 형상화에 있다. 걸네어가 여성을 타자화하는 이슬람 세계에서 주체적 여성으로 성장하고 변하는 데서 여성의식의 새로운 면을 볼 수 있었기 때문이다. 더욱이 걸네어는 남성과 대등하거나, 오히려 남성을 능가할 정도로 강하고 당당하게 변한다. 그녀는 하렘의 오달리스크라는 굴레를 벗고 주체적으로 변하고 '오리엔트 이야기'에서 새로운 여성상을 구체화한다. 그리고 '오리엔트 이야기'의 다음 작품인 『라라』의 남장 여자 칼레드에서 새로운 여성상이 만개한다. 걸네어가 외쳤던 '나는 망령든 노인의 노리개가 아니'라는 말은 여성 주체의 외침으로 들릴 수 있으며, 혁명적 의식까지 감지된다. 이러한 걸네어는 정녕 타자가 될 수 없는 여성이었다.

4장, 『라라』에서 남장 여자 칼레드의 순애보 사랑을 분석하였다. 이 작품은 '오리엔트 이야기'의 네 번째 작품으로 전편 『코세어』에서 사라졌던 코세어와 걸네어가 이름을 달리하여 다시 등장한다. 자신의 영지로 돌아온 라라는 코세어 콘래드, 그의 남장 시종 칼레드는 걸네어의 대역이다. 칼레드는 걸네어가 각성하였던 여성 주체를 완성하는 인물이다. 남장 여자 칼레드는 라라를 헌신적으로 사랑하는데, 그 사랑은 생명을 바치는 사랑이다. 그 사랑에서 콘래드가 걸네어의 생명을 구해준 것에 대한 완벽한 보상이 이루어지는 것을 볼 수 있었다. 작품에서 칼레드는 라라를 사랑으로 지켰고 『코세어』에서 걸네어가 콘래드에게 빚진 생명을 갚는다. 칼레드는 걸네어가 콘래드에게 빚진 생명을 자신의 생명으로 라라에게 보답한 것이다.

라라와 에즐린, 그리고 오토가 벌이는 충돌은 지배와 저항 담론의 전형적 재현이다. 라라는 오토를 상대로 봉기를 일으키지만, 담론이 그 담론을 생산하는 개인의 통제 범위를 항상 벗어나듯 이 작품에서도 농민봉기를 선동하고 주도한 라라는 거사에 성공하지 못한다. 칼레드의 사랑 또한 표면상 보답받지 못한다. 하지만 칼레드의 순애보 사랑은 그 사랑 자체로 가장 고귀한 사랑이다. 그 사랑에서 칼레드의 남장은 주체의 눈으로 주체를 보고 타자를 이해할 수 있게 된 하나의 장치로 볼 수 있다. 그것은 남성 주체의 시선으로 라라를 사랑하는 것이며 조건 없는 순애보 사랑을 가능케 한 것이다.

칼레드는 '오리엔트 이야기'에서 다루었던 여성 소외를 조장하는 이슬람 사회 현실에 대한 답변으로 시인은 오리엔트 문화를 동원한다. 칼레드의 남장에서 이슬람문화가 부각되는 까닭은 이 문제로부터 '지배/종속' 담론의 답을 구하려는 의도라기보다는, 이를 통해 기존 여성원리를 전복하고 폭로하려는 의도로 보인다. 그리고 그것에 대한 답으로 칼레드의 복장 전도를 제시했던 것이다.

5장, '오리엔트 이야기'의 마지막 작품인 『코린트의 공성』에서 이제까지 오리엔트와 옥시덴트, 이슬람과 그리스도교, 두 문명의 첨예한 갈등이 무력충돌로 이어지면서 마침내 공멸한다. 이는 이야기의 대단원에 해당하는 결론이다. 앨프는 미노티의 딸 프란체스카를 사랑하지만, 그녀의 아버지 미노티는 그 사랑을 반대한다. 앨프는 자신의 사랑이 실패로 끝나자 오스만제국으로 넘어가 크리스천에서 무슬림으로 개종한다. 무슬림 앨프는 크리스천 미노티의 코린트 성을 포위하고 공격한다. 앨프의 연인 프란체스카는 작품이 시작되면 이미 죽어 환영으로 존재한다. 프란체스카는 죽어 '하얀 베일'을 쓰고 하늘에서 아버지와 연인의 치명적 대립을 지켜보면서 마음 아파한다. 그녀는 환영으로 앨프 앞에 나타나 앨프의 잘못된 개종을 책망하며 다시 크리스천으로 돌아오라고 호소한다. 그녀의 환영 앞에서 앨프는 크리스천의 상징인 성호를 그음으로써 그가 구사하는 담론의 딜레마와 주체의 흉내 내기를 극화한다.

미노티와 앨프의 대립은 사랑과 종교를 사이에 둔 대립이다. 하지만 그 대립에서 종교보다는 프란체스카의 사랑이 더욱 큰 힘을 발휘한다. 프란체스카는 환영이지만 시의 전체를 지배하고 남성 인물의 의식까지 지배한다. 그녀의 이미지와 여성성에 있어 그것은 역사지리적으로 다변화된 담론을 재현하는 것이며, 선악의 이분법적 알레고리를 해체한다. 그렇게 함으로써 고착된 타자가 아닌 상대적 타자란 결론이 도출된다. 이 결론에서 프란체스카의 '하얀 베일'은 그녀의 순결한 처녀성과 죽음을 감싸는 수의로써 이중적 의미를 담게 된다. 하얀 베일의 이중적 의미는 담론의 상대성을 아우르고 무효화시키는 특징이 있다. 그것은 아무도 소유할 수 없는 '천국의 정치학'이 된다.

'오리엔트 이야기'는 뚜렷하게 페미니즘 담론이나 제국주의 담론을 다룬 작품이라고 단정하기 어렵다. 그렇다고 작품들이 모두 사랑만을 다루지 않으며 정치성이 완전히 독립적으로 존재하지 않는다고 말하기도 어렵다. 이야기의 세계는 오히려 두 주제가 교차하는 이중적 담론 장에서 펼쳐진다고 보는 게 타당하다. 따라서 어떤 식으로든 사랑이나 정치 주제를 전면에 내세운다고 말하기 힘들다. 사랑의 주제를 이야기하는 동시에 정치 주제, 즉 지배와 저항 담론의 해체와 통합을 시도하고 있다고 보는 게 적절하다.

'오리엔트 이야기'의 주제인 삼각관계의 사랑 이야기는 그 자체로 담론을 구성하는 것이 사실이며, 또 그 자체로 힘과 생명력을 갖는다. 이런 관점에서 작품을 페미니즘 시각에서 해석해 보려는 유혹이 들 수도 있지만, 실상 이는 해석상의 위험한 태도라 할 수 있다. 문학과 담론 사이에는 언제나 차이가 존재하기 마련인데, 그것은 양립 불가능한 의미를 서로 다른 영역에 적용하는 것이 되기 때문이다. 이야기에서 특히 주목할 점인 사랑, 해방, 자유, 구원 등의 개념에 관한 서술은 신화로 포장된 지배 담론이 필연적으로 그 안에 멸망의 씨앗을 배태하고 있는 점도 사실이다. 이는 지배 담론의 딜레마로, 그 딜레마의 틈새를 엿본 담론들은 저항 담론, 즉 저항 블록을 형성하게 된다. 이는 지배 담론과 저항 담론의 이념적 배치도를 변화시키면서 담론 자체를 무효화시키는 효과를 지니게 한다. 여기서 바이런의 정치성은 서구와 비서구의 문제, 즉 지배 담론과 저항 담론의 문제가 아니라, 그 담론의 해체에 있으며, 두 담론의 극단적 대립으로 인한 멸망과 폐해를 '오리엔트 이야기'에서 고발한 것이다. 그것은 주체와 타자, 모두의 멸망이라는 묵시록적 암시의 우울한 전망이다.

그 우울한 전망은 21세기 초입에 일어났던 9·11테러에서 재조명된다. 9·11테러는 두 문명, 즉 그리스도교와 이슬람의 충돌이다. 이 테러는 두 문명 간의 뿌리 깊은 역사적·정치적·문화적 충돌에 관한 암묵적 동의가 폭발한 것이다.[1] 9·11테러 이후 이슬람이 세계 곳곳에서 테러 권력으로 부상하고 있지만, 그 이후의 이슬람은 아직 역사에 편입될 만큼 시간이 지나지 않았다. 하지만 테러 이후 새롭게 만들어진 이슬람 공포 즉, '이슬람포비아'Islamphobia[2]라는 신조어의 강조는 이슬람 일반에 대한 편견을 구체화하고 강화한 현상이다. 이 신조어의 등장은 바이런이 '오리엔트 이야기'에서 다루었던 상대적 담론이 여전히 요원한 일이며 이데올로기의 유보는 진행형으로 볼 수 있을 것이다. 그것은 사랑만큼 정의 불가능한 것이며, 선과 악, 빛과 그림자 같은 가장 분명한 이항대립의 한 쌍처럼 패권 다툼 속에 영원히 유동하는 것이 아닐까.

미주, 참고문헌, 찾아보기

들어가며

1. '오리엔트 이야기'는 종종 '터키 이야기'Turkish Tales라고도 하나 작품의 전체 문맥이나 동서의 양분된 가치의 관점에서 볼 때, '오리엔트 이야기'가 훨씬 타당하다.
2. 동양은 유럽인이 '빛은 오리엔트에서'라는 말을 사용하는 데서 알 수 있듯이 '해가 뜨는 곳'이다. 현 터키 반도를 일컫는 그리스어 아나톨리아, 라틴어 오리엔트, 그리고 이탈리아어 레반트는 모두 '해가 뜨는 곳'이란 의미의 동양을 가리킨다. 이희수, 『이슬람』 (파주: 청아출판사, 2011) 79.
3. Marilyn Butler, "The Orientalism of Byron's *Giaour.*" *Byron and the Limits of Fiction*. Eds. Bernard Beatty and Vincent Newey (Liverpool: Liverpool UP, 1988) 78-9.
4. 바이런의 '그랜드 투어'는 1809년 영국에서 출발하여 1811년 귀국할 때까지 약 3여 년에 걸쳐 이루어졌다. 시인은 포르투갈, 스페인, 이탈리아를 가로지르며 아테네에 도착하여 발칸 반도, 터키와 트로이, 그리고 그리스 곳곳과 에게해를 둘러보며 그곳의 풍물을 살피고 유력인사를 만나기도 했다. 바이런은 이 경험을 '오리엔트 이야기'에서 생생하게 형상화하여 작품의 사실성을 높였다. Allan Massie, *Byron's Travels* (London: Sidgwick & Jackson, 1988) 15-72.
5. '오리엔트 이야기'는 『자우르, 터키 이야기 단편』*The Giaour, A Fragment of Turkey Tale,* 1813, 『아비도스의 신부, 터키 이야기』*The Bride of Abydos, A Turkish Tale*, 1813, 『코세어, 이야기 한 편』*The Corsair, A Tale,* 1814, 『라라, 이야기 한 편』*Lara, A Tale*, 1814 『코린트의 공성, 시 한 편』*The Siege of Corinth, A Poem,* 1816으로 이루어져 있다. 일부 학자는 여기에 『파르시나』*Parisina*, 1816를 포함한 여섯 편을 '오리엔트 이야기'의 완결판으로 보기도 한다. 이 책에서는 『파르시나』를 제외한 다섯 편을 다루었다. 『파리시나』는 564행의 짧은 작품일 뿐 아니라, 치정 이야기로 '오리엔트 이야기'의 전체 주제와 다소 동떨어 진다.

   『파르시나』는 에드워드 기번Edward Gibbon, 1737~94의 『잡문 작품』*Miscellaneous Works*, 1786 중 15세기 공작 니콜 3세Niccolò Ⅲ d'Este의 불륜을 토대로 시인이 작품화한 것이다. 니콜은 자신의 두 번째 아내인 파리시나 말라테스타Parisina Malatesta와 사생아 아들인 우고Ugo의 불륜을 알아채고 둘 모두를 죽인다. 바이런은 자신의 이야기에서 아조Azo가 파리시나가 잠속에서 휴고Hugo의 이름을 부르는 것을 듣고는 그들의 불륜을 알게 되는 것으로 각색하였다. 아조는 니콜의 버전이고 휴고는 물론 우고의 버전이다. 파리시나는 아조와 결혼하기 전에 휴고와 결혼하기로 약속했다. 이 사실을 알게 된 아조는 휴고만 죽이면서 그의 죽음을 파리시나가 지켜보게 했다. 파리시나는 휴고의 죽음을 보고 미쳐버리고, 아조도 그 결과에 고통받는다. 요약에서 보듯이 이 작품은 '오리엔트 이야기'의 주제와 내용이 거의 관련이 없다.

   바이런 자신은 『자우르, 터키 이야기 단편』, 『아비도스의 신부, 터키 이야기』,

『코세어, 이야기 한 편』, 『라라, 이야기 한 편』 등 네 편의 작품을 '오리엔트 이야기'의 완결이라 했다. Lord Byron, *Byron's Letters and Journals.* 12 vols. Ed. Leslie A. Marchand (London: John Murray, 1973-82) iv, 165. 바이런의 편지와 저널은 이 판에서 하되 인용 후에는 괄호 안에 LJ로 약하고 권수와 쪽수만 밝힌다.

6. 이희철, 『튀르크인 이야기』 (서울: 리수, 2017) 217.
7. Donald Quataert, *The Ottoman Empire, 1700-1922* (Cambridge: Cambridge UP, 2000) 1-12.
8. Michael Curtis, *Orientalism and Islam: European Thinkers on Oriental Despotism in the Middle East and India* (Cambridge: Cambridge UP, 2009) 19.
9. Caroline Franklin, *Byron* (NetLibrary Inc., 2007) 10.
10. J. F. Brown, *Nationalism Democracy and Security in the Balkans* (Aldershot: Dartmouth, 1992) 5.
11. Michael Kennedy Joseph, *Byron the Poet* (London: Victor Gollancz Ltd., 1964) 45.
12. 이에 대한 참고문헌은 Bernard Beatty, *Don Juan and Other Poems* (London: Penguin Books, 1987); Butler (1988); Stephen Cheeke, *Byron and Place: History, Translation, Nostalgia* (New York: Palgrave Macmillan, 2003); William W. Borst, *Lord Byron's First Pilgrimage* (New Haven: Yale UP, 1984) 등이 있다.
13. Caroline Franklin, *Byron's Heroines* (Oxford: Clarendon P, 1992) 34.
14. Peter Cochran, *Byron and Orientalism* (Newcastle: Cambridge P, 2006) 162.
15. Franklin (1992) 32.
16. Franklin (1992) 39.

1장 『자우르』

1. Frederick Garber, *Self, Text, and Romantic Irony: The Example of Byron* (Princeton: Princeton UP, 1988) 35.
2. 'Giaour'는 이슬람 관점에서 본 이교도, 즉 크리스천이 된다. 마찬드는 원음 그대로 '*ja-oor*'로 발음할 것을 권한다. Leslie A. Marchand, *Byron's Poetry: A Critical Introduction* (Cambridge: Harvard UP, 1968) 61. 바이런 자신도 'Giaour'를 발음하는 데 어려움을 토로하면서도 굳이 그것에 대응하는 'infidel'로 번역하여 사용하지 않은 점에 주목할 필요가 있다. (LJ iii, 160)
3. Jerome J. McGann, *Fiery Dust: Byron's Poetic Development* (Chicago: U of Chicago P, 1968) 161.
4. Wafaa KADA, "Orientalism in Lord Byron's Turkish Tale *The Giaour*" (U of Tlemcen, 2017) 37-41.
5. Bernard Beatty, *Don Juan and Other Poems* (London: Penguin Books, 1987) 126; Robert F. Gleckner, *Byron and the Ruins of Paradise* (Baltimore: The Johns Hopkins P, 1967) 76.
6. Brian Nellist, "Lyric Presence in Byron from the *Tales* to *Don Juan*." *Byron and the Limits of Fiction*. Eds. Bernard Beatty and Vincent Newey (Liverpool: Liverpool UP, 1988) 49.
7. Garber, 37.
8. McGann (1968) 156.
9. Michael Foot, *The Politics of Paradise: A Vindication of Byron* (London: Collins, 1988) 153.
10. Frederick W. Shilstone, *Byron and the Myth of Tradition* (Lincoln: U of Nebraska P, 1988) 49.
11. Michael Curtis, *Orientalism and Islam: European Thinkers on Oriental Despotism in the Middle East and India* (Cambridge: Cambridge UP, 2009) 23-6.
12. Gleckner, 101-2.
13. Harold Nicolson, *Byron: The Last Journey* (London: Richard Clay, 1948) 49.
14. C. M. 바우러, 『고대 그리이스』. 한국일보-타임 라이프 편집부 (서울: 한국일보, 1983) 67-77.
15. Garber, 34.
16. 미하일 바흐친, 『말의 미학』. 김희숙·박종소 옮김 (서울: 도서출판, 2006) 282-23.
17. Garber, 35-6.
18. 정수일, 『이슬람 문명』, (파주: 창비, 2007) 17-8.
19. 김정위 편, 『이슬람 사전』 (서울: 학문사, 2002) 522.
20. 정수일, 110.

21. Allan Massie, *Byron's Travels* (London: Sedgwick & Jackson, 1988) 36.
22. Curtis, 291-97.
23. 김욱동, 『대화적 상상력: 바흐친의 문학이론』 (문학과 지성사, 1994) 163; 게리 솔 모슨 외, 『바흐친의 산문학』. 오문석 외 옮김 (서울: 책세상, 2006) 404-36.
24. William H. Marshall, *The Structure of Byron's Major Poems* (Philadelphia: U of Pennsylvanian P, 1974) 22.
25. 김정위 편, 538.
26. 김정위 편, 263.
27. Jonathan Bloom, *Islam: A Thousand Years of Faith and Power* (New Haven: Yale UP, 2002) 45-58.
28. 김정위 편, 333, 512,
29. Abdulhafeth Khrisat, "The Image of the Oriental Muslim in Lord Byron's *The Giaour* (1813)." (Al-Iman Mohamed Ibn Saud Isalmic University, 2018) 60.
30. KADA, 45.
31. Caroline Franklin, *Byron's Heroines* (Oxford: Clarendon P, 1992) 39.
32. KADA, 44.
33. Angus Calder, *Byron* (Milton Keynes: Open UP, 1987) 27.
34. Gerald MacLean, *Looking East: English Writing and Ottoman Empire Before 1800* (London: Palgrave Macmillan, 2007) 171.
35. Franklin (1992) 53.
36. 김현생, 「바이런과 이슬람: 『자우르, 터키 이야기 단편』의 정치적 알레고리 읽기」. 『신영어영문학』. 제30집 (2005): 48.
37. N. J. Dawood, *The Koran with a Parallel Arabic Text* (London: Penguin Books, 2000) 107 ff.
38. KADA, 39.
39. Franklin (1992) 73.
40. Gleckner, 105-6.
41. Craig A. Poston, *The Problematic British Romantic Hero(ine): The Giaour, Mathilda, and Evelina* (Ph. D dissertation at U of North Texas, 1995) 55.
42. Paul Graham Trueblood, *The Flowering of Byron's Genius* (New York: Russell & Russell, 1962) 12.
43. Shilstone, 53.
44. Elizabeth French Boyd, *Byron's Don Juan* (New York: Humanities P, 1958) 167.
45. Boyd, 75.
46. Calder, 46.
47. Khrisat, 63.
48. Bernard Blackstone "Byron and Islam: The Triple Eros." *Journal of European Studies.*

Ⅳ (Dec. 1974): 327.

49. 엄익란, 『무슬림 마음속에는 무엇이 있을까?』 (파주: 한울, 2009) 165.

50. 엄익란, 『금기, 무슬림 여성을 엿보다』 (파주: 한울, 2015) 46-7.

51. 엄익란, 『이슬람의 결혼문화와 젠더』 (파주: 한울, 2007) 18.

52. 엄익란 (2007) 49.

53. 김정위 편, 57-60.

54. Samuel Chew, *Crescent and the Rose: Islam and England the During the Renaissance* (London: Octagon Books, 1965) 84.

55. Andrew M. Stauffer, *Anger, Revolution, and Romanticism* (Cambridge: Cambridge UP, 2005) 134.

56. Eric Meyer, ""I Know Thee Not, I Loathe Thy Race": Romantic Orientalism in the Eye of the Other." *ELH* 58 (1991): 681-82.

57. Marilyn Butler, "The Orientalism of Byron's *Giaour." Byron and the Limits of Fiction.* Eds. Bernard Beatty and Vincent Newey (Liverpool: Liverpool UP, 1988) 72-3.

58. Blackstone (Dec. 1974): 325-26.

59. McGann (1968) 56.

60. Jie-Ae Yu, "Byron and the Boundary of Christian Conceptions." 『현대영미어문학』. 제34권 2호 (2016. 5): 152.

61. Gleckner, 100

62. Franklin (1992) 42.

63. Marilyn Butler, "Byron and the Empire in the East." *Byron: Augustan and Romantic.* Ed. Andrew (Rutherford London: Macmillan, 1990) 75.

64. Jei-Ae Yu, "The Ineradicable Taint of Sin: Lord Byron's *The Giaour.*" 『영어영문학연구』. 제32 권 제3호 (2006, 겨울): 9.

65. Franklin (1992) 46.

66. Garber, 75.

67. Shilstone, 55.

68. Foot, 152.

69. Butler (1988) 82; Butler (1990) 69.

70. Gleckner, 106.

71. Stephen Cheeke, *Byron and Place: History, Translation, Nostalgia* (New York: Palgrave Macmillan, 2003) 25.

72. Franklin (1992) 58.

73. McGann (1968) 172.

74. Franklin (1992) 38.

75. MaGann (1968) 159.

76. McGann (1968) 234.

77. 실비아 월비, 『가부장제 이론』. 유희정 옮김 (서울: 이화여자대학교, 1996) 11장 참조.

78. Ernest J. Lovell, *Byron: The Record of a Quest* (Hamden: Archon Books, 1966) 128.

79. G. Wilson Knight, *The Burning Oracle* (Londond: Oxford, 1939) 200.

80. C. E. Vulliamy, *Byron* (London: Michael Joseph, 1948) 285.

81. Knight (1937) 201.

82. Shilstone, 59.

83. Gleckner, 111.

84. McGann (1968) 227.

85. Gleckner, 97.

86. Butler (1990) 72.

87. 신경숙. 「바이런의 명성 만들기―: 『해롤드 공자의 순례』(1812)와 『이교도』에서의 코스모포리트 남성 주체 형성」. 『영어영문학』 (한국영어영문학회, 2007): 542.

88. Blackstone (Dec. 1974): 341.

2장 『아비도스의 신부』

1. 바이런은 실제로 세스토스에서 아비도스까지 헬레스폰토스 해협을 헤엄쳐 건넜는데, 이를 어떤 무공보다 자랑스러워했다. Edna O'Brien, *Byron in Love: A Short Daring Life* (New York: W. W. Norton & Co., 2009) 47.
2. 라이어널 캐슨, 『고대 이집트』 (서울: 한국일보 타임-라이프, 1977) 79 이하.
3. Thomas Bulfinch, *Myths of Greece and Rome* (London: Penguin Books, 1981) 123 이하.
4. Alan F. Frementle, *England in Nineteenth Century*. Vol. I. (London: Britain Library, 2000) 190 이하.
5. Caroline Franklin, *Byron's Heroins* (Oxford: Clarendon P, 1992) 33.
6. Jerome J. McGann, *Fiery Dust: Byron's Poetic Development* (Chicago: Chicago UP, 1968) 151-61; Nigel Leask, *British Romantic Writers and the East: Anxieties of Empire* (Cambridge: Cambridge UP, 2004) 38-40.
7. Stephen Cheeke, *Byron and Place: History, Translation, Nostalgia* (New York: Palgrave Macmillan, 2003) 114.
8. Marilyn Butler, "The Orientalism of Byron's *Giaour*." *Byron and the Limits of Fiction*. Eds. Bernard Beatty and Vincent Newey (Liverpool: Liverpool UP, 1988) 82.
9. Wafaa KADA, "Orientalism in Lord Byron's Turkish Tale *The Giaour*" (U of Tlemcen, 2017) 15.
10. Franklin (1992) 37.
11. William H. Marshall, *The Structure of Byron's Major Poems* (Philadelphia: U of Pennsylvanian P, 1974) 41.
12. Jie-Ae Yu, "The Metaphorical Circulations of Water in Byron's Works." 『영어영문학연구』. 제38 권 제1호 (2012, 봄): 106.
13. Laslie A. Marchand, *Byron's Poetry: A Critical Introduction* (Cambridge: Harvard UP, 1968) 64; Allan Massie, *Byron's Travels* (London: Sedgwick & Jackson, 1988) 41-4.
14. Michael Curtis, *Orientalism and Islam: European Thinkers on Oriental Despotism in the Middle East and India* (Cambridge: Cambridge UP, 2009) 32.
15. 이슬람 세계에서 무슬림 여성이 두르는 베일 종류에는 여러 가지가 있다. 아프가니스탄 여성들이 주로 쓰는 '부르까'burqa와 걸프 지역에서 주로 쓰는 '차도르'Chador와 '아바야'Abaya가 있다. 아바야는 더 정확하게 말하면, 걸프 지역 여성들이 입는 검은색 옷을 뜻하며, 머리에 쓰는 베일은 '샤일라'Shayla라고 한다. 가장 대중적인 스타일인 머리카락과 귀를 가리는 '히잡'Hijab, 그리고 동남아시아 무슬림 여성들이 즐겨 입는 허리까지 가리는 '키마르'Khimar가 있다. 여성들의 눈을 제외한 몸 전체를 가리는 '니깝'Niqab도 있다. 엄익란, 『금기, 무슬림 여성을 엿보다』 (파주: 한울, 2015) 119-20.

16. 발터 M. 바이스, 『이슬람교』 (서울: 예경, 2007) 53-4.
17. Leila Ahmed, *Women and Gender in Islam: Historical Roots of a Modern Debate* (New Haven: Yale UP, 1992) 14.
18. 엄익란 (2015) 13 재인용.
19. Franklin (1992) 50.
20. Franklin (1992) 32.
21. Michael Kennedy Joseph, *Byron the Poet* (London: Victor Gollamcz Ltd., 1964) 46.
22. 엄익란, 『이슬람의 결혼문화와 젠더』 (파주: 한울, 2007) 53.
23. Nawal el-Saadawi, *The Hidden Face of Eve* (London: Zed P, 1980) 77.
24. 엄익란 (2015) 152.
25. Qasim Amin, *The New Woman: A Document in the Early Debate on Egyptian Feminism.* Trans. Samiha Sidhom Peterson (Cairo: The American UP, 1995) 6.
26. 엄익란 (2007) 78.
27. Franklin (1992) 53.
28. Franklin (1992) 54.
29. Franklin (1992) 52.
30. Franklin (1992) 32.
31. Franklin (1992) 34.
32. Franklin (1992) 58.
33. Franklin (1992) 59.
34. Cheeke, 64.
35. Cheeke, 63.
36. Jeffrey Einboden, *Islam and Romaniticism: Muslim Currents from Goeth to Emerson* (London: One World P, 2014) 11장.
37. Raymond Buckland, *Signs, Symbols and Omens* (Minnesota: Llewellyn P, 2003) 42, 139.
38. T. A. 켄너, 『심볼스: 세상의 비밀을 푸는 열쇠』. 윤상운 (서울: 서울문화사, 2006) 32.
39. LJ ii, 283.
40. 18·9세기 오리엔탈리즘의 열풍을 반영하는 작품으로 새뮤얼 존슨Samuel Johnson, 1709~84의 『라셀라스의 역사, 아비시니아 왕자』*The History of Rasselas, Prince of Abyssinia*, 1759, 호라스 월폴Horace Walpole, 1717~97의 『오트란토 성』 *The Castle of Otranto*, 1764, 퍼시 비시 셸리Percy Bysshe Shelley, 1792~1822의 『이슬람의 반란』*The Revolt of Islam*, 1818 등이 있다. 이 작품들은 동양 여성과 서양 남성의 금지된 사랑을 다루고 있으며 여기에는 진한 성적 환상이 개입되는 특징이 있다.
41. Leask, 2, 6, 8, 87.
42. William Beckford. *Dreams, waking Thoughts, and Incidents in a Series of Letters from Various*

Parts of Europe (Routherford: Fairleigh Dickinsons UP, 1972) 58-9.

43. Robert Gemmett, *The Consummate Collector* (Norwich: Michael Russell, 2000) 8.
44. Kenneth W. Graham, ed. *Vathek and the Escape from Time* (New York: AMSP, 1990) 60, 67.
45. Roger Lonsdale, "Introduction." *Vathek, the History of the Caliph Vathek*. William Beckford (Oxford: Oxford UP, 1983) vii-viii.
46. 터키 외무장관이 2022년 5월 유엔 등 여러 국제기구에 국명을 튀르키예Türkiye로 바꾼다는 공식 서한을 보냈다. 터키나 튀르키예, 모두 '튀르크인의 나라'라는 뜻이지만, 오스만제국이 공화국으로 바뀐 뒤 영어의 힘이 강해졌기 때문에 그동안 영어식 이름이 통용되었다. 이제 터키 국명을 거부하고 튀르키예 국명을 요구한 것은 14세기에서 19세기까지의 오스만제국이 차지했던 '팍스 오스마나'의 영광을 되찾겠다는 의지로 보인다. 참고 <중앙일보> 2022년 8월 26일.
47. 도널드 쿼터트, 『오스만 제국사: 적응과 변화의 긴 여정, 1700~1922』. 이은정 옮김 (파주: 사계절 출판사, 2008) 35.
48. 공일주, 『꾸란의 이해』 (서울: 한국외국어대학교출판부, 2008) 338.
49. 전성기 오스만제국의 영토는 알바니아, 그리스, 불가리아, 유고슬라비아, 루마니아, 지중해 동쪽 섬들, 헝가리와 러시아 일부, 이라크, 시리아, 팔레스타인, 코카서스, 이집트, 알제리를 포함한 북아프리카, 아라비아 일부를 포함한다. *The New Encyclopedia Britannica* (15th Edition)
50. Jie-Ae Yu, "Byron's Reworking of Alfieri and Shiller in *Bride of Abydos*." 『현대영미어문학』. 제52권 4호 (2008. 11): 337.
51. 이슬람에서 인간의 결정이 자유의지를 따를 것인가 아닌가 하는 논쟁은 여전히 치열하다. 공일주, 49, 120, 134.
52. LJ iii, 199
53. Philip W. Martin, *Byron: A Poet before His Public* (Cambridge: Cambridge UP, 1982) 96.
54. Jie-Ae Yu (2012, 봄): 107.
55. Bernard Blackstone, *Byron: A Survey* (London: Longman, 1973) 75.
56. Malcolm Kelsall, "Byron and the Romantic Heroine." *Byron: Augustan and Romantic*. Ed. Andrew Rutherford (London: The Macmillan P, 1990) 52.
57. Franklin (1992) 64.
58. Shoshana Felman, *Scandal of the Speaking Body: Don Juan with J. L. Austin, or Seduction in two Languages*. Trans. Catherine Porter (California: Stanford UP, 2003) 7-8.
59. Franklin (1992) 51.
60. William Shakespeare, *King Lear* (London: Penguin, 1994) 134-36.
61. G. Wilson Knight, *Byron and Shakespeare* (London: Routledge & Kegan Paul, 1966) 115-47.
62. Marshall, 41.

63. 공일주, 111-13.

64. Marshall, 40.

65. Bernard Beatty, *Don Juan and Other Poems* (London: Penguin Books, 1987) 31.

66. 신경숙. 『바이런의 명성 만들기—: 『해롤드 공자의 순례』(1812)와 『이교도』에서의 코스모포리트 남성 주체 형성』. 『영어영문학』 (한국영어영문학회, 2007): 546-47.

67. Frederick F. Garber, *Self, Text, and Romantic Irony: the Example of Byron* (Princeton: Princeton UP, 1988) 99-112.

3장 『코세어』

1. Robert Davis, *Christian Slaves, Muslim Master: White Slavery in the Mediterranean, the Barbary Coast, and Italy, 1500-1800* (New York: Palgrave Macmillan, 2004) 36 이하.
2. Michael Curtis, *Orientalism and Islam: European Thinkers on Oriental Despotism in the Middle East and India* (Cambridge: Cambridge UP, 2009) 26.
3. Giles Milton, *White Gold: the Extraordinary Story of Thomas Pellow and Islam's One Million White Slaves* (New York: Farrar, 2005) 12-5.
4. Caroline Franklin, *Byron* (NetLibrary Inc., 2007) 51.
5. Bernard Beatty, *Byron's Don Juan* (Bechkenham: Croom Helm, 1985) 116.
6. Ernest J. Lovell, *Byron: The Record of a Quest* (Hamden: Archon Books, 1966) 95.
7. Jie-Ae Yu, "Lord Byron's *Corsair*: The Embodiment of Man's Resolution and Its Adverse Occurrence." 『영어영문학연구』. Vol. 57, No. 2 (2015): 236.
8. Curtis, 29-30.
9. 타밈 안사리, 『이슬람의 눈으로 본 세계사』. 류한원 옮김 (서울: 뿌리와 이파리, 2013) 349-51.
10. Malcolm Kelsall, *Byron's Politics* (New Jersey: Barnes &Noble Books, 1987) 52.
11. 에릭 홉스봄, 『혁명의 시대』. 정은영·차명수 옮김 (파주: 한길사, 2008) 63.
12. 김정위 편, 『이슬람 사전』 (서울: 학문사, 2002) 265.
13. Harold Nicolson, *Byron: The Last Journey* (London: Richard Clay, 1948) 46-8.
14. William A. Borst, *Lord Byron's First Pilgrimage* (New Haven: Yale UP, 1948) 153.
15. Lovell, 69.
16. 바르바리 해안의 코세어는 오스만제국 시대에 특히 활발했다. 코세어 중 하이레딘 바르바로사Hayreddin Barbarosa, 1478~1546가 유명했는데, 그는 일명 붉은 수염으로 통했다. 이희철, 『튀르크인 이야기』 (서울: 리수, 2017) 243-44.
17. Robert F. Gleckner, *Byron and the Ruins of Paradise* (Baltimore: The Johns Hopkins P, 1967) 141.
18. Caroline Franklin, *Byron's Heroines* (Oxford: Clarendon P, 1992) 65.
19. Edna O'Brien, *Byron in Love: A Short Daring Life* (New York: W. W. Norton & Co., 2009) 91.
20. Lord Byron, *The Complete Poetical Works*. Ed. Jerome J. McGann (Oxford: The Clarence P, 1981) Ⅲ, 162-3.
21. Franklin (1992) 77.
22. Malcolm Kelsall, "Byron and Romantic Heroin." *Byron: Augustan and Romantic*. Ed. Andrew Rutherford (London: Macmillan, 1990) 53.
23. Franklin (1992) 65.

24. 이희수, 『이슬람』 (파주: 청아출판사, 2011) 107 재인용.
25. 이희수, 98.
26. Gerard Cohen-Vroganaud, "Becoming *Corsairs*: Byron, British Property Rights and Orientalist Economics." *Studies in Romanticism*. Vol. 50, No 4 (Graduate School Boston U, 2011): 688.
27. 에드워드 사이드, 『오리엔탈리즘』. 박홍규 옮김 (서울: 교보문고, 2008 개정판) 43; 사이드가 오리엔탈리즘에서 다루는 동양은 주로 아랍과 이슬람이다. 이는 바이런의 '오리엔트 이야기'의 무대와 정확히 일치한다. 사이드가 다루는 동양이 주로 아랍과 이슬람인 점과 시간상으로 르네상스 이후 근·현대에 주로 한정된 점이 한계로 비판받는다. 정진농, 『오리엔탈리즘의 역사』 (서울: 살림출판사, 2003) 25-7.
28. O'Brien, 91.
29. 토마스 불핀치, 『그리스·로마 신화』. 최혁준 옮김 (서울: 범우사, 2003) 330-35.
30. Gleckner, 146.
31. Beatty (1985) 116.
32. Mohja Kahf, *Western Representation of the Muslim Woman* (Austin: U of Texas P, 1999) 146-47.
33. 안사리, 363-64.
34. Marilyn Booth, *Harem Histories: Envisioning Places and Living Spaces* (Durham: Duke UP, 2010) 61, 136, 161.
35. Deborah A. Thomas, *Thackeray and Slavery* (Athens: Ohio UP, 1993) 52.
36. Franklin (1992) 37.
37. 새뮤얼 헌팅턴, 『문명의 충돌』. 이희재 옮김 (파주: 김영사, 2011) 125.
38. Gleckner, 149.
39. 안사리, 551.
40. Asma Barlas, *"Believing Women" in Islam: Unreading Patriarchal Interpretations of the Qur'an* (Austin: U of Texas P, 2002) 10-2.
41. Franklin (1992) 75.
42. Franklin (1992) 67.
43. Bernard Blackstone, *Byron I : Lyric and Romance* (Harlow: Longman, 1970) 38.
44. Gleckner, 131.
45. Jerome Christensen, *Lord Byron's Strength* (Baltimore: Johns Hopkins UP, 1993) 122.
46. Gleckner, 132.
47. Jerome J. McGann, *Fiery Dust: Byron's Poetic Development* (Chicago: Chicago UP, 1968) 189-90.
48. Andrew Elfenbein, *Byron and the Victorians* (Cambridge: Cambridge UP, 1995) 23.
49. 미셸 푸코, 『감시와 처벌』. 오생근 옮김 (파주: 나남, 2008) 351 이하.

50. Marcia Claire Inhorn, *Infertility and Patriarchy: The Cultural Politics of Gender and Family Life in Egypt* (Philadelphia: U of Pennsylvania P, 1999) 10.
51. Mark Storey, *Byron and the Eye of Appetite* (London: Macmillan, 1986) 24.
52. Franklin (1992) 64.
53. Franklin (1992) 65.
54. William H. Marshall, *The Structure of Byron's Major Poems* (Philadelphia: U of Pennsylvania P, 1974) 50.
55. Jie-Ae Yu (2015): 240.
56. Beatty (1985) 200.
57. Franklin (1992) 68.
58. Curtis, 26.
59. Marilyn Butler, "Byron and the Empire in the East." *Byron: Augustan and Romantic.* Ed. Andrew Rutherford (London: Macmillan, 1990) 63-4.
60. LJ viii, 22.

4장 『라라』

1. Malcolm Kelsall, "Byron and the Romantic Heroine." *Byron: Augustan and Romantic*. Ed. Andrew Rutherford (London: Macmillan P, 1990) 52.
2. Gerard Genette, *Paratext: Thresholds of Interpretation*. Trans. Jane E. Lewin (Cambridge: Cambridge UP, 1997) 407-8.
3. Caroline Franklin, *Byron's Heroines* (Oxford: Clarendon P, 1992) 12-3.
4. Frederick W. Shilstone. *Byron and the Myth of Tradition* (Lincoln: U of Nebraska P, 1988)
5. LJ iii, 29; iv, 126.
6. Jerome J. McGann. *Don Juan in Context* (Chicago: U of Chicago P, 1976) 21.
7. William H. Marshall, *The Structure of Byron's Major Poems* (Philadelphia: U of Pennsylvanian P, 1974) 52.
8. Robert F. Gleckner, *Byron and the Ruins of Paradise* (Baltimore: The Johns Hopkins P, 1967) 155.
9. Jie-Ae Yu, "Unraveling Destiny and Free Choice in Byron's *Lara*." 『신영어영문학』. 제54집 (2013. 2): 98.
10. LJ iii, 110.
11. Caroline Franklin, *Byron* (NetLibrary Inc., 2007) 11-2.
12. Jerome McGann, *The Beauty of Inflecting Literary Investigations in Historical Method and Theory* (Oxford: Oxford UP, 1985) 262.
13. Michael Foot, *The Politics of Paradise: A Vindication of Byron* (London: Collins, 1988) 38.
14. Kyung-sook Shin, "Dangerous Margins: Byron's Spain, Albania, and "Fair Greece" in *Childe Harold's Pilgrimage*." 『영미문학 페미니즘』. 제12권 2호 (2004): 176.
15. Wolf Z. Hirst, "Byron's Lapse into Orthodoxy: an Unorthodox Reading of *Cain*." *The Plays of Lord Byron: Critical Essays*. Eds. Robert Gleckner and Bernard Beatty (Liverpool: Liverpool UP, 1997) 262.
16. David Punter, "*Don Juan*, or, the Deferral of Decapitation: Some Psychological Approaches." *Don Juan*. Ed. Nigel Wood (Birmingham: Open UP, 1993) 151.
17. Louis Crompton, *Byron and Greek Love* (L. A.: U of California P, 1985) 206-7.
18. Angus Calder, *Byron* (Milton Keynes: Open UP, 1987) 18.
19. McGann (1976) 19.
20. W. Paul Elledge, *Byron and The Dynamics of Metaphor* (Nashville: Vandebilt UP, 1968) 18-21.
21. Brian Nellist, "Lyric Presence in Byron from the *Tales* to *Don Juan*." *Byron and the Limits of Fiction*. Eds. Bernard Beatty and Vincent Newey (Liverpool: Liverpool UP, 1988) 56-7.

22. Foot, 233.

23. David Eggenschweiler, "Byron's *Cain* and the Antimythological Myth." *The Plays of Lord Byron: Critical Essays*. Eds. Robert Gleckner and Bernard Beatty (Liverpool: Liverpool UP, 1997) 244.

24. Nellist, 63.

25. 마르크 블로크, 『봉건사회 Ⅱ』. 한정숙 옮김 (파주: 한길사, 2010) 535.

26. 미셸 푸코, 『담론의 질서』. 이정우 옮김 (서울: 서강대출판부, 1998) 345.

27. Franklin (1992) 86.

28. G. Wilson Knight, "The Two Eternities." *Byron: A Collection of Critical Essays*. Ed. Paula West (Englewood Cliffs: Prentice-Hall Inc. 1963) 16.

29. Paul Graham Trueblood, *The Flowering of Byron's Genius* (New York: Russell & Russell, 1962) 12.

30. McGann (1976) 62-5.

31. 다이안 맥도널, 『담론이란 무엇인가』. 임상훈 옮김 (서울: 한울, 2008) 5-12.

32. W. Paul Elledge, *Byron and The Dynamics of Metaphor* (Nashville: Vanderbilt UP, 1968) 18-21.

33. Gleckner, 160.

34. Peter Manning, *Byron and His Fictions* (Detroit: Wayne State UP, 1978) 42.

35. Marshall, 52 이하.

36. Franklin (1992) 89.

37. Franklin (1992) 87.

38. Gleckner, 163.

39. Susan J. Wolfson, "Their She Condition: Cross-Dressing and the Politics of Gender in *Don Juan*." *ELH*, 54 (1987): 601-2.

40. Michael Curtis, *Orientalism and Islam: European Thinkers on Oriental Despotism in the Middle East and India* (Cambridge: Cambridge UP, 2009) 28.

41. 윤용수·전완경, 『이슬람의 에티켓과 금기』 (서울: 북스페인, 2009) 94.

42. Franklin (1992) 37.

43. Franklin (1992) 89.

44. Foot, 153.

45. Franklin (1992) 88.

46. Frederick Garber, *Self, Text, and Romantic Irony: The Example of Byron* (Princeton: Princeton UP, 1988) 69-70.

47. Kyung-sook Shin, "Byron and Orientalism: *The Giaour, Childe Harold's Pilgrimage* and Dangerous Margin." 『성곡논총』. 제36집 상권 (2005): 112-15.

5장 『코린트의 공성』

1. Bernard Beatty, *Don Juan and Other Poems* (London: Penguin Books, 1987) 69; Stephen Cheeke, *Byron and Place: History, Translation, Nostalgia* (New York: Palgrave Macmillan, 2003) 25.
2. Lord Byron, *The Complete Poetical Works.* Vol. Ⅲ. Ed. Jerome J. McGann (Oxford: The Clarendon P, 1981) 322.
3. 도널드 쿼터트, 『오스만 제국사: 적응과 변화의 긴 여정, 1700~1922』. 이은정 옮김 (파주: 사계절출판사, 2008) 76, 79.
4. 일곱 섬은 코르풀Corful, 케팔로니아Cephalonia, 자킨투수Zacynthus, 레우카스Leucas, 이타카Ithaca, 키테라Cythera, 그리고 파속스Paxos 등으로 이루어져 있다. *The New Encyclopedia Britannica* (15th Edition)
5. Leslie A. Marchand, *Byron's Poetry: A Critical Introduction* (Cambridge: Harvard UP, 1968) 61.
6. Samuel Chew, *Crescent and the Rose: Islam and England the During the Renaissance* (London: Octagon Books, 1965) 35, 57.
7. Allan Massie, *Byron's Travels* (London: Sidgwick & Jackson, 1988) 38.
8. 김정위 편, 『이슬람 사전』 (서울: 학문사, 2002) 339.
9. Donald Quataert, *The Ottoman Empire, 1700-1922* (Cambridge: Cambridge UP, 2000) 1-12.
10. Michael Kennedy Joseph, *Byron the Poet* (London: Victor Gollancz Ltd, 1964) 47; Marilyn Butler, "The Orientalism of Byron's *Giaour." Byron and the Limits of Fiction.* Eds. Bernard Beatty and Vincent Newey (Liverpool: Liverpool UP, 1988) 72.
11. Caroline Franklin, *Byron* (London: Routledge, 2006) 6.
12. Paul Graham Trueblood, *The Flowering of Byron's Genius* (New York: Russell & Russell, 1962) 14..
13. 새뮤얼 헌팅턴, 『문명의 충돌』. 이희재 옮김 (파주: 김영사, 2011) 217.
14. 손원호, 『이토록 매혹적인 아랍이라니』 (서울: 부키, 2021) 115.
15. Jacques Derrida, *Of Hospitality: Anne Dufourmantle Derrida to Respond.* Trans. Rachel Bowlby (Stanford: Stanford UP, 2000) 133.
16. Derrida, 131,
17. Nigel Leask, *British Romantic Writers and the East: Anxieties of Empire* (Cambridge: Cambridge UP, 2004) 23-4.
18. Saree Makdisi, *Romantic Imperialism Universal Empire and the Culture of Modernity* (Cambridge: Cambridge UP, 1998) 127.
19. 김정위 편, 480.

20. 쿼터트, 85-7, 111-13.
21. Marilyn Butler, "Byron and the Empire in the East." *Byron: Augustan and Romantic.* Ed. Andrew Rutherford (London: Macmillan, 1990) 78.
22. 이희수, 『이슬람』 (파주: 청아출판사, 2011) 2장 참조. 이 책은 9·11테러 10주년을 평가하는 차원에서 이슬람문화의 이슬람과 그리스도교 문화의 서구, 특히 미국과의 격돌할 수밖에 없는 역사적·정치적·문화적 원인을 추적하여 규명하였다. 이는 이슬람 세계를 이해하는 데 아주 유용할 뿐 아니라, 서구와 미국의 시각으로 해석된 이슬람에 대한 오해와 편견을 다시 생각하는 데 도움이 된다.
23. Ronald B. Herzman, *Four Romances of England: King Horn, Havelok the Dane, Bevis of Hampton, Athelston* (Michigan: Medieval Institute P, 1999) 57-70.
24. Caroline Finkel, *Osman's Dream: The History of the Ottoman Empire, 1300-1923* (London: Murray, 2006) 1-21.
25. Jie-Ae Yu, "Byron's *The Siege of Corinth*: Unraveling Characterization of Alp, Glorification and Boundary of Human Enterprises." 『영미어문학』. 129 (2018, 3): 25.
26. Malcolm Kelsall, *Byron's Politics* (New Jersey: Barnes & Noble Books, 1987) 182-84.
27. 쿼터트, 24.
28. William A. Borst, *Lord Byron's First Pilgrimage* (New Haven: Yale UP, 1984) 153.
29. Massie, 37.
30. Bernard Beatty, "Byron and the Eighteenth Century." *The Cambridge Companion to Byron.* Ed. Drummond Bone (Cambridge: Cambridge UP, 2004) 247.
31. 김정위 편, 265.
32. Franklin (1992) 68.
33. Franklin (1992) 69.
34. Franklin (1992) 70.
35. Franklin (1992) 71.
36. Peter Cochran, *The Siege of Corinth* (PDF file) 1.
37. 헌팅턴, 163.
38. Robert F. Gleckner, *Byron and the Ruins of Paradise* (Baltimore: The Johns Hopkins P, 1967) 174.
39. Paul Graham Trueblood, *Lord Byron* (Boston: Twayne P, 1977) 14.
40. 헌팅턴, 283.
41. Joseph, 47.
42. 헌팅턴, 243.
43. Trueblood (1962) 15-6.
44. Robert F. Gleckner, *Byron and the Ruins of Paradise* (Baltimore: The Johns Hopkins P, 1967) 152-54.

45. Leslie A. Marchand, "The Quintessential *Byron.*" *Byron: Augustan and Romantic.* Ed. Andrew Rutherford (London: Macmillan, 1990) 240.

46. Michael Foot, *The Politics of Paradise: A Vindication of Byron* (London: Collins, 1988) 152.

47. Peter Cochran, *Byron and Orientalism* (Newcastle: Cambridge P, 2006) 38.

48. Daniel P. Watkins, *Social Relations in Byron's Eastern Tales* (London: Dickinson, 1987) 20.

49. Joseph, 45.

50. G. Wilson Knight, *The Burning Oracle* (London: Oxford UP, 1939) 287.

51. Franklin (1992) 34.

52. Malcolm Kelsall, "Bryon and the Romantic Heroine." *Byron: Augustan and Romantic.* Ed. Andrew Rutherford (London: The Macmillan P, 1990) 53.

53. Franklin (1992) 28.

54. Angus Calder, *Byron* (Milton Keynes: Open UP, 1987) 28.

나오며

1. 타밈 안사리, 『이슬람 눈으로 본 세계』. 류한원 옮김 (서울: 뿌리와 이파리, 2013) 542.
2. Sophia Rose Arjana, *Muslims in the Western Imagination* (Oxford: Oxford UP 2015) 2, 8, 10.

참고문헌

텍스트

Lord Byron. *The Complete Poetical Works*. Vol. Ⅲ. Ed. Jerome. J. McGann. Oxford: The Clarendon P, 1981.

_____. *Byron's Letters and Journals*. 12 vols. Ed. Leslie A. Marchand. London: John Murray, 1973-82.

1차 자료

논문

김현생. 「바이런과 이슬람: 『자우르, 터키 이야기 단편』의 정치적 알레고리 읽기」. 『신영어영문학』. 제30집 (2005): 35-54.

신경숙. 「바이런의 명성 만들기: 『해롤드 공자의 순례』(1812)와 『이교도』에서의 코스모포리트 남성 주체 형성」. 『영어영문학』. 한국영어영문학회 (2007): 525-60.

Blackstone, Bernard. "Byron and Islam: The Triple Eros," *Journal of European Studies*. IV (Dec. 1974): 325-63.

Cohen-Vroganaud, Gerard, "Becoming *Corsairs*: Byron, British Property Rights and Orientalist Economics." *Studies in Romanticism*. Vol. 50, No 4. Graduate School Boston U, 2011): 685-714

KADA, Wafaa. "Orientalism in Lord Byron's Turkish Tale *The Giaour*." U of Tlemcen, 2017.

Khrisat, Abdulhafeth. "The Image of the Oriental Muslim in Lord Byron's *The Giaour* (1813)." Al-Iman Mohamed Ibn Saud Isalmic University, 2018.

Meyer, Eric. ""I Know Thee Not, I Loathe Thy Race": Romantic Orientalism in the Eye of the Other." *ELH* 58 (1991): 657-99.

Poston, Craig A. *The Problematic British Romantic Hero(ine): The Giaour, Mathilda, and Evelina.* Ph. D dissertation at U of North Texas, 1995.

Shin, Kyung-sook. "Dangerous Margins: Byron's Spain, Albania, and "Fair Greece" in *Childe Harold's Pilgrimage*." 『영미문학 페미니즘』. 제12권 2호(2004): 153-80.

_____. "Byron and Orientalism: *The Giaour, Childe Harold's Pilgrimage* and Dangerous Margin." 『성곡논총』. 제36집 상권 (2005) 109-47.

Yu, Jie-Ae. "The Ineradicable taint of Sin: Lord Byron's *The Giaour*." 『영어영문학연구』. 제32권 제3호 (2006, 겨울): 1-15.

_____. "Byron's Reworking of Alfieri and Shiller in *Bride of Abydos.*" 『현대영미어문학』. 제52권 4호 (2008. 11): 327-47.

_____. "The Metaphorical Circulations of Water in Byron's Works." 『영어영문학연구』. 제38권 제1호 (2012, 봄): 103-18.

_____. "Unraveling Destiny and Free Choice in Byron's *Lara.*" 『신영어영문학』. 제54집 (2013. 2): 97-109.

_____. "Lord Byron's *The Corsair*: The Embodiment of Man's Resolution and Its Adverse Occurrence." 『영어영문학연구』. Vol. 57, No. 2 (2015): 231-45.

_____. "Byron and the Boundary of Christian Conception." 『현대영미어문학』. 제34권 2호 (2016. 5): 149-65.

_____. "Byron's *The Siege of Corinth*: Unraveling Characterization of Alp, Glorification and Boundary of Human Enterprises." 『영미어문학』. 129 (2018, 3): 21-45.

Wolfson, Susan J. "Their She Condition: Cross-Dressing and the Politics of Gender in *Don Juan.*" ELH, 54 (1987): 585-617.

단행본

Beatty, Bernard. *Byron's Don Juan.* Bechkenham: Croom Helm, 1985.

_____. *Don Juan and Other Poems.* London: Penguin Books, 1987.

_____. "Byron and the Eighteenth Century." *The Cambridge Companion to Byron.* Ed. Drummond Bone. Cambridge: Cambridge UP, 2004. 236-48.

Blackstone, Bernard. *Byron I : Lyric and Romance.* Harlow: Longman, 1970.

_____. *Byron: A Survey* .London: Longman, 1973.

Borst, William A. *Lord Byron's First Pilgrimage.* New Haven: Yale UP, 1984.

Boyd, Elizabeth French. *Byron's Don Juan.* New York: Humanities P, 1958.

Butler, Marilyn. "The Orientalism of Byron's *Giaour.*" *Byron and the Limits of Fiction.* Eds. Bernard Beatty and Vincent Newey. Liverpool: Liverpool UP, 1988. 78-96.

_____. "Byron and the Empire in the East." *Byron: Augustan and Romantic.* Ed. Andrew Rutherford. London: Macmillan, 1990. 63-81.

Calder, Angus. *Byron.* Milton Keynes: Open UP, 1987.

Cheeke, Stephen. *Byron and Place: History, Translation, Nostalgia.* New York: Palgrave Macmillan, 2003.

Chew, Samuel. *Crescent and the Rose: Islam and England the During the Renaissance.* London: Octagon Books, 1965.

Christensen, Jerome. *Lord Byron's Strength.* Baltimore: Johns Hopkins UP, 1993.

Cochran, Peter. *Byron and Orientalism.* Newcastle: Cambridge P, 2006.

Crompton, Louis. *Byron and Greek Love.* L. A.: U of California P, 1985.

Eggenschweiler, David "Byron's *Cain* and the Antimythological Myth." *The Plays of Lord Byron: Critical Essays.* Eds. Robert Gleckner and Bernard Beatty. Liverpool: Liverpool UP, 1997. 233-52.

Elfenbein, Andrew. *Byron and the Victorians.* Cambridge: Cambridge UP, 1995.

Elledge, W. Paul. *Byron and The Dynamics of Metaphor.* Nashville: Vanderbilt UP, 1968.

Foot, Michael. *The Politics of Paradise: A Vindication of Byron.* London: Collins, 1988.

Franklin, Caroline. *Byron's Heroines.* Oxford: Oxford UP, 1992.

_____. *Byron.* London: Routledge, 2006.

_____. *Byron.* NetLibrary Inc., 2007.

Garber, Frederick. *Self, Text, and Romantic Irony: The Example of Byron.* Princeton: Princeton UP, 1988.

Gleckner, Robert F. *Byron and the Ruins of Paradise.* Baltimore: The Johns Hopkins P, 1967.

Hirst, Wolf Z. "Byron's Lapse into Orthodoxy: an Unorthodox Reading of *Cain.*" *The Plays of Lord Byron: Critical Essays.* Eds. Robert Gleckner and Bernard Beatty. Liverpool: Liverpool UP, 1997. 232-72.

Joseph, Michael Kennedy. *Byron the Poet.* London: Victor Gollancz Ltd., 1964.

Kelsall, Malcolm. *Byron's Politics.* New Jersey: Barnes & Noble Books, 1987.

______. "Byron and Romantic Heroin." *Byron: Augustan and Romantic.* Ed. Andrew Rutherford. London: Macmillan, 1990. 52-62.

Khrisat, Abdulhafeth. "The Image of the Oriental Muslim in Lord Byron's *The Giaour* (1813)." Al-Iman Mohamed Ibn Saud Isalmic University, Saudi Arabia, 2018.

Knight, G. Wilson. *The Burning Oracle.* London: Oxford UP, 1939.

______. "The Two Eternities." *Byron: A Collection of Critical Essays.* Ed. Paula West. Englewood Cliffs: Prentice-Hall Inc., 1963. 15-30.

_____. *Byron and Shakespeare.* London: Routledge & Kegan Paul, 1966.

Leask, Nigel. *British Romantic Writers and the East: Anxieties of Empire.* Cambridge: Cambridge UP, 2004.

Lovell, Ernest J. *Byron: The Record of a Quest.* Hamden: Archon Books, 1966.

Manning, Peter. *Byron and His Fictions.* Detroit: Waynes State UP, 1978.

Marchand, Leslie A. *Byron's Poetry: A Critical Introduction.* Cambridge: Harvard UP, 1968.

_____. "The Quintessential Byron." *Byron: Augustan and Romantic.* Ed. Andrew Rutherford. London: Macmillan, 1990. 240-47.

Marshall, William H. *The Structure of Byron's Major Poems.* Philadelphia: U of Pennsylvanian P, 1974.

Martin, Philip W. *Byron: A Poet before His Public.* Cambridge: Cambridge UP, 1982.

Massie, Allan. *Byron's Travels.* London: Sidgwick & Jackson, 1988.

McGann, Jerome J. *Fiery Dust: Byron's Poetic Development.* Chicago: U of Chicago P, 1968.

_____. *Don Juan in Context.* Chicago: U of Chicago P, 1976.

_____. *The Beauty of Inflecting Literary Investigations in Historical Method and Theory.* Oxford: Oxford UP, 1985.

Nellist, Brian. "Lyric Presence in Byron from the *Tales* to *Don Juan.*" *Byron and the Limits of Fiction.* Eds. Bernard Beatty and Vincent Newey. Liverpool: Liverpool UP, 1988. 39-77.

Nicolson, Harold. *Byron: The Last Journey.* London: Richard Clay, 1948.

O'Brien, Edna. *Byron in Love: A Short Daring Life.* New York: W. W. Norton & Co., 2009.

Punter, David. "*Don Juan*, or, the Deferral of Decapitation: Some Psychological Approaches." *Don Juan.* Ed. Nigel Wood. Birmingham: Open UP, 1993. 122-53.

Shilstone, Frederick W. *Byron and the Myth of Tradition.* Lincoln: U of Nebraska P, 1988.

Stauffer, Andrew M. *Anger, Revolution, and Romanticism.* Cambridge: Cambridge UP, 2005.

Storey, Mark. *Byron and the Eye of Appetite.* London: Macmillan, 1986.

Trueblood, Paul Graham. *The Flowering of Byron's Genius.* New York: Russell & Russell, 1962.

_____. *Lord Byron.* Boston: Twayne P, 1977.

Vulliamy, C. E. *Byron.* London: Michael Joseph, 1948.

Watkins, Daniel P. *Social Relations in Byron's Eastern Tales.* London: Dickinson, 1987.

2차 자료

단행본

공일주. 『꾸란의 이해』. 서울: 한국외국어대학교 출판부, 2008.

김욱동. 『대화적 상상력: 바흐친의 문학이론』. 문학과 지성사, 1994.

김정위 편, 『이슬람 사전』. 서울: 학문사, 2002.

맥도널, 다이안. 『담론이란 무엇인가』. 임상훈 옮김. 서울: 한울, 2008.

모슨, 게리 솔 외. 『바흐친의 산문학』. 오문석 외 옮김. 서울: 책세상, 2006.

바우러, C. M. 『고대 그리이스』. 한국일보-타임 라이프 편집부, 서울: 한국일보, 1983.

바이스, 발터 M. 『이슬람교』. 서울: 예경, 2007.

바흐친, 미하일. 『말의 미학』. 김희숙·박종소 옮김. 서울: 도서출판, 2006.

불핀치, 토마스. 『그리스·로마 신화』. 최혁준 옮김. 서울: 범우사, 2003.

블로크, 마르크. 『봉건사회 Ⅱ』. 한정숙 옮김. 파주: 한길사, 2010.

사이드, 에드워드. 『오리엔탈리즘』. 박홍규 옮김. 서울: 교보문고, 2008 개정판.

손원호, 『이토록 매혹적인 아랍이라니』. 서울: 부키, 2021.

안사리, 타밈. 『이슬람 눈으로 본 세계사』. 류한원 옮김. 서울: 뿌리와 이파리, 2013.

엄익란. 『이슬람의 결혼문화와 젠더』. 파주: 한울, 2007.
_____. 『무슬림 마음속에는 무엇이 있을까?』. 파주: 한울, 2009.
_____. 『금기, 무슬림 여성을 엿보다』. 파주: 한울, 2015.
월비, 실비아. 『가부장제 이론』. 유희정 옮김. 서울: 이화여자대학교출판부, 1996.
윤용수·전완경. 『이슬람의 에티켓과 금기』. 서울: 북스페인, 2009.
이희수. 『이슬람』. 파주: 청아출판사, 2011.
이희철. 『튀르크인 이야기』. 서울: 리수, 2017.
정수일. 『이슬람 문명』. 파주: 창비, 2007.
정진농. 『오리엔탈리즘의 역사』. 서울: 살림출판사, 2003.
캐슨, 라이어널. 『고대 이집트』. 서울: 한국일보 타임-라이프, 1977.
켄너, T. A. 『심볼스: 세상의 비밀을 푸는 열쇠』. 윤상운. 서울: 서울문화사, 2006.
쿼터트, 도널드. 『오스만 제국사: 적응과 변화의 긴 여정, 1700~1922』. 이은정 옮김. 파주: 사계절출판사, 2008.
푸코, 미셸. 『담론의 질서』. 이정우 옮김. 서울: 서강대출판부, 1998.
_____. 『감시와 처벌』. 오생근 옮김. 파주: 나남, 2008.
헌팅턴, 새뮤얼. 『문명의 충돌』. 이희재 옮김. 파주: 김영사, 2011.
홉스봄, 에릭. 『혁명의 시대』. 정은영·차명수 옮김. 파주: 한길사, 2008.
Ahmed, Leila. *Women and Gender in Islam: Historical Roots of a Modern Debate.* New Haven: Yale UP, 1992.
Amin, Qasim. *The New Women: A Document in the Early Debate on Egyptian Feminism.* Trans. Samiha Sidhom Peterson. Cairo: The American UP, 1995.
Arjana, Sophia Rose. *Muslims in the Western Imagination.* Oxford: Oxford UP, 2015.
Barlas, Asma. *"Believing Women" in Islam: Unreading Patriarchal Interpretations of the Qur'an.* Austin: U of Texas P, 2002.
Beckford, William. *Dreams, Waking Thoughts, and Incidents in a Series of Letters from Various Parts of Europe.* Routherford: Fairleigh Dickinsons UP, 1972.
Bloom, Jonathan. *Islam: A Thousand Years of Faith and Power.* New Haven: Yale UP, 2002.
Booth, Marilyn. *Harem Histories: Envisioning Places and Living Spaces.* Durham: Duke UP, 2010.
Brown, J. F. *Nationalism Democracy and Security in the Balkans.* Aldershot: Dartmouth, 1992.
Buckland, Raymond. *Signs, Symbols and Omens.* Minnesota: Llewellyn P, 2003.
Bulfinch, Thomas. *Myths of Greece and Rome.* London: Penguin Books, 1981.
Curtis, Michael. *Orientalism and Islam: European Thinkers on Oriental Despotism in the Middle East and India.* Cambridge: Cambridge UP, 2009.
Davis, Robert. *Christian Slaves, Muslim Masters: White Slavery in the Mediterranean, the Barbary Coast, and Italy, 1500-1800.* New York: Palgrave Macmillan, 2004.
Dawood, N. J. *The Koran with a Parallel Arabic Text.* London: Penguin Books, 2000.

Derrida, Jacques. *Of Hospitality: Anne Dufourmantle Derrida to Respond.* Trans. Rachel Bowlby. Stanford: Stanford UP, 2000.

el-Saadawi, Nawal. *The Hidden Face of Eve.* London: Zed P, 1980.

Einboden, Jeffrey. *Islam and Romanticism Muslim Currents from Goethe to Emerson.* London: A One World Book, 2014.

Felman, Shoshana. *Scandal of the Speaking Body: Don Juan with J. L. Austin, or Seduction in Two Languages.* Trans. Catherine Porter. California: Stanford UP, 2003.

Finkel, Caroline. *Osman's Dream: The History of the Ottoman Empire, 1300-1923.* London: Murray, 2006.

Fremantle, Alan F. *England in Nineteenth Century.* Vol. I. London: Britain Library, 2002.

Gemmett, Robert. *The Consummate Collector.* Norwich: Michael Russell, 2000.

Genette, Gerard. *Paratext: Thresholds of Interpretation.* Trans. Jane E. Lewin. Cambridge: Cambridge UP, 1997.

Graham, Kenneth W. ed. *Vathek and the Escape from Time.* New York: AMSP, 1990.

Herzman, Ronald B. *Four Romances of England: King Horn, Havelok the Dane, Bevis of Hampton, Athelston.* Michigan: Medieval Institute P, 1999.

Inhorn, Marcia Claire. *Infertility and Patriarchy: The Cultural Politics of Gender and Family Life in Egypt.* Philadelphia: U of Pennsylvania P, 1999.

Kahf, Mohja. *Western Representation of the Muslim Woman.* Austin: U of Texas P, 1999.

Lonsdale, Roger. "Introduction." *Vathek, the History of the Caliph Vathek.* William Beckford. Oxford: Oxford UP, 1983.

MacLean, Gerald. *Looking East: English Writing and Ottoman Empire Before 1800.* London: Palgrave Macmillan, 2007.

Makdisi, Saree. *Romantic Imperialism: Universal Empire and the Culture of Modernity.* Cambridge: Cambridge UP, 1998.

Milton, Giles. *White Gold: the Extraordinary Story of Thomas Pellow and Islam's One Million White Slaves.* New York: Farrar, 2005.

Quataert, Donald. *The Ottoman Empire, 1700-1922.* Cambridge: Cambridge UP, 2000.

Shakespeare, William. *King Lear.* London: Penguin, 1994.

Thomas, Deborah A. *Thackeray and Slavery.* Athens: Ohio UP, 1993.

기타 자료

<중앙일보> 2022년 8월 26일.

Cochran, Peter. *The Siege of Corinth* (PDF file) http://arviv.org/pdf/1705.08807.pdf

The New Encyclopedia Britannica (15th Edition)

<찾아보기>

ㄴ

ㄷ

ㅅ

ㅇ

ㅈ

ㅊ

ㅋ

ㅎ